KB043560

일러스트 이청

GUND AM Turron. 알고

냉 보냈으로 적 화롭게가 한다 아니...

느낌있 SoHot her 마하

Love? OMG What D 마

Crozz 마무더=) JAPAN Rea

마마시! Se

약으로 한다 흑

이사님의 취미생활

2

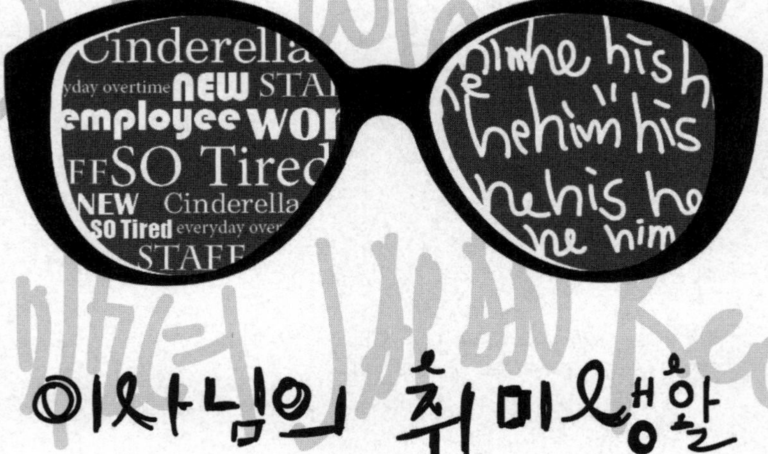

이사님의 취미생활

his dilenttante life

이정운 장편소설

가하

이사님의 취미생활 2

지은이 이정운
펴낸이 이형기
펴낸곳 도서출판 가하

초판인쇄 2015년 8월 5일
초판발행 2015년 8월 12일
출판등록 2008년 10월 15일 제 318-2008-00100호

주소 서울 영등포구 양평로 67, 1209 (당산동5가, 한강포스빌)
전화 02-2631-2846 **팩스** 02-2631-1846

www.ixbook.co.kr

ISBN 979-11-295-5141-2 04810
      979-11-295-5139-9 04810(set)

값 12,000원

copyright ⓒ 이정운, 2015

이 책은 저작권법의 보호를 받는 저작물입니다. 무단전재와 무단복제를 금합니다.
잘못된 책은 구입하신 곳에서 바꾸어 드립니다.

19. 이사님은 보실 거잖아요!

"괜히 간다고 그랬나?"

세아는 멀거니 천장을 올려다보았다. 너무 섣부른 결정이 아니었나 싶었다. 깊게 고민하지도 않고 즉흥적으로 가겠다고 해버렸다.

"지금이라도 안 되겠다고 해?"

휴대전화를 손에 쥔 세아가 문자를 다닥다닥 적기 시작했다. 하지만 차마 전송 버튼을 누르지 못하고 메시지 창을 껐다. 한재하이사가 실망하는 모습을 보고 싶지 않았다.

세아도 싫은 건 아니었다. 마음의 준비가 좀 덜 되었을 뿐이었다. 베개를 끌어안고는 혼잣말을 했다.

"홍콩, 홍콩."

1박2일로 홍콩 여행을 간다. 한재하 이사와. 심장이 널뛰듯이 뛰었다.

나, 정말 괜찮은 걸까? 이대로 홍콩에 가도?

"아니, 뭐. 안 될 건 없지. 사귀는 사이이고 나도 성인, 이사님도

성인.”

법적으로나 상식적으로나 문제가 될 소지는 전혀 없었다. 단지 묘하게 부끄러웠다. 이사님과 그런 걸 하다니. 상상만 해도 온몸이 비비 꼬이는데 실전이 되면…….

'잠깐만.'

퍼뜩 든 생각에 세아는 벌떡 침대에서 일어나 전신 거울 앞에 섰다. 옆구리에 손을 가져다 대자 말랑한 살이 느껴졌다. 꼬집어보니 한 뭉텅이였다.

“안 돼.”

세아는 아연실색해서 다른 곳도 점검에 들어갔다. 골반, 배, 가슴, 어깨 등 온갖 곳을 매만져보니 상태가 영 좋지 않았다.

관리 좀 할걸! 한밤중에 먹었던 과자와 빵이 아스라이 머릿속을 스쳐 지나갔다. 순간의 욕망을 자제하지 못해서 이런 사달을 내다니.

반사적으로 리조트에서 봤던 한재하 이사의 상반신이 떠올랐다. 흠 잡을 데 하나 없이 탄탄했던 몸매. 세아는 더욱 부끄러워졌다. 그런 몸에 어떻게 이런 몸뚱이를 가져다 댈 수 있을까.

단기 다이어트 같은 걸로 해결할 수 없을까? 사흘 만에 5킬로 감량, 인터넷 광고에 이런 문구 많던데.

급히 세아는 컴퓨터 앞에 앉았다. 검색창에 '단기 다이어트'라고 치고 엔터를 누르자 결과가 쭉쭉 나왔다.

“어디 보자. 토마토 다이어트…… 는 사흘 동안 토마토만 먹으라고?"

미친 것 같다. 세아는 다른 방법을 찾아 헤맸다. 그러자 사과 다이어트, 바나나 다이어트, 고구마 다이어트, 벌꿀 다이어트, 포도 다이어트, 단백질 다이어트 등 앞의 글자만 바뀐 기상천외한 다이어트 방법들이 쏟아졌다.

"이러다 초콜릿 다이어트도 있을 기세인데?"

설마 하는 마음으로 세아는 초록색 창에 '초콜릿 다이어트'라고 쳐봤다. 그리고 정말로 초콜릿 다이어트라는 게 있다는 사실을 알고 말문이 막혔다.

"결국 또 금단의 방법에 손을 대야 하는 건가."

사실 세아는 원 푸드 다이어트를 몇 번 해본 적이 있었다. 효과는 있었으나 늘 그 이상의 처절한 요요 현상을 맛보았기에, 다시는 하지 않기로 마음먹은 게 벌써 몇 년 전이었다.

세아의 얼굴에 비장함이 흘렀다. 한 번의 거사를 위해 길고 긴 부작용을 감내하느냐, 마느냐.

고민은 길지 않았다. 세아는 방문을 열고 밖으로 뛰쳐나갔다.

"엄마! 집에 토마토 있어?"

"세아 씨, 점심 먹으러 안 가?"

"아, 네. 입맛이 별로 없어서요."

세아의 대답에 한봄이 걱정하는 표정을 지었다.

"어디 아파?"

"아뇨, 그런 건 아니에요."

"그럼 다행이고. 이따 배고프면 나랑 같이 간식 사 먹자."

"네."

구내식당으로 총총 걸어가는 한봄의 뒷모습을 보며 세아는 속으로 피눈물을 흘렸다. 입맛이 별로 없기는. 배고파 죽겠다.

다른 직원들도 하나둘 자리를 떴다. 세아가 가방에서 꾸물꾸물 무언가를 꺼내려는 차였다.

"신세아 씨, 식사 안 할 겁니까?"

뒤에서 귀에 익은 목소리가 들렸다. 세아는 지레 움찔하고는 고개를 돌렸다. 한재하 이사가 따뜻한 눈빛으로 그녀를 내려다보고 있었다.

"아, 이사님. 저……, 오늘은 입맛이 별로 없어요."

"어디 아픕니까?"

한재하 이사의 안색이 바뀌었다. 허리를 숙여서 눈높이를 낮춘 그가 세아의 이마를 짚었다. 세아는 열이 확 오르는 걸 느끼며 고개를 저었다.

"아니, 그런 게 아니라 어제저녁에 뭘 많이 먹어서."

"아무리 그래도 식사는 제때 규칙적으로 해야 하는 겁니다. 끼니를 거르는 건 건강에 좋지 않아요. 같이 가서 조금이라도 먹읍시다."

세아의 손을 부드럽게 잡으며 한재하 이사가 권유했다.

'나도 못 이긴 척 따라가고 싶은 마음이 굴뚝같다고요, 이 양반

아.'

아침부터 채소만 먹었더니 위장이 탄수화물과 고기를 내놓으라고 울부짖고 있었다. 하지만 참아야 했다. 세아는 눈물을 머금고서 거절했다.

"아니에요. 저 정말 배 안 고파요. 나중에 배고프면 그때 먹으러 갈게요."

"그렇다면 할 수 없지만."

옅은 한숨을 쉰 한재하 이사가 세아의 손을 놓았다.

"다녀올 테니 쉬고 있으십시오."

"네. 맛있는 식사 하세요."

한재하 이사가 사무실을 빠져나갔다. 혼자가 된 세아는 주변을 둘러보고는 꾸물꾸물 도시락 통을 꺼냈다. 뚜껑을 열자 썰지도 않은 토마토 세 개가 모습을 드러냈다. 세아는 토마토를 노려보다가 하나를 집어 들고 전투적으로 베어 물었다.

지금쯤 다른 사람들은 구내식당에서 맛있는 점심을 먹고 있겠지?

SA 소프트는 복지가 좋은 편이었다. 특히 구내식당은 인터넷에서 화제가 되었을 정도였다. 특급 호텔 주방장 출신 요리사가 그날그날 만드는 뷔페 요리는 아주 유명했다. 음식 때문에 죽자 살자 노력해서 SA 소프트에 입사한 사람도 있으니 말 다 했다.

"아까 지나가면서 보니 오늘은 스테이크 구울 것 같던데."

주방장 아저씨는 모든 요리를 다 잘하지만, 특히 스테이크 굽는

솜씨가 예술이었다. 한번 스테이크가 나왔다 하면 모두 두 번씩 받아먹을 만큼.

서글픔이 밀려왔다. 세아는 토마토를 먹으며 최면을 걸었다.

'이건 스테이크다. 스테이크다.'

혀에서 고기가 사르르 녹는다. 육즙과 함께 달콤한 소스가 입안에 퍼진다.

"……는 개뿔. 토마토는 토마토지."

최면은 실패했다. 토마토를 스테이크로 바꾸는 건 최면이 아니라 연금술의 영역이었다.

물컹물컹 시큼시큼. 좋아하지도 않는 채소를 억지로 먹으려니 고역이 따로 없었다. 하지만 조금이라도 날씬해지려면 어쩔 수 없었다. 참을 수밖에. 세아는 꾸역꾸역 토마토를 넘겼다.

"오늘도 점심을 안 먹겠단 말입니까?"

한재하 이사가 팔짱을 낀 채로 세아를 내려다보았다.

"음, 네. 오늘도 별로 입맛이 없어서요."

"어제도 안 먹었는데 오늘도?"

미심쩍다는 듯이 한재하 이사가 말끝을 올렸다. 세아는 살짝 쪼그라들어서 답변했다.

"네."

한재하 이사가 미간에 주름을 잡았다. 세아는 뒷머리에 식은땀이 차오르는 것을 느꼈다. 세아를 주시하던 그가 한숨을 내뱉었

다. 그런 다음 염려가 가득 담긴 눈으로 그녀를 응시했다.

"정말 어디 아픈 거 아닙니까?"

걱정돼서 어쩔 줄 모르겠다는 표정. 세아는 양심이 콕콕 찔렸다. 그러나 여기서 무너질 수는 없었다. 홍콩의 밤을 위해서 인내해야 했다.

"그런 건 아니에요. 그냥 아침에 뭘 많이 먹어서."

세아가 거기까지 말했을 때였다. '꾸르륵' 하고 어디선가 천둥이 쳤다. 한재하 이사의 시선이 정확하게 소리의 근원지인 세아의 배에 꽂혔다. 세아는 당황했다. 이놈의 눈치 없는 배 같으니라고! 하필이면 왜 지금!

어색하게 웃으며 세아가 배를 감쌌다.

"과식해서 속이 좀 안 좋은가 봐……."

세아의 변명이 채 끝나기도 전에 2차로 천둥이 울려 퍼졌다. 세아는 얼음이 되었다. 한재하 이사의 눈초리가 올라갔다.

"배 안 고프다고 하지 않았습니까?"

"어, 그러니까 그게."

"갑시다."

팔을 붙잡은 한재하 이사가 쭉 세아를 잡아당겼다. 의자에서 일으켜 세워진 세아는 그대로 한재하 이사에게 끌려 나갔다.

"이사님, 잠깐만요!"

세아는 따라가지 않으려고 기를 썼지만, 남자의 힘을 이길 수는 없었다.

"이사님! 제 말 좀 들어보세요!"

"싫습니다. 나는 무조건 신세아 씨와 식사를 해야겠거든요."

한재하 이사는 단호했다. 속수무책으로 그에게 끌려가던 세아는 냅다 자판기에 매달렸다. 한재하 이사가 황당하다는 눈으로 세아를 건너다보았다.

"뭐 하는 겁니까?"

"전 못 가요! 안 갈 거예요!"

세아는 필사적이었다. 사실 평범한 밥을 가장 먹고 싶은 사람은 그녀였다. 어제 온종일 토마토만 먹었더니 토마토의 '토' 자만 들어도 속이 메슥거리고 뱃속에서는 토마토 조각이 꿀렁꿀렁 댄스를 췄다.

생고문이 따로 없었다. 토마토가 아닌 다른 음식을 먹을 수만 있다면 영혼까지는 아니어도 영혼 부스러기 정도는 팔 수 있을 것 같았다. 그렇지만 그 고생도 얼마 남지 않았다. 내일이 토요일, 디데이였다. 공든 탑을 이렇게 무너뜨릴 수는 없었다.

자판기에 코알라처럼 찰싹 달라붙어 있는 세아를 물끄러미 보던 한재하 이사가 한숨을 쉬었다.

"좋아요. 그럼 어디 한번 이유를 들어봅시다. 어제도 그렇고 오늘도 그렇고, 식사를 안 하려는 이유가 뭡니까?"

"네? 저, 그게."

세아는 난감해졌다. 토요일 밤에 있을지 모르는 거사를 위해 다이어트 중이라는 말은 입이 찢어져도 할 수 없었다.

"요즘 살이 쪘는지 옷이 조이는 느낌을 받아서."

"그러니까, 다이어트 때문이라는 거군요."

한재하 이사가 그녀를 슥 훑어보더니 말했다.

"예쁩니다. 가서 밥 먹읍시다."

"안 된다니까요!"

"지금보다 더 쪄도 됩니다. 내 눈에만 예쁘면 되는 거 아닙니까."

더 쪄도 된다니! 그의 망발에 세아는 발끈했다.

"이미 군살이 한가득하거든요?"

"내 눈에는 안 보입니다만."

"그거야 옷에 가려서 그렇죠. 실제로는 여기저기에 숨겨져 있단 말이에요."

"그렇다면 더더욱 상관없지 않습니까. 다른 사람들에게 보이는 것도 아니고."

"이사님은 보실 거잖아요!"

빽 소리 지른 세아는 뒤늦게 아차 했다. 내가 지금 무슨 말을 한 거지?

적막이 흘렀다. 한재하 이사가 멍하니 서 있다가 세아의 손을 놓았다. 그가 아무 말도 없이 그녀를 바라보았다. 그녀는 울고 싶은 기분이었다. 한재하 이사는 끝내 입을 열지 않더니 그녀를 등지고 어디론가로 걸어갔다.

혼자 남은 세아는 자판기에 머리를 쿵쿵 박았다. 이대로 분해되어 허공을 떠도는 미세먼지가 되고 싶었다.

　재하는 손으로 얼굴을 가렸다. 마음이 도저히 진정되지 않았다.
「이사님은 보실 거잖아요!」
　그게 대체 무슨 뜻이지? 내가 이해한 뜻이 맞는 건가?
　재하의 눈동자가 혼란에 젖었다. 벽에 기대어 선 그가 가슴 위에
손을 올렸다. 아주 사소한 계기만으로 꾹꾹 누르고 있던 욕망이
터져 나왔다.
　어느덧 그의 머릿속에서는 우연히 봤던 장면이 재생되고 있었
다.
　거품이 잔뜩 인 욕조에 몸을 담그고 있는 신세아. 촉촉한 입술과
가느다란 목, 둥근 어깨, 그 아래로 떨어지는 봉긋한 곡선…….
　재하는 세차게 머리를 내저었다. 위험하다.
　"정신 차려, 한재하. 여긴 회사야. 집이 아니야."
　뭉게뭉게 피어오르는 이미지를 지우려고 애쓰며 그가 중얼거렸
다.
　"진정해. 이상한 생각 하지 마."
　숨을 깊게 들이쉬었다가 뱉기를 반복하며 재하는 서서히 마음
의 평화를 찾았다. 그가 한결 나아진 상태로 호흡을 고르고 있을
무렵이었다.
　「이사님은 보실 거잖아요!」
　"읏!"

16

기껏 가라앉혔던 심장 박동이 다시 빨라졌다. 재하는 몸을 반 바퀴 돌려서 손으로 벽을 짚었다.

"새삼스럽게 왜 이래, 한재하. 맞는 말이잖아. 특별한 말도 아니잖아."

그는 벽에 볼을 가져다 댔다. 냉기가 살갗에 번지면서 다소 진정되는 기분이었다.

그래. 내가 살 길은 이것뿐이다. 그는 아예 벽에 온몸을 딱 붙였다. 전신으로 그가 차가운 기운을 받고 있을 무렵이었다.

"이사님……?"

재하는 한순간 돌이 되었다. 간신히 고개를 돌리자 강이원 팀장이 충격에 젖어서 그를 건너다보고 있었다.

상황을 파악한 재하가 신속하게 벽에서 떨어졌다. 그러고는 아무 일도 없었다는 듯이 태연하게 응대했다.

"무슨 일입니까."

"아, 그게."

당혹스러워하던 강이원 팀장이 머리를 저었다.

"아무것도 아닙니다."

"그럼 이만."

재하는 재빠르게 강이원 팀장의 옆을 지나쳤다. 쌩 소리가 날 만큼 매우 급한 걸음걸이였다. 혼자 남은 강이원 팀장이 얼빠진 표정으로 혼잣말했다.

"내가 헛것을 봤나?"

퇴근하고 집에 돌아와 가방을 싸던 세아는 불현듯 한 가지 사실을 깨달았다. 가장 중요한 무기가 없었다.

쓸 만한 속옷이 하나도 없다. 이 무슨 팥 없는 찐빵이란 말인가.

세아는 창백한 얼굴로 시계를 보았다. 아직 7시. 서둘러서 나가면 백화점에서 속옷을 살 수 있을 것 같았다. 더 생각할 것도 없이 세아는 현관으로 달려 나갔다.

"너 또 어디 가니?"

"잠깐 뭐 살 거 있어!"

결과적으로 세아는 백화점에서 백 퍼센트까지는 아니어도 그럭저럭 마음에 드는 속옷 두 세트를 구매했다.

봉투를 안고 집으로 돌아오는 세아의 마음속에서 오만 가지 감정이 교차했다. 드디어 내일이 결전의 날이다. 내일 아침에 한재하 이사를 만나서 공항으로 가고, 홍콩으로 출국한다. 단둘이 여행하고, 식사하고, 같은 숙소에서 잠을…….

세아의 낯이 펑 터질 듯이 붉어졌다.

'부끄러워 죽을 것 같아.'

가슴이 이루 말할 수 없이 콩닥거렸다. 한편으로는 호기심도 퐁퐁 샘솟았다. 어떤 느낌일까? 많이 아플까? 처음부터 느끼는 사람도 있다고 하던데.

분위기는 어떨까? 이사님과 나, 둘 사이에 어떤 기류가 흐르게 될까? 지금껏 느끼지 못했던 유대감을 가지게 될까?

귀까지 발갛게 익은 세아는 괜히 봉투를 뒤적였다.

"많이 야한가?"

세아가 속옷을 한 번 더 확인하기 위해 밖으로 꺼내려는 순간이었다.

"세아야."

낯익은 음성이 들렸다. 세아는 놀라서 고개를 들었다.

"승재 오빠."

승재가 집 앞에 서 있었다. 세아는 황급히 속옷이 든 봉투를 등 뒤로 숨겼다. 승재가 의아하다는 표정을 지었다.

"뭐 해?"

"아니야. 아무것도."

아무리 오랫동안 알고 지낸 승재라 해도 이런 것까지 보여주기는 뭐했다. 세아는 곧바로 화제를 전환했다.

"그런데 무슨 일이야? 아주머니가 뭐 보내셨어?"

승재의 집이 이사해서 이제는 이웃이 아니었지만, 세아의 어머니와 승재의 어머니는 아직도 친하게 지내고 있었다. 가끔 음식 같은 걸 승재를 시켜서 세아의 집에 보내기도 했다. 그래서 세아는 당연히 승재가 심부름을 왔다고 생각했다.

"우리가 꼭 무슨 일이 있어야 보는 사이야?"

승재가 웃으며 반문했다.

"어? 아니, 그런 건 아니지만."

얼버무리는 세아에게 승재가 성큼 다가왔다. 아무 예고 없이 손을 뻗는 승재의 행동에 세아는 흠칫했다. 승재의 손이 세아의 머리카락에 닿았다.

"이런 게 머리에 붙어 있네."

하얀 실이었다. 속옷 매장에서 붙은 모양이었다. 세아는 어색하게 웃었다. 승재의 손이 닿는다고 인식하자 막연한 거부감이 들었다. 아니, 거부감까지는 아니었던 것 같다. 미약한 거리낌. 찰나 회피하고 싶었다.

어째서지? 다른 사람도 아니고 승재인데. 피로 이어진 가족을 제외하면 가장 오래 알고 지낸 사이라고 할 수 있는 승재인데, 어째서?

'이사님이 만질 때는 이러지 않았는데.'

당혹스러움이 세아를 휘감았다.

"많이 컸네."

승재가 물끄러미 그녀를 건너다보았다.

"내가 모르는 사이에 많이 컸어."

낯선 무언가를 바라보는 듯한 시선. 왠지 모르게 부끄러워진 세아는 퉁명스럽게 대꾸했다.

"그야 나도 스물여섯 살이니까. 오빠 혼자만 나이 먹는 줄 알았어?"

"그러게."

승재가 쓴웃음을 지으며 덧붙였다.

"애라는 말은 취소해야겠다."

세아는 순간 심장이 철렁했다. 여러 가지 감정이 복잡하게 얽혀 있는 승재의 눈빛이 그녀의 내면에 이상야릇한 파문을 일으켰다.

"토요일에 시간 있어?"

"어? 나 그날 이사님이랑……."

"일요일은?"

"그날도 이사님과……."

고개를 푹 숙인 세아는 머뭇거리다가 부연했다.

"이사님과 1박2일로 여행 가기로 했어."

승재의 얼굴을 차마 볼 수 없어서 세아는 땅만 내려다보았다. 짙은 정적이 깔렸다.

"어디로?"

승재가 침묵을 깨뜨렸다. 세아는 애꿎은 바닥을 발끝으로 툭툭 차며 대답했다.

"홍콩으로."

"그래. 잘 다녀와."

세아 쪽으로 향해 있던 승재의 신발 끝이 반대 방향으로 돌아갔다. 신발이 시야에서 사라진 뒤에도 세아는 한참 눈을 내리깔고 있었다.

"정말 친구랑 여행 가는 거 맞아? 이 꼭두새벽에?"

어머니는 못내 미심쩍다는 투였다. 세아는 진땀을 흘리며 응대했다.

"그렇다니까."

"그런데 웬 치마야. 평상시에는 귀찮다고 안 입으면서."

나풀거리는 세아의 치마를 어머니가 지그시 보았다. 대놓고 납득이 가지 않는다고 시위하고 있었다. 한번 빌미를 주면 진실을 실토할 때까지 놓아주지 않을 게 분명했다. 이런 상황에서 세아가 취할 수 있는 행동은 하나였다.

"다녀올게요."

냅다 튀기! 세아는 캐리어를 들고 후다닥 현관문을 뛰쳐나왔다. 뒤에서 어머니가 뭐라고 하는 게 들렸지만 세아는 의도적으로 무시하고 엘리베이터에 몸을 실었다. 뒷감당은 나중 일이다. 일단 살고 봐야지.

아파트 밖으로 나오니 한재하 이사의 차가 보였다. 느긋하게 조수석 차창에 기대어 서 있는 한재하 이사의 모습은 화보의 한 장면 같았다.

그녀를 발견한 그가 씩 웃었다. 그녀의 짐을 가뿐하게 트렁크에 실은 그가 특유의 미소를 띠고서 운전석에 올랐다.

"가죠."

자동차가 미끄러지듯이 목적지로 향했다.

공항 주차장에 발레파킹을 맡기고 비행기에 오르기까지 모든 일이 일사천리로 진행되었다. 정신을 차리니 어느덧 세아는 한재하 이사와 홍콩 국제공항에 도착해 있었다.

호텔에 도착해 체크인한 한재하 이사가 짐을 내려놓고는 손목시계를 들여다보았다.

"호텔 레스토랑에서 아침을 먹고 쇼핑하러 가면 되겠군요."

객실을 둘러본 세아는 마른침을 삼켰다. 역시 방이 하나였다. 침대도 하나고. 예상대로 그와 그녀는 오늘 밤 한 침대에서 자는 것이다.

세아의 심장이 쿵쾅쿵쾅 뛰었다. 저만치 앞서 나가려는 상상으로부터 도망치기 위해 세아는 가방에서 종이를 꺼냈다. 이럴 때는 정신없이 밖을 돌아다녀야 한다.

"이사님, 저 가고 싶은 곳 있어요."

인터넷으로 홍콩에 가면 꼭 가봐야 하는 장소들을 잔뜩 검색해 온 세아였다.

"우선 소호 거리로 가요."

전투적인 세아의 태도에 한재하 이사가 당황한 표정을 지었다. 세아는 무작정 그의 팔을 끌고 숙소를 나왔다.

중국어를 할 줄 알았기에 세아는 어렵지 않게 스톤턴 스트리트와 셸리 스트리트의 교차로 근처에 있는 미드레벨 에스컬레이터를 찾았다. 에스컬레이터에 오른 세아가 신 나서 설명했다.

"이게 세계에서 가장 긴 옥외 에스컬레이터래요."

"열심히 조사한 것 같군요."

한재하 이사가 다소 떨떠름한 기색으로 응수했다. '이게 아닌데.'라고 생각하는 티가 역력했다.

"저기, 저 간판 보이는 데로 가야 해요. 레스토랑 밀집 구역."

한재하 이사의 팔을 턱 잡은 세아가 에스컬레이터에서 내려 어디론가 향했다. 이 사람 저 사람에게 물어물어 원하는 가게 앞에 선 세아가 뿌듯해하며 말했다.

"여기 실크 스타킹 밀크티가 유명하대요."

한재하 이사는 속수무책으로 가게 안으로 끌려 들어갔다. 실크 천에 거른 밀크티를 한껏 음미한 세아가 이번에는 그를 끌고 가게와 화랑이 즐비한 거리에 섰다. 그러더니 가방에서 주섬주섬 휴대 전화와 긴 막대기를 꺼냈다. 처음 보는 생소한 물건에 그는 곤혹 스러움을 느꼈다.

"그게 뭡니까."

"셀카봉이에요. 사진 찍으려고요."

휴대전화를 셀카봉에 끼운 세아가 그에게 몸을 기울였다.

"이사님, 저기 카메라 보세요. 하나, 둘, 셋."

그가 표정을 정리하기도 전에 세아는 촬영 버튼을 눌렀다. 당혹 스러워하는 그의 모습이 휴대전화 액정 안에 고스란히 담겼다.

"자, 이젠 익살스러운 표정으로."

찰칵, 찰칵. 원하는 만큼 사진을 찍은 세아가 만족한 얼굴로 한재하 이사의 팔을 끌었다.

"이 주변을 둘러보다가 2층 트램을 타러 가요. 그걸 타면 홍콩을 다 둘러볼 수 있대요. 마음에 드는 곳이 있으면 중간에 내려서 구

경하다가 또 탈 수도 있고요. 아, 그전에 에그 타르트도 먹으러 가
요."

"신세아 씨."

"낮 동안은 제 마음대로 하게 해주세요."

신세아답지 않은 박력이었다. 그는 얼떨결에 그녀가 이끄는 대
로 따라갔다.

결과적으로 신세아의, 신세아에 의한, 신세아를 위한 탐방이었
다. 그는 그녀가 원하는 대로 트램 2층 맨 앞좌석에 앉아서 홍콩을
둘러보고, 한국어로 지원하는 오디오 가이드를 귀에 끼고 빅토리
아 피크에서 홍콩을 조망하고, 이름 모를 가게에 가서 딤섬을 먹
고, 코즈웨이 베이의 백화점에 도착했다.

"이거 이사님한테 어울릴 것 같아요. 아닌가? 이게 더 나은가?"

세아가 그에게 넥타이를 이것저것 대어보았다. 그도 질세라 잡
다한 물건들을 부지런히 세아에게 가져다 댔다. 그러다 어느 순간
눈이 마주치자, 그와 그녀는 누가 먼저랄 것도 없이 웃음을 터트
렸다.

환하게 웃는 세아를 보고 있으니 재하는 가슴이 찌르르 울렸다.
지금까지의 삶이 거짓 같았다. 이 여자 없이 산 시간이 무의미하
게 느껴졌다. 죽어 있던 것과 다름없는 인생이라는 생각마저 들
만큼.

'언제부터 이 여자가 이만큼 소중해진 거지?'

언제부터 신세아가 그에게 이렇게나 의미 있는 존재가 걸까.

재하는 돌연 두려워졌다. 자신의 감정을 자각하니 그 반대급부도 인식되었다. 아버지와 어머니가 그의 뇌리를 스쳐 지나갔다. 스산한 바람이 그의 심장을 휘감았다.

'아니야. 난 달라. 아버지와는…… 달라.'

재하는 눈을 감고 주문을 걸듯이 되뇌었다. 아버지와 그는 여러모로 달랐다. 그에게는 아버지처럼 짊어져야 할 제약도, 의무도 없었다. 아버지와 달리 그는 자유로웠다.

"이사님?"

"저녁 먹고 숙소로 돌아갑시다."

세아는 식사를 하면서 한재하 이사를 살폈다. 아까부터 그의 주변에 흐르는 기류가 묘하게 가라앉은 느낌이었다.

무슨 일이 있는 걸까? 기분 나쁠 일은 없었던 것 같은데. 세아는 백화점에서 있었던 일들을 하나하나 되짚었다.

"이거 먹어보십시오. 맛있습니다."

한재하 이사가 음식을 챙겨주었다. 그녀는 가슴이 찡했다. 기분이 안 좋아 보인 건 착각이었나 보다.

세아는 편한 마음으로 식사에 전념했다. 그런데 나 이렇게 막 먹어도 되는 건가? 여행 오기 전에 한 다이어트가 무색했다. 그래도 홍콩까지 왔는데 현지 음식을 안 먹자니 아쉬웠다.

'에라, 모르겠다. 하루 만에 살이 찌겠어?'

자포자기한 세아는 젓가락을 움직였다. 그리고 숙소로 돌아가는 택시 안에서 죽도록 후회했다. 그렇지만 후회해도 때는 늦었다. 주사위는 던져진 후였다.

세아는 더듬더듬 옆구리와 배를 만지다가 문득 창밖을 내다보았다. 이국의 불야성이 화려하게 펼쳐져 있었다.

한재하 이사는 속을 알 수 없는 표정으로 가만히 앞만 보고 있었다. 이질적인 배경이어서인지는 몰라도, 어둠이 드리운 하얀 얼굴이 유독 인상적이었다. 세아의 심장이 자연스럽게 두방망이질 쳤다. 늦은 시각에 객실로 돌아가는 남녀. 이제 남은 일은 하나뿐이었다.

빨간색 택시가 호텔 앞에 섰다. 객실로 돌아가는 길에 세아는 심장이 튀어나올 것 같았다. 떨리기도 하고, 무섭기도 하고, 기대되기도 했다.

"씻고 이걸로 갈아입고 나오십시오."

한재하 이사가 곱게 포장된 무언가를 내밀었다. 세아의 볼이 확 뜨거워졌다.

'맙소사, 본인이 원하는 의상을 가지고 온 거야?'

그런 플레이는 감당 불가다! 초심자인 그녀에게는 지나치게 난도가 높았다. 무엇보다도 처음이니만큼 기왕이면 평범하게 하고 싶었다.

세아는 조심스럽게 질문했다.

"꼭 입어야 해요?"

"반드시 입어야 합니다. 갈아입고 오십시오."

한재하 이사는 단호했다. 타협의 여지라고는 전혀 없어 보였다. 할 수 없이 세아는 정체불명의 포장 꾸러미를 안고 욕실 안으로 들어갔다.

이 안에 뭐가 있을까. 상상하는 것만으로도 손끝이 떨렸다.

"나름대로 챙겨 입고 왔는데."

옷 위를 더듬어 어제 백화점에서 산 브래지어를 만진 세아가 심호흡했다. 제발 감당할 수 있는 범주의 의상이 들어 있었으면 좋겠다.

세아는 천천히 포장지를 벗겼다. 그러자 드러난 옷은…….

"어?"

"입고 나왔어요."

"잘 어울리는군요."

한재하 이사가 흡족한 미소를 지었다. 그도 세아와 똑같은 옷으로 갈아입은 상태였다.

세아는 그가 입은 의상과 자신의 의상을 번갈아가며 관찰했다. 다른 점이라고는 사이즈와 색상뿐이었다.

'땡땡이…….'

세아는 동그라미가 한가득 그려진 옷을 심란한 눈으로 내려다보았다. 하다못해 예쁜 디자인으로라도 골라 오든지. 애도 아니고 땡땡이 잠옷이 웬 말인가. 성숙한 여성의 매력이라고는 단 1퍼센트도 엿보이지 않는 연핑크색 땡땡이 잠옷에 세아는 좌절했다.

"이리 오십시오, 신세아 씨."

옅은 남색 땡땡이 무늬를 입은 한재하 이사가 침대에서 그녀를 불렀다. 세아는 쭈뼛쭈뼛 그에게로 다가갔다. 심장이 다시금 쿵쾅거리기 시작했다.

'그래. 일부러 긴장하지 말라고 이런 무난한 잠옷을 준비했는지도 몰라.'

희망의 끈을 놓지 않고서 세아는 침대로 올라갔다. 동시에 그가 리모컨으로 객실의 불을 껐다.

세아는 그가 침대 옆의 스탠드를 켜기를 기다렸다. 하지만 그는 이불을 정리하더니 안으로 쏙 들어갔다.

뭐지? 눈만 깜빡이고 있는 세아에게 그가 물었다.

"안 잘 겁니까?"

"예? 예. 자야죠."

세아는 허둥지둥 이불 안으로 파고들었다. 방심시켜놓고 기습을 하려는 전략인가? 장난기가 가득한 성격상 그럴 가능성도 농후했다.

'방심하면 안 돼.'

정신을 차리기 위해 세아가 분주하게 눈을 깜빡이고 있을 때였다. 한재하 이사가 그녀의 손을 잡았다. 그녀는 움찔했다. 이제 시작인가? 그러나 그는 깍지를 껴 손을 맞잡을 뿐이었다. 세아는 피가 바짝바짝 마르는 심정이었다.

언제 하려는 거지? 할 거면 빨리 하지, 이게 뭐야. 조마조마해서 죽을 것 같았다.

힘겹게 시간을 버티고 있는 세아에게 한재하 이사가 말을 걸었다.

"세아 씨가 일전에 내 가족에 대해서 물어봤잖습니까."

뜬금없는 화두였지만, 세아는 일단 대답했다.

"네, 이사님."

"우리 부모님은……."

한재하 이사의 목소리가 조금 가라앉았다.

"어머니는 내가 열 살 때 돌아가셨습니다."

세아는 화들짝 놀라서 저도 모르게 그를 돌아보았다. 그는 무표정한 옆얼굴로 천장을 응시하고 있었다.

"어린 나이였는데도 불구하고 이상하리만치 담담하게 그 사실을 받아들였습니다. 본능적으로 알았던 것 같습니다. 어차피 그 사고가 아니어도 곧 내 곁을 떠나리라는 걸. 어머니는 이미 말라 죽어가는 꽃이었으니까."

그가 잠시 쉬었다가 다시 입을 열었다.

"어머니에게 물을 줄 수 있는 존재는 단 한 명뿐이었습니다. 내 아버지. 그러나 두 분은 함께할 수 없었죠. 할아버지가 허락하지 않아서."

맞잡은 손에 그가 슬며시 힘을 줬다. 세아는 그의 가족사를 경청하면서 한편으로는 긴장이 탁 풀리는 것을 느꼈다. 흘러가는 분위기로 봐서는 아무래도 거사는 없을 것 같았다.

"문제는 어머니만 사랑에 죽고 사는 분이 아니었다는 겁니다. 아버지도 마찬가지였죠. 아니, 어떤 의미에서는 어머니보다 아버지가 더 사랑에 살고 사랑에 죽는 분이었군요. 어머니가 사고로 돌아가셨다는 소식을 듣고는 시름시름 앓다가 어머니의 뒤를 따르셨으니까."

슬픈 일화였다. 슬픈 일화인데, 맥이 풀려서인지 피로가 급속도로 밀려왔다. 새벽부터 일어나 온종일 홍콩 시내를 휘젓고 다닌 반동이었다.

세아는 작게 하품하고는 이를 악물었다. 자면 안 돼, 신세아. 모처럼 그가 진지한 이야기를 하고 있잖아. 오늘이 아니라면 다시는 못 들을지도 몰라. 정신 차려.

"나에게는 이복동생이 있습니다. 할아버지의 강요로 사랑하는 여자와 헤어진 아버지가 다른 여자와 결혼해서 낳은."

잠들면 안 돼. 잠들면 안 된다고. 버텨……. 중요한 얘기잖아…….

"난 그 녀석에게 늘 고맙고 미안합니다. 그 녀석이 짐을 지고 있는 덕분에 난 자유롭게 살 수 있……."

정말 자면 안 되는데…….

느리게 움직이던 세아의 눈꺼풀이 완전히 닫혔다.

20. 조절의 필요성

  세아는 꼼지락거렸다. 따뜻해. 곰 인형을 끌어안고 자는 느낌이라고 해야 할까? 아니, 그보다 더 포근했다. 본능적으로 세아는 온기의 근원에 착 달라붙었다.

  기분 좋다. 그런데 곰 인형이라기에는 부피가 묘한데. 세아는 손바닥으로 더듬더듬 만져보았다. 곰 인형 특유의 복슬복슬한 느낌도 없고, 부드러운 듯 탄탄했다. 동시에 세아는 소름이 쭈뼛 돋았다.

  잠깐만. 나 지금 집에 있는 거 아니잖아. 이사님과 홍콩으로 여행을 와서…….

  세아는 번쩍 눈을 떴다. 곧바로 한재하 이사가 시야에 들어왔다. 헛숨을 들이켜는 그녀에게 그가 말을 건넸다.

  "일어났습니까?"

  "이사님."

  세아는 자신의 자세를 살폈다. 한재하 이사의 가슴에 손을 올린 것도 모자라 심지어 다리 한쪽은 그의 다리 위에 있었다. 전체적으로 나무에 달라붙은 코알라 같은 자세였다. 경악한 세아는 빛의 속도로 한재하 이사에게서 떨어졌다.

"제가 어, 언제부터 이랬나요?"

"밤새, 내내."

한재하 이사가 응대했다. 어디다가 넋을 반쯤 팔고 온 것만 같은 음성이었다. 얼굴은 흡사 밤을 꼴딱 새운 사람처럼 퀭했다.

"한숨도 못 주무셨어요?"

"그 상태로 어떻게 잠을 잡니까."

영혼 없는 표정으로 답한 그가 상반신을 일으켰다. 세아는 미안하다 못해 양심이 사정없이 쑤셨다.

"원래 이렇게 주변에 누가 있으면 막 끌어안고 잡니까?"

"곰 인형을 안고 자긴 하는데, 사람한테는 안 그러는데."

세아는 말끝을 흐렸다. 사실 사람이랑은 같이 잘 일이 없어서 정확히는 모르겠다. 하지만 리조트에서는 5박6일 동안 한 번도 한재하 이사에게 이런 식으로 달라붙지 않았으니, 아마 실수가 맞을 거다. 긴장이 풀려서 한재하 이사를 곰 인형쯤으로 착각한 게 아닐까.

"날 곰 인형쯤으로 취급한 겁니까?"

한재하 이사가 물었다. 세아는 뜨끔했다. 이 남자, 귀신이 따로 없었다.

피식 웃은 그가 손을 뻗어 살며시 그녀의 머리를 쓰다듬었다.

"씻고 올 테니까 더 누워 있으십시오."

졸지에 침대에 혼자 남은 세아는 멍하니 욕실 문을 바라보다가 머리카락을 헤집었다.

"이 바보, 멍청이!"

대체 언제 잠이 든 거야!

"중요한 이야기를 하시는 것 같았는데. 끝까지 들었어야 했는데."

본능에 지나치게 충실한 몸뚱이가 미웠다. 졸린다고 그냥 잠들어버리다니. 한재하 이사는 얼마나 황당했을까. 나름대로 큰마음을 먹고 꺼낸 이야기였을 텐데, 애인이라는 여자가 듣다 말고 꿈나라로 가버렸으니. 어쩌면 그녀에게 실망했을지도 모른다.

"일단 이사님이 나오면 사과부터 해야겠다."

세아는 한숨을 내뱉었다. 변명 같지만, 그가 그녀를 안지 않을 거라는 확신이 들자 긴장의 끈이 탁 풀리면서 참고 있던 피로가 단숨에 쏟아졌다.

'기대…… 하고 있었던 걸까.'

베개를 안은 채로 세아는 느리게 눈을 깜빡였다. 솔직히 기대감이 아예 없었다고는 못 할 것 같다. 홍콩에서의 밤이 무섭기도 하고 망설여지기도 했지만, 설레었으니까. 어젯밤 한재하 이사가 그녀에게 손대지 않을 것 않다는 생각이 들자, 다행이다 싶으면서도 동시에 아쉬움이 밀려왔으니까.

"나도 나지만 이사님도 이상해."

세아는 베개 가장자리에 턱을 올린 채로 중얼거렸다.

"어떻게 손끝 하나 안 댈 수 있어?"

연인인 남녀가 단둘이 여행을 왔다. 방도 같이 쓰고 침대도 같이 쓴다. 썸씽이 일어날 수밖에 없는 상황 아닌가?

'혹시 내가 매력이 없나?'

별안간 떠오른 가설에 세아는 급속도로 불안해졌다. 그러고 보니 꼭 선을 넘지는 않더라도 선 근처까지 갈 수도 있고, 기승전결 중에서 '기승'까지만 할 수도 있고, 하다못해 '기' 정도의 단계에서 멈출 수도 있는데…… 한재하 이사는 아무것도 하지 않았다.

세아는 자존심이 와장창 무너지는 것을 느꼈다. 아무리 이해하려고 해도 이 지나치게 평화로운 아침이 납득이 가지 않았다.

'설마 이사님이 고…… 자…….'

……는 아니겠지?

온갖 생각으로 무거워진 머리를 붙잡고 세아가 끙끙거리고 있을 무렵이었다.

"뭐 합니까."

느긋한 목소리가 위에서 떨어졌다.

세아는 고개를 들었다. 한재하 이사가 팔짱을 끼고서 그녀를 관망하고 있었다. 옷을 갈아입고 나왔는지 의상이 지난밤과는 달라져 있었다.

그녀는 순간 그를 붙잡고 '이사님, 제가 아무 매력이 없나요?'라고 묻고 싶은 충동에 휩싸였지만, 그랬다가는 미친 여자처럼 보일 가능성이 99.9퍼센트였기 때문에 참았다. 대신 그에게 사과를 건

넀다.

"죄송해요, 이사님."

"뭐가 말입니까?"

"어젯밤에 이사님이 말씀하시는데 제가 자버려서."

"아, 그거."

한재하 이사가 대수롭지 않다는 투로 덧붙였다.

"괜찮습니다. 아직 우리 사이에 그런 대화는 일렀던 모양이죠."

세아는 돌이 되었다. 이게 지금 무슨 뜻이야? 그녀는 동그래진 눈으로 한재하 이사를 올려다보았다.

'삐진 거야?'

세아는 한재하 이사의 얼굴에서 감정의 단서를 찾으려고 했다. 그러나 평소와 다름없는 안색에서 그녀는 아무것도 읽을 수 없었다.

"씻고 나오십시오. 식사하러 가게."

"네? 네!"

귓가에 내려앉은 중저음에 세아는 펄쩍 뛰며 욕실로 들어갔다.

재하는 욕실 안으로 사라지는 세아를 물끄러미 응시했다.

무언가에 홀린 듯이 이야기하다가 문득 신세아가 잠들었다는 사실을 깨달았을 때, 그는 오히려 안도했다. 차라리 잘된 일이었다. 충동적으로 말을 꺼내긴 했지만, 아직 그녀가 받아들이기에는 부담스러울 내용이다. 그의 집안, 그의 과거, 그의 부모님에 대한 그 모든 것이.

재하의 눈이 가라앉았다.

'초조하게 생각하지 마, 한재하.'

서두르지 말고 천천히 다가가는 게 여러모로 나았다.

'너, 지나치게 빠르게 신세아에게 빠지고 있어.'

샤워하다가 불현듯 든 생각이었다. 갈수록 그의 안에서 신세아의 지분이 늘어나고 있었다.

물론 사귀는 사이이니 그 자체는 전혀 이상한 현상이 아니었다. 다만 신세아가 그의 안을 장악하는 속도가 비정상적으로 빨랐다. 덜컥 겁이 날 만큼. 마치 자전거 페달을 힘껏 돌려가며 가파른 내리막길을 질주하는 기분이었다.

처음으로 그는 내달리는 자신의 마음을 제어해야 할 필요성을 느꼈다. 이건 그의 안전에 대한 문제였다. 신세아를 더는 좋아하지 않겠다거나 밀어내겠다는 뜻이 아니었다. 그저 자신을 보호할 최소한의 이성은 남겨두고 싶었다.

한번 접어든 내리막길을 거스를 수는 없었다. 거스르고 싶은 생각도 없었다. 다만 중간중간 브레이크를 밟아 속도를 조절해가며, 보다 안전하게 종착점에 도착할 수는 있었다.

'이게 신세아를 위한 길이기도 해.'

본인의 마음은 1인데 상대방이 10, 20의 감정을 쏟아붓는다면 누구라도 부담스러워하기 마련이다. 그러니 그가 절제하는 것이 세아에게도 좋은 일이라고 재하는 애써 합리화했다. 그녀가 만약 알고 서운함을 느낀다 해도 어쩔 수 없었다.

어깨를 으쓱한 재하는 간밤에 있었던 일을 회상했다. 갑작스럽게 신세아가 꼭 끌어안는 바람에 그는 심장마비에 걸릴 뻔했다. 점점 밀착되는 여체와 팔에서 느껴지는 뭉클한 감촉, 그의 몸으로 깊게 들어온 다리.

지옥 같은 밤이었다. 30년을 살면서 그만큼 인내심의 한계에 몰린 적은 없었다. 이성과 본능이 초 단위로 엎치락뒤치락하는데, 다시 생각해도 재하는 잘 참아낸 자신이 대견했다.

"나 같은 남자는 세상에 또 없지. 그렇고말고."

한껏 자화자찬한 재하는 싱글벙글 웃었다.

"이사님, 저게 한번 건널 때마다 수명이 사흘 길어진다는 장수교래요."

"그러면 저 다리를 한 번 건너는 데 1분이 걸린다는 가정 하에 사흘 동안 쉬지 않고 건너면 4,320번을 건널 수 있으니까 12,960일, 즉, 35년가량의 수명을 얻겠군요."

한재하 이사가 무심하게 응대했다. 세아는 기겁해서 한재하 이사를 쳐다보았다. 뭐야, 어떻게 암산으로 그걸 계산할 수 있어? 인간 컴퓨터야? 말을 잃은 세아를 보며 그가 빙그레 웃었다.

"35년까지는 아니어도 기왕 왔으니 사흘 정도는 연장합시다."

"아, 잠깐만요. 그전에 저기 조각상 보이죠? 저게 원로신이래요. 그리고 그 옆에 있는 검은 돌이 인연석."

"인연석?"

"네, 저 돌을 만지면 좋아하는 사람과 맺어질 수 있대요."

세아가 초롱초롱 눈을 빛내며 그를 올려다보았다.

"우리 저거 만지러 가요."

"우리는 벌써 사귀고 있지 않습니까."

"그래도요."

"미신입니다. 난 그런 거 잘 안 믿습니다. 저 돌을 만진다고 전부 사랑이 이루어지면 세상에 이루어지지 않는 사랑이 왜 있겠습니까."

한재하 이사는 떨떠름하게 응수했다. 세아는 찰나 야릇한 기분이 되었다. 어째 안 만지려고 용을 쓰는 것 같았다.

'왜지? 혹시 나랑 하기 싫은……, 아.'

잊고 있었다. 이 남자에게 약간의 결벽증이 있다는 걸. 남들의 손이 잔뜩 탄 물건이어서 만지기 싫은 거였다.

이를 어쩐다. 잠시 고민하던 세아는 한재하 이사를 끌고 인연석 앞에 섰다. 그런 다음 인연석을 만지작거리다가 가볍게 뽀뽀했다.

"뭐 하는 겁니까!"

한재하 이사가 질색했다. 세아는 생글생글 웃었다.

"안 만지실 거예요? 이사님이 안 만지면 다른 사람이 만질 텐데."

세아의 말에 그가 인상을 쓰고는 마지못해 인연석을 슥 쓸었다.

"다시는 하지 마십시오, 이런 유치한 도발."

"어, 만화 같은 전개니까 이사님이 좋아하실 줄 알았는데."

"만화를 모욕하는 겁니까?"

단호박 백 개를 먹은 듯한 단호함이었다. 세아는 쭈글쭈글하게 찌그러져 있다가 물병을 꺼내 손을 씻는 그의 행동에 1차로 놀라고, 물에 적신 손수건으로 그녀의 입술을 벅벅 닦는 그의 행동에 2차로 놀랐다.

"읍! 이사님!"

"얌전히 있으십시오."

그렇게 리펄스 베이와 틴하우 사원 등 홍콩의 여러 명소를 둘러보고 나서 둘은 한국으로 돌아가는 비행기에 탑승했다.

인천공항에 도착했을 무렵만 해도 세아는 별다른 이상한 점을 느끼지 못했다. 한재하 이사의 말수가 조금 적어졌지만, 밤에 잠을 못 잤으니 피곤해서 그렇겠거니 했다. 그렇지만 공항에 맡겨두었던 차를 찾아서 한재하 이사가 운전석에 올랐을 때, 세아는 순간 등골을 싹 훑어 내리는 알 수 없는 사늘함을 느꼈다.

"이사님?"

운전 중이어서 그런지 한재하 이사는 반 박자 느리게 대답했다.

"예."

세아는 그의 옆모습을 주시하다가 고개를 저었다.

"아무것도 아니에요."

침묵이 흘렀다. 세아는 더욱 강한 위화감에 휘감겼다. 보통 이러면 뭔지 말해보라고 추궁하든지, 혹은 다른 반응을 보여야 하는데 한재하 이사는 이상하리만치 조용했다.

운전에 집중해서 그런가? 아니면 단순히 피곤해서?

설마 나와 말하기 싫은 건가?

세아는 반신반의하며 입을 다물었다. 한재하 이사가 먼저 말을 하는지 지켜보기 위해서였다. 그러자 그도 입을 열지 않았다. 세아의 심장이 철렁 내려앉았다.

아까 틴하우 사원에서 인연석을 억지로 만지게 한 것 때문에 화가 났나? 밤새 달라붙어서 한숨도 못 자게 한 게 심기를 거슬렀나?

아닌데. 그러면 진작 티를 냈을 텐데. 게다가 비행기에서만 해도 분위기가 나쁘지 않았다.

「내가 사는 아파트 현관 카드와 집 카드입니다. 앞으로 내 집에 올 때는 이걸 사용해요.」

이러면서 카드키를 주기까지 했다. 지갑을 열어 두 개의 카드키를 확인한 세아가 재차 한재하 이사를 건너다보았다. 워낙 포커페이스여서 감정은 읽을 수 없었지만, 안색이 좋지 않은 건 알 수 있었다.

'정말 화가 난 건가?'

혼란스러워하는 사이, 어느덧 목적지였다.

"집 앞입니다. 내려서 짐 챙기십시오."

"아……."

딱딱한 한재하 이사의 어조에 세아는 당황했다. 차에서 내려 짐을 챙기자 그가 지친 얼굴로 작별을 고했다.

"조심히 들어가도록 해요."

틴팅한 창문이 스르륵 올라갔다. 세아의 눈이 한순간 커졌다. 창문이 닫히는 찰나에 목격한지라 확신할 수 없었지만, 방금 그의 옆얼굴에서 무언가가 흘러내린 것 같았는데.

자동차가 출발했다. 그 뒤꽁무니에서 어째선지 세아는 눈을 뗄 수 없었다. 묘하게 가슴이 서늘했다. 왠지 이대로 보내면 안 될 것 같은 느낌. 세아는 목청을 높여 그를 부르려고 했다. 그러나 시도 직전에 말았다. 왜 불렀느냐고 물으면 할 말이 없어서였다.

마음이 왠지 불안해서 불렀어요.

조금 우습지 않은가.

과민반응이다. 쓸데없이 예민한 거야.

터덜터덜 세아는 아파트로 향했다. 집에 들어가자마자 어머니의 불꽃 잔소리가 작렬했다.

"너 누구하고 다녀왔는지 사실대로 말 안 해?"

"친구랑 다녀왔다니까!"

"친구 누구!"

"아, 있어! 내가 왜 그런 것까지 엄마에게 일일이 말해야 하는데!"

한바탕 전쟁을 치르고 나서 씻고 방에 들어오니 어느덧 30분이 넘는 시간이 흘러가 있었다. 세아는 휴대전화를 들었다.

- 이사님, 추억도 많이 만들고 즐거웠어요. 감사합니다. 좋은 밤 되세요.

간단한 메시지를 전송한 세아는 답장을 기다렸다. 그렇지만 한참 기다려도 답장이 오지 않았다. 평소에는 5분 안에 답장이 왔던 것과는 대조적이었다.

피곤해서 잠들었나? 세아는 망설이다가 그에게 전화를 걸었다. 그런데 아무리 지나도 전화를 받지 않았다. 애써 부정했던 섬뜩한 예감이 세아를 지배했다. 세아는 곧바로 지갑과 휴대전화만 들고 방에서 뛰쳐나왔다.

"너 또 어디 가니?"

어머니의 물음에 대꾸하지 않고 세아는 현관문을 박차고 나갔다. 택시를 잡은 그녀는 재빠르게 몸을 싣고 외쳤다.

"잠실 포지움 313동 XXXX호로 가주세요!"

휴일 저녁의 잠실은 차가 꽉 막혔다. 세아는 초조함을 참을 수 없었다. 차에서 내려서 달려가는 편이 더 빠를 것 같았다.

결국, 세아는 도통 움직일 생각을 하지 않는 차에서 내려 그의 집을 향해 달렸다. 숨이 턱 끝까지 차올랐지만 멈출 수 없었다.

카드를 대고 아파트 로비를 통과한 세아가 일사천리로 그의 집 앞에 도착했다. 호흡을 조금 가다듬고 카드를 가져다 댔다. 잠금 장치가 해제되며 닫혀 있던 문이 열렸다. 그리고 세아의 눈에 들어온 것은, 현관 안쪽에 쓰러져 있는 한재하 이사였다.

"이사님!"

세아는 화들짝 놀라서 한재하 이사에게로 다가갔다. 가까이에서 보니 그의 옆얼굴이 식은땀으로 축축했다. 미동도 없는 모습에 덜컥 겁이 났다.

죽은 건 아니겠지? 세아가 맥박을 재기 위해 그의 손목을 붙잡은 순간이었다.

"신…… 세아…… 씨?"

"이사님, 조금만 기다리세요. 119 부를게요."

세아는 곧바로 휴대전화를 꺼내 들었다. 그녀가 떨리는 손으로 다이얼을 누르고 있는데, 그가 팔을 잡았다. 살짝 얹었다는 표현이 더 알맞은, 힘이라고는 하나도 없는 손이었다.

"나 멀쩡…… 합니다."

"하나도 안 멀쩡해 보여요."

다 죽어가는 목소리로 멀쩡하다고 해봤자 누가 믿겠는가. 세아가 119에 전화를 걸기 직전이었다.

"쉬면 해결됩니다."

한재하 이사가 재차 그녀의 팔을 붙잡고서 만류했다.

"그래도."

"이런 걸로 119를 부르면 공적 자원 낭비입니다. 휴대전화 내려놓으십시오."

한재하 이사의 뜻은 확고했다. 세아는 할 수 없이 휴대전화를 바닥에 두고 그에게로 상체를 기울였다.

"정말 괜찮으세요?"

"괜찮다고…… 하지 않았습니까. 이건 단순한…… 과로입니다."

"과로라니요?"

세아가 물어도 한재하 이사는 기운이 없는지 끙끙 앓기만 할 뿐, 아무런 답이 없었다. 세아는 그를 이대로 두면 안 되겠다는 생각이 들었다. 일단 침대로 옮기든지 해야겠다 싶어서 그의 양쪽 팔을 잡아당겼다. 앉은 자세로 만들기 위해서였다. 그러나 그는 꿈쩍도 하지 않았다. 애초에 온몸의 힘을 풀고 축 늘어진 장신의 남자는 그녀가 감당할 수 있는 존재가 아니었다.

어떻게든 침대로 옮겨야 하는데. 전전긍긍하던 세아는 침대로 가서 이불을 가져왔다. 한재하 이사의 옆에 이불을 평평하게 편 뒤, 온 힘을 다해 그쪽으로 그의 몸을 굴렸다.

"으…… 윽."

타의로 데굴데굴 굴려진 한재하 이사가 괴로워하며 이불 위에 안착했다. 세아는 포대기에 아기를 싸듯이 이불로 한재하 이사를 꼭꼭 감쌌다. 그런 다음 이불을 질질 끌기 시작했다.

'이렇게 하면 마찰계수가 작아지는 게 맞겠지? 아닌가?'

고등학교를 졸업한 지 너무 오래되어서 기억이 잘 나지 않았다. 긴가민가하며 세아는 수레를 끄는 소처럼 이불을 끌었다.

혼자 사는 남자 집이 왜 이렇게 쓸데없이 넓은 거야! 세아는 이를 악물고 안방까지 전진했다. 이불에 싸인 한재하 이사가 앓는 소리를 냈지만, 달리 뾰족한 수가 없었으므로 세아는 그의 신음을 무시했다.

드디어 1차 고비, 안방 문턱이었다.

"이사님, 잠시만요."

세아는 조심스럽게 한재하 이사의 머리를 들어 문턱 위에 올려놓았다. 한재하 이사는 그새 안색이 훨씬 나빠져 있었다. 어서 안락한 침대에 눕혀야겠다는 사명감에 사로잡힌 세아는 안방으로 들어가 이불을 세게 잡아당겼다.

"큭!"

"아, 아프세요?"

아무래도 문턱에 상체가 걸린 모양이었다. 세아는 다가가서 한재하 이사를 끌어당겼다. 어느새 세아의 이마에서는 식은땀이 흐르고 있었다.

어찌어찌 침대 옆까지 한재하 이사를 운반하는 데 성공한 세아가 한숨을 쉬었다. 2차 난관 봉착이었다. 어떻게 바닥에 있는 한재하 이사를 침대로 옮길 것인가. 세아가 고민하던 중이었다. 한재하 이사가 낮은 신음을 흘리며 작게 움직였다. 세아는 후다닥 그의 옆으로 갔다.

"이사님?"

"올라갈 테니까…… 부축을."

"네? 네."

세아는 한재하 이사의 팔 아래에 쏙 들어가 그를 부축했다. 그가 힘겹게 침대로 올라가 누웠다. 이불을 덮어주며 세아가 물었다.

"이사님, 어디가 어떻게 아프신 거예요? 제가 약을 사올게요."

"약은 필요 없습니다. 쉬면 알아서 낫습니다."

한재하 이사가 꺼질 듯한 음성으로 응대했다.

"잠을 못 자서 그런 거니까."

"잠을…… 못 자다니요?"

반사적으로 되묻다가 세아는 불현듯 말문이 막혔다. 그러고 보니 이사실에 가면 늘 서류가 한가득 쌓여 있었다. 단합 여행을 다녀와서 거의 일주일치 업무가 밀린 상황이었다.

이 남자는 그 많은 일을 언제 다 처리한 거지?

나중에 하려고 미뤄두지는 않았을 테다. 한재하 이사의 결재가 없으면 회사가 아예 굴러가지 않으니, 일을 미루려야 미룰 수가 없는 구조다. 게다가 책임감 강한 한재하 이사가 잔업이 남아 있는데 주말에 여행을 가자고 했을 리도 없다.

주중에 일을 다 마친 거다. 아마도 꼬박 밤을 새워가며. 잘 거 다자고도 해낼 수 있을 만큼 호락호락한 업무의 양이 아니었으니까.

그가 그렇게까지 무리해가며 일을 끝낸 이유는 분명했다. 오로지 그녀와 주말에 홍콩으로 여행을 가려고.

세아는 가슴이 울컥, 묘한 감정을 토해내는 것을 느꼈다. 눈가가 뜨거워졌다.

어째서. 굳이 이번 주 말고도 시간은 많은데. 그 사이에 내가 어디로 달아나는 것도 아니고.

어떤 마음으로 그가 밤을 새워가며 일을 했을지 생각하자 세아는 눈물이 핑 돌았다. 그러고는 홍콩에서 그녀 때문에 또 잠을 못 잤으니 병이 나도 이상하지 않았다.

세아는 그의 이마에 손을 대보았다. 그의 눈 주변이 미약하게 움찔거렸다.

'뜨거워.'

그래도 확신이 서지 않아 세아는 그의 이마에 입술을 가져다 댔다. 어디선가 입술이 가장 얇은 피부여서 작은 열도 민감하게 알아차릴 수 있다고 들었던 적이 있어서였다. 확실히 열이 있는 게 맞았다. 거기다 쉴 새 없이 흘러내리고 있는 식은땀. 단순한 과로나 수면부족이 아니었다. 피로가 축적되어서 몸살이 난 것 같았다.

"추워요?"

"조금……."

한재하 이사가 말끝을 흐렸다.

거봐. 단순한 과로가 아니잖아. 세아는 다시 눈시울이 달아올랐다. 이 남자는 얼마나 멍청하면 자기 몸 상태도 제대로 모르는 걸까.

"팔다리도 쑤시고 기운이 없어요? 누구한테 두드려 맞은 것처럼 막 아파요?"

"그런 것…… 같기도."

"기다려봐요. 가서 약이라도 사올게요."

일어나려는 세아의 팔을 그가 잡았다.

"일요일에 문 여는 약국이 어디 있습니까."

아, 그렇구나.

"그냥…… 내가 잠들 때까지 옆에 있다가 집으로 돌아가십시오. 그거면 됩니다."

한재하 이사가 기운 없는 어조로 말했다. 세아는 심장 언저리가 찡했다. 본인은 지금 자기가 본인답지 않은 말을 했다는 사실을 알까? 잠들 때까지 옆에 있어달라니. 처음으로 들어보는 그의 약한 말이었다.

"네. 알았어요, 이사님."

세아는 그의 손을 잡았다.

"편히 주무세요."

그가 안도한 듯이 눈을 감았다. 이윽고 그의 눈꺼풀이 미동도 하지 않게 되었을 무렵, 세아는 소리 없이 침대에서 일어나 식탁으로 갔다.

의자를 가져와 침대 머리맡에 둔 세아는 깨끗한 수건에 미지근한 물을 적셔서 돌아왔다. 흘린 땀이 많아 그대로 뒀다가는 체온이 더 내려가게 생겼다.

세아는 조심조심 한재하 이사의 얼굴을 닦았다. 혹시라도 그가 깰까 봐 마음을 졸이며. 다행스럽게도 그는 처음에만 눈가를 떨었을 뿐, 이내 아무런 반응도 보이지 않았다.

목까지 흘러내린 땀도 닦은 세아는 이불을 빈틈없이 꼼꼼하게 덮어주었다. 이마에 달라붙어 있는 머리칼을 떼어주자 그의 표정이 한결 편해졌다.

의자에 앉은 세아는 가만히 그를 살폈다. 아픈 사람을 두고 이런 생각을 하는 게 미안하긴 했지만…….

'잘생겼다.'

파리한 안색마저 한재하 이사의 미모를 퇴색시킬 수는 없었다. 항상 조각한 듯한 이목구비라고 느끼긴 했지만, 오늘은 아무 움직임이 없어서인지 유달리 조각 같았다.

'제대로는 처음 봐, 이사님이 잠든 모습.'

딱 한 번, 리조트에서 꼴딱 밤을 새웠을 때 그가 먼저 잠들어서 볼 기회가 있긴 했었다. 하지만 침대 옆 스탠드를 끈 상태여서 이 정도로 자세히 얼굴을 볼 수는 없었다.

충동적으로 세아는 그에게로 손을 뻗었다. 결 좋아 보이는 머리카락. 늘 만져보고 싶었다. 어떤 느낌일지.

마른침을 삼킨 세아는 그의 머리카락을 딱 한 가닥 집었다. 보드라운 촉감에 깜짝 놀랐다. 무슨 남자가 이렇게 머릿결이 좋아? 이게 말로만 듣던 실크 같은 머리카락이구나.

홀린 듯이 그의 머리카락을 매만지던 세아는 문득 궁금해졌다. 눈썹도 부드러울까? 무심결에 그의 눈썹을 쓸어내린 세아가 뒤늦게 아차 했다. 손대면 깰지도 모르는데.

세아는 쨍 얼어붙어서 그를 주시했다. 그의 눈꺼풀은 닫힌 채로 있었다. 덕분에 그녀는 좀 더 대담해졌다. 눈썹을 두어 번 더 만지고 나서 이번에는 콧대로 손가락을 미끄러뜨렸다. 눈으로 볼 때도 높은 줄은 알았지만, 막상 만져보니 작은 산 같았다. 장인이 깎아 만든 양 걸리는 데 하나 없이 반듯했다.

이쯤 되니 세아는 인형 내지는 미술 작품을 감상하는 기분이 되었다.

'어쩜 이렇게 흠잡을 데가 없지?'

미형의 입술, 갸름한 턱선, 길고 풍성한 속눈썹. 심지어 귀마저도 잘생겼다.

'이사님네 어머니는 밥 안 드셔도 배부르셨을 것 같아.'

손끝으로 턱선을 더듬은 세아는 마지막으로 그의 볼을 쓸었다. 열이 나고 있는지 따끈따끈했다. 어서 나아야 하는데. 세아는 물 끄러미 한재하 이사를 보다가 수건을 바꾸러 나갔다. 다시 땀을 흘리는 것 같으니까 어서 닦아줘야겠다. 이마에 물수건도 얹어주고.

재하는 희미한 의식 속에서 자신을 만지는 손길을 인식했다. 아주 소중한 것을 쓰다듬는 듯 나긋나긋한 손놀림.

'어머니?'

얼핏 그런 생각을 했던 재하는 곧 어머니가 아니라는 사실을 깨달았다. 그의 어머니는 이 세상을 떠난 지 오래였고, 그를 매만지는 손길은 어딘지 모르게 어머니의 것과는 달랐다.

그는 아주 조금만 눈꺼풀을 들어올렸다. 누가 보였다. 시야가 흐려서 정확하게 알 수는 없지만, 체격으로 짐작하건대 아마도 여자.

'신세아⋯⋯?'

그러고 보니 신세아가 왔던 것 같다. 현관 근처에서 꼼짝도 못하고 있는 그를 안방까지 끌어다주고 침대에 눕혀줬던 게 떠올랐다.

내가 잠들 때까지만 있다가 돌아가라고 했는데, 가지 않은 건가? 늦으면 어떻게 돌아가려고. 요즘 세상이 얼마나 험한데.

도저히 데려다 줄 자신이 없었기에 재하는 그녀에게 지금이라도 어서 집으로 돌아가라고 말하려고 했다. 그러나 아교로 붙인 것처럼 입이 떨어지지 않았다. 정확히는 입술을 뗄 기력조차 없었다.

할 수 없이 재하가 그대로 있자 그녀는 본격적으로 그의 얼굴을 더듬었다. 코도 건드리고 속눈썹도 건드리고 뺨도 건드리고. 아픈 사람에게는 귀찮기까지 한 손길이었다. 그런데 그게 조금도 싫지 않아서 재하는 놀랐다. 오히려 당황스럽게도, 그는 눈물이 날 것 같았다.

이게 얼마 만의 온기지?

잠든 그를 누가 사랑스럽다는 듯이 매만지는 게 몇 년 만인가.

아픈 그의 옆을 누가 지키고 있는 게 몇 년 만인가.

그 모든 것이 재하에게는 아주 오래된 추억 속에만 남아 있는 일들이었다. 언제나 그는 혼자였다. 기쁠 때도, 슬플 때도, 아플 때도, 외로울 때조차.

처음으로 재하는, 그동안 자신이 이런 손길에 목말라 있었음을 자각했다. 그래서 내내 이런 온기를 애타게 갈구하고 있었다는 것도.

그가 숨죽이고서 그녀의 손끝에서 번져 나오는 따뜻함에 집중하고 있을 때였다. 그녀가 손을 거두어들이더니 의자에서 일어났다.

'집에 가려는 건가?'

하마터면 재하는 손을 들어서 그녀를 붙잡을 뻔했다. 가지 말라고, 날 혼자 두고 떠나지 말아달라고 애원하고 싶었다.

눈을 감고 있는데도 그녀가 멀어지는 게 생생히 느껴졌다. 재하는 덩그러니 버려진 느낌에 가슴이 황량해졌다.

'새삼스럽게 왜 이러는 거야? 한재하. 넌 이제 열 살짜리 어린아이가 아니야.'

재하가 마음을 다잡으려고 애쓰던 차였다. 인기척이 들렸다. 재하는 숨을 멈췄다. 발소리가 점점 가까워졌다. 그의 머리맡에서 걸음이 멈추고, 의자가 무게를 감당하듯이 삐걱거렸다. 그리고 그의 관자놀이에 물기를 머금은 수건이 닿았다.

정성스럽게 얼굴을 닦는 세아의 행동에, 재하의 안에서 울컥 무언가 치솟았다. 참을 새도 없이, 눈물 한 방울이 눈꼬리에서 벗어나 재하의 옆얼굴을 타고 흘러내렸다.

날아갈 것 같은 기분이었다. 재하는 눈을 깜빡이다가 스르르 침대에서 일어났다. 당장 쓰러져도 이상할 것 같지 않았던 상태가 거짓말이었던 듯 전신이 가벼웠다.

몇 시지? 출근해야 하는데.

휴대전화를 찾기 위해 주변을 둘러보던 재하가 돌연 몸을 굳혔다. 자신의 손끝에 닿는 머리카락을 느낀 까닭이었다.

재하의 시선이 서서히 머리카락의 주인에게로 이동했다. 신세아가 침대 머리맡에 엎드려서 자고 있었다. 한눈에 봐도 불편한 자세였다.

한숨을 쉰 재하는 바닥으로 내려와 세아를 안아 들었다. 어제 끙끙거리며 그를 옮겼던 세아와는 한참 대조되는 모습이었다.

세아를 침대 위에 반듯하게 눕힌 그는 방 안의 정경을 살폈다. 냄비에 담긴 물에 적신 수건들이 눈에 들어왔다.

한두 개가 아니었다. 밤새 그를 간호했다고 생각할 수밖에 없는 양이었다.

휴대전화를 확인해보니 그녀에게서 걸려온 전화도 한 통 있었다. 아마도 그가 전화를 받지 않으니 뭔가를 직감하고 집으로 찾아온 모양이었다.

심장이 찌르르 울렸다. 주먹을 말아 쥔 재하는 씻기 위해 갈아입을 옷을 챙겼다. 신세아는 자게 내버려두더라도, 그는 회사에 출근해야 했다.

'신세아는 월차를 낸 걸로 처리하면 되겠지.'

세아의 처우를 정하며 재하가 조용히 방을 나섰다. 세아가 물소리에 깨지 않도록 멀리 있는 화장실에서 씻기 위해서였다. 그런데 방문을 열자, 그의 코끝으로 음식 냄새가 밀려왔다.

재하는 식탁으로 걸어갔다. 식탁에 죽과 반찬이 차려져 있었다. 그는 딱딱한 표정으로 식탁에 앉았다.

'동요하지 마, 한재하.'

재하는 사정없이 흔들리는 마음을 애써 다잡았다. 브레이크를 걸어야 한다는 거 알고 있잖아. 상대가 누가 되었든 정신없이 빠져들면 위험하다는 거, 뼈저리게 알잖아. 이미 빠르게 신세아에게 마음을 빼앗기고 있다. 제동을 걸지는 못할지언정 액셀을 밟아서는 곤란했다.

전복죽을 떠먹으며 재하는 끊임없이 자신에게 되뇌었다. 속도를 조절해야 한다고. 운전이든, 연애든 스스로를 보호할 최후의 장치는 남겨둬야 한다고. 아버지와 어머니의 전철을 밟지 않으려면.

세아가 차려놓은 음식을 남김없이 먹은 재하가 의자에서 일어났다. 드레스 룸에 들어간 그는 넥타이를 골라서 매고 현관으로 걸어갔다.

신발을 신기 위해 무심결에 눈길을 내린 그는 숨이 턱 막혔다. 깔끔하게 정리된 현관에 불청객처럼 놓인 이질적인 신발 한 켤레. 그런데 그 신발이 짝짝이었다.

왼쪽 신발과 오른쪽 신발이 서로 확연히 달랐다. 뭘 신었는지조차 모르고 여기까지 온 것이었다. 그가 걱정되어서. 그가 무사한

지 확인하겠다는 일념 하나만으로.

동시에 재하는 자신의 내면에 견고하게 쌓아둔 벽이 와르르 무너지는 것을 느꼈다. 손쓸 새도 없이, 그야말로 눈 깜짝할 사이에.

"이건 반칙이잖아."

현관에 주저앉은 재하가 나직이 헛웃음을 터트렸다. 모든 노력과 계획이 한순간에 수포로 돌아갔다. 둑이 허물어지자 억지로 가두어뒀던 감정들이 기다렸다는 듯이 터져 나왔다.

시큰거리는 심장을 느끼며 그는 눈을 감았다.

'조절할 수…… 없어.'

브레이크가 망가졌으니 이제 더는 마음을 통제할 수 없었다.

21. 선전포고

세아는 가느다란 신음을 내뱉었다. 목이 약간 뻐근했다. 뭐라고 해야 할까, 높이가 조금 안 맞는다고 해야 하나? 베개를 잘못 뱄을 때와 비슷한 이질감이었다.

뒤척이던 세아는 옆으로 돌아누웠다. 자세를 바꾸니 목이 한결 나았다.

베개 되게 푹신하네. 이불도 부드럽고. 엄마가 언제 내 방 침구 세트를 바꿨나? 베개에 볼을 비비며 기분 좋은 감촉에 미소 짓던 세아는 문득 떠오른 생각에 멈칫했다.

"이사님."

침대에서 벌떡 일어난 세아가 주위를 둘러보았다. 낯선 벽지와 가구 배치. 한재하 이사의 방이었다.

"내가 왜 이사님 침대에?"

의자에 앉아서 그를 간호하고 있었는데?

깨어나면 배고플까 봐 곧장 먹을 수 있도록 음식을 해놓고 방으로 돌아온 것까지는 기억이 났다. 그런 다음 의자에 앉아서 그의 상태를 지켜봤고, 어느 시점부터 안색이 편안해지기에 마음을 놓았는데…….

"잠들어버렸구나."

난 왜 이렇게 잠을 못 참지? 세아는 자책하며 머리를 쥐어뜯었다.

"그나저나 이사님은 어디에 계신 거지?"

일단 안방에는 세아뿐이었다. 밖에 그가 있을까 싶어 세아는 스르륵 침대에서 벗어나 안방을 나섰다.

가장 먼저 식탁이 눈에 들어왔다. 차려뒀던 음식이 증발이라도 한 양 깨끗한 식탁. 세아는 당황했다. 혹시 내가 꿈에서 요리를 했나? 그녀는 서둘러서 식탁으로 다가갔다. 텅 빈 식탁에는 작은 메모가 하나 놓여 있었다.

[설거지는 내일 도우미 아주머니가 와서 하실 테니 신경 쓰지 마십시오. -한재하]

세아는 작게 웃었다.

'이사님이 드셨구나.'

그런데 쪽지를 남겨뒀다는 건, 역시…….

'밖으로 나갔다는 뜻이겠지?'

아니나 다를까. 거실과 다른 방들을 둘러보니 한재하 이사는 어디에도 없었다.

"도대체 아픈 몸으로 어디를."

무심결에 중얼거린 세아의 안색이 돌연 창백해졌다. 오늘이 무슨 요일이지?

"월요일."

어제가 일요일이었으니 오늘은 당연히 월요일이다. 두 손으로 턱을 감싸 쥔 세아가 절규했다.

"회사!"

어떻게 회사에 출근해야 한다는 사실을 새까맣게 잊고 있었을까. 세아는 허둥지둥 휴대전화를 찾아 나섰다. 일단 회사에 연락부터 해야 한다.

쏜살같이 안방으로 들어간 세아는 침대 주변을 수색했다. 의자 위에 휴대전화가 놓여 있었다. 그대로 휴대전화를 집어 든 세아가 아래에 가려져 있던 메모를 발견했다.

[휴가 처리 해둘 테니 염려 말고 푹 쉬십시오.]

세아는 맥이 탁 풀려서 침대에 주저앉았다. 한재하 이사는 아침에 일어나 혼자 출근한 모양이었다.

"괜찮을까. 몸 상태."

절로 걱정되었다. 간밤에 핏기라고는 하나도 없이 창백한 얼굴로 식은땀을 흘리던 한재하 이사의 모습이 세아의 눈앞에서 어른거렸다.

문자나 하나 보내볼까. 심란한 마음으로 휴대전화를 켠 세아는 이내 기겁했다. 집에서 걸려온 부재중 전화와 문자가 한가득 쌓여 있었다. 그러고 보니 부모님에게 말도 없이 외박했다.

세아는 후환이 두려워졌다. 밖에서 외박을 하든, 날밤을 새워 트위스트를 추든 미리 연락은 해야 한다는 게 부모님의 지론이었다.

비행기를 타느라 휴대전화를 무음 상태로 해놓았더니 이런 사달이 일어났다. 세아는 죽상을 쓰고 어머니에게 전화를 걸었다. 신호음이 몇 번 가고, 기차 화통을 삶아 먹은 소리가 전파를 타고 넘어왔다.

- 신세아, 너 어디야!

세아는 수화기 부분에서 한참 귀를 뗐다. 귀청이 떨어질 것 같았다.

"어, 엄마, 그게 있잖아."

- 당장 바른대로 고하지 못해?

"그게 그러니까, 혼자 사는 친구가…….."

무심코 최대한 덜 혼나는 방향으로 변명하려던 세아가 입을 다물었다. 한재하 이사를 친구라고 하고 싶지 않았다.

"이사님이 아프셔서 옆에서 간호하다가 잠들어버렸어."

- 뭐? 이사님이라면 너랑 사귀는?

"으응, 내 애인."

애인. 그 두 글자를 제 입으로 뱉어낸 세아는 견딜 수 없이 부끄

러워졌다. 심장이 간질거리고 온몸이 비비 꼬였다.

　- 이사님은 괜찮고?

　어머니가 안부를 물어왔다.

　"응. 내가 잠든 사이에 일어나서 출근하신 것 같아."

　- 그럼 넌 어딘데?

　"이사님 집."

　- 회사는 어쩌고?

　"이사님이 휴가 처리 해주셨어."

　- 으이그. 잘하는 짓이다.

　"미안해, 엄마."

　세아는 조심스럽게 사과했다. 푹 한숨을 쉰 어머니가 화제를 전환했다.

　- 그래서 언제쯤 들어올 건데?

　"어……, 상황 봐서요."

　아무래도 그가 퇴근할 때까지 기다렸다가 몸 상태를 확인하고 가야겠다. 이대로 집으로 가버리면 마음이 편치 않을 것 같았다.

　- 그래. 자세한 이야기는 이따가 하자.

　알았다고 대답하고 통화를 종료한 세아는 가슴을 쓸어내렸다. 일단은 이렇게 일단락되었지만, 집에 들어가는 순간 지옥문이 열릴 게 분명했다. 어머니는 둘째치더라도 아버지가 어떤 반응을 보일지 상상이 되지 않았다.

　'죄지은 것도 아닌데 왜 이런 기분이 되어야 하는 거지.'

전전긍긍하던 세아는 속 끓이기를 포기하고 뒤로 드러누웠다. 그런데 지금 몇 시지?

"15시 57분."

휴대전화 액정에 찍힌 숫자를 인식한 세아의 눈이 커졌다. 말도 안 돼. 내가 오후 4시까지 잤다고? 눈으로 보고도 믿어지지가 않았다. 당혹스러움을 느낀 세아가 다른 시계를 찾아 사방을 두리번거렸다. 그러다가 우연히, 의외의 물건을 보았다.

"단추?"

웬 단추 하나가 덩그러니 침대 스탠드 근처에 놓여 있었다. 별다른 특색이라고는 전혀 없는 단추였다. 대수롭지 않게 손을 뻗어 단추를 쥔 세아가 굳었다. 잡은 순간 익숙한 느낌이 들었다.

세아는 다시 자세히 단추를 들여다보았다. 퍼뜩 한 가지 해프닝이 뇌리를 스쳤다. 피규어 때문에 단추가 떨어졌던 날. 그 단추가 딱 이런 색에 이만한 크기였는데?

"뭐야."

혹시 내 거?

오묘한 표정으로 세아가 손바닥 안의 단추를 내려다보았다. 그녀의 시선이 거의 노려보는 지경에 이르렀을 즈음이었다. 초인종 소리가 적막을 가르고 울려 퍼졌다. 단추를 도로 제자리에 놓은 세아가 현관으로 달려갔다.

"누구세요?"

"신세아 님 맞습니까?"

남자의 물음에 세아는 식겁했다. 여긴 이사님 집인데 왜 날 찾아? 내가 여기에 있는 줄 어떻게 알고?

"한재하 님이 보낸 퀵서비스입니다."

남자의 설명에 의심을 푼 세아가 현관문을 열었다. 남자는 예쁘게 포장된 상자 두 개를 건네더니 휑하니 사라졌다. 순식간에 상자 두 개를 안게 된 세아는 어안이 벙벙했다.

이사님이 나한테 퀵서비스를? 느닷없이 왜?

멍하니 선물 상자들을 내려다보던 세아가 작은 것부터 뜯었다. 리본을 풀고 포장지를 벗기자 투명한 케이스에 예술 작품처럼 담겨 있는 신발이 보였다. 베이지색 구두였다.

"우아."

상자에서 구두를 꺼내 요리조리 살핀 세아가 저도 모르게 탄성을 흘렸다. 구두코 쪽과 굽에 붙어 있는 화려한 장식에서 눈을 뗄 수 없었다.

홀린 듯이 구두를 뜯어보던 세아는 다른 상자를 열었다. 두 번째 상자에는 고급스럽고 단정한 원피스가 들어 있었다. 펼쳐서 전체적인 모양을 살핀 세아는 감탄했다. 왜 갑자기 이런 선물을? 의아해하던 차에 상자 안에 있는 작은 메시지 카드가 눈에 띄었다. 옷을 내려놓은 세아는 동봉된 메시지 카드를 펼쳐보았다.

[6시에 데리러 가겠습니다.]

63

간결하기 그지없는 문구. 세아의 눈이 커졌다.

지금 4시가 넘었는데 6시에 온다고? 얼마 안 남았잖아.

날벼락을 맞은 세아는 황급히 옷과 구두를 챙겼다. 어서 집에 가서 씻고 화장하고 세팅한 다음에 여기로 돌아오면…… 6시가 넘어!

아무리 생각해도 집에 들렀다가 오면 약속 시각에 맞추기는 불가능했다. 여기서 해결을 보는 수밖에 없었다. 하지만 이 집에는 화장품도 없고 고데기도 없는데?

세아는 눈앞이 깜깜해졌다. 예쁜 옷이 있고 구두가 있는데 화장은 할 수 없다니. 이 무슨 신종 고문인가.

"이렇게 넋 놓고 있을 때가 아니야."

뺨을 짝짝 때린 세아가 휴대전화와 카드키를 챙겨서 밖으로 나갔다. 갈아입을 속옷과 칫솔, 스타킹, 비비크림, 립스틱을 사온 그녀는 바로 욕실로 들어갔다.

씻고, 헤어드라이어로 머리를 말리고, 간단한 화장을 하고, 스타킹을 신고, 옷을 입고 분주하게 움직인 끝에 마침내 5시 55분.

거울에 비친 자신을 못내 어색한 표정으로 보던 세아가 아파트 1층으로 내려갔다. 한재하 이사가 차에 비스듬히 기댄 채 손목시계로 시각을 확인하고 있었다.

"이사님."

고개를 든 한재하 이사의 만면에 놀람이 번졌다. 세아는 깍지를 낀 손가락을 꼼지락거리다가 수줍게 물었다.

"이상해요?"

"신세아 씨."

"네."

대답하기가 무섭게 한재하 이사가 세아를 끌어안았다. 한재하 이사 특유의 시원한 향기가 코끝으로 훅 밀려왔다.

"예쁩니다."

세아의 뒷머리를 꼭 끌어안고서 그가 속삭였다. 귓가를 간질이는 매력적인 중저음에 세아는 뺨이 뜨끈해졌다.

"아……, 감사합니다."

세아는 한재하 이사가 팔을 풀어주기를 기다렸다. 그러나 한참이 지나도 그는 떨어질 기색이 없었다.

'이사님?'

늘 하던 포옹이었다. 그런데 이번에는 뭔가가 달랐다. 같은 행동인데도 평소보다 농도가 짙은 느낌. 밀도가 높아서 찰나 숨이 턱 막히는 그런 느낌이었다. 이러지도 저러지도 못 하고 안겨 있는 세아를 그가 놓아주며 제안했다.

"갑시다."

'어디로요?'라고 세아가 묻기도 전에 한재하 이사는 조수석 차문을 열었다. 세아는 엉겁결에 차에 탔다. 문을 닫아준 그가 운전석에 올라 시동을 걸었다.

차가 소음 없이 매끄럽게 앞으로 나아갔다. 세아는 그에게 물어보고 싶은 게 많았다. 왜 갑작스럽게 옷과 구두를 선물했는지부터 시작해서 집에 있는 단추의 존재까지. 그렇지만 가장 하고 싶은 질문은 이것이었다.

"몸은 좀 어떠세요?"

"말끔하게 나았습니다. 원래 어지간한 상태는 하루 안에 회복됩니다."

빈말이 아닌 듯 한재하 이사는 정말로 멀쩡해 보였다. 이게 사람이야, 몬스터야? 부러움 반 시기심 반의 감정을 담아 그를 건너다보던 세아가 조용히 미소 지었다. 괜찮다니 다행이었다.

"신세아 씨야말로 어떻습니까? 밤새 날 간호한 것 같던데."

"아, 저는 많이 자서 괜찮아요."

세상모르고 오후 4시까지 자서 그런지 몸이 가뿐했다. 그나저나 이 남자는 날 어디로 데려가려는 걸까. 이렇게 예쁜 옷과 구두까지 사주고서.

세아의 궁금증은 얼마 있지 않아 풀렸다. 한재하 이사가 도착한 곳은 한눈에 봐도 음식값이 하늘을 찌를 것 같은 레스토랑이었다. 평상복을 입고 왔으면 개밥에 도토리처럼 탁 튀었을 듯한.

내심 옷과 구두를 받았으니 식비를 부담해야겠다고 생각하고 있던 세아는 부담스러워졌다. 평범하지 않은 가격이 적힌 메뉴판을 받았을 때는 더더욱.

'어쩔 수 없지.'

살면서 한 번도 이런 가격의 음식은 사 먹어본 적 없었지만, 기왕 돈 쓰는 거 기쁘게 쓰자. 해탈한 세아는 한재하 이사가 권하는 제일 비싼 코스 요리를 먹기로 했다.

얼마 후 요리가 하나씩 나오기 시작했다. 아름다운 플레이팅에 눈길을 빼앗겼던 세아는 한입 먹고는 토끼 눈이 되었다.

"맛있어요."

"신세아 씨가 맛있다고 하니 온 보람이 있군요."

한재하 이사의 입매가 유려한 곡선을 그렸다. 세아의 심장이 두근, 미약하게 울렸다.

예쁜 옷과 구도, 클래식 음악이 흘러나오는 분위기 좋은 레스토랑, 고개를 약간 돌리면 바로 보이는 환상적인 야경, 맞은편에 앉아서 그림 같은 자세로 식사하는 한재하 이사.

모든 것이 세아의 가슴을 뛰게 했다. 현실이라기보다는 꿈의 한 장면 같았다. 왠지 모르게 몽롱한 기분. 세아가 이색적인 기류에 취해 있을 때였다.

"오늘 신세아 씨를 부른 건, 해둘 말이 있어서입니다."

한재하 이사가 입을 열었다. 세아는 식기를 들고 있던 손을 멈추고는 그를 쳐다보았다.

"무슨 말씀을……?"

"선전포고를 하려고요."

그는 태연하게 나이프로 스테이크를 썰며 말했다.

"선전포고요?"

자연스럽게 세아는 긴장했다. 대체 이 남자가 나와 무슨 전쟁을 하려는 걸까. 우여곡절 끝에 사귀는 사이가 되긴 했지만, 워낙 종잡을 수 없는 성격에 S 기질까지 충만한 남자이다 보니 일말의 불안감이 들었다.

"가능하면 안전 속도를 준수하며 다가가려고 했는데, 포기했습니다."

한재하 이사가 무심하게 부연했다. 선문답 같은 말이었다. 속뜻을 이해하기 위해 세아가 말없이 머리를 굴리고 있을 무렵이었다.

"이제부터 나는 전속력으로 달릴 겁니다. 신세아 씨에게로."

세아의 심장이 덜컥 내려앉았다.

"부담스러워해도 어쩔 수 없습니다. 물러나지 않을 겁니다."

한재하 이사가 그녀를 응시했다. 속을 알 수 없는 검은 눈이 어딘지 모르게 집요한 빛깔을 띠고 있었다.

세아는 마른침을 삼켰다. 그녀의 머릿속에는 온통 한 가지 생각뿐이었다.

이게 뭐지? 이게 대체 무슨 상황이지?

"이사님."

당혹감이 깃든 얼굴로 세아가 그를 마주 보았다. 눈이 마주치자 그가 녹을 듯이 달콤하게 웃었다.

"반론이나 거부는 받지 않을 겁니다. 반쯤은 신세아 씨가 자초한 것이기도 하니까."

내가 자초를 했다고? 내가 뭘 어쨌는데?

도저히 영문을 모르겠다. 뜬금없이 미로 속에 내던져진 심정이었다. 세아의 만면에 혼란스러움이 번졌다. 계기나 메커니즘은 이해하지 못했지만, 어쨌든 결론은 알아들었다. 한재하 이사는 이것저것 재지 않고 그녀에게 직진하겠다고 선언하고 있었다. 식기를 쥔 손끝이 떨리고 심장이 쿵쾅쿵쾅 뛰었다.

"다시 말하자면."

쨍하니 얼어붙은 세아를 보며 한재하 이사가 담백하게 덧붙였다.

"내가 본격적으로 신세아 씨 덕질을 시작하겠다는 뜻입니다. 오늘 이 시각부터."

세아는 말을 잃었다. 날 덕질하겠다고?

"덕통사고라는 단어, 압니까?"

"덕통사고…… 요?

생소한 용어에 세아는 말끝을 흐렸다.

"덕 포인트를 자극당해서 교통사고를 당하듯이 갑작스럽게 훅 빠지는 걸 덕후들 사이에서는 덕통사고라고 합니다."

한재하 이사가 차분하게 설명했다.

"그런데 그 덕통사고를, 내가 신세아 씨에게 당한 것 같습니다."

"예?"

세아가 화들짝 놀라서 되물었다. 그러니까, 날 더 좋아하게 되었다는 뜻인 거지?

고급스러운 옷과 구두에 야경이 보이는 로맨틱한 레스토랑. 오늘 무슨 일이 있으리라고 세아는 내심 짐작하고 있었다. 나름대로 마음의 준비도 했고. 하지만 이런 기상천외한 고백을 받게 될 줄

이야.

"덕후라는 종자는 기본적으로 한번 뭘 좋아하면 끝을 봅니다. 좋아하는 상대에게는 절대 충성. 다만 그 마음이 금방 끝나느냐, 길게 가느냐의 문제인데……."

한재하 이사가 평이하게 부연했다.

"나는 지조 있는 덕후입니다."

세아는 마시던 물을 뱉을 뻔했다. 간신히 사태를 수습한 그녀가 한재하 이사를 건너다보았다. 한재하 이사는 더없이 진지한 표정이었다. 세아의 심장 박동도 점점 빨라졌다.

그날 밤을 기점으로 한재하 이사는 변했다.

사귀기 전과 사귀게 된 후의 간극이 심해 안 그래도 적응하느라 애를 먹고 있던 세아로서는 죽을 맛이었다. 게임에 비유하자면, 이 난도에 막 적응하려던 차에 더 어려운 모드에 돌입한 느낌?

"신세아 씨."

귓속으로 부드럽게 파고드는 중저음에 세아는 움찔했다. 목 근처를 감싼 팔과 지척에서 느껴지는 존재감. 한재하 이사가 뒤에서 그녀를 끌어안은 게 분명했다.

"아, 이사님."

"뭐 하는 중입니까?"

"이, 일하는 중인데요."

회사에 출근해서 컴퓨터 앞에 앉아 있는 사람이 일을 하지 뭘 하

겠는가.

"언제 끝납니까? 그거."

"어……, 한 5분 뒤쯤이요?"

"그러면 그때까지 이러고 있겠습니다."

"네?"

당황한 세아가 목소리를 높였다.

"저, 이사님이 이러고 계시면 제가 일을 제대로 할 수가."

"무슨 상관입니까. 내가 신세아 씨 팔을 잡고 있는 것도 아닌데."

그의 숨결이 세아의 귓가를 지분거렸다. 세아는 펄쩍 뛰고 싶었다. 등줄기가 찌릿하고 허리가 야릇하게 간지러워서 견딜 수가 없었다. 그러나 그보다 더 감당할 수 없는 건 따로 있었다. 직장 동료들의 시선. 충격과 경악, 공포가 가득한 얼굴!

이해 못 할 것도 아니었다. 직장에서 이러고 있으면 좋게 보일 리 만무했다. 상대가 한재하 이사이다 보니 다들 아무 말도 못 하고 있을 뿐. 무엇보다도 세아를 안절부절못하게 하는 것은…….

'저 눈빛!'

바로 사람 하나 죽일 듯한 눈을 한 남주요 대리였다.

"이사님, 일단 떨어져주시면 제가 5분 뒤에 이사실로……."

"싫습니다."

세아의 말을 자른 한재하 이사가 허리를 숙여 그녀의 어깨에 턱을 괴었다. 세아는 어디 가서 하소연이라도 하고 싶은 심정이었

71

다.

이 남자, 대체 왜 이래.

요즘 한재하 이사의 행동 패턴은 딱 세 가지 표현으로 축약할 수 있었다. 제멋대로, 남들은 아웃 오브 안중, 스킨십 남발. 마음 같아서는 때와 장소를 가리라고 한소리 하고 싶었지만, 막상 한재하 이사와 얼굴을 마주하고 있으면 그 말이 눈 녹듯이 스르르 사라졌다.

기가 막힐 만큼 잘난 외모 때문인지, 가슴이 흐물흐물해질 만큼 따뜻한 눈으로 그녀를 보기 때문인지는 알 수 없어도 하여튼 그랬다.

"……그럼 그냥 제가 지금 이사실로 들어갈게요."

"잘 생각했습니다."

한재하 이사가 낮게 웃음을 터트렸다. 세아는 체념하고 문서를 저장했다.

그것으로 끝이 아니었다. 늘 집 앞까지 차로 데려다 주면서 헤어지는 순간이 되면 한재하 이사는 세아를 꽉 끌어안고 이렇게 귓속 말했다.

"들여보내기 싫습니다."

그럴 때마다 세아는 심장이 남아나지 않았다. 게다가 연락은 또 어찌나 자주 하는지.

- 목소리 듣고 싶어서 전화했습니다. 시간 괜찮습니까?

귀가 녹을 듯한 음성으로 야심한 시각에 전화를 걸고.

- 비 내립니다. 출근할 때 우산 챙겨서 나오도록 해요.

자고 일어나면 세심하게 신경 써주는 문자가 와 있고.

"신세아 씨."

눈이 마주칠 때마다 모든 근심과 걱정이 사라지는 사람처럼 환하게 웃고.

"오늘 간식은 치킨으로 하죠, 여러분."

사소한 부분까지도 은근히 그녀를 챙기고.

"거울 보지 않아도 예쁩니다. 그러니까 거울 그만 보고 날 봐요."

닭살 돋는, 그렇지만 가슴 콩콩 뛰는 말도 하고.

"······웃!"

때로는 농밀한 스킨십.

그런 것들이 하나하나 쌓이면서 세아도 차츰, 가랑비에 옷 젖듯이 그에게 마음이 열리는 걸 느꼈다.

어느덧 5월도 끝자락에 접어들어 있었다.

"이사님, 이번에는 제가 계산을······."

"괜찮습니다."

세아가 말릴 새도 없이 한재하 이사가 지갑을 꺼내 들더니 카드로 결제했다. 세아는 이제 미안하다 못해 대역 죄인이 된 기분이었다. 평소에는 누가 내든지 크게 개의치 않으면서, 꼭 돈이 많이 드는 때는 자기가 내버린다. 그녀를 덕질하겠다고 선언한 날에도 그가 먼저 음식값을 계산해버리는 바람에 세아가 얼마나 무안했는지 모른다.

"제가 안 괜찮단 말이에요."

"그러면 다음에 신세아 씨가 사십시오."

시크하게 응수하는 한재하 이사의 옆모습을 보며 세아는 끙끙 앓았다. 저래놓고 또 막상 비싼 데 가면 자기가 내버릴 게 뻔한데. 어떻게 해야 이 불편함을 씻을 수 있을까. 고민하던 세아는 묘안을 냈다.

그에게 선물을 주자.

데이트를 끝내고 집에 들어온 뒤에도 세아는 끊임없이 생각했다. 적당한 게 뭐가 있지? 인터넷에 '남자친구 선물'을 검색해보니 보통 손목시계, 넥타이, 구두, 벨트, 지갑, 최신 전자 기기 등을 추천했다.

"최신 전자 기기는 아무래도 다 가지고 계실 것 같고."

IT 벤처의 대표이사답게 한재하 이사는 얼리 어답터(early adopter)였다. 국내에 출시되지 않은 제품도 해외에서 공수해 와서 가지고 있을 정도였다.

"그러면 손목시계, 넥타이, 구두, 벨트, 지갑 중 하나인데."

침대에서 뒤척이며 세아는 갈등했다. 역시 피규어를 좋아하려나? 그렇다고 첫 선물로 피규어를 주기는 뭐했다. 한재하 이사가 무슨 캐릭터를 좋아하는지도 모르겠고. 세아는 그냥 무난하게 가기로 했다.

'기왕이면 자주 보는 거면 좋겠어. 볼 때마다 날 떠올리게.'

그런 의미에서 손목시계가 제격이었다. 결심한 세아는 일요일을 결행일로 정했다. 그러나 막상 손목시계를 사러 백화점에 간 세아는 기겁할 수밖에 없었다.

무슨 시계가 이렇게 비싸! 자비 없는 가격의 향연이었다. 인지도가 있는 브랜드의 매장으로 갔더니 가격이 기본으로 백만 원이 넘었다.

손목시계가 이렇게 비싼 물건이었어? 세아는 급속도로 위축되었다. 그녀가 잡은 예산은 50만 원이었다. 그 정도면 넉넉할 줄 알았는데 아니었구나.

여기저기를 헤매고 다닌 끝에 마침내 눈에 확 들어오는 손목시계가 있었다.

"120만 원입니다."

맙소사. 세아는 선뜻 카드를 내밀 수 없었다. 120만 원. 26년을 살면서 세아는 단 한 번도 단일 품목에 그만한 돈을 지출해본 적이 없었다.

내가 120만 원을 벌려면 얼마나 일을 해야 하지? 120만 원이면 치킨이 몇 마리지?

오만 생각이 다 들었다. 지갑을 든 손끝이 덜덜 떨렸다. 세아는 눈을 딱 감고 매장 직원에게 카드를 내밀었다.

"여기요."

출근길에 오르는 세아의 심정은 조마조마했다. 의식하지 않으려고 해도 자꾸 가방으로 시선이 가는 걸 막을 수가 없었다. 이 안에 무려 120만 원짜리 시계가 있다.

세아는 저도 모르게 가방을 꼭 끌어안았다. 손목시계가 남자의 자존심이래서 큰맘 먹고 비싼 걸로 사긴 했는데, 간밤에 후회했다. 만약 그의 취향이 아니면 어쩌지? 아니, 분명 그가 지금 차고 다니는 게 이거보다 더 비쌀 텐데 내가 이걸 선물해봤자 의미가 있을까?

'그래도 좋아해줬으면 좋겠어.'

만약 이 손목시계를 받고 한재하 이사가 환하게 웃는다면, 예상보다 훨씬 많은 지출을 했음에도 세아는 매우 기쁠 것 같았다.

시간이 유독 더디게 흘렀다. 퇴근 시각인 5시가 되자 세아는 곧바로 가방을 챙겨서 이사실로 향했다.

"이사님, 오늘 몇 시에 퇴근하세요?"

"이것만 끝내면 됩니다. 소파에 잠깐 앉아 있으십시오."

한재하 이사는 컴퓨터 자판을 두드리며 응대했다. 세아는 두근거리는 가슴을 안고 그의 업무가 끝나기만을 기다렸다.

"가죠, 신세아 씨."

한재하 이사가 의자에서 일어났다. 세아도 소파를 박찼다. 선물을 줄 순간이 가까워지고 있었다.

한재하 이사를 따라서 도착한 곳은 이탈리안 레스토랑이었다. 전체적으로 조명이 약간 어둡고, 직원으로 보이는 사람이 피아노 앞에 앉아 직접 곡을 연주하는.

창가 자리에 앉아서 느긋하게 식사를 마친 세아는 조심스럽게 운을 뗐다.

"이사님, 저 이사님에게 드릴 선물이 있어요."

한재하 이사가 놀란 듯 눈을 크게 떴다가 웃었다.

"나도 신세아 씨에게 선물할 게 있습니다."

"네? 저에게요?"

세아는 난감해졌다. 늘 받기만 하는 게 미안해서 선물을 사왔더니 또 받게 생겼다. 세아는 서둘러서 가방에서 쇼핑백을 꺼냈다.

"제가 먼저 드릴게요. 자."

"지금 열어봐도 됩니까?"

"예."

고개를 끄덕인 세아는 한재하 이사가 어떤 반응을 보일지 기다렸다. 케이스를 연 한재하 이사는 오묘한 표정을 지었다. 좋아하는지 싫어하는지 알 수 없는 얼굴. 세아는 불안해졌다.

"마음에 안 드세요?"

한재하 이사는 한참 말이 없었다.

"이거, 신세아 씨가 사기에는 비쌌을 것 같은데."

"어, 네. 그런데 못 살 정도는 아니더라고요."

세아는 겸연쩍게 대답했다. 다시 한재하 이사는 입을 다물었다.

정적을 견디지 못하고 세아가 먼저 말문을 열었다.

"마음에 안 들면 바꾸셔도 돼요."

한재하 이사는 아무런 대꾸가 없었다. 또 대화가 끊겼다. 세아가 가시방석에 앉은 느낌을 맛보고 있을 때였다.

"……신세아 씨가 직접 채워주십시오. 이리로 와서."

한재하 이사가 손목에 차고 있던 시계를 풀며 말했다. 세아의 만면에 화색이 돌았다. 싫은 건 아니구나. 세아는 그의 옆자리에 앉아서 시계를 들었다.

그 순간이었다. 그가 그녀에게 키스했다.

갑작스러운 입맞춤에 세아의 심장이 쿵 내려앉았다. 흠칫 놀라 하마터면 시계를 떨어뜨릴 뻔한 그녀는 시계를 쥔 손에 힘을 줬다.

그녀의 뺨을 부드럽게 감싸 쥔 그가 아찔하게 안으로 파고들었다. 평소보다 격정적인 키스였다.

세아의 속눈썹이 파르르 떨렸다. 알코올 때문에 취기가 올라서일까. 유달리 입맞춤이 달았다.

숨이 모자랄 때까지 그녀를 몰아붙인 그가 입술을 떼고는 속삭였다.

"왜 이렇게 사랑스러운 겁니까."

시계를 쥔 채 축 아래로 늘어져 있는 그녀의 손을 들어 올리며 그가 조금 잠긴 음성으로 덧붙였다.

"채워주십시오. 어서."

소름이 끼치도록 섹시한 중저음이었다. 퍼뜩 정신을 차린 세아가 그의 소매를 걷었다. 힘줄이 도드라진 손등과 남자다운 팔뚝에 세아는 속절없이 설렜다.

그녀가 시계를 그의 손목에 가져다 댄 차였다. 그의 입술이 그녀의 뺨에 내려앉았다.

"이사님?"

"손목시계를 채워줄 때까지 이럴 겁니다."

나직이 웃은 한재하 이사가 이번에는 그녀의 눈가에 입술을 가져다 댔다. 이마, 콧등, 눈꺼풀, 입술, 턱선, 머리카락, 귓불. 끊임없이 자잘하게 쏟아지는 입맞춤에 세아는 당황했다. 어찌할 줄 모르고 그녀가 넋을 놓고 있던 차였다.

"어서 채우십시오. 안 그러면 위험해질지도 모르니까."

그의 입술이 세아의 목선에 닿았다. 세아는 경직되었다. 그의 입술이 목선을 타고 차츰차츰 내려오고 있었다. 위기감에 휩싸인 세아는 재빨리 그의 손목에 시계를 채웠다.

"채웠어요!"

"흐음."

한재하 이사가 묘한 소리를 내더니 그녀에게서 떨어졌다. 손목의 시계를 살핀 그가 의미를 파악할 수 없는 질문을 내뱉었다.

"이게 내 목줄입니까?"

세아는 눈만 깜빡였다. 목줄이라니?

"애완견들 보면 집 주소와 전화번호 적힌 목줄을 하고 있잖습니

까. 주인이 으레 남겨놓는 표식."

한재하 이사의 말에 세아는 황급히 손을 내저었다.

"아니, 그런 건 아닌……."

"마음에 듭니다, 난."

세아의 변명을 자른 그가 소년처럼 웃었다.

"내가 신세아 씨 소유라는 표식이 있는 거, 나쁘지 않군요."

세아는 온몸에서 열이 올랐다. 그가 내 거라니. 한 번도 그런 식
으로 생각해본 적 없었다. 하지만 막상 그에게 직접 들으니 못 견
디게 달콤했다.

어쨌든 시계를 마음에 들어 하는 것 같아서 다행이다. 안도하며
세아가 양손을 가슴에 얹었을 때, 그가 덥석 그녀의 손목을 붙잡
았다. 그런 다음 그녀의 왼손을 들더니 손등 위에 입술을 얹었다.

경건한 의식을 치르는 듯한 분위기에 세아도 덩달아 진지해졌
다. 낙인을 찍듯이 오랫동안 그녀의 손등을 입술로 내리누르던 그
가 정장 상의 안주머니에서 작은 케이스를 꺼냈다.

세아는 숨을 멈췄다. 케이스 안에서 두 개의 반지가 빛나고 있었
다.

그녀의 약지를 잡은 그가 매끄럽게 반지를 끼웠다. 딱 들어맞는
크기에 세아는 화들짝 놀랐다.

"어떻게 사이즈를……."

"자는 사이에 몰래 쟀습니다. 신세아 씨가 날 간호하려고 왔던
날."

알아서 자기 손에 반지를 낀 한재하 이사가 물끄러미 그녀를 내려다보았다.

"지나고 나서 돌이켜보니, 성급하게 굴다가 중요한 과정을 놓친 것 같아서 말입니다. 정석이 괜히 정석이 아닌데."

다정한 어조로, 그러나 타는 듯한 눈으로 그가 말했다.

"신세아 씨, 나와 사귀어주십시오. 결혼을 전제로."

22. 불안할 만큼

왼손 약지에 반지를 끼고 출근한 세아에게 직원들이 초유의 관심을 보였다.

"뭐야, 약지에 낀 그 반지?"

"혹시 이사님이 청혼했어?"

"결혼 날짜 잡은 거야?"

"사모님이 진짜 사모님이 되는 건가용."

"아니에요. 그냥 커플링인데."

세아가 머쓱해하며 답하자 직원들은 다소 흥미가 떨어진 얼굴로 물러났다. 그러든지 말든지 세아는 마냥 기분이 좋았다. 손가락을 쭉 펼쳐서 반지를 확인한 세아의 만면에 미소가 번졌다. 반지 하나가 더해졌을 뿐인데 어제와는 전혀 다른 하루였다.

「신세아 씨, 나와 사귀어주십시오. 결혼을 전제로.」

"헤헤."

어젯밤을 회상하며 흐뭇하게 웃고 있는 세아의 책상에 누가 쿵 소리가 나게 손을 올렸다.

"잠깐 나 좀 보지, 신세아 씨."

구석진 사장이었다. 세아는 사색이 되었다. 여러 의미로 강렬했
던 첫 만남 이후로 구석진 사장은 세아를 없는 사람처럼 취급하고
있었다. 업신여김이 동반된 무시였다. 세아는 다행이다 싶으면서
도 한편으로는 늘 불안했다. 언제고 구석진 사장이 그녀를 호출해
서 크게 보복을 할 것 같아서였다.

그날이 하필이면 오늘인 모양이었다.

비장한 표정으로 자리에서 일어난 세아는 구석진 사장을 따라
사장실로 들어갔다. 의자에 앉은 구석진 사장이 다리를 꼬고서는
여유롭게 그녀를 건너다보았다. 마치 진품인지 위조품인지 감정
하는 듯한 눈빛을 던지며 그가 입을 열었다.

"오늘 저녁이나 같이 먹지?"

"네? 저녁…… 이요?"

뜬금없는 구석진 사장의 제안에 세아는 당황했다. 좋은 감정은
커녕 악감정만 있는 사이에 식사라니.

"우리 회사 직원이고 재하와 사귀는 사이이기도 한데 언제까지
앙금을 가지고 있을 수는 없잖아. 시간 비워둬."

나른한 어조로 구석진 사장이 명령했다. 세아는 난감해졌다. 오
늘 이사님과 만나기로 했는데. 하지만 구석진 사장이 내미는 손을
쳐낼 수도 없는 노릇이었다.

"알겠습니다."

"그럼 나가봐."

구석진 사장이 컴퓨터로 시선을 돌리며 축객령을 내렸다. 세아는 꾸벅 인사하고 사장실을 빠져나왔다.

얼마 있지 않아, 다시 사장실 문이 열렸다. 늘씬한 몸매의 화려한 미인이 또각또각 발소리를 내며 구석진 사장의 앞에 섰다. 아무렇지도 않게 사장실의 책상에 걸터앉은 여자가 자신만만한 목소리로 물었다.

"회장님은 잘 계신가요?"

"그게 궁금한 게 아닐 텐데, 남주요 대리."

남주요 대리가 입매를 끌어올렸다. 구석진 사장이 두 손으로 턱을 받치고는 싱글벙글 웃었다. 인위적인 느낌이 강하게 풍기는 미소였다.

"남주요 대리가 목을 빼고 기다리던 계획이 시작되었어. 그러니까 기뻐하라고, 아가씨."

턱 끝을 들어 올린 남주요 대리는 대답할 가치도 없다는 듯이 가볍게 코웃음 쳤다. 누가 봐도 직장 상사를 대하는 부하직원의 자세와는 거리가 멀었다. 그러나 구석진 사장은 전혀 개의치 않았다.

"애초에 그런 평범한 여자가 재하 옆에 있도록 내버려둘 리 없잖아?"

책상을 짚고 일어난 구석진 사장이 재미있다는 듯이 덧붙였다.

"회장님이 진정한 후계자로 생각하시는 건, 사실 재하니까 말이야."

"구 사장과 저녁식사를?"

"네, 그래서 오늘은……."

세아는 말끝을 흐렸다. 어제 고백을 받고 오늘 바로 데이트를 취소해야겠다고 말하려니 미안해서였다.

"그러면 구 사장과 식사가 끝난 뒤에 데이트하면 되겠군요."

한재하 이사가 빙긋 웃었다. 미안해서 세아는 고개를 저었다.

"예? 그러실 것까지는."

"신경 쓰지 마십시오. 내가 1초라도 더 신세아 씨를 보고 싶어서 그러는 거니까."

무심하게 응대한 한재하 이사가 그녀의 손을 감쌌다.

"식사가 끝나면 연락하도록 해요. 데리러 갈 테니까."

어째선지 쑥스러워진 세아는 개미 기어가는 음성으로 "네에." 하고 답했다. 한재하 이사가 본격적으로 그녀의 손가락을 만지작거렸다.

"왜 이렇게 손가락도 예쁩니까."

"이사님 손이 더 예뻐요."

길고 우아한 한재하 이사의 손가락이야말로 피아니스트를 연상시킬 정도로 아름다웠다.

"아닙니다. 말랑말랑하고, 작고, 귀엽고. 세아 씨 손이 훨씬 예쁩니다."

진지한 반박에 세아는 낯이 뜨거웠다. 이 남자가 콩깍지가 단단히 씌었다.

이윽고 그의 눈길이 세아의 반지에 머물렀다. 거의 동시에 세아는 그의 왼손에 채워진 손목시계를 보았다. 서로의 시선이 닿은 곳을 알아차린 둘이 누가 먼저랄 것도 없이 미소 지었다. 그가 와락 그녀를 끌어안았다.

"이, 이사님?"

"에너지 충전 좀 합시다."

세아의 목에 얼굴을 묻은 채로 그가 속삭였다. 그녀는 뺨을 붉히고 살며시 그의 등을 마주 안았다.

'나 어쩌지? 이 남자가 갈수록 좋아지는 것 같아.'

까칠하지만 자상한 남자. 2D를 좋아하지만 현실에도 충실한 남자. 멋지지만 때로는 귀엽기도 한 남자. 무심한 듯 솔직한 남자. 이 남자가 점점 사랑스럽게 느껴진다.

그가 했던 말들이 이제야 하나씩 이해가 갔다. 집 앞에 데려다줄 때마다 했던, 집에 들여보내기 싫다는 말, 보고 있기만 해도 기운이 난다는 말, 만지고 키스하고 싶다는 말, 무엇이든지 주고 싶다는 말, 그 모든 것이. 이제는 그녀도 그런 마음이 들게 되었으니까.

한재하 이사와 헤어지기 싫고, 피곤하다가도 한재하 이사를 보고 있으면 기운이 나고, 한재하 이사를 만지며 입을 맞추고 싶고, 한재하 이사가 무엇을 받으면 기뻐할지 생각하게 되었으니까.

이게…… 사랑일까? 세아는 퍼뜩 떠오른 생각에 가슴이 쿵쾅거렸다. 아무래도 맞는 것 같다.

'어떡해.'

자신의 감정을 자각하자 더욱 빨라지는 심장 박동에, 세아는 버거움을 느끼며 질끈 눈을 감아버렸다.

구석진 사장과의 저녁은 여러모로 세아에게는 불편한 시간이었다. 까마득한 직장 상사, 심지어 1그램의 호의조차 없어 보이는 상대와 일식집에서 일대일로 식사라니. 살얼음판도 이보다는 편할 것 같았다.

도망치고 싶은 심정으로 세아는 꾸역꾸역 음식을 밀어 넣었다. 구석진 사장이 그녀를 예의 주시하고 있다는 사실은 꿈에도 모른 채.

"내가 조금 심했다는 생각이 들더라고."

고역과도 같은 식사 시간이 거의 끝나갈 즈음에 구석진 사장이 말문을 열었다. 세아는 놀라서 눈을 크게 떴다.

"예?"

지금 내가 무슨 말을 들은 거지?

"신세아 씨 입장도 이해 못 할 바는 아니지 싶었다고. 그래서 일전에 있었던 불미스러운 일은 덮어두려고."

구석진 사장이 씩 웃었다. SA 소프트에서 4대 미남으로 통용되는 용모의 소유자답게 훤칠한 미소였다.

"어차피 재하 여친인데 언제까지 대립각을 세우고 있을 수도 없

고. 신세아 씨도 나한테 맺힌 게 있겠지만, 다 잊도록 해. 그럴 수 있겠어?"

세아는 그저 얼떨떨했다. 어쨌든 사장이 앙금을 풀자는데 그러지 말자고 할 수도 없는 노릇이었고, 직장 상사와 대치 상태가 계속되면 손해를 보는 건 당연히 파워 게임에서 밀리는 세아였다. 세아로서는 쌍수를 들고 환영해야 할 상황인 셈이었다. 그런데 묘하게 마음이 놓이지 않았다.

뭐라 표현할 수 없는 꺼림칙함에 휩싸인 세아는 잠시 침묵했다. 그렇지만 가만히 있어봤자 별 뾰족한 수가 있는 것도 아니었기에, 세아는 결국 구석진 사장의 제안을 받아들였다.

"감사드립니다, 사장님."

"그러면 우리 이제 화해한 거네, 신세아 씨?"

친근한 말투에 세아는 당혹스러워졌다. 구석진 사장의 성격이 화끈하다던 한봄의 말이 이런 뜻이었나? 아무리 그래도 순식간에 손바닥 뒤집듯이 태도가 바뀌니 적응이 안 되었다.

"나중에 재하에 대해서 궁금한 게 있으면 나한테 물어봐. 대학 동문이어서 거의 10년을 알고 지낸 사이라고."

구석진 사장이 느릿하게 부연했다.

"뭘 좋아하는지, 뭘 싫어하는지……, 가족 관계, 집안 환경까지도 다 알고 있어. 지금이라도 궁금한 게 있으면 물어봐봐."

"감사합니다."

세아는 어색한 미소를 흘렸다. 호의는 고맙지만, 그런 것들은

차츰 알아가거나 본인에게 직접 듣는 편이 낫지 싶었다.

세아를 탐색하던 구석진 사장이 시시하다는 표정으로 비음을 흘렸다.

"뭐, 오늘이 아니더라도 언제든지 전화하라고. 내 연락처는 알고 있지?"

"네, 사내통신망에 있어서."

드디어 코스 요리의 끝이 보였다. 세아는 슬쩍 휴대전화로 한재하 이사에게 연락했다.

- 곧 끝날 것 같아요.

- 출발하겠습니다.

주소는 아까 도착하자마자 문자로 찍어 보내줬다. 회사에서 멀지 않으니 10분 안에 도착할 것 같다.

금방 한재하 이사가 온다는 생각에 세아는 마음이 편해졌다. 가시방석에서 얼마 안 있으면 해방이다.

식사를 마친 뒤 구석진 사장이 일어나며 세아에게 말을 걸었다.

"신세아 씨, 데려다 줄까? 집 앞까지."

"아니요. 괜찮습니다."

"부담 가질 거 없어. 나 오늘 마침 드라이브도 하고 싶었거든."

"저, 그게."

이걸 말해야 하나, 말아야 하나. 구석진 사장은 쉽사리 물러날 기세가 아니었다. 세아는 부끄러움을 무릅쓰고 이실직고했다.

"이사님이 오기로 하셨어요."

"재하가?"

구석진 사장의 짙은 눈썹이 살아 있는 양 꿈틀거렸다.

"어디에 있다가?"

"회사에서 남은 업무 처리하다가 끝나면 데리러 오시겠다고."

"신세아 씨를 기다리느라 지금까지 회사에 남아 있다고?"

기가 막힌다는 투였다. 세아는 모기만 한 목소리로 그렇다고 했다. 닭털을 날리다가 딱 현행범으로 적발당한 기분이었다.

"그 정도란 말이지."

구석진 사장의 얼굴이 굳었다. 마침 문자가 도착해 휴대전화를 들여다보고 있던 세아는 미처 그 표정을 포착하지 못했다.

"이사님 도착하셨다고 문자 왔어요."

"가보십시오."

"감사합니다. 맛있게 먹었습니다, 사장님."

작별 인사를 한 세아는 뒤도 돌아보지 않고 일식집을 빠져나갔다.

세아의 뒷모습에서 눈을 뗀 석진이 창밖을 내다보았다. 정말로 한재하의 차가 도착해 있었다.

"운전기사까지 자처한단 말이지."

창가에 기대어 서서 아래를 내려다보며 석진이 비죽 웃었다.

"잔업도 없는 날에 회사에서 대기하면서까지."

신세아에게는 일을 하는 김에 기다리겠다고 한 모양이었지만,

회사 사정을 훤히 꿰뚫고 있는 석진은 그 핑계가 얼마나 가당치 않은지 뻔히 알았다. 그 무심한 한재하가 어울리지 않게 애를 태워가며 신세아를 기다리는 모습을 상상하자 헛웃음이 나왔다.

"왜 그래, 도련님."

차에서 내리는 재하를 사나운 눈초리로 관조하며 석진이 중얼거렸다.

"이건 너무 한재하답지 않잖아."

처음부터 모든 것을 가지고 태어난 왕자님이, 그래서 단 한 번도 무언가를 애타게 갈망해본 적이라고는 없는 주제에 마치 그런 척 연기라니. 서민 놀이에 지나치게 감정 이입한 거 아닌가?

"한재하답지 않다고."

석진이 강조하듯이 재차 혼잣말했다. 그의 잿빛 눈에는 세아를 발견하고 환하게 웃는 재하가 담겨 있었다.

"이사님!"

세아는 손을 흔들며 다가갔다. 한재하 이사가 사르르 눈을 접더니 곧장 그녀를 품 안으로 끌어당겼다.

"보고 싶었습니다."

"저…… 도요."

세아가 머뭇거리다가 진심을 뱉어냈다. 그러자 그가 그녀를 안은 팔에 힘을 줬다.

"사장님 나오실 텐데."

"무슨 상관입니까."

"그래도. 어서 차 타요."

꼼지락거리며 세아가 의견을 피력했다. 마지못해 세아에게서 떨어진 한재하 이사가 운전석에 올랐다.

"왜 석진이를 신경 씁니까."

마음껏 안고 있지 못한 게 불만인지 그가 가볍게 투덜거렸다. 세아는 안전벨트를 매며 응수했다.

"집까지 바래다준다고 하셨는데 제가 이사님이 오시기로 했다고 거절했거든요. 그런데 껴안고 있는 모습까지 보이면 민망해서."

"석진이가 신세아 씨를 데려다 주겠다고 했다고요?"

한재하 이사가 멈칫하더니 물었다. 딱딱하게 굳은 얼굴에 세아는 긴장했다.

"왜요?"

"그 녀석, 미끈한 생김새와 달리 여자에게 친절하지 않거든요."

운전대를 잡은 한재하 이사가 다소 날이 선 어조로 말을 이었다.

"그 녀석이 집까지 데려다 주는 여자는 사귀고 있거나, 사귀려고 작업 중인 상대뿐입니다."

"예에? 그냥 부하직원이니까 바래다준다고 하신 거겠죠. 제가 이사님과 사귀는 사이라서 특별히 잘해주려고 하신 걸 수도 있고."

세아는 그럴듯한 이유를 들어 반박했다. 그러나 한재하 이사는

92

요지부동이었다.

"어쨌든 사적으로 가까이하지 마십시오."

쪼잔한 질투라고 생각하면서도 세아는 썩 기분이 나쁘지 않았다.

"그럴게요."

"그러고 보니 신세아 씨에게 궁금한 게 하나 있는데, 언제까지 날 이사님이라고 부를 겁니까?"

돌연 한재하 이사가 화제를 전환했다. 세아는 그를 돌아보았다. 단정한 자세로 운전 중인 그는 갓 자동차 화보에서 빠져나온 모델 같았다.

"그럼 뭐라고……?"

"재하 씨라고 불렀으면 좋겠는데. 내 욕심입니까? 아니면 '오빠'나 '자기'도 괜찮고."

천연덕스러운 한재하 이사의 태도에 세아는 말문이 막혔다. 재하 씨? 오빠? 자기? 그렇게 부르는 걸 상상하는 것만으로 온몸에 닭살이 돋았다.

"전 이사님이라는 호칭도 익숙하고 좋은데."

"내가 24시간 이사인 건 아니잖습니까. 난 회사에서만 이사입니다. 근무 시간 외에는 이사가 아니라 한재하란 말입니다."

분명 일리 있는 말이었다. 일리가 있긴 한데.

'부끄럽단 말이야!'

세아는 힐끔힐끔 한재하 이사의 눈치를 살폈다. 그래도 역시 사귀는 사이인데 계속 이사님이라고 부르는 건 문제가 있겠지? 큰맘 먹고 세아는 속으로 몇 번 연습한 끝에 소리 내어 말했다.

"재하 씨."

끼이익, 차바퀴가 아스팔트를 신경질적으로 긁는 소음과 함께 차가 멈춰 섰다. 반동으로 세아는 크게 출렁거렸다.

"꺄악!"

"갑자기 그렇게 부르면 어떡합니까!"

한재하 이사가 버럭 성을 냈다. 세아는 어이가 없어서 눈만 깜빡였다. 느닷없이 급정지하는 바람에 깜짝 놀란 건 그녀였다. 적반하장도 유분수지!

뒤늦게 정신을 차린 그녀가 노려보려고 고개를 틀었을 때, 그녀의 시야에 들어온 것은 귀까지 빨개져서 어쩔 줄 모르는 한재하 이사였다.

"미리 예고하든지, 낌새를 보이든지."

세아는 풋 웃었다. 장난기가 발동한 그녀가 다시 운전 모드에 돌입하려는 그를 불렀다.

"재하 오빠?"

한재하 이사가 또다시 브레이크를 밟았다. 세아는 키득키득 웃었다. 이러다가 그를 괴롭히는 데에 맛을 들일 것 같았다.

데이트를 마치고 재하가 피식피식 웃으며 집으로 돌아가는 길이었다. 휴대전화가 울렸다. 그는 핸즈프리로 전화를 연결했다.

"여보세요."

- 형, 나야.

전화를 건 상대는 한재현, 그의 이복동생이었다. 그는 아쉬움 반, 안도 반의 심정으로 대꾸했다.

"그래. 무슨 일이야? 이 시각에."

- 별일 아니야. 형……, 형은 요즘 행복해?

기이하리만치 착 가라앉은 목소리였다. 하지만 한껏 들뜬 재하는 이변을 눈치 채지 못했다.

"응. 나 행복해."

녹을 듯이 달콤한 미소를 지으며 재하가 긍정했다.

"너무 행복해서 불안할 만큼, 행복해."

"으, 덥다. 6월이라고 해가 쨍쨍하네."

사원 한 명이 손으로 부채질 시늉을 하며 중얼거렸다.

굳이 따지자면 세아는 여름을 싫어하는 편이었다. 여름에는 덥고, 벌레도 유난히 기승을 부리고, 습기도 많아서 찝찝하고.

세아는 미리부터 심란해졌다. 그렇지만 이번 여름은 전과 다를 거라는 생각이 들자 금세 기분이 나아졌다. 한재하 이사와 바다도 가고, 등산도 하고, 맛있는 것도 먹을 거다. 막연한 희망 사항을 머릿속에 그리며 세아가 콧노래를 흥얼거리고 있을 때였다.

"뭐 좋은 일이라도 있나 봐?"

누가 불쑥 말을 걸었다. 세아는 기겁하며 위를 올려다보았다.

구석진 사장이 싱글벙글 웃으며 그녀를 내려다보고 있었다.

"나한테도 뭔지 알려주지그래? 기쁨은 나누면 두 배가 된다잖아."

사뭇 친근한 태도였다. 사무실의 이목이 순식간에 그녀와 구석진 사장에게로 몰렸다. 어제까지만 해도 소 닭 보듯 하던 두 사람이 하루아침에 원만한 사이가 된 것처럼 보이니 누구라도 관심을 가지지 않을 수 없는 상황이었다.

세아는 당혹스러웠다. 어제 서로 사과를 주고받긴 했지만, 엄밀히 말해서 그와 그녀는 그냥 남이었다. 서로에게 눈곱만큼도 관심이 없는 타인. 그런데 느닷없이 이렇게 격의 없이 구니 세아는 거북하기까지 했다.

"별일은 없는데요."

"흠, 우리 사이에 이러기야?"

구석진 사장이 야릇한 미소를 띠고서 물었다. 세아는 이제 어이가 없었다. 우리 사이라니? 구석진 사장과 그녀가 '우리'라는 단어로 묶일 만큼 긴밀한 관계인 적이 단 한 번이라도 있었던가? 그녀가 참지 못하고 한마디 하려던 순간이었다.

"무슨 사이인데? 너랑 신세아 씨가."

언제부터 주변에 있었는지 한재하 이사가 중간에 끼어들었다. 세아의 안색이 나빠졌다. 왜 하필이면 이 타이밍에. 괜한 오해를 사긴 싫은데.

"무슨 사이이긴. 한 대표이사 애인이니까 나한테는 제수씨지."

유들유들하게 구석진 사장이 대답했다. 한재하 이사의 눈이 가늘어졌다.

"왜 제수씨입니까? 형수님이죠, 사장님."

"무슨 말도 안 되는 소리. 한 대표이사보다 제 쪽이 생일이 두 달이나 빠른데."

한재하 이사가 굳어 있던 표정을 풀고 피식 웃었다.

"신세아 씨에게 볼일이 있어서 왔으니 방해하지 말고 이만 가."

"여부가 있겠습니까. 애인끼리의 오붓한 시간을 방해하면 안 되지."

구석진 사장은 어깨를 으쓱하고는 사장실로 돌아갔다.

"우리도 이사실로 갑시다, 세아 씨."

한재하 이사의 목소리가 부드럽게 세아의 귓가에 내려앉았다. 작게 고개를 끄덕인 세아가 그를 뒤따랐다.

"세아 씨."

단둘이 되자 한재하 이사는 어쩐지 긴장한 모습이었다.

"다음 주말에 시간 됩니까?"

"예? 괜찮은데 무슨 일로요?"

"어제 동생과 통화를 했는데, 녀석이 세아 씨를 한번 만나고 싶다고 해서……. 세아 씨가 아직 내키지 않으면 만나지 않아도 됩니다."

한재하 이사의 동생? 세아는 몸을 굳혔다. 그의 가족을 만난다니. 뭐라고 표현할 수 없는 기분이 세아를 휘감았다.

어떤 사람일까? 처음으로 만나는 그의 가족은. 왠지 만만치 않은 성격의 소유자일 것 같았다. 분명 평범함과는 거리가 멀겠지. 그런 사람의 눈에 내가 찰까?

'그러고 보니 잠결에 동생이 이복동생이라고 들은 것 같은데. 맞나?'

세아는 흘끔 한재하 이사를 보았다. 동생이 이복동생이냐, 친동생이냐를 물을 용기는 나지 않았다. 아무래도 민감한 주제니까.

"저, 동생분의 성별이?"

"남동생입니다."

"그렇군요. 동생분 나이가 스물일곱이라고 하셨던 것 같은데."

"맞습니다."

한재하 이사의 긍정에 세아는 입안이 바짝 말랐다. 형제니까 역시 닮았겠지?

만나러 가면 한재하 이사의 클론이 앉아 있을지도 모르겠다 싶었다. 까칠함, S 기질, 결벽증의 삼박자를 고루 갖춘 리틀 한재하 이사가.

아론을 망가뜨린 이후로 당했던 괴롭힘을 떠올리며 세아가 바르르 떨었다. 앞으로 그런 시집살이를 당하게 될지도 모른다고 생각하니 소름이 쭈뼛 돋았다.

그냥 다음 기회에 만나자고 미룰까? 아직 마음의 준비도 안 됐고, 이사님도 내키지 않으면 물려도 된다잖아. 하지만 언젠가는 만나야 할 사람이다. 어차피 맞을 매라면 먼저 맞는 게 나았다. 결심을 굳힌 세아가 입을 열었다.

"만날게요. 이사님, 아니, 재하 씨 동생."

"고마워요, 세아 씨."

한재하 이사가 환하게 웃었다. 세아는 쑥스러웠다. 대단한 일도 아닌데 고맙다는 말을 들으니 도리어 망설였던 게 미안해졌다.

"만나서 식사를 같이 하는 거죠?"

"네, 재현이는 평소에는 서글서글한 성격이니 너무 걱정하지 마십시오."

세아는 다소 마음이 놓였다. 형제여도 한재하 이사와 성격은 다른 모양이었다.

"이름이 재현이세요?"

"네, 한재현입니다."

"이사님, 아니, 재하 씨랑 이름이 비슷해요."

어제부로 둘이 있을 때는 서로 재하 씨와 세아 씨라고 부르기로 했는데, 하도 이사님이라고 불러서인지 통 적응이 되지 않았다.

"세아 씨는 형제자매 없습니까?"

그가 미소 지으며 물었다.

"여동생이 하나 있긴 한데 지금 외국 학교에 다니고 있어서."

동생 이야기가 나오자 세아는 조금 무안해졌다. 명색이 가족인데 거의 까맣게 잊고 살았다.

"재현 씨 만나면서 제가 특별히 주의해야 할 점 같은 건 없어요?"

"없습니다. 재현이 신경 쓸 시간 있으면 나나 한 번 더 쳐다보세요."

시큰둥한 한재하 이사의 대꾸에 세아는 돌연 웃음이 터졌다.

"생각해보니 이사님은 쪼잔한 편인 것 같아요. 예전에 승재 오빠랑 만날 때……."

"재하 씨."

한재하 이사가 세아의 말을 중간에 자르고 호칭을 정정했다.

"아, 재하 씨. 어쨌든 그때 끼어든 것도 일부러 훼방 놓으려고 그런 거죠?"

"모릅니다."

"승재 오빠가 주는 떡갈비 빼앗아 먹은 것도 질투 나서 그런 거죠?"

"모릅니다."

한재하 이사는 일체 혐의를 부인했다. 그러나 이미 그의 견고한 무표정은 조금씩 무너지고 있었다. 세아는 입가가 간지러워서 견딜 수 없었다. 방심하면 웃음이 터질 것 같았다.

이 맛에 이 남자가 날 데굴데굴 굴렸구나. 남을 괴롭히는 재미가 바로 이거구나.

"재하 씨 집에서 피규어를 닦은 날도, 승재 오빠에게 연락이 와서 300개만 닦으려다가 다 닦고 가라고 그런 거 맞죠? 저 못 가게 하려고……, 읍!"

연신 그를 놀리던 세아는 더 말을 이을 수 없었다. 그가 입술을

막아버렸기 때문이다. 부드럽고 말랑한 그의 입술로.

그가 그녀의 허리를 잡아당기며 몸을 밀착시켰다. 그와 그녀의 상반신이 딱 맞닿았다. 그녀가 부담스러움을 느끼고 뒤로 슬쩍 물러나려는 차였다. 그가 그녀를 강하게 끌어안았다.

벗어날 수 없게 된 세아는 당황했다. 옴짝달싹도 못 하게 세아를 품 안에 가둔 그가 본격적으로 그녀를 탐했다.

"다 알면서 묻는 거, 나쁜 버릇입니다. 쥐도 궁지에 몰리면 고양이를 문다는 말 모릅니까?"

입술을 뗀 그가 물었다. 정신을 차린 세아는 붉어진 얼굴로 그에게서 떨어졌다.

키스라고 다 같은 키스가 아니었다. 갈수록 스킨십의 수위가 높아지는 게 느껴졌다. 이러다가 찰랑찰랑 차오르는 물에 잠겨 질식할지도 몰랐다.

쿵쾅거리는 심장을 그녀가 애써 진정시키고 있을 무렵이었다. 그녀의 눈에 택배 상자가 들어왔다.

"어? 피규어 사셨어요?"

"네, 이번에는 오프라인 디드사에서 나온 시카고 갱스터 라인입니다. 말이 시카고 갱스터지 사실 영화 「대부」의 인물들을……."

신이 나서 설명하던 한재하 이사가 별안간 입을 다물었다. 세아는 고개를 갸웃했다. 왜 하던 말을 끊은 거지?

"이사님?"

한숨을 쉰 한재하 이사가 앞머리를 쓸어 올렸다.

"피규어 이야기는 되도록 하지 않으려고 했는데."

"왜요?"

"그냥……."

잠시 뜸을 들인 한재하 이사가 낮아진 목소리로 덧붙였다.

"다른 연인들처럼 평범하게 시간을 보내고 싶으니까."

"전 상관없는데."

한재하 이사의 눈이 커졌다. 세아는 다시 한 번 말했다.

"전 이사님이 만화나 피규어 이야기하는 거, 싫지 않아요."

영 익숙해지지 않는 건 사실이었다. 그렇지만 싫지도 않았다.

"취미생활을 하는 이사님은 무척 행복해 보이거든요."

열정과 기쁨이 가득한 눈빛. 그런 그의 모습에 덩달아 그녀도 미소를 짓게 된다. 물론 취미생활 때문에 현실에 충실하지 못하면 큰 문제다. 하지만 그는 지금까지 알아서 균형을 잘 지켜왔다.

"사귀기 전부터 이사님 취미생활을 몰랐던 것도 아니고, 제가 그쪽을 잘 알지는 못해도 특별히 거부감이 있는 것도 아니고."

불현듯 세아는 난감해졌다. 전달하고 싶은 생각이 제대로 표현되지 않았다.

"제가 만화나 피규어를 좋아하는 건 아니지만, 이사님 취미생활을 받아들일 수 있다고 해야 하나? 물론 그렇다고 저보다 취미생활을 더 우선시하거나 같이 있는 동안 주야장천 피규어 이야기만 하면 좀 그렇겠지만."

말을 할수록 수렁이요 늪이었다. 내가 무슨 권리로 그의 취미생활을 받아들이고 말고 한다는 거야? 나 왜 이렇게 횡설수설, 중언부언하는 거지? 패닉 상태에 빠져서 세아는 진땀을 뺐다. 내용을 마무리 지어야 하는데 어떻게 정리해야 할지 감도 잡히지 않았다.

"그러니까 결론은, 이사님 취미생활은 이사님 취미생활이다?"

세아는 쥐구멍으로 숨고 싶었다. 끝맺음이 이따위라니. 눈물이 앞을 가렸다. 내가 알고 보니 외국인이었나? 한국인인데 어떻게 한국말을 이 모양으로 하지. 주말에 웅변학원 수강증을 끊든지 해야겠다.

"이사님, 제가 드리고 싶은 말은……."

"알아들었습니다. 세아 씨가 하고 싶은 말."

한재하 이사가 말을 싹둑 자르더니 그녀를 안았다. 조금 전과는 전혀 다른 부드러운 손길이었다.

"난 행복한 남자입니다. 세아 씨가 내 애인이니까."

"아……."

"대체 어디에 있다가 이제야 나타난 겁니까?"

쭉 이사님과 같이 SA 소프트에 다니고 있었는데요, 세아는 그렇게 응대하려다가 말았다. 이 분위기를 깨고 싶지 않았다.

"오늘도 같이 퇴근해?"

한봄의 물음에서 생략된 '누구와'의 '누구'가 한재하 이사라는 것을 금방 알아차린 세아가 고개를 끄덕였다.

"역시 아하 커플. 어쩜 하루도 떨어지지를 않아?"

"아하 커플이요?"

"세'아' 씨와 한재'하' 이사님. 줄여서 아하. 요즘 사내에서 두 사람을 이렇게 부르고 있다?"

세아는 눈만 깜빡였다. 전혀 몰랐다.

"어떻게 연애 초기보다 더 달라붙어 다닐 수가 있어? 보통은 초반에 난리잖아."

그야 그때는 정말로 사귀는 사이가 아니었으니까 그렇죠. 애매한 웃음을 흘리는 세아에게 한봄이 다가와서 귓속말했다.

"세아 씨, 전에 호두 들어간 와플 먹은 일 기억하지?"

세아의 어깨가 굳었다. 어떻게 잊겠는가.

"범인은 남주요 대리야."

한봄이 속삭였다. 세아는 자석에 이끌리듯이 한봄을 돌아보았다.

"익명의 제보자에게 얻은 정보야. 내 추리력과 정보망을 총 가동했지."

"그렇군요."

역시나. 세아는 화도 나지 않았다. 사람의 육감이란 의외로 정확하고 무서운 것이어서, 이미 반쯤은 남주요 대리의 소행이라고 생각하고 있었다.

"아무리 한재하 이사 바라기라지만 그런 짓까지 할 줄은 몰랐는데."

믿어지지 않는다는 듯이 중얼거린 한봄이 작게 부연했다. 세아

도 마찬가지였다. 내심 남주요 대리를 의심하면서도 한편으로는 설마 싶었다. 근거도 없이 괜히 애먼 사람을 잡지 말자고, 남주요 대리가 아무렴 그렇게까지 하겠느냐고 생각했던 것이다.

"어쨌든 앞으로 남주요 대리는 조심하는 게 좋겠어, 세아 씨."

"그러게요."

세아는 등골이 서늘했다. 사람이 악의를 가지면 어디까지 잔인해질 수 있는지를 엿본 기분이었다.

"대체 남 대리는 정체가 뭘까? 만만치 않은 성격도 성격이지만 미스터리한 구석이 한두 개가 아니란 말이지."

"미스터리한 구석이요?"

"응. 들고 다니는 가방이나 옷, 구두, 액세서리가 하나같이 다 엄청난 명품인 것도 그렇고, 철저하게 자기 자신을 드러내지 않는 것도……."

"명품이요?"

"어? 세아 씨 몰랐어? 이런 거에 둔하구나. 지금 남 대리 책상에 있는 가방 보이지? 저 브랜드에서 나오는 가방은 제일 저렴한 라인이 천만 원대야."

한봄의 대답에 세아는 경악했다. 듣고서도 믿어지지가 않았다.

"처, 천만 원이요?"

120만 원짜리 손목시계를 사면서 손을 덜덜 떨었던 게 불과 며칠 전이었다. 그런데 천만 원이 넘는 가방이라니? 어마어마한 가격에 세아는 입이 다물어지지 않았다.

"가방만 그런 게 아니라 머리부터 발끝까지 다 그래. 그러니 누가 남 대리한테 함부로 할 수 있겠어?"

그래서 여사원들이 유독 남주요 대리 앞에서 기를 못 폈구나. 세아는 드디어 사내에 미묘하게 형성되어 있던 상하구조를 이해했다.

"근데 철저하기 자기 자신을 드러내지 않는다는 건?"

"남주요 대리가 한 번이라도 집안 이야기 하는 거 들어봤어?"

한봄의 질문에 세아는 기억을 더듬었다.

"그런 적 없는 것 같기도 해요."

"그렇지? 보통은 지나가듯이 가족 이야기를 꺼내기 마련이잖아. 예를 들자면 엄마랑 주말에 쇼핑했다든지, 동생과 싸웠다든지 하는 시시콜콜한 내용 말이야."

"그렇죠."

"그런데 남주요 대리는 한 번도 그런 말이 없었어. 단합 여행 갔을 때도 다들 밤새 수다 떨다가 분위기가 그쪽으로 흘러가서 다들 가족 이야기를 했거든. 그때도 혼자서만 조개처럼 입을 꾹 다물고 있더라고. 하여튼 이상한 점이 한두 가지가 아니야."

한봄은 땅에 줄줄이 묻힌 감자를 캐내려고 마음먹은 농부의 눈빛이었다.

"그나저나 세아 씨, 서코 갈 거야?"

"서코요?"

그게 뭐더라? 잠시 고민하던 세아는 '서울 코믹월드'라는 행사의 줄임말이라는 걸 기억해냈다.

"언제인데요?"

"이번 주 토요일. 이틀 열리는데 나도형 님이 오시는 날은 토요일이야."

세아는 갈등했다. 주말에는 한재하 이사를 만나야 하는데.

"애인 사이도 너무 자주 만나면 금방 질린다?"

한봄이 세아의 머릿속을 들여다보기라도 한 양 충동질했다. 세아는 홀랑 넘어가서 고개를 끄덕였다.

"그래서 토요일에는 못 만날 것 같아요."

"한봄 씨와 선약이 있다니 어쩔 수 없죠."

"미안해요, 재하 씨."

아까 세아는 망치로 머리를 얻어맞은 기분이었다. 한봄의 말대로 매일 만났다가는 정말로 한재하 이사가 그녀에게 질릴지도 몰랐다.

아쉬운 기색을 내비치는 한재하 이사를 보며 세아는 속으로 눈물을 삼켰다.

'미안해요, 이사님. 이게 다 이사님과 오래오래 만나려고 그러는 거예요.'

대망의 토요일. 세아는 눈앞에 펼쳐진 신세계에 감탄을 금치 못했다.

여기가 우리나라가 맞긴 한 거야? 형형색색의 머리카락과 평범함과는 거리가 한참 먼 의상, 만화에서 갓 튀어나온 듯한 소품들이 가득했다.

"저 사람들은 뭐예요?"

"코스어들이야. 코스튬 플레이어. 자기가 좋아하는 캐릭터처럼 보이게 꾸민 사람들. 퀄리티는 천차만별이지. 애니메이션에서 튀어나온 것 같은 사람도 있고, 이 캐릭터가 내가 아는 그 캐릭터가 맞는지 아리송한 사람도 있고."

"신기하네요."

2D를 흉내 내서 그런지 도통 현실 같지 않은 헤어스타일과 옷들이었다.

"성우 초청 이벤트는 1시 반부터야. 아직 시간이 남았으니까 이것저것 구경하자."

한봄의 주도 하에 세아는 여기저기로 끌려 다녔다. 다소 정신 사납기는 해도, 난생처음 하는 경험이 나쁘지 않았다.

"꺅! 나 이 앤솔로지도 하나 살래. 이 굿즈도!"

갖가지 물품을 쓸어 담는 한봄을 지켜보던 세아는 문득 고개를 돌렸다. 그리고 여기에 있어서는 안 되는 인물을 발견했다.

저쪽에서 매의 눈으로 피규어를 살피고 있는 남자는…….

"이사님?"

세아는 식겁했다. 무심코 고개를 돌린 한재하 이사와 그녀의 눈길이 마주쳤다. 한재하 이사의 만면이 경악으로 물들었다.

23. 내가 안 놓을 거니까

　재빨리 세아는 손가락을 세워 '쉿' 자세를 취했다. 그녀가 옆에 있는 한봄을 가리키자 한재하 이사가 얼어붙었다.

　'그러고 있을 때가 아니잖아요! 도망쳐요!'

　세아는 목소리는 내지 않고 입술만 움직여서 한재하 이사를 재촉했다. 한봄에게 들켰다가는 강제로 오덕 인증이다.

　"세아 씨, 이거랑 이거 중에서 뭐가 더 예뻐? 도저히 하나만 못 고르겠어."

　'어서 저 뒤로 가서 숨어요!'

　세아가 황급히 한재하 이사에게 손짓했다. 정신을 차린 그가 그녀가 가리킨 방향으로 살금살금 움직였다. 그녀도 곧바로 그를 쫓아갔다.

　"그냥 둘 다 살까? 근데 그러기에는 너무 비슷해. 역시 이게 낫지? 아닌가? 다시 보면 이게 더 나은……, 세아 씨?"

　뒤늦게 옆을 돌아본 한봄이 세아의 부재를 알아차리고는 당황했다.

"뭐야? 세아 씨, 어디로 간 거야?"

세아는 터질 듯이 쿵쾅거리는 심장을 진정시키려고 노력했다. 들킨 건 아니겠지?

"이사님이 왜 여기에?"

"그러는 세아 씨야말로 여긴 웬일입니까. 그것도 한봄 씨와 함께."

"그, 그게."

"설마 한봄 씨와 한 선약이 여길 오는 것이었습니까?"

세아는 난처해졌다. 한봄의 프라이버시를 지켜주려고 일부러 서코에 간다는 말은 안 했는데, 하필이면 여기서 그와 딱 마주칠 줄이야.

'어떡하지? 한봄 선배는 자기가 덕후라는 사실을 필사적으로 숨기고 있는데.'

고민 끝에 세아는 마음을 정했다.

"제가 한봄 선배에게 같이 오자고 그랬어요."

"세아 씨가 말입니까?"

"네."

"무슨 일로……."

"이쪽 문화에 대해서 공부를 좀 하려고요."

한재하 이사는 감동한 표정이었다. 세아는 양심이 쿡쿡 찔렸지만, 사람 하나 살린 셈 치고는 싼 대가라고 여기기로 했다.

110

"그나저나 이제 어쩌죠? 한봄 선배가 절 찾으려고 이 근처를 계속 돌아다닐 텐데."

"어떡하긴 어떡합니까."

그가 덥석 그녀의 손을 잡았다.

"도망쳐야지."

씩 웃은 한재하 이사가 달렸다. 얼떨결에 세아도 따라서 뛰었다. 어느새 그녀의 입꼬리도 올라가 있었다.

주차장에 도착해 차에 오른 두 사람은 누가 먼저랄 것도 없이 웃음을 터트렸다. 한바탕 웃은 뒤에 한재하 이사가 말했다.

"아무래도 우린 인연입니다."

"그러게요. 이렇게 딱 마주칠 줄은."

인연. 달콤한 두 글자에 세아의 가슴이 두방망이질 쳤다. 진짜로 나와 이사님은 인연일까?

"정말 인연이었으면 좋겠어요."

무심결에 속생각이 입 밖으로 흘러나왔다. 세아는 놀라서 손으로 입을 가렸다.

"인연이 아니어도 상관없습니다."

한재하 이사의 눈이 부드럽게 휘어졌다.

"내가 안 놓을 거니까."

한 치의 망설임도 없는 단언에 세아는 가슴이 저릿했다. 다정하지만 확고한 빛을 띤 눈. 그의 진심이 그녀의 심장에 스며들었다.

세아는 가만히 그를 바라보았다. 불현듯 그에게 입을 맞추고 싶

었다. 그녀는 그 충동을 실행에 옮겼다. 손을 뻗어 그의 얼굴을 살며시 감싸 쥔 세아는 천천히 다가갔다. 그의 눈에 파문이 일었다.

마침내 세아의 입술이 그에게 닿자, 그가 조수석 등받이로 세아를 밀어붙이고는 그대로 거칠게 달려들었다. 무서울 정도로 격렬한 기세에 세아는 덜컥 겁이 났다. 실수였다. 뜻하지 않게 도화선에 불을 붙이고 말았다.

그녀를 완벽하게 제압한 그가 숨 막히는 키스를 퍼부었다. 농도 짙은 스킨십에 그녀는 솜털이 곤두섰다.

위험해. 이전과는 달라. 이번에는 정말로 위기야, 신세아. 밀어내야 해. 그런데 손에 힘이 들어가지 않았다. 등줄기가 가늘게 떨리고 허리가 감전이라도 된 듯이 찌릿했다. 늪으로 빨려 들어가는 기분이었다. 머릿속에서 경보가 울려대는데도 아무것도 할 수가 없었다.

너무 떨려서 세아는 슬며시 눈을 떴다. 깎아 만든 것처럼 날렵한 턱선이 그녀의 시야에 들어왔다. 목울대가 움직이는 게 못 견디게 섹시했다. 배 안쪽이 찌르르 울리며 달콤하게 조였다.

그가 오른손을 내려 무언가를 조작하는 게 보였다. 조수석 등받이가 스르르 뒤로 넘어가기 시작했다. 그와 그녀는 몸을 포갠 채 누운 자세가 되었다. 그녀의 가슴이 철렁 내려앉았다.

이 남자, 혹시 이성을 잃은 거 아닐까? 이대로 끝까지……

바로 그 순간이었다. 세아는 돌연 자신의 뒷머리를 감싸고 있는 손의 존재를 인식했다. 그러고 보니 처음 조수석으로 강하게 밀렸을 때도 머리 받침대에 부딪히지도 않았다. 이런 상황에서도 그는 그녀를 신경 쓰고 있었다.

동시에 세아는 불안이 눈 녹듯이 사라졌다.

'이 남자라면 믿을 수 있어. 무엇을 하든지.'

세아는 조심스럽게 그의 등에 손을 올렸다. 짙은 키스가 이어졌다.

입술을 뗀 후, 그가 그녀의 얼굴을 감싸 쥔 채 웃었다. 그녀는 여운에 잠겨 몽롱한 상태로 질문했다.

"왜 웃으세요?"

"좋아서. 그러는 세아 씨야말로 왜 웃습니까?"

내가 웃고 있었어? 세아는 더듬더듬 입가를 매만져보았다. 그의 말대로 입매가 올라가 있었다. 그렇다면 이유는 하나뿐이었다.

"저도 좋아서요."

미소를 지은 한재하 이사가 운전석으로 돌아가 의자를 뒤로 최대한 눕혔다. 그가 세아를 마주 보고 누웠다.

"잠시만 이러고 있죠."

"네."

"일단 먹을 것부터 결정합시다. 치킨?"

"저 치킨 그렇게까지 안 좋아한다니까요."

무안해진 세아는 목소리를 높였다. 요즘 화제가 식사 이야기로 흘러가면 자동으로 치킨이 연관 검색어처럼 나타난다. 이러다가 그에게 치킨녀로 각인되는 게 아닐까 걱정될 정도였다.

"저번에 갔던 한정식집으로 가요. 거기 맛 괜찮던데."

"저번에 갔던 치킨집으로 가죠. 세아 씨 잘 먹던데."

"전 정말 괜찮아요."

"나도 괜찮습니다. 굳이 내 식성에 맞추지 않아도 됩니다."

"이사님, 아니, 재하 씨야말로 굳이 제게 맞추지 않아도……."

"난 내가 좋아하는 음식을 먹는 것보다 세아 씨가 좋아하는 음식을 먹고 행복해하는 게 더 기쁩니다."

"저도 마찬가지라고요. 저도 이사님이 입에 맞는 음식 드시면서 만족하시는 모습을 보는 게 치킨 먹는 것보다 더 좋고 흐뭇하거든요?"

투닥거리다 말고 그와 그녀가 웃음을 터트렸다.

"남들이 보면 연애를 너희만 하느냐고 하겠어요."

"그러게 말입니다."

한재하 이사가 손을 뻗어 세아의 머리카락을 만졌다. 신중하고 조심스러운, 애정이 느껴지는 손길. 세아의 가슴이 찌르르 울렸다. 그가 이렇게 만질 때마다 세아는 아주 소중한 존재가 된 듯한 기분에 휩싸였다.

세아가 그의 다정한 손길을 즐기며 눈을 감았다가 뜨기를 반복하고 있을 때였다.

"문득 두려울 때가 있습니다."

그가 운을 뗐다. 세아는 조금 놀랐다. 그에게도 두려운 것이 있다니. 언제나 자신만만하고 유아독존인 그가.

"뭐가요?"

짧은 침묵 끝에 그가 낮은 목소리로 대답했다.

"이 행복이 너무 달콤해서 내 것이 맞을까, 이 달콤함 뒤에 내가 감당할 수 없는 길고 혹독한 시련이 기다리고 있는 게 아닐까."

세아의 눈이 커졌다.

"이 행복이 어느 날 갑자기 흔적도 남기지 않고 사라져버리지 않을까. 처음부터 내 곁에 없었던 것처럼."

한재하 이사답지 않은 말이었다.

'이런 약한 면도 있었구나.'

세아는 그의 두려움을 없애주고 싶었다. 그런데 어떻게 해야 진심이 전해질 수 있을까. 고민하던 세아는 대뜸 손을 뻗어 그의 코를 붙들었다. 게가 집게발로 무언가를 야무지게 물 때처럼.

"윽."

그가 미간에 주름을 잡았다. 감탄이 나올 만큼 반듯했던 얼굴이 구겨지는데도 세아는 아랑곳하지 않았다. 오히려 더욱 힘을 줘서 그의 코를 잡았다.

"왜 갑자기……."

"저도 안 놓아요."

세아가 또박또박하게 부연했다.

"먹잇감을 문 꽃게처럼 이사님을 꽉 잡고 있을 거예요. 무슨 일이 있어도 이사님을 놓지 않을 거니까, 그러니까 앞으로 계속 저한테 이렇게 잡혀서 사세요."

그가 멍하니 그녀를 바라보았다. 이내 그의 입가에 유려한 미소가 번졌다.

"99점입니다."

세아는 고개를 갸웃했다.

"왜 99점이에요?"

"이사님이 아니라 재하 씨."

나직한 그의 설명에 세아는 아차 했다.

"이사님이라는 호칭이 아예 입에 붙은 것 같군요. 어떻게 해야 그 버릇을 고친다?"

한재하 이사가 젖혔던 시트 등받이를 원위치시키며 중얼거렸다.

"이사님이라고 부를 때마다 키스하기는 진부하고……, 아무래도 극약 처방이 필요할 것 같은데."

덩달아 의자를 바로 세운 세아는 기겁했다. 키스보다 더 극약 처방이라니?

"아, 그게 좋겠군요."

그가 능청스럽게 웃었다.

"앞으로 이사님이라고 부르면 그날은 집에 들여보내지 않을 겁니다."

"네에?"

세아는 저도 모르게 언성을 높였다.

"세아 씨가 이사님이라고 부르지만 않는다면 아무 걱정 할 필요

없는 일입니다."

대수롭지 않다는 투로 응수한 그가 운전대를 잡았다.

"출발할 테니까 안전띠 매십시오."

"이, 재하 씨!"

세아가 황급히 이사님이라는 호칭을 삼켰다. 한재하 이사가 만족한 표정을 지었다.

"효과 좋네요."

"그야 당연히……."

"출발합니다."

세아의 말을 자른 그가 운전을 시작했다. 허둥지둥 안전벨트를 매던 세아가 그제야, 아주 오랫동안 까맣게 잊고 있었던 한 사람을 떠올렸다.

"한봄 선배!"

세아는 식당으로 가는 내내 기운이 쭉 빠져서 조수석에 널브러져 있었다. 한봄에게 말도 없이 사라져서 연락도 안 하다니. 문자를 보내 사태를 어찌어찌 수습하긴 했지만, 월요일에 출근해서 한봄을 볼 면목이 없었다.

치킨과 한정식의 중간쯤에 있는 찜닭으로 점심을 해결하고 나서 한재하 이사가 물었다.

"가고 싶은 곳 있습니까?"

그는 그녀가 지나가듯이 했던 사소한 말 하나도 놓치는 법이 없었다. 어릴 때 인라인스케이트를 잘 탔는데 요즘은 탈 기회가 없어서 아쉽다고 했더니, 다음 데이트에는 인라인스케이트를 들고 와서 그녀에게 선물했다. 그래서 그날은 인라인스케이트를 타며 신 나게 놀았다.

언젠가 미성년자일 적에 심야 영화를 보는 게 소원이었다는 말을 했더니, 다음 날 표를 끊어 오기도 했었다. 어떤 드라마를 재미있게 봤다고 했더니 촬영지를 알아 와서는 거기까지 드라이브를 간 적도 있었다.

"음, 항상 제가 하고 싶은 걸 하게 해주셨잖아요. 오늘은 재하 씨가 하고 싶은 걸 해요."

"그러면."

한재하 이사가 어울리지 않게 잠시 머뭇거리다가 입을 열었다.

"아무것도 묻지 않고 따라와줄 수 있습니까?"

예상 밖의 물음이었다. 세아의 몸이 굳었다. 대체 어디를 가려고 이런 말을 하는 걸까. 어쨌든 그녀는 그를 믿기로 했다.

"네, 가요."

자동차가 크고 잘 닦인 아스팔트를 벗어나 좁고 울퉁불퉁한 길로 접어들었다. 갈수록 외진 곳으로 가는 것 같아서 세아는 살짝 긴장했다. 어디로 가고 있는지 궁금해 입이 근질근질했다. 하지만 아무것도 묻지 않기로 했으니 충동을 꾹 눌러 참았다.

인고 끝에 드디어 자동차가 멈춰 섰다.

"내리십시오."

얼떨결에 안전벨트를 풀고 차에서 내린 세아가 주변을 둘러보았다. 아담하고 누가 깎은 것처럼 예쁘게 둥그스름한 언덕이 보였다.

"올라가야 합니다."

한재하 이사가 손을 내밀었다. 그녀는 그의 손을 맞잡고 언덕 정상을 향해서 걸어갔다.

언덕 꼭대기에는 커다란 나무 하나가 있었다. 줄기가 반듯하고 잎이 풍성한, 마치 영화 속의 한 장면에 나올 법한 나무였다.

'예쁜 나무네요.'라고 그에게 말을 걸려고 했던 세아는 황급히 말을 잘랐다. 그가 속을 알 수 없는 눈빛으로 나무를 쳐다보고 있었다.

재하는 미풍에 살랑거리는 푸른 잎을 가만히 주시했다. 어릴 적에 어머니의 손을 잡고 자주 왔던 곳이었다. 어머니가 이곳에 어떤 추억이 있는지, 왜 힘들 때마다 이곳을 찾아와서 하염없이 이 나무만 쳐다보는지 당시의 그는 알지 못했다.

'아마도 아버지와의 추억이 있었던 장소겠지.'

그는 어머니를 이해하지 못했다. 아버지에게 버림받았다는 이유만으로 삶의 끈을 놓아버린 어머니가 야속했고, 때로는 밉기도 했었다. 하지만 이제는 어머니가 왜 그랬는지 어렴풋이 납득할 수 있을 것도 같았다.

누군가를 사랑하고, 누군가에게 사랑받는다는 것이 얼마나 달콤한지 알아버렸다. 이 사랑을 잃게 되면 그 역시 처참하게 망가져버리고 말 것이었다. 아버지와 어머니가 그랬듯이. 그렇기에 그는 행복하면서도 두려웠다.

이 감정은 그를 행복하게 하는, 그러면서도 그를 나락으로 떨어뜨릴 수도 있는 양날의 검이었다.

'우리가 당신과 아버지처럼 비극적인 결말로 치닫지 않게 해주세요, 어머니. 처음이자 마지막으로 당신께 드리는 부탁입니다.'

기도하는 심정으로 재하는 나무를 건너다보았다. 만약 영혼이 존재한다면, 그는 어머니의 영혼 한 조각이 분명 이곳에 남겨져 있으리라고 생각했다. 그리고 비록 생전에 좋은 어머니는 아니었을지라도, 그의 간절한 바람 하나쯤은 들어줄 것이라고.

'당신에게도 보여드려야 할 것 같아서 왔습니다.'

맞잡은 손에 슬며시 힘을 주자 그녀가 그를 올려다보았다. 그는 그녀와 눈을 맞춘 채 웃고는 다시 나무로 시선을 돌렸다.

'어머니, 이 여자가 제가 평생을 함께하고 싶은 여자입니다.'

돌아오는 길은 적막했다. 세아는 조수석에 앉은 채로 조금 전의 일을 떠올렸다. 나무 앞에 서 있던 그에게 무언가 사연이 있어 보였다. 대체 뭘까. 고속도로 휴게소에 들러 저녁을 먹는 와중에도 그녀의 머릿속에는 온통 그 생각뿐이었다.

이대로라면 궁금해서 밤에 잠이 오지 않을 것 같았다. 문제는 그에게 물어봐도 답이 나오지 않으리라는 사실이었다. 애초에 아무 것도 묻지 않고 따라와줄 수 있느냐고 했고, 그녀는 동의했으니까.

집으로 가는 내내 세아는 심란한 마음을 떨칠 수 없었다.

"다 왔습니다."

한재하 이사의 목소리가 세아를 상념에서 끌어냈다. 창밖을 내다보니 사방이 어둑했다.

차가 막힌다 싶더니 벌써 시간이 이렇게 되었구나. 안전벨트를 푼 세아가 차에서 내렸다. 따라서 내린 그가 자연스럽게 그녀를 끌어안았다.

"이대로 조금만 있어주십시오."

세아의 뒷머리를 감싸며 그가 부탁했다. 세아는 그를 마주 안았다. 여름인데 꼭 붙어 있으니 남들이 보면 이상한 사람들인 줄 알겠다는 생각이 들자 웃음이 나왔다.

"뭐가 그렇게 재미있습니까?"

흘러내린 세아의 머리칼을 귓바퀴 뒤로 넘기며 그가 속삭였다. 세아는 피식거리며 설명했다.

"별거 아니에요. 이사님."

그때였다. 귓바퀴 근처를 맴돌던 그의 손가락이 뚝, 멈췄다.

"이사님?"

"틀림없이 지금 이사님이라고 했습니다. 두 번이나."

세아는 그대로 굳었다. 점심을 먹기 전에 차에서 나눴던 대화가 떠올랐다.

「앞으로 이사님이라고 부르면 그날은 집에 들여보내지 않을 겁니다.」

세아의 안색이 창백해졌다. 온종일 이사님이라고 안 부르려고 얼마나 애를 썼는데, 하필이면 헤어지기 직전에 이런 실수를 하다니!

"오늘 집으로 들여보내지 않을 겁니다."

그의 눈이 야릇하게 반짝였다. 세아는 경직되었다.

한재하 이사는 어느새 남자의 얼굴을 하고서 그녀를 응시하고 있었다. 아무리 둔한 그녀라 해도 그가 무슨 생각을 하는지, 무엇을 원하는지 알 수밖에 없을 만큼.

그녀의 전신이 가늘게 떨렸다. 심장이 펄떡거려서 견딜 수 없었다. 이대로 있다가는 심장마비로 죽을 것 같았다.

허둥지둥 휴대전화를 꺼내 드는 세아의 행동에 그의 눈이 가늘어졌다. 세아가 망부석처럼 마냥 휴대전화 액정을 들여다보고 있자 그가 물었다.

"뭐 하는 겁니까."

"……12시."

"네?"

"12시예요. 이제 하루가 지났네요. 저 들어갈게요. 조심히 돌아가요."

재빠르게 말한 세아가 뒤도 돌아보지 않고 냉큼 집으로 달려갔다. 엘리베이터에 올라탄 그녀가 가슴 위에 손을 얹은 채 숨을 골랐다. 그녀의 볼은 놀랄 정도로 빨개져 있었다.

"뭐지?"

왜 이러지? 전에 홍콩 여행을 갈 적에도 이 정도로 떨리지는 않았는데? 누가 심장에 전기 충격기를 가져다 댄 것 같았다.

'이래서 나중에 이사님과…… 할 수 있을까?'

상상하는 것만으로 이 모양인데 실전을 치를 때는 어떨지 짐작조차 가지 않았다. 만에 하나 하던 중에 죽기라도 하면 어떡하지. 그러면 8시 뉴스 같은 데에 나가겠지?

- 남자친구와 사랑을 나누던 직장인 신 모양이 관계 도중 심장마비로 사망했다는 안타까운 소식 전해드립니다.

깔끔하게 차려입은 아나운서가 뉴스 데스크에 앉아서 그런 멘트를 내뱉는 것을 상상한 세아는 기겁했다. 그런 꼴이 날 수는 없다.

"적응 훈련을 해야겠어."

세아가 비장한 표정으로 주먹을 불끈 쥐었다.

로비 쪽으로 걸어가는 재하를 매의 눈으로 주시하는 인물이 있었다. 먹잇감을 노리는 하이에나를 연상시키는 시선으로 재하의 동향을 살피던 인물이 살금살금 그에게로 다가갔다. 그러고는 그가 뒤돌아보기도 전에 덥석 뒤에서 끌어안았다.

재하는 아무 예고 없는 포옹에 흠칫 놀랐다.

"세아 씨?"

반신반의하는 마음으로 묻자 의문의 인물이 그의 등에 얼굴을 묻은 채로 "네, 저예요." 하고 대답했다. 익숙한 음성. 그는 긴장을 풀었다.

"일전에는 날 혼자 버려두고 쌩하니 집으로 들어가더니, 갑자기 왜 이럽니까?"

세아의 손등을 부드럽게 감싸 쥔 그가 웃음기 섞인 타박을 했다. 12시가 지났으니 다음 날이라며 후다닥 도망가는 그녀의 뒷모습을 보며 얼마나 황당했던가. 닭 쫓던 개의 심정이 어떤 건지 제대로 경험했다. 그래도 화가 나지는 않았다. 시간은 많았다.

빙긋 웃은 재하는 그녀의 손가락을 만지작거렸다. 그러자 그녀가 팔을 풀고 그에게서 떨어졌다.

"세아 씨?"

"저 이만 일하러 갈게요."

세아가 후다닥 사무실로 복귀했다. 홀로 남겨진 재하는 눈을 깜빡였다. 방금 무슨 일이 벌어졌던 거지?

신세아의 이상 행동은 그것으로 끝이 아니었다. 느닷없이 그의 목을 끌어안지를 않나, 슬쩍 그의 가슴 위에 손바닥을 얹지를 않나. 특히 그녀가 그의 허벅지를 손끝으로 꾹 찔렀을 때와 그의 무릎 위에 올라앉았을 때, 하마터면 그는 심장이 떨어질 뻔했다.

공통점은 하나같이 기습적이고, 아무 개연성 없는 스킨십이라는 것이었다.

'왜 이러는 걸까.'

책상 앞에 앉은 재하는 곰곰이 상념에 잠겼다. 정말이지, 오만 생각이 다 들었다. 뭉게뭉게 피어오르는 상상에 낯이 뜨거워진 그는 마른세수를 했다. 진이 다 빠졌다. 탈력감에 휩싸인 재하가 의자에 깊숙이 몸을 묻으며 혼잣말했다.

"이 여자가 남자 무서운 줄 모르고."

그나 되니 이제껏 참은 거다. 기회는 얼마든지 있었다. 사내 여행을 가서 2인실을 쓸 때도, 둘이 홍콩으로 놀러 갔을 때도. 하다 못해 데이트 중에 무작정 호텔로 가버릴 수도 있었다. 그러나 지금까지 그가 그러지 않았던 건, 아주 조금이라도 그녀에게 거리낌이 있다면 억지로 안고 싶지는 않아서였다. 그가 참으면 되니까.

그녀가 온전히 마음을 열어줄 때까지 그는 기다릴 수 있었다. 원래부터 인내심에는 자신 있는 그였다. 하지만 당사자가 직접 도발을 하면 이야기가 달라진다.

"이건 고문이야."

넋이 나간 표정으로 천장을 올려다보며 재하가 재차 중얼거렸다.

"이건 고문이라고. 아주 악독한."

재하는 이대로 죽기 전에 이유라도 알자고 결심했다.

[오늘의 목표: 이사님 무릎 위에 앉아서 키스하기]
세아는 다이어리에 적힌 문구를 뚫어지게 보았다. 뒷머리로 식

은땀이 차올랐다. 이건 너무 수위가 높지 않나? 도저히 시도할 엄두가 나지 않았다. 자세를 상상하는 것만으로 민망해서 손발이 오그라드는데 어떻게 실행에 옮긴단 말인가.

'아니야. 해야 돼.'

앞으로 더한 것도 할 텐데 겨우 여기에서 무너질 순 없었다.

'이 정도는 별것 아니야. 저번에 무릎 위에 앉기는 성공했잖아. 거기에 키스가 추가되었을 뿐이라고. 키스는 많이 해봤잖아.'

다이어리를 덮은 세아가 눈을 질끈 감고 자리에서 일어났다. 의지가 흔들리기 전에 어서 해치워야겠다.

세아는 커피를 사 들고 빠른 걸음으로 이사실로 향했다. 문 앞에서 심호흡하고 노크하자 그가 응답했다.

"들어오십시오."

크게 숨을 들이켠 세아가 문을 열고 안으로 들어갔다. 한재하 이사는 바쁜지 눈길 한번 주지 않았다.

"재하 씨."

세아의 부름에 그제야 그가 고개를 들었다. 세아는 커피 잔을 가볍게 좌우로 흔들며 제안했다.

"커피 한잔 마시고 일하실래요?"

"그래야겠습니다."

한재하 이사가 책상 의자에서 일어나 소파로 왔다. 그의 어깨에 머리를 기댄 채로 커피를 마시며 세아는 호시탐탐 기회를 노렸다. 바지 정장에 둘러싸인 탄탄한 허벅지가 보였다.

126

저 위로 올라가야 하는데. 한번 해봤는데도 불구하고 다시 하려니 가슴이 두방망이질 쳤다.

할지 말지 망설이며 시간을 흘려보내니 어느새 커피를 거의 다 마셨다. 세아는 초조해졌다.

에라, 모르겠다. 탁자에 테이크아웃 커피 잔을 내려놓은 세아는 단숨에 그의 허벅지 위에 올라앉았다. 극도로 긴장한 탓인지 평소와는 달리 그의 잘생긴 얼굴도 눈에 제대로 들어오지 않았다.

그녀가 딱 그에게 키스하려는 순간이었다. 크고 단단한 손이 그녀의 두 팔을 탁 소리가 나게 붙잡아서 저지했다.

"헉."

소스라치게 놀란 세아가 헛바람을 집어삼켰다. 한재하 이사가 빤히 그녀를 바라보았다.

"왜 이러는지 이유나 압시다."

"그, 그게……."

"계속 당하는 입장에서는 피 마르는 고문이라는 거 모릅니까? 나는 이유라도 알고 당해야겠습니다."

단호한 어조였다. 세아는 불쑥 찬물을 맞은 듯했다. 고문이라니. 싫었다는 뜻일까? 새삼 돌이켜보니 서로 모르는 사이였다면 그녀가 한 일련의 행동들은 신고감이었다. 연인 관계니까 막연히 '내가 이래도 싫어하지는 않겠지.'라는 전제를 깔고 있었는데, 생각해보니 그건 어디까지나 그녀의 희망 사항이었다.

세아는 다소 주눅이 들어서 질문했다.

"불쾌했어요?"

"그럴 리가. 세상 어느 남자가 싫어하겠습니까."

그가 부정했다. 한 치의 망설임도 없어서 산뜻하기까지 한 답변이었다.

"그런데 왜."

"아무리 그래도 영문도 모르고 당하는 건 사절입니다."

세아의 말을 중간에 끊은 그가 추궁했다.

"그러니 말해보십시오. 요 며칠 내내 나에게 왜 이러는지."

세아는 말문이 막혔다. 나중을 대비하기 위한 훈련이라고 이실직고할 수는 없는 노릇이었다. 어쩔 수 없이 그녀는 침묵을 선택했다.

한재하 이사가 가만히 그녀의 얼굴을 들여다보았다. 집요하고 농밀한 시선이었다. 속내를 간파당할 것만 같아 그녀는 낯이 뜨거워졌다.

"그러면 이건 알고 있습니까?"

"무얼요?"

"남자를 함부로 도발하면 위험하다는 거."

그가 아까부터 꽉 쥐고 있던 세아의 손목을 자신의 얼굴 가까이 가져갔다. 그러더니 슬쩍 핥았다. 세아는 화들짝 놀라서 어깨를 움츠렸다.

촉촉하고 매끄러운 혀가 그녀의 푸른 혈관이 비치는 부위를 지분거렸다. 명백하게 성적인 의도를 담은 동작에 그녀는 파르르 떨었다.

"난 남자입니다."

한재하 이사가 눈을 내리깐 채로 말했다.

"그것도 한창때의 무척이나 왕성한."

어지간한 여자보다 길게 뻗은 가지런한 속눈썹과 높은 콧대, 붉은 혀에 눈길을 빼앗겼던 세아는 번뜩 정신이 들었다.

"필사적으로 참고 있는데 도와주지는 못할망정 부채질하지는 마십시오. 이후의 일은 책임 못 지니까."

"아."

세아는 머뭇거리다가 고백했다.

"사실은 저도 준비하려고……."

그의 눈초리가 올라갔다.

"그게, 수영장 같은 데에 가면 바로 물에 들어갔다가 심장마비에 걸릴 수도 있으니 발끝부터 물에 조금씩 적시라고 하잖아요. 저도 그런 과정에 있는 거니까."

"신세아 씨."

그가 나직이 세아를 불렀다. 단둘이 있을 때 성을 붙이는 건 오랜만이었기에 세아는 움찔하며 고개를 들었다. 그리고 묘하게 일렁이고 있는 검은 눈을 발견했다.

"방금 한 말, 내가 제대로 이해한 거 맞습니까?"

열기가 밴 눈빛. 미세하게 흔들리고 있는 목소리. 전신으로 벅찬 기쁨을 표현하는 그의 태도에 세아는 더없이 쑥스러워졌다.

"아마 맞을 거예요."

개미만 한 목소리로 긍정한 그녀가 겸연쩍은 표정으로 작게 덧붙였다.

"그러니까 기다려주세요."

그는 말없이 세아를 보았다. 언뜻 침착한 태도였지만, 눈동자는 격렬하게 타오르고 있었다. 세아가 그 이질적인 눈동자에 사로잡힌 순간이었다. 그가 세아를 자신의 품 안에 가두었다.

"후회하지 않게 해줄게요."

그가 속삭였다. 목이 꽉 막힌 사람처럼 잔뜩 잠긴 음성이었다.

"세아 씨가 나중에 이 선택을 후회하지 않게 할 겁니다."

세아를 더욱 깊숙이, 꼭 끌어안으며 그가 부연했다.

"내 모든 것을 바쳐서, 내 온몸이 부서지는 한이 있더라도."

세아는 말을 잃었다. 저 밑바닥에서부터 정체를 알 수 없는 감정이 왈칵 치밀어 올랐다. 눈가가 뜨거웠다. 어째선지 울고 싶은 기분이었다.

문득, 지금까지 살면서 가장 잘한 일이 어쩌면 이 남자를 좋아한 것일지도 모른다는 생각이 들었다.

다행이야. 한재하 이사를, 이 남자를 좋아해서…… 정말로 다행이야.

결과적으로 세아는 조금 울었다. 밖으로 눈물을 흘리지는 않았지만 눈 안에 그렁그렁하게 고였다. 그 사실을 한재하 이사에게 들키고 싶지 않아서, 세아는 도망치듯이 이사실을 나와 화장실로 직행했다.

대강 눈 주변을 수습한 세아가 사무실로 돌아온 차였다. 구석진 사장이 그녀를 발견하더니 씩 웃었다. 뭐지?

의아해하던 세아는 그의 손에 들린 물건을 발견한 순간 사색이 되었다. 그녀의 다이어리였다.

뒤늦게 상황을 파악한 그녀는 유유히 사장실로 들어가는 구석진 사장을 쫓아갔다. 분노가 확 치밀었다. 왜 남의 다이어리에 손을 대지? 남의 사생활에? 아무리 사장이라도 명백한 월권이었다. 구석진 사장이 그녀에게 지급하는 대가는 오로지 노동력에 한정되어 있었으니까.

"신세아입니다. 드릴 말씀이 있어요."

"들어와."

문을 두드리기가 무섭게 허락이 떨어졌다. 안으로 발을 들인 세아는 성큼성큼 구석진 사장에게로 다가갔다.

"사장님, 죄송하지만 방금 가져가신 다이어리, 제 거 아닌가요?"

"이거?"

구석진 사장이 보란 듯이 다이어리를 들었다.

"맞아, 신세아 씨 거."

"그런데 그걸 왜 사장님이 가져가신 거죠?"

"이런."

그가 짧게 혀를 찼다.

"난 나름대로 선행을 한 건데."

"선행이라니요?"

어떻게 남의 다이어리를 허락도 없이 가져간 게 선행이 될 수 있단 말인가. 세아가 날카롭게 쏘아붙이자 구석진 사장이 어깨를 으쓱했다.

"신세아 씨가 다이어리에 자물쇠를 거는 걸 깜빡했는지 그냥 놓여 있더라고. 어떤 여사원이 열어보려고 해서 내가 냉큼 가지고 왔지."

"네?"

세아는 그대로 얼음이 되었다. 그러고 보니 깜빡하고 다이어리에 자물쇠를 채우지 않고서 이사실로 간 것 같았다. 하지만 그렇기로서니 몰래 열어보려고 한 사람이 있을 줄이야. 대체 누가 그런 짓을. 우리 회사에 그럴 만한 여사원이 누가…….

'혹시 남주요 대리?'

퍼뜩 솟아난 가설에 세아의 안색이 파리해졌다. 남주요 대리라면 그러고도 남는다. 퍼즐이 얼추 맞아들어가자 세아는 급히 허리를 숙였다.

"죄송합니다, 사장님. 제가 잘 알지도 못하고."

"괜찮아. 오해할 여지도 있었으니까."

구석진 사장은 대수롭지 않다는 투였다. 마음 씀씀이가 넓고 대범하다는 한봄의 평가는 사실이었다.

"아니에요. 정말 감사드려요."

남주요 대리가 다이어리 안의 내용을 봤으면 무슨 사달이 벌어졌을지 생각하니 세아는 눈앞이 아찔했다. 이번에는 호두가 든 와플을 남겨두는 정도가 아니라 아예 그녀를 호두에 파묻어버릴지도 모른다.

연신 고마움을 표하는 세아를 지켜보던 구석진 사장이 묘한 비음을 흘렸다.

"그렇게 고마우면 부탁 하나 해도 될까?"

"예? 제가 무엇을……."

"별로 어려운 일은 아니야. 어머니께서 자꾸 날 어떤 여자와 결혼시키려고 하셔. 전혀 내키지 않는 상대와."

세아는 마른침을 삼켰다. 불현듯 한봄이 했던 말이 떠올랐다.

「사장님 말이야, 재벌 3세라는 설이 있어.」

그렇다면 이게 바로 그 드라마에서만 봤던 정략결혼?

책상에 걸터앉은 구석진 사장이 다이어리를 내려놓고는 볼펜을 들었다. 능숙하게 볼펜을 돌리며 그가 마저 설명했다.

"그래서 결혼을 깨려고 사랑하는 여자가 있다고 거짓말해버렸는데, 어머니가 통 믿지를 않으시거든."

"네에? 설마."

너무나 익숙한 줄거리였다. 뒤이어질 내용이 자동으로 세아의 머릿속에서 펼쳐졌다.

"딩동댕."

구석진 사장이 빙긋 웃더니 펜촉으로 그녀를 가리켰다.

"세아 씨가 내 애인 역할을 좀 해줘야겠어."

24. 무조건

세아는 경악했다. 예상을 한 치도 빗겨가지 않은 제안 때문이었다.

"제가요?"

"고맙다더니 설마 말뿐이었어?"

구석진 사장은 실망한 표정이었다. 세아는 순간 말문이 막혔지만, 곧 조심스럽게 입을 열었다.

"고마운 건 진심이에요. 하지만 이런 일은…… 그냥 어머님께 솔직하게 그분과 결혼하고 싶지 않다고 말씀드리는 게 나을 것 같은데."

"그게 먹힐 분이면 내가 이렇게까지 하겠어?"

그래도 애인 연기라니. 아무리 생각해도 이건 아니다. 세아는 어떻게든 빠져나가려고 용을 썼다.

"어차피 들킬 텐데. 아무리 애인인 척한다고 해도 진짜로 사귀는 사이가 아니니까 표가 날 수밖에 없잖아요. 막상 보시면 사장님 어머님께서 한눈에 알아차리실 거예요."

"걱정하지 마. 어머니를 직접 만날 건 아니니까."

의외의 말이었다. 부잣집 사모님에게 '너 따위가 감히 내 아들을 넘봐? 헤어져!'라는 모욕을 들으며 냉수마찰을 당하는 상황을 상상했던 세아는 눈을 동그랗게 떴다.

"그러면요?"

"얼마 전부터 어머니가 내 주변에 사람을 풀어놓은 것 같아. 자꾸 기척도 느껴지고 누가 지켜보고 있다는 감이 오는 게, 내 일거수일투족을 미행해서 보고하는 모양이야."

볼펜을 빙그르르 돌린 구석진 사장이 입매를 올렸다.

"그러니까 우린 그걸 역이용하는 거지."

"역이용이요?"

"어. 세아 씨와 내가 같이 식사하고 데이트하는 것처럼 굴면 그 사람이 사진을 찍어서 어머니에게 보고할 거야. 그러면 어머니도 믿겠지."

여전히 세아는 망설였다. 개인적으로도 뭔가 께름칙하고 내키지 않았거니와, 조금이라도 한재하 이사가 싫어할 만한 일은 하고 싶지 않았다. 역지사지로 만약 한재하 이사가 다른 여자와 둘이 밥을 먹는다면 그녀도 기분이 나쁠 것 같았다.

도움을 받은 처지에 미안하지만, 역시 하지 않는 게 맞다. 마음을 굳힌 세아가 넌지시 물었다.

"다른 방법으로 은혜를 갚으면 안 될까요?"

"응. 안 돼."

한 치의 망설임도 없이 단호한 대답이었다.

"나에게 신세아 씨가 필요할 만한 일은 그거뿐이야."

"그렇지만."

"한 번이야. 딱 식사 한 번. 그게 그렇게 어려운 부탁이야?"

세아는 난감해졌다. 엄밀히 말하자면 어려운 부탁이 아니라 내키지 않는 부탁인데, 그렇게 이실직고하자니 너무 몰염치한 것 같았다.

기껏 식사 한 번인데 내가 너무 이기적인가? 신세를 져놓고서 그 정도도 하기 싫어서 발을 빼다니.

세아가 흔들리고 있을 때였다. 구석진 사장이 볼펜을 내려놓더니 절박한 눈빛으로 그녀를 바라보았다.

"부탁할게, 신세아 씨. 나도 정말 부탁할 사람이 없어서 그래."

까마득한 직장 상사의 간절한 부탁. 더군다나 도움까지 받은 상황. 세아는 더는 거절할 수 없었다.

"알겠습니다."

모래알을 삼키는 심정으로 승낙하자, 구석진 사장의 안색이 환해졌다.

"고마워, 신세아 씨. 그럼 당장 오늘 저녁으로 하자."

"오늘 저녁이요?"

고민하던 세아는 천천히 고개를 끄덕였다. 기왕 맞을 매라면 먼저 맞는 편이 낫지 싶었다.

"퇴근 몇 시에 해?"

"5시 반이요."

"그러면 그때 주차장에서 보자고."

"알겠습니다."

터져 나오려는 한숨을 참은 세아가 다이어리를 챙겼다. 한재하 이사에게 이 사실을 알려야겠다.

"맞다. 부탁 하나 더."

밖으로 나가려는 세아를 나른한 음성이 붙잡았다.

"재하에게는 비밀로 하자."

세아는 뒤를 돌아보았다. 구석진 사장이 팔짱을 낀 채 빙글거리고 있었다.

"쓸데없는 오해는 사기 싫으니까."

"비밀로 했다가 더 쓸데없는 오해를 살지도 모르는데요."

"음, 솔직하게 말할게. 신세아 씨도 알겠지만 재하가 질투가 심하잖아? 괜히 말하면 훼방을 놓을 거 아니야. 나중에라도 알게 되면 날 들들 볶아먹을 거고. 그러니 비밀로 해야지."

내심 한재하 이사에게 자초지종을 알려주고 '안 됩니다. 내가 가서 구석진 사장과 담판을 볼 테니 세아 씨는 여기 있으십시오.' 식의 차도살인 전개를 기대했던 세아는 어깨를 축 늘어뜨렸다. 어쩜 저렇게 빠져나갈 구멍을 봉쇄하는 재주가 탁월할까. 구석진 사장의 치밀함에 세아는 두 손 두 발 다 들었다.

"그렇게 할게요."

"생큐. 그러면 이따 봐."

태산 같은 걱정을 안고 세아가 사장실을 나갔다.

문이 닫혔다. 혼자가 된 석진이 픽 웃었다.

"이사님 무릎 위에 앉아서 키스하기?"

세아의 다이어리에 적혀 있던 내용을 비웃은 그가 책상에서 엉덩이를 떼고 일어났다.

"귀엽게 놀잖아?"

더 지켜볼 것도 없었다. 순진하고 어수룩한 여자였다. 화목한 가정에서 부모님의 사랑을 받으며 평범하게 자란, 세상의 척박함이라고는 하나도 모르는 온실 속 화초 같은 여자. 그래서 의외성이나 재미있는 구석이라고는 눈곱만큼도 없는 성실한 여자.

"저런 취향이었어, 한재하?"

책장으로 다가간 그가 서류철 하나를 꺼내 들었다.

"나는 말이야, 네가 좀처럼 연애를 안 하기에 눈이 대단히 높은 줄 알았지."

얇은 종이가 연이어 넘어가는 소리가 사장실을 잠식했다.

[신세아申世芽. 신장 167cm. 체중 51kg. 나이 26세. 생년월일 12월 17일. 가족 관계 부父 신진호(53세) 모母 차혜인(53세) 매妹 신세연(23세) ……]

세아의 학창시절 성적과 이력까지 빠짐없이 담겨 있는 서류에는 역시 석진의 흥미를 끌 만한 내용이라곤 하나도 없었다.

"왜 이런 여자가 좋을까, 우리 도련님은."

세아의 사진을 뚫어지게 보며 석진이 혼잣말했다. 한재하가 가진 것, 한재하가 가질 것. 그런 것들에 비하면 신세아는 보잘것없다 못해 하찮기까지 했다.

"그러니 포기해. 첫 여자를 포기해도 넌 가진 게 많잖아."

석진은 앞으로 벌일 일을 머릿속에 그려보았다. 죄책감은 없었다. 오히려 가슴이 뛰었다. 늘 여유만만한 한재하의 일그러진 표정을 볼 수 있을지도 모른다는 생각에.

어색하게 웃고 있는 세아의 얼굴이 석진의 손안에서 구겨졌다.

세아는 주위를 두리번거려 아무도 없는 것을 확인한 다음 주차장으로 뛰어갔다. 다른 사원들의 눈에 띄었다가는 입방아에 오를 일이었다.

구석진 사장은 먼저 와서 운전석에 앉아 있었다. 안전벨트를 매며 세아가 재촉했다.

"어서 출발하세요."

"그래. 남들이 보면 피곤해지니까."

순순히 동의하며 구석진 사장이 운전대를 잡았다. 스포츠카가 매끄럽게 목적지를 향해 달렸다.

30여 분 뒤 도착한 장소는 한눈에 봐도 기본 메뉴 가격이 0 다섯 개일 것 같은 레스토랑이었다.

"이런 데서 식사해요?"

"뭐 문제라도?"

석진의 반문에 세아는 꿀 먹은 벙어리가 되었다. 문제는 없다. 아무 문제도 없는데 얻어먹기 부담스러울 뿐. 사귀는 사이도 아닌 남자와 이런 음식을 먹으러 오다니.

뒤늦게 세아는 후회했다. 아무래도 실수한 것 같다. 어떻게든 안 된다고 할걸. 생각할수록 이건 아니라는 마음이 강해졌다. 세아는 저도 모르게 안전벨트를 꽉 잡았다.

"안 내리고 뭐 해?"

구석진 사장이 의아한 눈길로 보았다. 세아는 진퇴양난이었다. 거절하기에는 늦었다. 여기까지 따라와서 안 들어간다고 할 수는 없는 노릇이었다.

피할 수 없는 사태라면 긍정적으로 받아들이자. 숨을 고른 세아가 안전벨트를 풀고 차에서 내렸다.

레스토랑은 넓은 내부에 비해 테이블 수가 적고 조용한 편이었다. 세아는 구석진 사장과 마주앉아 불편한 기분으로 식사를 시작했다.

"왼쪽 대각선 방향의 사람. 정면으로 보지 말고 살짝 흘겨서 봐 봐."

애피타이저를 다 먹었을 즈음에 구석진 사장이 뜬금없는 요구를 했다. 어쨌든 세아는 그가 하라는 대로 눈만 돌려서 왼쪽 대각선 방향을 확인했다. 말끔한 정장을 입은 멀쩡하게 생긴 남자가 혼자서 식사 중이었다. 별다른 이상한 점은 없는데 왜 보라고 한 거지?

"여긴 데이트 장소여서 혼자서 오는 사람은 거의 없어."

구석진 사장이 낮은 목소리로 설명했다. 세아는 눈을 부릅떴다.

"그렇다면 저 남자가?"

"그래. 어머니가 나에게 붙인 사람이겠지."

세아가 다시 흘긋 남자를 확인했다. 심장이 쿵쾅거렸다. 사람을 붙여서 감시라니. TV에서나 보던 일 아닌가. 드라마 속의 인물이 된 것 같은 느낌에 세아는 설레기까지 했다. 보통은 평생 해볼 수 없는 경험이니까.

"이제 어떻게 해야 해요?"

야릇한 의욕이 생긴 세아가 질문했다. 구석진 사장이 나직이 응대했다.

"연인인 척해야지."

"예? 식사만 하면 되는 거 아녜요?"

"식사만 해도 다정해 보여야 할 것 아니야."

낮게 혀를 찬 그가 먹고 있던 음식을 포크로 조금 떼어내서 세아에게 건넸다.

"자, 받아먹어."

"네에?"

"연인끼리 이 정도는 하잖아."

구석진 사장의 말대로 한재하 이사와 종종 이러기는 했다. 그렇지만 구석진 사장과 하려니 꺼려졌다.

"어서. 저쪽에서 이상함을 느끼기 전에."

구석진 사장이 재촉했다. 세아는 얼떨결에 그가 내민 포크를 입에 물었다.

"옳지. 잘했어."

그가 눈웃음을 쳤다. 세아는 가만히 그의 얼굴을 뜯어보았다. 4대 미남 중에서 섹시함을 담당하고 있다더니, 과연 이목구비에서 어딘지 모르게 요사스러운 기운이 흘렀다. 단정하고 금욕적인 분위기의 한재하 이사와는 정반대의 매력을 가진 남자였다.

'그래봤자 난 이사님이 더 좋아.'

내 남자가 훨씬 잘생겼다, 뭐.

한재하 이사를 떠올린 세아가 배시시 웃었다. 헤어진 지 얼마나 되었다고 벌써 보고 싶었다.

여러 가지 요리가 나오는 동안 구석진 사장은 틈틈이 세아를 챙겼다. 스테이크가 나오면 썰어주고, 입가에 뭐가 묻었다며 냅킨을 챙겨주고. 보여주기식 호의라는 사실을 알고 있음에도 세아는 다소 거북했다.

"남자친구하고 데이트를 하는데 그렇게 목석같이 구는 여자가 어디 있어?"

디저트를 먹으면서 구석진 사장이 세아를 타박했다.

"그럼 어떻게 해요?"

"세아 씨가 나한테 스킨십을 해."

세아의 만면에 경악이 떠올랐다. 식사까지는 그렇다고 쳐도 스킨십이라니. 말도 안 된다.

"안 돼요. 못 해요."

단호한 거절에 구석진 사장이 인상을 썼다.

"정 안 되겠으면 내가 했던 것처럼 음식이라도 먹여주든지."

그것도 썩 하고 싶지는 않았지만, 다시 스킨십을 하자는 말이 나올까봐 세아는 서둘러서 먹고 있던 푸딩을 포크로 잘라서 건넸다.

"어서 드세요."

"고마워."

구석진 사장이 미소 지으며 푸딩을 받아먹었다. 그의 입으로 쑥 들어간 포크를 보며 세아는 몰래 진저리쳤다. 이제 포크는 못 쓰겠다. 세아는 숟가락으로 남은 푸딩을 먹었다.

고역 같았던 식사 시간이 끝나고, 세아가 음식값을 계산하는 구석진 사장에게 소곤거렸다.

"이제 다 끝난 거죠?"

"뭐, 대강은."

카드를 건네받은 구석진 사장이 지갑을 닫았다. 그러고는 아무 예고 없이 불쑥 세아를 끌어안았다. 세아는 정신을 차리자마자 바로 그를 밀쳤다.

"뭐 하시는 거예요!"

"연인 연기가 좀 약하지 않았나 싶어서."

구석진 사장은 태연했다. 세아는 화가 치밀었다. 끔찍한 기분이 들었다.

"식사만 한다고 했잖아요."

"미안해."

"사과받고 싶지 않아요. 이건 너무했어요. 전 알아서 집으로 돌아갈 테니까 사장님도 알아서 가세요."

휙 소리가 나게 돌아선 세아가 레스토랑을 빠져나갔다.

문 너머로 삼켜지는 세아의 뒷모습을 빤히 보던 석진이 중얼거렸다.

"미안."

정장 안주머니에서 담배를 꺼낸 그가 세아가 나간 정문과는 정반대 방향에 있는 뒷문으로 레스토랑을 빠져나왔다. 밖으로 나오자마자 그의 휴대전화가 울렸다.

"잘 나왔네, 사진."

세아가 그에게 음식을 먹여주는 사진, 세아가 그를 보며 미소 짓는 사진, 그와 세아가 끌어안고 있는 사진.

전송된 사진을 하나하나 확인한 그가 담배에 불을 붙이고는 깊게 숨을 들이마셨다.

"신세아 씨에게는 미안하게 생각하고 있어."

세아에게는 유감이라고밖에 할 수 없었다. 세아의 잘못은 한재하가 사랑하는 여자라는 것뿐이었으니까.

"어차피 내가 손을 안 써도 이루어질 수 없어. 너와 재하는."

애초에 세상은 유유상종이다. 똑똑한 사람은 똑똑한 사람과, 어리석은 사람은 어리석은 사람과, 평범한 사람은 평범한 사람과,

지배층은 지배층과 어울릴 수밖에 없다. 그 진리를 석진은 너무나 잘 알고 있었다. 그리고 여전히 뼈에 사무치게 느끼는 중이었다. 송충이는 솔잎을 먹고 살아야 한다는 것을.

"감정이 더 깊어지기 전에 끝나게 해주는 거니 어찌 보면 나에게 고마워해야 해."

서로 다치지 않고는 끝낼 수 없을 만큼 절박하게 되어버리기 전에 브레이크를 밟아준 셈이니까 말이다.

달라붙어서 이미 떨어질 수 없는 사이가 된 남녀는 억지로 잘라내면 반드시 후유증이 있다. 마치 샴쌍둥이를 잘못 분리해낸 것처럼. 보통 두 가지 양상이었다. 어느 한쪽이 망가지거나, 아니면 둘 다 망가지거나.

"아직은 깔끔하게 떨어질 수 있잖아."

석진이 눈을 내리깔며 덧붙였다.

"너무 원망하지는 말라고."

독한 담배 연기가 허공에 흩어졌다.

세아는 지하철을 타고 잠실로 향했다. 무작정 한재하 이사의 집 앞에 도착한 세아가 흐트러진 머리칼과 옷차림을 다듬고는 벨을 눌렀다.

"세아 씨."

놀란 음성과 함께 문이 열렸다. 세아는 현관으로 들어갔다. 한재하 이사가 얼떨떨한 기색으로 그녀를 맞이하러 나왔다.

"여기는 무슨 일로."

"견딜 수가 없어서요."

심상치 않은 세아의 대답에 그의 안색이 변했다.

"무엇을 말입니까."

세아의 어깨를 잡은 그가 걱정 가득한 눈으로 물었다. 세아는 와락 그를 껴안았다. 그런 다음 그에게 솔직하게 고백했다.

"재하 씨가 보고 싶어서, 그걸 견딜 수가 없었어요."

그의 몸이 굳었다.

"그런 말을 듣고도 내가 오늘 밤 세아 씨를 순순히 집으로 보내줄 것 같습니까?"

세아는 반사적으로 흠칫했다. 그 반응을 무슨 의미로 받아들였는지 그가 한숨을 쉬더니 세아의 머리를 쓰다듬었다.

"걱정하지 마십시오. 기다릴 수 있으니까."

걱정 안 했는데요? 세아는 멍하니 그를 올려다보았다. 사실 그런 생각까지는 못 하고 왔지만, 방금 순순히 집으로 보내줄 것 같으냐는 말을 듣고 싫지 않았다.

"뭐 마시고 싶습니까? 더치커피, 과일 주스, 건강 음료, 차, 우유가 있는데."

세아의 머리 위에 입을 맞춘 그가 자연스럽게 포옹을 풀며 말했다.

"과일 주스로 주세요."

"알겠습니다. 소파에 앉아서 기다리십시오."

한재하 이사가 주방으로 걸어갔다. 훤칠한 뒷모습에 세아는 새삼 감탄했다. 곧고 넓은 어깨 하며, 반듯한 등 하며, 길고 잘 뻗은 다리까지. 어디 하나 흠 잡을 구석이 없었다. 확실히 옷걸이가 좋으니까 아무 옷이나 입고 있어도 멋졌다.

"자, 포도 주스입니다."

그가 금방 양손에 컵을 들고 돌아왔다. 세아는 흘긋 그의 컵 안을 염탐했다. 그는 커피였다.

"잘 먹겠습니다."

"출입 카드를 주면서 세아 씨가 언제고 한 번쯤은 불쑥 찾아오지 않을까 했는데, 그게 오늘이군요."

그러고 보니 연락도 안 하고 난입했다. 세아는 멋쩍게 웃었다.

"미리 말씀드리고 허락받은 다음 왔어야 하는데."

그가 반드시 집에 있을 거라는 보장도 없고, 집에 있어도 그녀를 만나지 못할 상황일 수도 있는데 예고도 없이 찾아오다니. 무모하고 무례했다.

"미안해요, 재하 씨."

"미안할 필요 전혀 없습니다. 난 깜짝 선물을 받은 기분이니까."

그의 눈이 부드럽게 휘어졌다. 빈말이 아니라는 듯 기쁨이 흘러넘치는 눈빛이었다. 왠지 부끄러워진 세아가 슬쩍 고개를 돌렸다.

"그렇게 생각해주셔서 고마워요."

"또 시선 피하기입니까?"

재미있다는 듯이 한재하 이사가 물었다. 세아는 대답 대신 그의

어깨에 머리를 기댔다. 그가 세아의 머리를 비단을 만지듯이 조심스럽게 매만졌다.

"재하 씨, 저 듣고 싶은 이야기 있어요."

"뭡니까."

"홍콩에서 재하 씨가 자기 전에 했던 이야기."

그가 중요한 말을 하는데 깜빡 잠들어버려서 얼마나 미안했던가. 한편으로는 무척이나 궁금하기도 했다. 그가 그날 밤 그녀에게 털어놓으려고 했던 비화가.

한재하 이사가 느리게 눈을 깜빡였다. 세아는 끈기 있게 기다렸다.

"어디까지 들었습니까?"

이윽고 그가 입을 열었다.

"어, 음, 할아버님의 반대로 부모님이 따로 사셔서 재하 씨는 어머니 밑에서 자랐고, 어머니께서 재하 씨가 어릴 적에 세상을 떠나…… 시고, 아버지도 그렇게 되시고……, 이복동생이 있다고……."

기억을 더듬어가며 세아가 그날 잠결에 들었던 내용을 언급했다. 한재하 이사가 고개를 끄덕였다.

"그 정도면 대강 알 만한 내용은 다 알고 있는 겁니다."

컵을 내려놓은 그가 본격적인 내용으로 접어들었다.

"아버지와 어머니는 꽤 불같은 사랑을 했던 모양입니다. 그런데 어머니가 할아버지의 눈에 차지 않은 거죠. 할아버지의 욕심에 부합하기에 어머니는 평범한 여자였으니까."

세아는 침을 꿀꺽 삼켰다.

"결과적으로 할아버지가 이겼습니다. 아버지는 어머니를 지키지 못했어요. 결혼도 안 하고 덜컥 다른 남자의 애를 가진 어머니를 외가도 외면했습니다. 어머니는 누구의 도움도 받지 못한 채 홀몸으로 힘겹게 날 키우셨죠."

세아의 눈이 커졌다. 이 험한 세상에 도와주는 사람 하나 없이 여자 혼자서 자식을 건사하다니. 얼마나 힘들었을지 상상조차 가지 않았다.

"그러다가 어머니가 사고로 돌아가시고, 난 친가로 불려가게 되었습니다. 그때 처음으로 할아버지라는 사람을 만났죠. 아버지가 어머니의 사고 소식을 듣고는 시름시름 앓다가 돌아가셨다는 사실을 알게 된 건 그로부터 한참 뒤였습니다."

"아……."

"그 집에는 할아버지와 아버지의 부인, 그리고 아버지와 그 여자 사이에서 태어난 남자애가 있었죠. 그 남자애가 이번 주말에 세아 씨가 만날 내 동생입니다."

"재현 씨요?"

"네, 순하고 유쾌한 녀석이죠. 일전에 내가 가업 얘기를 한 적이 있을 텐데, 할아버지가 조금 규모가 큰 사업을 하십니다. 하지만 나와는 상관없는 일이에요. 그 사업은 재현이가 물려받을 테니까."

대화가 이어질수록 궁금증이 풀렸다. 일전에 장남인 그가 아니라 동생이 가업을 물려받는다기에 의아했는데, 이런 사연이 있었구나.

"할아버지는 어떤 분이세요?"

듣기로는 만만치 않은 인물일 것 같았다. 자식을 사랑하는 여자와 기어이 떼어놓고 다른 여자와 결혼시켰을 정도이니.

"몸속에 피 대신 야심이 흐르고 있는 것 같은 사람입니다."

그의 미간이 일그러졌다.

"평생을 하나의 목표만 바라보며 살아왔고, 그 목표를 달성하기 위해서는 수단과 방법을 가리지 않습니다. 그 수단과 방법에 도덕은 적용되지 않죠."

설명만으로 세아는 등골이 서늘해졌다.

"엮이지 않는 게 좋습니다. 내가 세아 씨에게 할아버지를 소개할 일도 없을 겁니다. 그 집안과는 인연을 끊었으니까. 재현이만 빼고."

"그러면 재현 씨는요? 재현 씨는 어떤 사람이에요?"

"본성은 쾌활하고 착합니다. 다만 마음이 여린 편이어서……."

그의 낯에 얼핏 괴로워하는 기색이 스쳐 지나갔다.

"몇 년 전부터 우울증을 앓고 있습니다."

"그런."

세아는 무슨 말을 해야 할지 알 수 없었다.

"다행히 증상이 호전되었는지 일전에 통화했을 때 괜찮다고 하더군요."

"그래요? 잘됐다."

안도한 세아가 주스를 한 모금 들이켰다. 목이 탔다. 한재하 이사의 가정사가 예상보다 더 평범하지 않았다.

가장 먼저 든 걱정은 '부모님이 그의 가정사를 용인해줄까?'였다. 딸의 배우자가 평범한 가정에서 사랑받고 자란 사람이었으면 좋겠다는 희망을 품고 있는 부모님이었다. 그런 부모님에게 한재하 이사의 복잡한 배경이 탐탁할 리 없었다.

'오늘 집에 들어가면 당장 물밑작업에 들어가야겠어.'

한재하 이사가 좋은 사람이라고 부지런히 주입해야지. 남몰래 다짐한 세아는 조용히 그의 허리를 끌어안았다. 주제넘게 이런 말을 해도 될지는 모르겠지만.

"그동안 고생 많으셨어요."

그는 말이 없었다. 세아는 가만히 그를 꼭 안고 있었다.

"내일모레 재현이를 만나러 갈 겁니다."

세아의 골반을 붙잡은 그가 힘을 줘서 자신에게 빈틈없이 딱 붙게 했다.

"마음의 준비는 끝났습니까?"

"오늘은 목요일이니까 내일 하면 안 될까요?"

"곧 금요일입니다."

세아는 벽에 걸린 시계를 올려다보았다.

"아직 세 시간 넘게 남았어요."

152

그나저나 내일모레라면 토요일이었다. 세아는 자연스럽게 긴장했다. 어쨌든 처음으로 만나는 그의 혈연이니까.

"재하 씨랑 많이 닮았어요?"

"난 아버지를 많이 닮았고, 재현이는 자기 어머니를 많이 닮은 편이어서 언뜻 보면 썩 비슷하지는 않습니다."

"그렇군요."

"세아 씨 가족은 어떻습니까?"

한재하 이사가 질문했다. 세아는 골똘히 생각하다가 답변했다.

"아버지는 평범한 직장인이시고 어머니는 전업주부세요. 그리고 세연이라고 저보다 세 살 어린 여동생이 하나 있는데……."

어떻게 표현해야 할지 망설이던 세아가 덧붙였다.

"그 애는 조금 특이해요."

"특이하다는 건?"

"아, 문제가 있는 건 아니에요. 저랑은 비교할 수 없이 똑똑하고 야무지고."

세아는 대충 얼버무렸다. 세연에 대해서 말해봤자 그가 믿을지 미지수였다. 보통은 직접 경험해보지 않는 이상 인정하기 힘든 일이었으므로.

"재하 씨가 겪어보면 알게 될 거예요."

그는 더 캐묻지 않았다. 거실에 정적이 내려앉았다. 세아는 그의 어깨에 머리를 올린 채 눈을 감았다. 언제부터였을까. 그와 아무 말 없이 같이 있어도 불편하지 않아진 게.

원래 침묵을 잘 못 견디는 세아였다. 괜히 무슨 말이라도 꺼내야 할 것 같은 압박감이 싫어서였다. 그러나 그와는 이렇게 있어도 힘들지 않았다. 서로를 보는 것만으로, 서로에게 맞닿아 있는 것만으로 묘한 충족감이 들면서 몸과 마음이 편해졌다. 굳이 언어로 소통하지 않아도 상관없다 싶었다.

　"재하 씨."

　한참 고요함을 즐긴 세아가 운을 뗐다.

　"재하 씨는 저에게 바라는 거 없으세요?"

　그가 원하는 여자가 되고 싶었다. 전부 다 그에게 맞출 수는 없을 테지만, 사소한 것은 그가 좋아하는 방향으로 맞춰주고 싶었다.

　"어떤 옷차림이 좋다든지, 어떤 헤어스타일이 마음에 든다든지……."

　"세아 씨는 덕후라는 인종을 잘 모르는 모양입니다."

　한재하 이사는 돌연 그녀의 이마에 입술을 맞췄다.

　"덕질에는 조건이 없습니다."

　비밀을 털어놓듯이 그가 낮게 속삭였다.

　"한번 꽂힌 그 순간부터 그냥 좋아하는 겁니다. 무조건."

　세아는 휴대전화로 날짜를 확인하며 마른침을 삼켰다. 내일이 바로 한재하 이사의 동생을 만나러 가는 날이다.

　'밉보이지 않아야 하는데.'

이런저런 상황을 시뮬레이션해보며 전전긍긍하고 있는 세아의 어깨에 한봄이 손을 올렸다.

"퇴근할 때 되지 않았어? 남아서 뭐 해?"

"아, 뭐 좀 인터넷으로 찾을 게 있어서요."

세아는 황급히 인터넷 창을 껐다. '남자친구 가족과 첫 인사'를 검색하고 있었던 걸 들키고 싶진 않았다. 한봄이 수상하다는 듯이 눈을 흘겼다.

사무실에 이방인이 들어온 것은 그때였다.

크지도 작지도 않은 신장에 마른 몸, 창백하다는 느낌이 들 만큼 하얀 피부. 남자는 꽃미남이라는 단어가 절로 연상되는 외모의 소유자였다.

"한재하 대표이사님? 아니면 한재하 사장님인가? 직함이 늘 바뀌니까 헷갈리는데, 그분 어디 계시죠? 그분 만나러 왔는데."

색소가 옅은 눈이 장난기를 담고서 휘어졌다. 한봄이 나서서 답변했다.

"이, 이사님은 저쪽 이사실에 계시는데……, 누구신가요?"

"저요? 이사님 동생이요."

남자가 보조개가 폭 패는 웃음을 지었다. 한봄의 볼이 붉어졌다.

세아는 간이 떨어졌다. 잠깐만, 내일 만나는 거 아니었어? 회사로 찾아올 줄은 꿈에도 몰랐던 세아로서는 불의의 일격을 당한 심정이었다.

'이건 반칙이야!'

속으로 절규한 세아는 두방망이질 치는 심장을 진정시키려고 애쓰며 그에게 말을 걸었다.

"제가 안내해드릴게요."

"감사합니다."

남자가 눈웃음을 쳤다. 이번에는 세아도 가슴이 벌렁거렸다. 어쩜 형제가 정반대지? 한재하 이사는 어느 모로 보나 남자 주연 배우 같은 느낌이 풍긴다면, 동생인 재현은 중성적이고 아이돌 같았다.

'동복동생이 아니라 이복동생이어서 그럴까?'

이내 세아는 고개를 저었다. 쓸데없는 생각은 하지 말자. 이사실 앞에 선 세아가 문을 가볍게 두드렸다.

"이사님, 신세아입니다."

"들어오십시오."

세아는 문고리를 돌렸다. 한재하 이사가 책상에서 일어나 그녀를 맞이했다.

"세아 씨……."

"안녕? 형?"

재현이 회심의 공격에 성공한 사람처럼 씩 웃었다. 한재하 이사가 눈을 깜빡였다.

"재현이? 네가 왜 여기에?"

"왜긴 왜야. 빨리 형이랑 형수님 될 분이 보고 싶어서 한걸음에 왔지."

'형수'라는 표현에 세아는 온몸에 열이 확 올랐다.

"어서 형수님 보여줘."

한재하 이사가 팔짱을 끼고서 빤히 재현을 보다가 입꼬리를 올렸다.

"이미 보여줬는데?"

"어? 언제?"

"너 여기까지 데리고 온 여자. 그 여자가 바로 네 미래의 형수거든."

재현의 눈이 휘둥그레졌다. 세아는 어색하게 재현에게 인사했다.

"안녕하세요. 신세아라고 합니다. 잘 부탁합니다."

"저야말로 잘 부탁합니다. 말씀 낮추세요."

재현이 허둥지둥 고개를 숙였다. 세아는 놀라서 더 머리를 내렸다.

"온종일 인사만 주고받을 겁니까? 마침 퇴근할 때도 되었으니 같이 나갑시다."

한재하 이사가 책상을 정리하며 권유했다. 곧 세 사람은 나란히 회사를 나왔다.

"아직 5시밖에 안 됐으니까 커피부터 한잔 하는 거 어때요?"

재현의 권유에 따라 세 사람은 회사 근처에 있는 커피숍을 목적지로 정했다. 건너편의 조용한 커피숍으로 가기 위해 셋이서 횡단보도 앞에서 신호를 기다리던 중이었다.

"이런."

주머니를 뒤적이던 한재하 이사가 난색을 보였다.

"휴대전화를 두고 온 것 같습니다. 가지고 올 테니까 먼저 가 있으십시오."

세아는 속으로 기겁했다. 처음 본 그의 동생과 둘이 있으라고? 회사로 되돌아가는 그를 붙잡고 싶은 마음이 굴뚝같았다. 하지만 실행으로 옮기지는 못했고, 두 사람이 횡단보도에 남겨졌다.

세아는 무슨 말을 꺼내야 할지 알 수 없었다. 어서 신호가 바뀌기만을 기다리며 가만히 서 있으니 고역이었다.

마침내 보행자 신호가 들어왔다. 몇 걸음 옮긴 세아가 옆으로 시선을 돌렸다. 재현과 보조를 맞춰서 걷기 위해서였다. 그런데 재현이 보이지 않았다. 사방을 둘러봐도 횡단보도에 재현이 없었다.

당황한 세아는 이리저리 계속 휙휙 고개를 돌렸다. 그리고 횡단보도 앞에 서 있는 재현을 발견했다.

왜 안 건너오지? 세아는 재현이 서 있는 인도로 발걸음을 옮겼다. 점점 재현에게 가까워질수록 세아의 눈빛이 흔들렸다.

"재현 씨?"

핏기가 하나도 없는 얼굴, 물처럼 흐르는 식은땀, 숨조차 쉬지 않는 듯 미동도 없는 육신. 재현의 상태가 이상했다.

- 범여권의 유력한 차기 대선 주자로 거론되던 류선 총리의 대선

불출마 선언에 정치권이 술렁이고 있습니다. 류선 총리는…….

남자는 말없이 브라운관을 응시했다. 끝이 올라간 눈매와 차가운 표정. 주름살과 희끗희끗한 머리는 남자의 외모에 중후한 멋을 더했다.

- 남현제 대표의 행보에 정치권이 주목하고 있습니다.

"회장님."

비서가 조심스럽게 남자를 불렀다.

"남현제 대표님께서 응접실에서 기다리고 계십니다."

"더 기다리게 해. 길을 들여야 하니까."

냉정하게 응수한 남자가 짧게 덧붙였다.

"결과는?"

"여기 있습니다."

두 손으로 공손하게 서류철을 내민 비서가 한 걸음 뒤로 물러섰다. 남자의 손가락이 무심하게 종잇장을 넘겼다. 많은 내용이 담긴 서류였다.

남자가 서류를 책상에 내려놓았다.

"재현 어미는 끝내 욕심을 버리지 못하는군. 제아무리 위장해봤자 내가 마음만 먹으면 재현이 놈의 하자를 알아내지 못할까?"

남자의 입가에 가소롭다는 미소가 떠올랐다. 바람도 없는데 책상에 놓인 서류가 팔랑, 가볍게 흔들렸다.

[한국 질병 분류 번호: F41.0

병명: 공황 장애(우발적 발작성 불안)

향후 치료 의견: ……

위와 같이 진단함.]

25. 그의 야망

"재현 씨?"

세아는 황급히 재현에게로 다가갔다. 재현은 한눈에 봐도 심각한 상태였다.

'지병이 있다는 말은 못 들었는데?'

우울증? 우울증에 이런 증상도 있나? 덜컥 겁이 난 세아가 재현의 어깨에 손을 올렸다.

"괜찮아요? 어디 안 좋으신 거예요?"

재현은 대꾸가 없었다. 세아는 더 지체하지 않고 119를 부르기로 했다. 덜덜 떨며 가방에서 휴대전화를 꺼내 다이얼을 누르고 있을 때였다. 어디선가 불쑥 커다란 자동차가 나타나더니 안에서 사람 여러 명이 내렸다.

"도련님을 모셔."

우두머리 격인 남자가 명령하자 검은 정장을 입은 다른 남자들이 우르르 재현을 둘러쌌다. 세아는 놀라서 그들의 사이에 끼어들었다.

"누구세요?"

"재현 도련님을 병원으로 데려가려는 겁니다."

"당신들이 정말 병원으로 데려갈지, 아니면 다른 데로 데려갈지 제가 어떻게 알아요."

세아는 벌벌 떨면서 반박했다. 장성한 남자가 한둘도 아니고 여러 명이었다. 솔직히 겁이 나지 않을 수 없었다. 하지만 이 남자들이 납치범이 아니라는 보장이 없었다. 확인도 하지 않고 순순히 재현을 내줄 수 없었다.

리더로 보이는 남자가 한숨을 쉬더니 정장 안주머니에서 지갑을 꺼내 들었다.

"제 연락처입니다."

명함을 건넨 남자가 휙 돌아섰다. 그러고는 세아가 말릴 새도 없이 재현을 차에 실었다.

"잠깐만요!"

자동차가 출발했다. 쫓아가려던 세아는 이미 저만치 가버린 차 뒤꽁무니를 보며 입술을 깨물었다.

뒤늦게 명함을 확인하니 직함도, 아무것도 없고 어디서 본 듯한 마크 하나와 휴대전화 번호만 적혀 있었다. 세아는 망연자실해졌다.

"무슨 일입니까? 재현이는 어디에 있고요."

한재하 이사가 나타났다. 세아는 창백한 얼굴로 그를 붙잡았다.

"경찰을 불러야 할 것 같아요."

"경찰이라니."

한재하 이사의 안색이 심상치 않게 변했다.

"무슨 일이 있었던 겁니까. 자세히 설명해보십시오."

"갑자기 검은 세단에서 남자들이 내리더니 아파하는 재현 씨를 싣고 갔어요. 이걸 명함이라고 주고는."

"어디 보죠."

명함을 확인한 한재하 이사의 표정이 굳었다. 명함을 돌려주는 대신 지갑 안에 집어넣은 그가 덤덤하게 말했다.

"괜찮습니다. 아는 사람이니 안심해도 됩니다."

"정말요?"

다행이다. 혹시나 해서 자동차 번호판까지 외워뒀던 세아는 한 시름 놓았다.

"많이 놀랐습니까?"

"네, 솔직히."

느닷없이 틴팅한 외제 차에서 내린 검은 양복 군단이 사람 하나를 눈 깜빡할 새에 싣고 갔는데 안 놀라고 배길 수가.

"그런데 재현이가 아파했다는 건 무슨 말입니까?"

"아, 그게."

세아는 최대한 그 상황을 정확하게 묘사하려고 노력했다.

"신호가 떨어졌는데 재현 씨가 건널목 앞에 꼼짝도 않고 서 있었어요. 가봤더니 사색이 되어서 식은땀을 흘리고 있는 거예요. 마치 금방이라도 픽 쓰러질 사람처럼. 그래서 119를 부르려는데 그 사람들이…… 괜찮을까요, 재현 씨?"

"그분들이 데려갔으면 별문제는 없을 겁니다."

한재하 이사는 침착했다. 세아가 조심스럽게 물었다.

"그분들은 대체 뭐 하시는 분들이에요?"

"할아버지의 수족들입니다."

"그렇군요."

남자들은 재현을 도련님이라고 불렀다.

'이사님도 도련님이라고 불리겠지?'

세아는 조금 기분이 이상해졌다. 한재하 이사가 멀게 느껴졌다. 마치 그를 남몰래 동경했던 시절로 돌아간 것 같았다.

"먼저 커피숍에 가 있으십시오. 전화 한 통 하고 따라가겠습니다."

"아, 네."

횡단보도의 신호가 바뀌었다. 세아는 혼자 건너가다가 슬쩍 뒤를 돌아보았다. 그는 귀에 이어폰을 끼고 있었다. 인파에 가렸다가 보이기를 반복하는 그의 모습을 보면서 세아는 문득 아무 이유 없이 심장이 뛰었다. 설렘이나 두근거림보다는 불안에 가까운 감정이었다.

왜 이러지? 세아는 주먹을 말아 쥐었다. 어째서 이런 스산한 기분이 드는 걸까. 당장에라도 그에게 달려가고 싶었다.

'하지만 그러면 안 돼.'

통화할 거라잖아. 방해하지 말고 조용히 카페에서 기다리자. 세아는 억지로 발걸음을 돌렸다.

　신호음이 길게 이어졌다. 재하는 참을성 있게 상대가 전화를 받기를 기다렸다. 음성사서함으로 넘어가기 직전에 통화가 연결되었다.
　- 네가 무슨 일이니.
　우아하지만 어딘지 모르게 싸늘한 목소리였다. 재하는 여자가 어떤 표정을 짓고 있을지 생생히 그려낼 수 있었다. 증오와 경멸, 적대감이 가득한 얼굴이겠지. 자연스럽게 재하의 눈빛도 차가워졌다.
　"한 가지 여쭤보고 싶은 게 있어서 연락 드렸습니다. 재현이, 어디 아픕니까?"
　- 무슨 소리니? 한때 우울증을 앓았던 건 사실이지만, 이제 거의 완치나 다름없는 상태야.
　여자가 단호한 말투로 반박했다. 그러나 재하는 그 안에 숨겨져 있는 동요를 눈치 챘다. 여자는 궁지에 몰릴수록 당당함을 가장하곤 했다.
　- 재현이를 환자로 몰아서 뭘 얻고 싶은 거니? 재현이 걸 빼앗고 싶은 거야? 이 집안의 모든 걸 포기하겠다고 선언하고 나간 건 너야. 그런데 왜 갑자기 말도 안 되는 누명을 씌워가며 그 애 꼬투리를 잡으려고 그러는 거니?
　발작적인 추궁에 재하는 인상을 썼다.

"재현이가 절 만나러 왔습니다."

- 재현이가?

"네, 처음에는 멀쩡했는데 돌연 식은땀을 흘리더니 꼼짝도 못하더군요. 마치 패닉 상태에 빠진 사람처럼 말입니다."

그는 세아의 증언을 바탕으로 마치 직접 목격한 양 말했다.

- 아니야!

절규와도 같은 부정이었다.

- 너 지금 무슨 소리를 하는 거니? 왜 우리 재현이를 모함해? 우리 재현이를 어떻게……!

"박 실장님이 데리고 갔습니다."

더 들을 가치가 없는 억지였다. 재하는 소모전을 끝내고 바로 본론으로 들어가는 길을 택했다.

"발작을 일으키는 재현이를 박 실장님이 데리고 갔다고요."

- 뭐? 박 실장이?

여자의 음성이 흔들렸다. 재하는 치밀어 오르는 답답함에 미간을 좁혔다.

"당신은 필사적으로 숨기려고 하고 있지만, 회장님은 이미 알고 계신다는 겁니다."

재현이 발작을 일으키자마자 박 실장이 나타났다는 것은, 그 인간이 재현의 행동반경 안에 사람을 붙여서 주시하고 있었다는 뜻이다. 알면서도 모르는 척하며 결정적 증거를 잡기 위해.

- 말도 안 돼. 그럴 리가.

침묵 끝에 여자가 중얼거렸다.

- 그럴 순 없어. 그럴 수는.

망가진 기계처럼 같은 말을 반복하던 여자는 별안간 무서운 기세로 따지고 들었다.

- 너 날 속이는 거지? 우리 재현이 약점을 잡으려고 없는 사실을 지어내는 거지?

"회장님께 직접 전화를 거시면 간단하게 진실을 알게 될 텐데요."

재하가 시니컬하게 응수했다. 수화기 너머에서 '아' 하고 폐부를 쥐어짜는 듯한 한탄이 흘러나왔다.

"어디가 정확히 어떻게 안 좋은 겁니까, 재현이."

냉정한 어조로 재하가 물었다. 여자는 한참을 흐느끼더니 자포자기한 듯이 신경질적으로 진실을 토해냈다. 재하의 안면이 무섭도록 굳었다. 전화를 끊은 그가 발걸음을 옮기려는 차였다. 정장을 입은 남자들이 나타나 그의 앞을 가로막았다.

"재하 도련님."

무리의 리더로 보이는 남자가 앞으로 나와 정중하게 허리를 숙였다. 재하는 단번에 남자를 알아보았다.

"최 실장님."

"모셔오라는 분부를 받았습니다."

"난 할 일이 있습니다."

"회장님께서 기다리십니다."

"알 바 아닙니다. 사전에 약속된 것도 아닌데."

일방적으로 그가 남의 일정에 맞춰야 할 이유는 없었다. 상대가 아무리 그의 할아버지라고 해도.

"자발적으로 따라오지 않으시면 강제로라도 모셔오라고 하셨습니다."

재하의 눈초리가 사나워졌다. 10년이었다. 서로 연락도 없이 산 세월이. 강산도 변할 그 시간 동안, 그는 할아버지 역시 변했을지도 모른다고 막연히 생각했었다. 하지만 오산이었다. 자기본위적인 사고와 독선적인 태도. 할아버지는 그의 기억 속의 모습과 한 치도 달라지지 않았다.

"회장님은 여전하시군요."

"차가 있는 곳으로 안내해드리겠습니다."

재하는 거칠게 머리를 쓸어 올렸다. 상대는 다수고 그는 혼자. 애초에 승산이 희박했다. 이성적인 판단을 내린 그가 자동차에 올랐다.

커피숍 의자에 앉은 세아가 작게 혼잣말했다.

"이사님이 늦으시네."

통화가 길어지고 있는 모양이었다. 하긴, 일이 생겼으니까.

"병원에 안 가보셔도 될까."

카페로 온다는 한재하 이사의 말에 기뻤지만, 한편으로는 동생인 재현에게 가야 맞지 않을까 싶었다. 유유자적 데이트를 하려니 세아도 마음이 편치 않았다.

역시 그가 오면 같이 병원으로 가보자고 해야겠다. 그렇게 결심했을 무렵이었다. 세아의 휴대전화가 드르륵 울렸다. 세아는 반사적으로 액정을 확인했다.

- 카페로 못 갈 것 같습니다. 기다리지 말고 집에 들어가 있어요. 끝나는 대로 찾아가겠습니다.

한재하 이사의 문자였다. 세아는 그 짧은 내용에 가슴이 휑해지는 것을 느꼈다. 전화도 아니고 문자라니. 대체 어떤 상황이기에.

세아는 눈을 감았다. 자꾸 불길한 예감이 엄습했다.

"이 안에 계십니다, 도련님."

수행원이 공손히 안내했다.

10년 만에 발을 들인 본가는 박제된 듯이 그대로였다. 재하는 닫힌 문을 매섭게 노려보다가 안으로 들어갔다.

남자는 혼자서 체스를 두고 있었다. 들어오는 기척을 느꼈을 텐데도 남자는 알은체조차 하지 않았다.

남자의 옆모습에 재하는 전율했다. 하얀 머리카락이 조금 더 늘어난 것을 제외하면 남자는 10년 전과 달라진 점이 없었다. 일흔 살이라고는 믿어지지 않는 외양이었다.

얼마나 시간이 흘렀을까. 체스 말을 이리저리 움직이던 남자가 운을 뗐다.

"재현이 상태를 알지 모르겠구나."

박 실장에게 보고를 받았으니 재현이 그의 회사로 왔었다는 사실을 알 텐데도, 남자는 능청을 떨었다.

재하는 침묵을 지켰다. 어차피 남자가 원하는 건 그의 대답이 아니었으니까.

"재현 어미 말이다, 나이에 맞지 않게 참 순진하고 귀엽지 않으냐?"

폰(pawn)을 앞으로 한 칸 옮기며 남자가 부연했다.

"썩 좋지도 않은 머리로 남을 속일 수 있다고 믿는 게."

비숍이 가차 없이 폰을 잡아먹었다. 남자는 쓸모없어진 폰을 망설임 없이 바닥에 버렸다.

"폰도 체스판 끝까지 전진하면 퀸이 될 수 있다만, 대개 그전에 제거당하는 게 세상의 법칙이지."

보석으로 만들어진 화려한 기물이 카펫 위를 나뒹굴었다.

"나는 이미 6년 전부터 알고 있었단다. 재현이 녀석의 병이 우울증이 아니라 공황장애라는 사실을 말이다."

남자가 체스판을 내려다보았다. 마치 인간 세상을 관조하는 신이라도 되는 양 오만한 시선이었다.

"언제 자백할지 기다리며 지켜보는 재미가 꽤 쏠쏠하더구나. 공황장애를 극복하면 아무것도 모르는 척 눈감아줄 생각도 있었지. 그런데 결국, 극복을 못 했어."

혀를 차는 소리가 넓은 방에 울려 퍼졌다.

"한심한 녀석."

"그게 어째서 한심한 겁니까."

재하가 방에 들어온 이후로 처음 입을 열었다.

"왜긴. 제 육체와 정신도 제대로 건사도 못 하는 녀석이 무슨 수로 내 뒤를 이어 무한그룹을 이끌겠느냐?"

나이트가 비숍의 목을 쳤다. 온갖 보석으로 장식된 비숍도 미련 없이 바닥에 내던진 남자가 나이트를 만지작거리며 눈을 빛냈다.

"재현이는 끝이다."

사형선고를 당한 비숍이 카펫에 파묻혔다. 재하는 거칠게 앞머리를 쓸어 올렸다. 10년 전에도 저런 점이 몸서리쳐지게 싫었다. 사람을 도구로밖에 여기지 않는 저 사고방식이! 그렇기에 재하는 남자의 체스판에서 탈출했던 것이다. 단 하나의 자유를 위해 많은 것을 포기해가며.

재현은 그런 재하를 부러워했다.

「형, 나도 자유롭게 내가 하고 싶은 걸 하며 살고 싶어.」

재현의 입버릇이었다. 다만 어머니의 기대를 배반하기에 재현은 너무나 착했다. 스스로 망가지고 있다는 사실을 알면서도 재현은 자신에게 집착하는 어머니를 놓지 못했다.

재현의 어머니도 이해 못 할 사람은 아니었다. 아무리 정략결혼이라지만 이미 마음에 새긴 여자가 있었던 아버지는 그녀에게 일말의 관심조차 주지 않았다.

남편에게 사랑받지 못한 여자는 점점 미쳐갔고, 아들에게 비상식적으로 매달리게 되었다. 아들만이 유일한 이 삶의 보상이자 이

유라는 듯이.

그 모든 사태의 근원은 재하의 눈앞에 있는 남자, 한주희 회장이었다. 한국에서 열 손가락 안에 꼽히는 기업가이자 대기업 무한그룹의 주인.

"네가 사업에 흥미가 있는 건 알고 있다."

한주희 회장이 미소 지었다.

"그러니까 벤처 기업 운영이라는 소꿉장난 같은 짓거리를 하고 있겠지."

모욕적인 언사였다. 재하는 말없이 주먹을 꽉 쥐었다.

"재하 넌 나를 많이 닮았어. 친아들인 네 아비 녀석보다도 더. 네 안에는 야망이 불타고 있지. 네 나이 때의 내가 그랬듯이."

젊은 외모와 달리 나이에 걸맞게 주름이 가득한 손은 이질적이었다.

"네가 그 여자의 아들만 아니었다면 얼마나 좋았을까."

"그 여자라고 하지 마십시오."

재하의 눈가가 일그러졌다.

"제 어미라고 편들긴. 썩 좋은 어미도 아니었을 텐데."

한주희 회장이 대수롭지 않다는 식으로 넘겼다. 재하는 답답함을 견딜 수 없었다. 넥타이를 잡아당겨 느슨하게 만든 그가 짜증스럽게 재촉했다.

"용건만 말씀하십시오."

"매정한 손자 녀석이로군. 10년 만에 만난 할아버지한테 이렇게

삭막하게 굴다니."

혀를 찬 한주희 회장이 몸을 젖혀 의자 등받이에 기댔다.

"소꿉놀이는 끝내고 돌아오너라. 네가 있어야 할 자리로."

노회한 사자를 연상시키는 눈동자가 재하에게 향했다.

"그 정도면 예행연습은 충분히 한 것 같으니까."

재하는 아무런 표정 변화도 없었다.

"그전에 네가 만나고 있는 아가씨, 신세아 양이라고 했던가? 그 아가씨는 정리하고 와야겠지. 무한그룹의 차기 안주인에는 어울리지 않는 재목이야."

아랑곳하지 않고 자기 할 말을 다 한 한주희 회장이 빤히 재하를 응시했다. 답을 요구하는 눈길이었다.

소름 끼치는 적막이 내려앉았다. 굳게 닫혀 있던 재하의 입술이 열렸다.

"그렇게 하겠습니다."

재현은 느릿하게 눈을 깜빡였다. 익숙한 천장이 시야에 들어왔다. 자신이 사는 아파트였다. 그는 금세 상황을 파악했다. 한 차례 발작을 겪고는 탈진해서 잠든 모양이었다.

"근래에 잠잠해서 밖으로 나가도 괜찮을 줄 알았는데."

기억을 더듬던 재현이 불쑥 떠오르는 박 실장의 얼굴에 자조적으로 웃었다.

"할아버지도 알고 계셨구나."

173

애초에 재현은 할아버지를 속일 수 있으리라고 생각하지도 않았다. 차라리 귀신을 속이는 편이 쉬울 테니까.

앞으로는 공황장애를 숨기기 위해 우울증을 앓는 척 위장할 필요가 없다는 생각이 들자 마음이 한결 편해졌다. 그를 옭아맨 수많은 족쇄 중 하나에서 해방된 기분이었다.

발작 중에 벌어진 일들을 찬찬히 회상하던 재현의 시선이 잘게 흔들렸다.

「당신들이 정말 병원으로 데려갈지, 아니면 다른 데로 데려갈지 제가 어떻게 알아요.」

얼굴 전체가 석고에 뒤덮인 것처럼 갑갑했을 때, 가슴이 꽉 막히고 숨을 쉴 수 없었을 때 한 줄기 빛처럼 그의 귓가를 관통했던 음성.

두려웠을 텐데도, 사정없이 떨리는 목소리에서 무서워하는 티가 역력했는데도 물러나지 않았다. 그를 지키기 위해.

"좋은 분 같았어."

재현의 입가에 희미하게 미소가 떠올랐다.

일순 방 안에 흐르는 공기마저 멈춘 느낌이었다. 서로의 숨소리도 섞이지 않는 지독한 적막.

"그렇게 하겠습니다."

굳게 닫혀 있던 재하의 입술이 열렸다. 다음 순간, 조각 같은 얼굴에 사늘한 미소가 번졌다.

"……라는 대답이 제 입에서 나올 리 없다는 거, 아시잖습니까."

재하는 무기질적인 눈으로 한주희 회장을 건너다보았다.

"10년 전에 모든 권리를 포기하고 나간 겁니다. 이제 와서 마음이 변할 리가."

"솔직해지렴, 재하야."

한주희 회장이 여유롭게 타박했다.

"넌 포기하고 싶어서 포기한 게 아니야. 감히 가질 수 없었기 때문에 버린 게지."

연륜이 켜켜이 쌓인 눈동자가 재하를 응시했다. 심연의 밑바닥을 꿰뚫어 보듯이 첨예한 눈빛이었다.

"재현이가 존재하는 한 혼외자식인 너에게 기회가 주어지지 않을 거라는 사실을, 넌 똑똑하니까 어린 나이부터 뼈저리게 알고 있었던 거야. 그러니까 지레 포기했지. 가질 수 없는 걸 원하는 것만큼이나 추한 일도 없으니까."

재하는 말없이 손을 움켜쥐었다. 움켜쥔 재하의 주먹이 미세하게 경련했다.

"그러나 이제 현실이 달라졌다. 시도 때도 없이 공황 발작을 일으키는 총수라니, 있을 수 없는 일이야."

한주희 회장은 뒤로 젖히고 있던 몸을 바로 하며 나직이 말했다. 뱀처럼 섬뜩하고 은밀한 어조였다.

"너에게 처음으로 기회가 온 거다. 이 무한을 가질 기회가."

한주희 회장이 손을 내밀었다.

"내 손을 잡아라. 이 손을 잡으면 넌 차기 무한의 주인이다."

달콤한 제안이었다. 거기에 수많은 정·재계 인사를 제압했던 압도적인 카리스마가 더해졌다. 누구도 거역할 수 없는 악마의 속삭임이었다.

재하는 물끄러미 주름진 손을 내려다보았다. 나이답지 않게 한 주희 회장은 당당한 체격과 건장한 몸을 가지고 있었다. 손도 어지간한 성인 남성보다 크고 다부졌다.

그 위로 겹치는 하얗고, 작고, 가느다란 손의 환영이 있었다.

눈을 감았다가 뜬 재하가 입술을 뗐다.

"당신의 말씀이 맞습니다."

긴 속눈썹이 재하의 눈가에 그늘처럼 드리웠다.

"제가 지레 포기했습니다. 남의 포도송이를 갈망하는 여우가 되고 싶진 않았거든요. 꼴불견이니까."

재하는 자신의 기저에 깔린 감정을 인정하기로 했다. 냉소적인 긍정과 함께 단정한 입매가 비틀렸다.

"야망? 당연히 있습니다. 이 세상에 야망이 없는 남자도 있습니까? 하지만 할아버지."

한순간에 재하가 표정을 바꿨다.

"제가 만약 무한을 미칠 듯이 원했다면 어떻게든 손에 넣었을 겁니다. 재현이를 짓밟고 올라서는 한이 있더라도."

살벌한 내용과 어울리지 않게 여상스러운 어조였다. 눈초리를 부드럽게 접은 재하는 유려하게 눈웃음쳤다.

"제게 무한은 그 정도의 의미밖에 안 됩니다. 이복동생에게 깨끗이 양보할 수 있는. 그래도 아무렇지도 않은."

바닥에 떨어진 비숍과 폰을 주워든 재하가 다시 체스판에 올려놓았다. 기물의 밑바닥과 체스판이 부딪치는 소리가 방 안에 울렸다.

"무엇보다도, 저에게는 더 큰 야망이 있거든요."

재하의 얼굴은 어느덧 단정해져 있었다.

"이만 가보겠습니다."

정중하게 인사한 재하가 더는 한주희 회장과 대면할 이유가 없다는 듯이 등을 돌렸다. 그의 손이 문고리를 잡은 찰나였다.

"재하야."

한주희 회장이 짐짓 상냥하게 불렀다.

"넌 조만간 여길 다시 찾게 될 거다. 제 발로."

확신 가득한 어조에 재하의 미간이 구겨졌다. 재하는 대꾸하지 않고 문을 닫았다. 한주희 회장은 제지하지 않았다.

"'양보'라."

재하가 완전히 시야에서 차단된 뒤, 한주희 회장이 운을 뗐다.

"이복동생에게 '양보'를 한 거라고?"

언어란 사용하는 사람의 무의식을 반영하기 마련이다. 그리고 한주희 회장은 그 무의식을 노련하게 들여다보는 사냥꾼이었다. 한주희 회장의 만면에 미소가 번졌다.

"재미있어. 매우 흥미로워."

- 세아 씨, 지금 어딥니까?

세아는 갑자기 걸려온 전화에 가슴이 뛰었다.

"저요? 재하 씨 집에 있어요."

- 내 집에?

한재하 이사가 놀란 듯이 되물었다. 세아는 그에게 보이지도 않을 텐데 열심히 고개를 끄덕였다.

"예. 집으로 가 있으라고 하셨잖아요."

- 그건 내 집이 아니라……. 알았습니다. 저녁 아직 안 먹었습니까?

가 있으라는 집이 이 집이 아니었구나. 뒤늦게 한재하 이사의 의도를 깨달은 세아는 낯이 화끈했다.

"네, 아직."

- 지금 가고 있으니까 기다리십시오. 한 시간 정도 걸릴 겁니다.

"알았어요."

통화를 마무리한 세아가 후다닥 거울 앞에 서서 옷매무새를 살폈다. 다행히 이상한 데는 없었다.

"그나저나 한 시간 동안 뭘 하지."

이미 인터넷에서 볼 건 다 봤다. TV를 틀어도 이 시각에 딱히 재미있는 프로그램을 할 것 같지도 않고.

"게임이나 해야 하나."

세아는 휴대전화를 내려다보았다. 휴대전화가 기다렸다는 듯이 배터리가 부족하다고 울어댔다.

"으응."

할 일이 없다, 할 일이. 그렇다고 주인 허락도 없이 컴퓨터를 가지고 놀 수도 없고. 거실을 돌아다니며 한참 끙끙 앓던 세아가 불현듯 발걸음을 멈췄다. 좋은 아이디어가 떠올랐다. 세아는 환하게 웃었다.

"역시 할 일이 있으면 시간이 빨리 흐른다니까."

듣는 사람도 없는데 세아는 프라이팬에 고기를 볶으며 연신 혼잣말했다.

"근데 시간이 좀 촉박한 것 같은데."

밥을 안쳐놓고 최대한 빨리 장을 본다고 허겁지겁 다녀왔는데 20분이 넘게 걸렸다. 덕분에 반찬을 만드는 시간이 모자랐다.

국자로 순두부찌개를 떠서 살짝 맛을 본 세아가 만족한 표정을 지었다. 조금 더 끓이다가 식탁에 올리기 직전에 달걀 하나 깨 넣으면 되겠다.

뒤집개로 불고기를 집어 먹은 세아가 행복해하고 있을 무렵이었다. 도어 록이 해제되는 소리가 들렸다.

왔나 보다. 세아는 함박웃음을 띤 채 현관으로 갔다.

"재하 씨, 잘 다녀왔어요?"

신발을 벗던 한재하 이사가 눈을 크게 떴다. 무척 놀란 것 같은 반응이었다. 혹시 어디에 음식이라도 묻었나? 세아는 더듬더듬 얼굴을 만졌다.

"요리 중이었습니까?"

"네, 재하 씨랑 같이 먹으려고요. 거의 다 됐……."

세아의 대답이 끝나기도 전이었다. 현관에서 올라온 한재하 이사가 그녀를 와락 끌어안았다.

"내가 지금 무슨 생각을 하고 있는지 압니까?"

그가 다정하게 물었다. 세아는 손에 들고 있는 국자 때문에 어정쩡한 자세로 그의 포옹을 받았다.

"무슨 생각을 하시는데요?"

"우리가 신혼부부 같다는 생각."

세아의 가슴이 철렁 내려앉았다. 사실 세아도 저녁을 준비하면서 비슷한 상상을 했기 때문이었다. 그녀의 머리를 받친 손에 힘을 주며 그가 덧붙였다.

"세아 씨와 결혼하면 이게 일상이 되겠구나, 라는 생각."

세아는 순간 숨을 쉬는 것도 잊었다. 이윽고 잠시 호흡을 멈췄던 반동인지 심장이 미친 듯이 내달리기 시작했다.

"지금 당장 무릎 꿇고서 청혼하고 싶습니다. 나와 결혼해달라고."

한재하 이사가 귀에 대고 속삭였다. 세아의 육신이 나무토막처럼 뻣뻣해졌다.

"하지만 한 번뿐인 이벤트를 그렇게 넘길 수는 없으니 참겠습니다."

세아를 껴안은 팔을 푼 그가 가볍게 이마에 키스했다. 세아는 혼란스러웠다.

방금 한 말, 조만간 나에게 프러포즈하겠다는 뜻인가? 아니면 그냥 별 의미 없이 한 말?

머릿속이 터질 것 같았다. 식사하는 내내 세아는 음식이 코로 들어가는지, 입으로 들어가는지도 모를 만큼 고민했다.

'도저히 모르겠어.'

결국, 두 손 두 발 다 든 세아는 빈 그릇을 들고 식탁에서 일어났다.

"설거지는 내가 할 테니 거실에서 쉬고 있으십시오."

한재하 이사가 그녀의 손목을 붙잡았다. 그녀의 눈이 동그래졌다.

"설거지할 줄 아세요?"

"잘합니다."

뜻밖의 호언장담이었다. 세아는 반신반의하며 한재하 이사를 쳐다보았다. 한재하 이사가 그녀가 벗어놓은 앞치마를 두르더니 셔츠 소매를 걷고 고무장갑을 끼기 시작했다.

옆에서 설거지를 구경하던 세아의 입이 떡 벌어졌다. 정말 잘한다.

'나보다 더 잘하는 것 같아.'

경악한 세아가 질문했다.

"어떻게 이렇게 잘하세요?"

"독신남의 기본 덕목입니다. 다른 계절은 도우미 아주머니가 와서 하실 때까지 기다리면 되지만, 여름에는 하루만 쌓아둬도 불쾌한 냄새가 나니까 스스로 하다 보니."

능숙하게 접시를 닦으며 한재하 이사가 설명했다. 레이스 달린 앞치마를 두르고 전광석화와 같은 손놀림으로 설거지를 하는 한재하 이사라니. 회사 사람들이 이 광경을 보면 무슨 반응을 보일까. 세아는 속으로 킥킥 웃다가 뒤에서 그를 끌어안았다. 그가 동작을 멈췄다.

"재하 씨는 좋은 남편이 되겠어요."

그의 등에 얼굴을 묻은 채로 세아가 중얼거렸다.

"재하 씨랑 결혼할 여자는 참 좋겠다."

"그래서 좋습니까, 신세아 씨?"

한재하 이사의 무심한 응수에 세아는 심장이 콩닥거렸다. 한껏 달아오른 얼굴로 그녀가 작게 답했다.

"네."

깨끗한 그릇이 개수대를 나와 착착 식기 건조대에 쌓였다. 한재하 이사는 작업을 마무리하고도 가만히 있었다. 마치 그녀가 뒤에서 그를 끌어안고 있는 자세를 흐트러뜨리기 싫다는 듯이.

"내 야망이 뭔지 알고 있습니까?"

"야망이요?"

세아는 상념에 잠겼다. 한재하 이사의 야망이라니. 대체 그게 뭘까. 사업가로서 SA 소프트의 규모를 성장시키는 것? 개발자로

서 'SA'를 능가하는 애플리케이션 성능 관리 제품을 만드는 것? 그것도 아니면 다른 분야로 진출해 새로운 사업을 벌이고 싶은 야심이 있는지도?

세아가 한창 고민하고 있을 때였다.

"내 덕질을 이해해주는 사랑스러운 여자와 평생 행복하게 사는 것."

한재하 이사가 나지막하게 답을 말했다.

"그게 내가 가진 야망입니다."

뭐야. 세아는 웃음을 터트렸다. 어마어마한 무언가가 튀어나올 줄 알았는데 예상외로 싱거운 답변이었다. 맥이 빠진 세아가 가볍게 그를 타박했다.

"무슨 야망이 그렇게 소박해요."

"실망스럽습니까?"

"조금은?"

"이런."

고무장갑을 벗은 한재하 이사가 손을 씻더니 세아의 코를 꼬집었다.

"아야!"

"실망스러운 남자가 애인이어서 어쩝니까? 신세아 씨."

"삐지셨어요?"

"네, 삐졌습니다."

"우와."

세아는 기가 막힌다는 표정으로 한재하 이사를 올려다보다가, 기습적으로 까치발을 해서 그의 뺨에 쪽 소리가 나게 뽀뽀했다.

"화 푸세요."

한재하 이사가 세아를 물끄러미 내려다보았다. 그러더니 돌연 키스했다. 한껏 커졌던 세아의 눈이 달콤한 입맞춤에 스르르 감겼다.

"너 오늘도 늦게 들어올 거야?"

직각삼각형의 빗변 같은 눈초리로 추궁하는 어머니의 태도에 세아는 당황했다.

"보통 자정 되기 전에 들어오잖아."

"자정 넘어서 들어올 때도 종종 있지."

"그래도 외박은 안 하잖……."

"내 기억에는 외박도 두어 번 했다만?"

세아는 꿀 먹은 벙어리가 되었다. 어머니가 한숨을 푹 쉬더니 눈매를 풀었다.

"연애하는 건 괜찮지만, 뭐든 적당히 해야지. 요즘 세상이 얼마나 험한데."

"재하 씨가 매일 집 앞까지 바래다줘."

"어쨌든."

안 그래도 월요일이어서 심란한데 아침부터 한소리를 들으니 세아는 심신이 축 처졌다. 내가 너무 분별없이 구는 건가? 요새 거

의 매일 한재하 이사를 만났으니 과한 게 맞는 것 같기도 했다.

지하철이 덜컹거리는 대로 따라 흔들리다 보니 어느새 사옥 앞이었다. 세아는 잡념을 떨치기 위해 고개를 한 번 젓고는 사무실 안으로 들어갔다. 웬일인지 회사의 주요 공지사항을 적어놓은 게시판 앞에 사원들이 몰려 있었다.

뭐 중요한 발표라도 났나? 세아는 자리에 가방을 내려놓고는 게시판으로 다가갔다. 그녀를 발견한 사원들이 별안간 수군거림을 멈췄다. 동시에 세아는 싸한 느낌에 휩싸였다.

뭐지, 이 분위기?

게시판 바로 앞까지 걸어간 세아는 그대로 경직되었다.

구석진 사장에게 음식을 먹여주는 그녀. 그녀의 스테이크를 썰어주는 구석진 사장. 구석진 사장을 보며 미소 짓는 그녀. 그녀에게 냅킨을 건네주는 구석진 사장. 그녀를 끌어안은 구석진 사장.

누가 봐도 두 사람이 연인 사이라고 오해할 수밖에 없는 사진들이 게시판에 한가득 붙어 있었다.

26. 버릴 수 있는 것

　세아의 얼굴에서 핏기가 사라졌다. 주변을 둘러보니 사원들이 호기심과 의혹이 깃든 눈빛으로 그녀를 힐끔거리고 있었다.

　세아는 숨이 턱 막혔다. 해명해야 한다. 하지만 무슨 말을 해야 할지 떠오르지 않았다. 머릿속이 백지 같았다.

　"이건……."

　운을 뗀 세아가 필사적으로 다음 내용을 쥐어짜려고 노력하고 있을 때였다.

　"왜 다들 거기 모여 있어?"

　나른한 음성이 적막을 갈랐다. 게시판에 붙어 있는 사진들을 목격한 구석진 사장의 낯빛이 변했다.

　"사장님, 다른 분들에게 설명하셔야 할 것 같습니다, 이 상황을."

　세아는 다급히 말을 꺼냈다. 구석진 사장이 수긍했다.

　"그래. 불미스러운 오해를 살 수는 없으니까."

　박수를 두어 번 쳐서 사원들의 이목을 끌어 모은 구석진 사장이 말했다.

"이날 사진이 어쩌다가 붙어 있는지는 모르겠는데, 일전에 내가 신세아 씨에게 신세를 진 적이 있습니다. 개인적인 사정으로 신세아 씨에게 하루만 여자친구인 척 연기해달라고 부탁했었거든요. 이 사진들도 아마 그날 찍힌 것 같은데."

게시판의 사진을 하나하나 떼어낸 구석진 사장이 쭉 찢어서 두 조각을 냈다.

"누가 어떤 목적으로 찍어서 사내 게시판에 붙여놓았는지는 모르겠지만, 헛다리 단단히 짚었네요. 나와 신세아 씨는 결백하니까. 그럼 공지 끝났으니 이만 해산."

구석진 사장은 유유히 사장실로 돌아갔다. 시원하고 깔끔한 정리였다.

이제 다들 오해를 풀었겠지? 안도한 세아가 고개를 들었다. 그리고 자초지종을 밝히기 전과 조금도 달라지지 않은 동료들의 눈길을 발견했다. 세아의 심장이 쿵 떨어졌다.

어째서? 패닉 상태에 빠진 세아는 사방을 둘러보았다. 다들 마찬가지였다. 하나같이 믿을 수 없다는 표정이었다.

사실대로 말했는데 왜? 혼란에 빠진 세아의 손목을 누가 강하게 잡았다.

"따라오십시오."

한재하 이사였다. 세아는 사색이 되었다. 언제부터 보고 있었던 거지? 전부 다 본 걸까?

그에게 꽉 붙들린 채로 끌려가면서 세아는 입술을 깨물었다. 가장 들키고 싶지 않은 상대에게 들키고 말았다. 눈물이 핑 돌았다.

이사실에 들어서자마자 그가 문을 쾅 닫더니 얼어붙은 눈으로 세아를 내려다보았다.

"어떻게 된 일입니까."

소름 끼치도록 낮은 음성. 북풍한설만큼 차가운 눈매. 생소한 그의 모습에 세아는 움츠러들었다.

"재하 씨."

"구 사장 말대로입니까?"

세아가 열심히 머리를 위아래로 끄덕였다.

"왜 구 사장 애인 역할을 했습니까?"

"그, 그게……."

세아는 눈을 질끈 감았다. 더는 숨길 엄두가 나지 않았다. 다이어리부터 시작해서 구석진 사장과 주고받은 대화까지, 세아는 전부 털어놓았다.

"……그렇게 된 거예요."

이사실에 숨 막히는 적막이 내려앉았다. 한재하 이사는 아무리 시간이 지나도 입을 열 기미가 보이지 않았다. 세아가 먼저 그에게 말을 걸었다.

"화 많이 났어요?"

그는 답이 없었다. 세아는 간절하게 그를 올려다보았다.

"정말 그것뿐이에요. 다른 일은 전혀 없었어요. 제가 지금 말씀

드린 게 다예요."

그럼에도 불구하고 여전히 한재하 이사는 침묵을 고수했다. 세아는 답답했다. 가슴을 갈라 안을 고스란히 보여주고 싶었다.

"재하 씨, 저 의심해요?"

"의심 안 합니다."

단호한 대답이었다. 세아의 안색이 밝아졌다. 다른 사람들이 다 불신해도 세아는 상관없었다. 그만 그녀를 믿어준다면. 그러나 이어지는 말에 세아는 웃을 수 없었다.

"나를 화나게 하는 건, 세아 씨가 나에게 지금까지 그런 사실을 숨겼기 때문입니다. 감쪽같이."

"그건 어쩔 수 없었…….''

"어쩔 수 없는 게 어디 있습니까!"

한재하 이사가 버럭 반박했다. 세아는 그대로 굳었다.

"나에게 먼저 상의를 하는 게 맞는 거 아닙니까? 세아 씨는 내 여자입니다. 구 사장의 부하직원이기 전에!"

이렇게 불같이 화를 내는 한재하 이사는 처음이었다.

"어째서 구 사장의 사적인 부탁을 들어준 겁니까? 회사 업무와 전혀 관계없는 일이었습니다. 얼마든지 거부할 수 있었잖습니까. 아니면 둘이 그런 부탁을 흔쾌히 주고받을 만큼 언제 친한 사이라도 된 겁니까?"

"막상 그 상황에 놓였으면 재하 씨도 거절 못 했을 거예요! 저도 계속 곤란하다고 그랬는데 자꾸 사장님이…….''

세아는 억울했다. 그녀도 하고 싶지 않아서 발을 빼려고 얼마나 노력했던가. 하지만 구석진 사장은 그녀의 양심을 살살 자극하며 빠져나갈 수 없도록 덫을 놓았고, 그녀도 할 수 없이 울며 겨자를 먹은 거였다.

"그러면 나에게 와서 해결해달라고 했어야지!"

한재하 이사가 얼굴을 일그러뜨린 채 소리쳤다. 폭발하는 화산 같은 기세였다.

"혼자 해결할 수 없었다면 내게 도움을 청했어야지! 내가 그렇게 의지가 안 되는 남자입니까?"

"그런 게."

세아는 말문이 막혔다. 그에게 숨기고 싶었던 마음이 아예 없었던 건 아니었기 때문이었다. 의심을 사지 않으려면 그에게 밝혀야 한다고 생각했지만, 한편으로는 알리고 싶지 않았다. 괜히 분란이 일어날까 봐. 만에 하나 쓸데없는 오해의 불씨가 될까 봐. 그래서 구석진 사장이 비밀로 하자고 제안한 순간 흔들렸다.

이대로 숨기고 넘어가면 되지 않을까. 어차피 아무 일도 없을 테니까, 그에게 부끄러운 짓은 하지 않을 거니까 조용히 덮어둬도 괜찮지 않을까. 별것 아닌데 굳이 그를 신경 쓰게 할 필요는 없잖아.

그 안일한 믿음이 비수가 되어 그녀에게 돌아왔다.

"재하 씨 말이 맞아요. 그건 내 실수예요. 하지만 사장님은 재하 씨 친구이기도 하니까……."

"구 사장이 내 친구인 것과 세아 씨가 구 사장 애인 역할을 하는 게 대체 무슨 상관입니까? 구 사장과 난 친구지만 동시에 한 영역에 있는 두 마리의 사자이기도 합니다. 틈만 나면 서로 누가 잘났는지 판가름하기 위해 갈기를 세울 준비가 되어 있는."

으르렁거리는 한재하 이사는 본인의 말 그대로 사나운 사자 같았다.

"세아 씨가 한 행동은 날 위한 게 아닙니다. 아니, 내 자존심을 조금이라도 생각했다면 그러지 말았어야 했습니다."

미간을 잔뜩 찌푸린 그는 괴로워 보였다. 상처받은 빛이 역력한 눈. 세아는 형용할 수 없는 죄책감에 휩싸였다. 고개를 떨어뜨린 세아가 간신히 말했다.

"미안해요."

소태를 씹은 것처럼 쓴 물이 올라왔다. 면목이 없고 속이 울렁거렸다.

"정말…… 미안해요."

그녀를 빤히 내려다보는 시선이 느껴졌다. 낮게 한숨을 쉰 그가 이내 이사실을 나섰다. 그녀를 내버려두고.

홀로 남은 세아는 손으로 눈가를 가렸다.

"무슨 일이야, 한 대표이사?"

책장 근처에 서 있던 석진이 싱글벙글 웃었다. 재하는 성큼성큼 석진에게로 걸어가 곧장 멱살을 잡았다.

"무슨 수작이야, 너."

"수작이라니?"

서류철을 든 손을 축 늘어뜨린 채 석진이 능청스럽게 반문했다.

"아, 혹시 오늘 아침에 게시판에 붙어 있었던 사진 때문에 그래? 내가 전부 해명했는데. 신세아 씨와 나, 아무 사이도 아니라고."

자신을 잡아먹을 듯이 노려보는 재하를 앞에 두고서도 석진은 여유로웠다. 멱살을 잡힌 사람답지 않았다.

"오해하지 마, 한 대표이사. 신세아 씨는 그저 착해서 날 도와준 것뿐이니까 말이야."

"신세아를 아는 것처럼 말하지 마. 알아도 내가 더 잘 알아."

"아니, 뭐, 내가 너보다 잘 안다는 건 아니지만…… 좋은 여자더라. 내가 지금까지 만난 여자들과는 다르더라고. 그래선지 몰라도 다시 봤어, 신세아 씨."

석진이 능글능글한 태도로 덧붙였다.

"하지만 그날에는 아무 일도 없었으니 안심……."

석진의 말이 끝나기도 전이었다. 재하가 주먹으로 그를 쳤다. 정통으로 가격당한 석진의 몸이 크게 휘청거렸다.

"구석진."

재하는 씹어 내뱉듯이 석진을 불렀다. 자세를 바로 세운 석진이 웃는 낯으로 빈정거렸다.

"우리 한 대표이사께서 이렇게 터프하신 줄은 몰랐는데?"

"무슨 속셈인지는 모르겠는데, 신세아를 너 좋을 대로 이용하진

마."

살기마저 감도는 눈으로 석진을 쏘아보며 재하가 경고했다.

"신세아, 내가 사랑하는 여자야."

이견은 있을 수 없다는 듯이 단호한 목소리였다.

"한 번만 더 이딴 식으로 수작 부리면 가만히 안 둬."

재하가 등을 돌리더니 벌컥 문을 열고 사장실을 나갔다. 가만히 그 뒷모습을 지켜보던 석진이 입가를 슥 닦았다. 앞뒤 가리지 않고 눈이 뒤집혀서 냅다 주먹을 날릴 정도라니. 이성의 화신이나 다름없는 한재하가.

"거참, 무서운걸."

석진은 맞은 부위를 손바닥으로 살살 문질렀다. 꽤 세게 맞아서인지 아직도 얼얼했다.

"그런데 어쩌나."

느릿하게 걸음을 옮긴 석진이 의자에 앉으며 중얼거렸다. 그의 입가에 어느새 비틀린 미소가 걸려 있었다.

"이게 시작일걸?"

"혹시 둘 다 만나고 있는 거 아니야?"

"그럼 양다리?"

"에이, 설마요. 세아 씨 그렇게 안 생겼는데."

"세상에 그렇게 생긴 사람이 따로 있어요?"

남주요 대리가 커피 잔을 든 손을 움직이며 재미있다는 투로 물었다. 좌중이 수긍했다.

"하긴. 원래 순진하게 생긴 애들이 알고 보면 더하더라."

"얌전한 고양이가 부뚜막에 먼저 올라간다잖아요."

"대바악. 그러면 4대 미남 중에서 두 명이 세아 씨 거야?"

"진짜 그런 거라면 대단하다. 누군 보면서 침만 흘리고 있는데."

"나 하루만 세아 씨가 되고 싶어. 이사님에 사장님이라니. 상상만 해도 짜릿하다."

"남의 연애사 간섭할 일 아니라지만, 참 그렇다. 세아 씨도 세아 씨지만 사장님도 따지고 보면 친구 애인을……."

서 팀장의 말에 남주요 대리가 박장대소했다. 카페테리아에 여사원들의 웃음소리가 가득 찼다.

우연히 커피를 사러 카페테리아로 나왔다가 자신의 이야기를 하는 여사원 무리를 발견한 세아는 이를 악물었다. 심장이 쉴 새 없이 펌프질했다.

어쩌지? 모른 척하고 조용히 떠날까, 나서서 한마디 할까. 세아가 고민하고 있을 무렵이었다. 한봄이 컵을 탁 소리가 나게 내려놓더니 한소리 했다.

"아직 확실한 건 없는데 다들 너무 가신 거 아녜요? 사장님 말씀 들으셨잖아요. 세아 씨한테 애인 역할 부탁할 일이 있어서 그랬던 거라고."

"그렇긴 한데."

여사원들이 떨떠름한 기색을 내비쳤다.

"한봄 씨, 사람 이상하게 만드는 재주가 있다?"

긴 다리를 꼬고서 발끝을 까닥거리던 남주요 대리가 자못 공격적인 투로 시비를 걸었다.

"한봄 씨가 그렇게 나오면 우리가 이상한 사람이 되잖아."

카페테리아의 기류가 싸늘해졌다. 지켜보던 세아는 나서기로 했다. 한봄이 곤란해지게 내버려둘 수 없었다.

막 출격하려는 세아의 어깨를 누가 저지하듯이 가볍게 잡았다. 세아는 뒤를 돌아보았다. 언제 왔는지 강이원 팀장이 근처에 서 있었다.

"사모님은 가만히 계시죠."

세아의 어깨를 놓은 강이원 팀장은 시원한 발걸음으로 여사원들에게 다가갔다.

"다들 나 빼놓고 무슨 재미있는 이야기 중?"

강이원 팀장이 서글서글한 미소를 지으며 묻자 여사원들이 화색을 띠었다.

"강 팀장님!"

"우리 별 얘기 안 했는데."

"커피 마시러 오셨어요?"

"중요한 얘기를 하는 중이 아니었다니 다행이네. 나랑 놀아주는 사람도 없고 심심한데 여기 껴도 되나요?"

"당연하죠. 여기 앉으세요."

강이원 팀장은 눈 깜짝할 새에 여자들의 틈바구니에 섞이더니 능숙하게 화제를 전환했다.

'그렇구나.'

세아는 불현듯 깨달았다.

'강 팀장님은 한봄 선배를 좋아하는구나.'

방금도 한봄이 위기에 처해서 나선 게 틀림없었다. 세아는 조용히 카페테리아를 떠나 사무실로 돌아갔다. 한봄은 걱정하지 않아도 되겠다.

'문제는 나야.'

세아를 해코지하려고 혈안이 된 남주요 대리였다. 이런 불미스러운 스캔들을 놓칠 리 없었다. 벌써부터 여론몰이를 하고 있지 않은가.

두통이 밀려왔다. 남주요 대리도 남주요 대리지만, 이러니저러니 해도 제일 세아를 초조하게 만드는 상대는 한재하 이사였다.

「혼자 해결할 수 없었다면 내게 도움을 청했어야지! 내가 그렇게 의지가 안 되는 남자입니까?」

「세아 씨가 한 행동은 날 위한 게 아닙니다. 아니, 내 자존심을 조금이라도 생각했다면 그러지 말았어야 했습니다.」

세아는 가슴이 저릿했다. 상처 줄 생각 없었는데. 자존심 상하게 할 마음 같은 건 정말로 없었는데. 그렇게 맹렬하게 분노하는 한재하 이사는 처음 봤다. 아니, 사실 지금까지 그는 세아에게 화는커녕 화 비슷한 것조차 낸 적이 없었다. 그렇기에 세아는 이 순간이 너무나 어렵고 힘들었다. 어떻게 해결해야 하는지도 알지 못했다.

주변을 서성이며 사과를 해야 화가 풀릴까, 아니면 알아서 화를 풀 때까지 자극하지 말고 얌전히 있어야 하는 걸까.

사무실에 복귀해 의자에 앉은 세아는 문득 목이 탔다. 물을 떠와야겠다. 세아는 개인 텀블러를 들었다. 안에서 액체가 찰랑거렸다.

내가 물을 떠놨었나? 별 의심 없이 세아는 텀블러에 입을 가져다 댔다. 벌컥벌컥 텀블러 안의 액체를 마신 세아의 안색이 순식간에 창백해졌다.

숨이 쉬어지지 않았다. 누가 힘껏 목을 조르는 것처럼 공기를 들이마실 수가 없었다. 눈앞이 하얗게 타들어갔다. 아무것도 보이지가 않았다.

알레르기 반응이었다. 지난번과는 차원이 다른.

본능적으로 세아가 떠올린 것은 책상 어딘가에 놓여 있을 휴대전화였다. 세아는 필사적으로 손을 뻗었다. 더듬더듬 휴대전화를 찾아서 쥔 그녀가 덜덜 떨리는 손으로 119를 누르려는 차였다. 휴대전화가 세아의 손안에서 빠져나가 바닥으로 추락했다.

세아의 의식이 어둠 속에 잠겼다.

규칙적인 기계음이 들렸다. 세아는 눈살을 찌푸렸다가 천천히 눈꺼풀을 밀어 올렸다.

살았구나. 제일 먼저 떠오른 생각이었다. 안도한 세아는 눈을 감았다가 뜨기를 반복했다. 초점이 맞아 들어가면서 흐릿했던 세상이 차츰 선명해졌다.

"깼습니까?"

"재하…… 씨?"

한재하 이사의 얼굴이 시야에 들어왔다. 그녀에게 바짝 다가온 그가 이것저것 물었다.

"어디 아픈 데는 없습니까? 불편한 데는?"

"괜찮아요."

세아는 힘없이 응대했다. 다시 찬찬히 살피니 그의 안색이 영 좋지 않았다. 내내 마음고생을 한 사람처럼.

"걱정 많이 했어요?"

"그러면 닐리리야 어깨춤을 추며 놀았겠습니까?"

한재하 이사가 단정한 미간에 주름을 잡고서 반문했다. 뭐하러 당연한 질문을 하느냐는 태도였다. 오래간만에 겪는 그의 까칠함에 세아가 픽 웃었다. 못마땅하다는 듯이 그가 눈초리를 올렸다.

"왜 웃습니까?"

"예전 생각이 나서요. 재하 씨랑 사귀기 전으로 돌아간 것 같아요."

손을 들어 그의 볼을 감싸 쥔 세아가 덧붙였다.

"그때는 늘 이랬는데."

"'이랬는데'가 정확히 뭡니까."

"까다롭고 냉소적이고 날카로운 거요."

세아의 손에 손바닥을 포개던 한재하 이사가 멈칫했다.

"내가 그랬습니까?"

"네, 절 괴롭히려고 일부러 더 그랬겠지만."

아마도 그녀에게 유달리 까칠했던 게 맞을 테다. 다시 구할 수도 없는 한정판 피규어의 목을 뎅겅 떨어뜨렸으니 괘씸했겠지.

"오랜만에 보니까 반갑네요, 까칠 재하 씨."

한재하 이사는 침묵하다가 말문을 열었다.

"많이 힘들었습니까? 내가 괴롭힐 때."

물 먹은 천처럼 착 가라앉은 분위기가 그의 주변에 흘렀다. 그는 죄책감을 느끼고 있는 것 같았다.

"네, 그래서 아론 몸값 다 치르면 복수할 거예요."

세아가 장난스럽게 응수했다.

"미리 각오해두는 게 좋을걸요?"

"얼마든지 괴롭히십시오."

세아의 손가락을 옭아매며 그가 부연했다.

"아무 데도 가지 말고, 내 옆에서."

크고 따뜻한 손이 힘주어 세아의 손을 잡았다. 절대로 그녀를 놓지 않겠다고 주장하는 듯한 손길이었다.

오늘 벌어진 일로 그가 정말 많이 놀랐음을 세아는 새삼 깨달았다. 보통은 평생 하지 않을 경험이었다. 멀쩡하던 애인이 한순간에 아나필락시스(anaphylaxis, 알레르기 반응) 때문에 의식을 잃고 병원으로 실려 오는 상황은. 그가 얼마나 조마조마했을지 생각하자 세아는 가슴이 아팠다.

"미안해요."

"뭐가 미안합니까."

"걱정시켜서요."

"그런 건 하나도 미안할 것 없습니다. 그보다 어쩌다 아나필락시스가 일어나게 된 겁니까? 호두가 들어 있는 줄 모르고 뭘 먹은 겁니까?"

"아니, 그런 게 아니라."

세아는 잠깐 망설이다가 사실대로 말했다.

"텀블러에 들어 있는 물을 마셨는데 갑자기 알레르기 반응이 일어났어요."

한재하 이사의 표정이 굳었다.

"누구 거였습니까."

"제 거요."

실수로 남의 걸 착각해서 마셨을 리는 없다. 그녀의 책상에 놓여 있었고, 디자인도 영락없이 그녀의 텀블러였으니까.

고의다. 누가 일부러 그녀의 텀블러에 알레르기를 유발하는 음식을 넣어놓았다고밖에 볼 수 없었다.

퍼뜩 세아의 뇌리를 스쳐 지나가는 인물이 있었다. 남주요 대리.

막상 용의 선상에 올려놓고 보니 현실감이 없었다. 남주요 대리가 이렇게까지? 그래도 매일 얼굴을 맞대고 산 직장 동료인데. 원

래부터 죽도록 미워했던 관계도 아니고, 한재하 이사가 얽히기 전
까지는 아무 문제 없던 사이였는데.

차분히 생각할수록 남주요 대리의 소행은 아닐 거라는 쪽으로
생각이 기울었다. 이건 거의 살인 미수다. 평범한 사람은 벌일 수
없는 일이었다.

남주요 대리가 아니라면 누가? 세아는 입술을 깨물었다. 남주
요 대리 말고는 그녀에게 악의를 가진 인물이 마땅히 떠오르지 않
았다. 역시 남주요 대리인가?

긴가민가하며 숙였던 고개를 바로 한 세아는 흠칫했다. 한재하
이사의 표정이 전에 없이 굳어 있었다.

"재하 씨."

"잠깐 다녀와야 할 곳이 생겼습니다."

"아? 네."

이렇게 갑자기? 세아는 어안이 벙벙했다.

"회사로 복귀하지 말고 푹 쉬고 있으십시오. 모르는 사람이 와
서 같이 가자고 하면 따라가지 말고."

한재하 이사가 그녀의 머리를 부드럽게 쓰다듬었다. 아이를 달
래는 듯한 손길에 그녀가 피식 웃었다.

"제가 애예요?"

"애만큼 신경 쓰입니다."

손을 거두어들인 한재하 이사가 세아에게서 멀어졌다. 세아는
저도 모르게 그의 뒷모습을 향해 손을 뻗었다가 슬그머니 내렸다.

다시 온다고 했잖아. 아쉬워하지 말자. 마음을 추스른 세아는 눈을 감았다.

「재하야.」

성큼성큼 병원을 나서는 재하의 귓가에 한주희 회장의 말이 또렷하게 반복 재생되었다.

「넌 조만간 여길 다시 찾게 될 거다. 제 발로.」

예언하는 양 확신에 차 있던 어조. 차에 오른 재하는 주먹으로 운전대를 내리쳤다.

"제길!"

가만히 놔둘 리 없다는 건 알고 있었다. 하지만 바로 다음 날 이런 식으로 나올 줄이야.

뭐라 표현할 수 없는 노여움이 들끓었다. 차라리 그를 직접 건드렸다면 이렇게 돌아버릴 듯한 기분은 아니었을 것이다.

창백한 얼굴로 죽은 듯이 병원 침대에 누워 있던 신세아.

그녀가 눈을 뜰 때까지 재하는 지옥 속에 있었다. 피가 바짝바짝 마르고 심장이 타들어간다는 게 어떤 건지 그는 오늘, 몸으로 확실히 깨달았다. 평생 잊지 못할 끔찍한 감각이었다.

'진정해, 한재하.'

재하는 자신을 채찍질했다. 분노는 문제를 해결하는 데에 도움이 되지 않는다. 이럴수록 냉정해야 한다. 격정을 억지로 가라앉힌 재하가 어디론가 전화를 걸었다.

"박 실장님, 회장님 어디 계십니까."

한주희 회장의 위치를 확인한 재하는 차에 시동을 걸었다. 운전하는 내내 그의 눈이 예리하게 번뜩였다. 한 명. 최소한 한 명의 첩자가 사내에 있다. 한주희 회장이 시키는 대로 움직이는 하수인이.

그게 누구지? 신세아가 자리를 비운 사이에 텀블러에 장난질을 친 인물이!

운전대를 쥔 재하의 손에 핏줄이 도드라졌다.

자동차는 금세 목적지에 도착했다. 운전석에서 내린 재하가 거침없이 저택 안으로 들어갔다.

"회장님은 서재에 계십니다."

마중 나와 있던 안내인이 허리를 숙였다. 재하는 벌컥 서재 문을 열었다.

한주희 회장은 소파에 앉아 책을 읽고 있었다.

"왔구나."

차를 한 모금 마신 한주희 회장이 책을 덮었다. 「Le Petit Prince」. 표지에 적힌 제목을 읽은 재하는 실소했다. 어린 왕자라니, 지독하게 어울리지 않았다.

"앉으려무나."

안경을 벗은 한주희 회장이 맞은편 자리를 권했다. 인자한 목소리였으나 낱낱이 뜯어보면 그 안에 온기는 조금도 없었다. 말 그대로 위장이었다. 카멜레온이 필요에 따라 색을 바꾸듯이, 목적을

이루기 위한 수단.

"길게 있을 생각은 없습니다."

완곡하게 앉기를 거부한 재하가 빤히 한주희 회장을 응시했다. 첨예한 시선이었다.

"날 분해하고 싶은 게냐?"

재미있다는 듯이 한주희 회장이 미소를 띠었다. 재하도 따라서 웃었다.

"역시 할아버지였군요."

"왜 그렇게 생각하느냐?"

"직감입니다."

허를 찌르는 대답에 한주희 회장의 눈이 동그래졌다.

"푸핫."

한주희 회장이 웃음을 터트렸다.

"돈 들여가며 거짓말 탐지 검사관에게 배우게 한 보람이 없군."

"동공을 들여다볼 수 있는 거리도 아니고, 코를 만지거나 다리를 떨거나 입술을 매만지는 기본적인 실수 따위는 하지 않을 거잖습니까."

재하는 고저 없는 음성으로 응수했다.

"저와 재현이를 가르쳤던 분이 그랬죠. 회장님의 거짓말은 프로인 자신도 간파할 수 없다고. 거짓말을 할 때 아무런 버릇이 없어서. 마치 완벽한 범죄자처럼."

한주희 회장의 입매가 유려하게 휘었다.

"과찬이군."

주름진 손이 우아하게 찻잔을 들었다.

"더 할 얘기가 없다면 나가거라. 독서 중이었거든."

"죽을 수도 있었습니다."

"무슨 말인지 잘 모르겠구나."

책을 펼친 한주희 회장이 지나가듯이 말했다.

"하지만 혹시 오늘 그 아가씨에게 벌어진 일에 대해서 말하는 거라면, 나라면 치사량을 먹이진 않을 거다. 우선 그 아가씨의 알레르기 병력을 조사한 다음 강 박사에게 자문을 구해 죽지 않을 정도로만 손을 썼겠지. 가볍게 경고하는 차원에서."

재하는 분노로 눈앞이 아찔해지는 것을 느꼈다. 한주희 회장의 입에서 흘러나오는 말은 자백이나 다름없었다.

"할아버지!"

끓어오르는 화를 참지 못하고 재하가 버럭 외쳤다. 한주희 회장이 눈살을 찌푸렸다.

"감정을 절제하지 못하는 건 추하다고 누누이 말했건만. 스무 살 때만도 못하구나. 그때의 넌 쓸 만했는데."

"아니요. 그때의 전 죽어 있었습니다. 기쁨도, 삶의 의미도 모른 채 당신의 손안에서 춤추는 꼭두각시였습니다."

재하는 단호하게 부정했다. 그리고 10여 년 동안 가슴 밑바닥에 품고 있던 진심을 토해냈다.

"재하야."

"드디어 자유로워졌습니다. 당신에게서 벗어나 내 인생을 살게 되었습니다."

"한재하."

"당신의 그림자에서 벗어나 처음으로 내 스스로 무언가를 이루었습니다. 내 인생에 당신의 조종 같은 건 필요 없습니다. 난 당신의 간섭 없이도 알아서 잘……!"

"네가 스스로 이룬 '무언가'는 아마도 SA 소프트겠지."

차디찬 한주희 회장의 목소리가 서재를 채운 열기를 매정하게 갈랐다.

"7억 5천."

익숙한 숫자가 재하의 귀에 달라붙었다.

"SA 소프트의 설립 자금이 누구에게서 나왔을 것 같으냐."

악마의 질문이었다. 재하는 찰나 얼어붙었다.

"그건 석진이가……."

"그래. 내가 그 아이에게 줬지. 넌 그 애가 우리 회사 장학 재단에서 장학금을 받아 공부했다는 사실은 모르는 모양이로구나."

책을 탁자에 내려놓은 한주희 회장이 몸을 일으켰다. 나이답지 않게 큰 키와 곧은 어깨, 반듯한 등. 긴 다리를 움직여 재하에게로 다가간 한주희 회장이 나지막이 속삭였다.

"네가 거둔 성과도, 내 막대한 자금 위에서 이뤄진 거란다."

짙은 적막이 내려앉았다. 두 사람은 잠시 말이 없었다. 고요의 장막을 걷어낸 건 차분한 중저음이었다.

"그러면 도로 가져가십시오."

한주희 회장의 눈이 커졌다. 재하는 그 눈을 똑바로 마주 보았다.

"전 다른 회사를 새로 만들 테니까. 당신 도움 없이도 전 충분히 성공합니다."

젊고 패기만만한 입매가 비틀린 호선을 그렸다.

"쓸데없는 수고를 하셨군요, 할아버지."

노회한 얼굴에 이채가 어렸다. 재하는 더는 시간 낭비하지 않겠다는 듯이 한주희 회장을 지나쳐 서재를 빠져나갔다.

혼자 남은 한주희 회장은 인정했다. 자신감을 짓밟아 재하를 흔들려고 했던 전략이 실패했음을.

제 능력에 대한 확고한 믿음으로 가득 차 있던 눈동자. 가벼운 전율이 한주희 회장의 등줄기를 훑고 지나갔다.

"그래."

늙은 사자의 만면에 희열이 차올랐다.

"역시 내 뒤를 이을 후계자는 너뿐이다. 한재하."

"세아 씨."

돌아온 한재하 이사의 주변에는 무거운 기류가 내려앉아 있었다. 세아는 당황했다.

어딜 다녀왔기에? 무슨 일이 있었기에? 궁금한 점이 한둘이 아니었다.

207

"내가 하는 질문에 대답해줄 수 있겠습니까?"

한재하 이사는 진지했다. 세아는 마른침을 삼켰다. 육감이 경고했다. 심상치 않은 사태라고. 신중하게 행동하라고.

"네, 말씀하세요."

"난 SA 소프트를 버릴 겁니다."

나름대로 마음의 준비를 했는데도 충격이었다. SA 소프트를 버린다니? 그게 무슨 뜻이야?

"SA 소프트는 내 전 재산입니다. 그걸 버리면 난 가진 게 아무것도 없습니다. 새로운 회사를 차릴 거지만, 지금보다 훨씬 열악한 환경이겠죠."

그는 세아에게 혼란스러워할 시간조차 주지 않았다.

"그런 나와 함께해줄 수 있겠습니까?"

세아의 눈앞이 핑 돌았다. 너무 갑작스럽고 극단적인 질문이었다. 순간 '혹시 이거 테스트 아닐까?'라는 생각이 들 만큼. 그렇지만 한재하 이사의 주변을 감도는 분위기는 그의 말이 단순한 허언이 아니라고 주장하고 있었다.

'왜? 어째서 멀쩡한 SA 소프트를 버린다는 건데?'

혹시 회사에 무슨 문제가 생긴 건가? 아니면 그의 신변에 문제가? 수많은 의문이 세아를 뒤흔들었다. 석연치 않은 구석이 너무나 많았다. 그럼에도 불구하고……

"네."

머리보다 육신이 먼저, 그의 물음에 대답했다. 이성보다 본능이

한발 앞서 나가 결론을 내렸다. 그와 함께하고 싶다고. 그에게서 떨어지고 싶지 않다고.

뒤늦게 정신을 차린 세아는 무언가에 홀린 듯이 해버린 답에 소스라치게 놀랐지만, 후회하지는 않았다. 오히려 후련한 느낌이었다.

내가 이 남자를 많이 좋아하는구나. 새로운 자각에 가슴이 저릿했다. 세아가 그 묘한 감각에 취해 있을 무렵이었다.

"하나 더 있습니다, 질문."

한재하 이사가 재차 입을 열었다. 세아는 헛바람을 들이켰다. 폭탄이 하나가 아니라 두 개란 말이야?

덜컥 겁이 난 세아는 협탁에 놓인 물을 들이켜며 다짐했다. 이번에는 놀라지 말자. 이번에는 놀라지 말자. 이번에는 놀라지 말......

"내 집에 들어와서 살지 않겠습니까?"

세아는 마시던 물을 그대로 한재하 이사에게 내뿜었다.

27. 잘 부탁해요

정통으로 물벼락을 맞은 한재하 이사가 얼굴을 찌푸렸다. 그러나 세아는 그의 기분을 헤아릴 여유가 없었다.

"제, 제가요?"

물병을 내려놓은 세아가 격앙된 목소리로 반문했다.

"제가 이사님, 아니, 재하 씨 집에서요?"

첫 번째보다 더 강력한 폭탄이었다. 남자와 여자가 한집에서 살다니, 그건 동거잖아!

속으로 비명을 지른 세아는 이불을 움켜쥐었다. 그 단어를 떠올린 것만으로 낯이 화끈거리고 등허리가 떨렸다.

한재하 이사는 가만히 그녀를 지켜보고 있었다. 답을 기다리는 태도였다. 세아는 입안이 바짝 말랐다. 늘 이 남자의 사고방식에는 종잡을 수 없는 구석이 있긴 했다. 그렇지만 이번만큼 의도가 안 읽히기는 처음이었다. 주변에 안개가 꽉 차 있는 것 같았다.

뜬금없이 같이 살자니. 대체 무슨 생각으로? 세아는 한재하 이사를 살폈다.

'이 남자와 살게 되면…….'

아침에 눈을 뜨면 한재하 이사가 보인다. 반듯하고 귀한 태가 흐르는 이목구비에 감탄한 세아는, 만지고 싶은 충동을 참지 못하고 몰래 그에게 손을 뻗는다.

세아의 손끝이 그의 뺨에 닿으려는 찰나, 그가 그녀의 손목을 낚아챈다. 그녀는 화들짝 놀라서 그에게 묻는다.

「안 자고 있었어요?」

「진작 깨어 있었습니다. 반응이 궁금해서 자는 척했을 뿐.」

소년처럼 웃은 그가 세아의 이마에 입을 맞추며 다정하게 속삭인다.

「좋은 아침입니다, 세아 씨.」

그와 세아는 화장실로 가서 나란히 이를 닦는다. 먼저 세수하고 나와 부엌에서 요리 준비를 하는 세아를 그가 살며시 다가와 끌어안는다. 목덜미에 닿는 그의 숨결이 야릇하게 느껴져 그녀는 어깨를 움츠린다.

아침이 완성되면 그와 마주 앉아서 식사하고, 어쩌다 눈이 마주치면 누가 먼저랄 것도 없이 웃는다.

식사가 끝나면 그는 설거지는 자기가 하겠다며 앞치마를 두른다. 세아는 감사의 의미로 그의 뺨에 입을 맞춘다.

빠르게 설거지를 끝낸 그가 본격적으로 출근 준비를 하고, 이미 옷을 다 갈아입은 세아는 옆에서 그의 손목시계를 채워주고 넥타이를 매준다.

함께 회사에 출근하고 집으로 돌아오면 휴식 시간이다. 그녀는 그와 이런저런 장난을 치고, 그러다가 밤이 되면 한 침대에서……

「재, 재하 씨.」

「긴장하지 마십시오. 나한테 맡기면 됩니다.」

세아의 얼굴이 펑 터질듯이 붉어졌다.

'어떡해!'

동거하면 역시 그렇게 되겠지? 애초에 그런 상황을 전제로 하는 거니까.

누가 강아지풀로 살살 문지르는 양 온몸이 간질거렸다. 세아는 이불 아래의 다리를 비비 꼬았다. 솔직히, 싫지 않았다. 그런데 선뜻 그러겠다는 말도 나오지 않았다.

우선 현실적으로 여러 가지 문제가 있었다. 그중에서 가장 큰 문제는 역시 부모님이었다. 딸이 멀쩡한 집을 놔두고 외간 남자의 집에 가서 사는 걸 허락할 부모가 세상 어디에 있겠는가. 세아가 이러지도 저러지도 못하고 머뭇거리고 있을 때였다.

"손끝 하나 대지 않을 겁니다. 세아 씨가 허락하지 않는다면."

한재하 이사가 단언했다. 세아는 멍하니 그를 건너다보았다.

"네?"

"만약 그 문제로 망설이는 거라면, 망설일 필요 없다는 뜻입니다."

이 남자, 포인트를 잘못 짚어도 단단히 잘못 짚었다. 기가 막힌 나머지 세아는 저도 모르게 반박했다.

"그것 때문에 고민하는 거 아니거든요!"

"그러면?"

"부모님이요, 부모님!"

"아."

한재하 이사가 멍청한 표정을 지었다. 세아는 뒤늦게 자신이 어떤 사고를 쳤는지 자각했다.

"부모님 허락만 받으면 됩니까?"

세아를 빤히 응시하며 그가 재차 확인했다.

"다른 건 전혀, 상관없는 겁니까?"

타는 듯한 눈동자였다. 세아의 심장이 요동쳤다.

"네."

일단 부모님만 해결된다면 다른 건 어찌어찌 감당할 수 있을 것 같았다.

한재하 이사가 침대를 짚고 있던 손을 뗐다. 어디론가 가려는 듯이 옷매무새를 다듬는 그의 행동에 세아는 경악했다. 설마?

"어디 가시게요?"

"허락 구하러 갑니다. 세아 씨 부모님께."

무심하게 돌아서는 그를 세아가 황급히 붙잡았다.

"잠깐만요!"

행동력이 뛰어난 줄은 알았지만, 이 정도일 줄이야.

옷자락을 붙잡힌 그가 물끄러미 뒤돌아보았다. 세아는 고개를 도리도리 저었다.

"안 돼요."

그가 무슨 말을 해도 부모님은 불꽃 싸대기를 날릴 게 틀림없었다. 당연히 세아가 그의 집에서 사는 걸 허락할 리도 없었다.

"연수. 일단 2주 동안 회사 연수 간다고 할게요."

데굴데굴 머리를 굴린 끝에 세아가 외쳤다. 말없이 세아를 바라보던 한재하 이사가 질문했다.

"그다음에는 어쩔 겁니까?"

"그건……."

세아는 어색하게 웃으며 부연했다.

"그때 가서 생각해야죠."

"쉬고 있으십시오. 부모님께 허락 구하고 오겠습니다."

"안 돼요! 가면 뺨 맞을 거예요."

세아가 그의 허리에 매달렸다. 그는 황당하다는 반응이었다.

"그 정도 각오도 없을 것 같습니까?"

"우리 어머니 배구 선수 출신이에요."

한재하 이사의 몸이 찰나 굳었다.

"옛날에 강스파이크 시범을 보여준다고 손바닥으로 사과를 때렸는데 사과가 으깨졌어요."

백 퍼센트 실화다. 세아는 그가 그 사과 꼴이 되는 건 볼 수 없었다.

"그래도 사실대로 말씀드리겠습니다."

침묵 끝에 한재하 이사가 선언했다. 그의 결심은 확고했다. 할 수 없이 세아는 최후의 카드를 꺼내 들었다.

"안 된다니까요! 만약 재하 씨가 부모님께 말씀드리러 가면 저, 재하 씨네 집에 절대 안 들어갈 거예요."

세아의 손을 떼어내던 한재하 이사가 멈칫하더니 한숨을 내뱉었다.

"거짓말은 좋지 않습니다."

"알아요."

그래도 일단 사람이 살고 봐야죠. 생략된 뒷말을 알아들었는지 그가 헛웃음을 흘렸다.

"후회하지 않을 자신 있습니까?"

의자에 앉아서 세아를 조용히 들여다보던 그가 물었다. 세아는 차분하게 응대했다.

"네, 그러니까 이제 말해주세요. 왜 SA 소프트를 버릴 건지. 왜 같이 살자는 건지."

한재하 이사의 이야기는 길었다.

동생 재현이 알고 보니 공황장애를 앓고 있었는데, 어머니의 욕심으로 그동안 진짜 병을 숨기고서 우울증을 앓는 척 위장했었다는 것.

할아버지는 그런 재현의 상태를 진작 짐작하고 있었다는 것.

상태가 발각된 재현이 후계자 자리를 박탈당했다는 것.

가업을 물려줄 사람이 없어진 할아버지가 그를 끌어들여서 뒤를 잇게 하려고 한다는 것.

그가 SA 소프트를 포기하기로 한 이유는 창업 자금이 할아버지에게서 나왔기 때문이라는 것.

그는 가업을 이을 마음이 없고, 지금처럼 자신의 삶을 살고 싶다는 것.

듣는 것만으로도 세아는 어지러웠다. 왠지 드라마에 나오는 전형적인 재벌 가문이 연상되었다. 돈이 있는 집은 다 비슷한 모양이었다.

"가업이 꽤 규모가 큰가 봐요."

"네, 꽤."

한재하 이사가 쓴웃음을 지었다. 세아는 별안간 궁금해졌다.

"왜 가업을 잇지 않으려는 거예요?"

다음 순간, 검은 눈이 정확히 세아에게로 향했다. 수많은 감정이 들어차 있는 시선. 빈틈이라고는 보이지 않는 밀도 때문에 세아는 숨이 턱 막혔다.

"그 일이 내 야망을 방해하니까."

"야망이요?"

의아해하던 세아의 뇌리에 퍼뜩, 그가 어제였나, 그저께였나 했던 말이 스쳐 지나갔다.

"혹시 그, 덕질을 이해해주는 사랑스러운 여자와 행복하게 살고 싶다는?"

한재하 이사의 눈매가 부드러워졌다.

"네, 그거."

"풋."

세아는 웃음을 흘리고 말았다. 그가 뚱한 표정을 지었다.

"뭐가 웃깁니까?"

"아니, 아무리 생각해도 야망치고는 너무 소박해서요."

"난 진지합니다."

"알았어요."

"원래 소박한 게 좋은 겁니다. 어렵고."

세상사에 달관한 듯한 모습이었다. 이대로 머리 깎고 절에 들어가면 딱 어울릴 것 같았다. 하지만 목탁 대신 피규어를 들고 있겠지. 대머리에 승복을 입고 한 손에 피규어를 든 한재하 이사를 상상한 세아가 키득거렸다.

"뭡니까, 그 기분 나쁜 웃음은."

한재하 이사는 떨떠름한 기색이었다.

"아무것도 아니에요."

"아무것도 아닌 게 아닌 것 같은데."

그가 세아의 볼을 죽 잡아당겼다. 불시에 공격당한 세아는 기우뚱거렸다.

"악! 왜 이러세요!"

"얄미워서 그럽니다."

사정없이 뺨을 꼬집은 그가 손을 뗐다. 볼이 3센티쯤 늘어난 것 같아서 세아는 울상을 지었다. 이러다 안면 비대칭이라도 되면 책임질 거냐고 세아가 따지려는 순간이었다. 그가 그녀의 입술에 입술을 포개었다. 그녀의 눈이 동그래졌다.

여긴 병원인데? 1인실이어서 보는 사람은 없지만 이래도 되는 거야?

세아가 어리벙벙하게 있는 사이에 그는 순식간에 혀를 안으로 미끄러뜨려 여린 살을 쓸었다. 섞이기 시작하는 온기. 머릿속이 차츰 몽롱해졌다.

세아의 손이 그의 옷자락을 잡았다. 그가 본격적으로 키스를 퍼부었다. 하나가 된 듯한 감각에 취해 둘은 시간의 흐름마저 잊었다.

"나로서는 최선의 선택입니다."

입술을 뗀 한재하 이사가 비밀을 털어놓는 사람처럼 나직이 속삭였다. 희미한 미소가 어려 있는, 그런데 어째선지 묘하게 무거운 기운이 감도는 얼굴이었다. 유난히 흔들림 없는 눈빛 때문일지도 몰랐다.

"버릴 수 있는 것 때문에 버릴 수 없는 걸 포기할 수는 없으니까."

의미를 알 수 없는 말. 이해하지 못하고 눈동자만 굴리는 세아를 보며, 그가 산뜻하게 웃었다.

"아픈 데 없으면 퇴원 절차 밟죠."

"아, 네."

세아는 침대에서 일어났다. 알레르기 반응도 다 가라앉은 것 같고, 아까 의사가 찾아와서 퇴원해도 괜찮다고 했다.

"맞다."

주섬주섬 옷을 챙기던 세아가 불현듯 솟아난 의문에 동작을 멈췄다.

"그래서 왜 제가 재하 씨 집으로 들어가야 하는데요?"

그의 눈매가 경직되었다.

"내가 세아 씨를 지켜야 하니까."

"절…… 지키다니요?"

"오늘 세아 씨 텀블러에 누가 장난질 친 거, 어쩌면 할아버지의 사주일지도 모릅니다."

"네?"

세아는 당혹스러웠다. 그녀와 일면식도 없는 그의 할아버지가 왜 그렇게까지.

납득이 가지 않았다.

집으로 돌아가는 길에는 오묘한 적막이 내려앉아 있었다. 화젯거리를 찾던 세아는 문득 그에게 물을 뿜는 만행을 저질렀던 게 떠올랐다.

"아까 물 뿜어서 미안해요."

준 결벽증 환자에게는 대재앙과도 같은 일이었을 것이다.

"괜찮습니다."

한재하 이사는 개의치 않는다는 투로 덧붙였다.

"평소에는 먹기도 하는데 뭐 어떻습니까."

한발 늦게 그의 말뜻을 알아들은 세아는 펄쩍 뛰었다. 저 남자가 무슨 엄한 말을 하는 거야!

따지지도 못하고 끙끙거리는 세아를 그가 곱게 휘어진 눈으로 보았다. 그러더니 운전대를 놓고 그녀의 손을 잡았다. 정지 신호가 걸린 막간을 이용한 애정 표현. 그녀가 사랑스러워서 어쩔 줄 모르겠다는 시선. 노골적으로 전해지는 감정에 세아는 얼굴이 뜨끈해졌다.

사랑받고 있다는 느낌. 사귀게 된 뒤로 한재하 이사는 단 한 번도 그녀를 헷갈리게 하지 않았다. 항상 직설적이고 분명하게 표현한다. 행동으로, 말로, 눈빛으로.

난생처음으로 부모님 외의 존재에게 받게 된 무한한 애정. 세아는 가슴을 중심으로 야릇한 파문이 번지는 것을 느꼈다. 긴 속눈썹을 가진 사람이 그녀의 심장에 대고 계속 눈을 깜빡이는 것처럼 심장이 간질간질했다. 미용실에서 머리를 자를 때 이따금 등허리가 찌르르 울리는 감각과도 비슷했다.

'나도 이 남자를 좋아해.'

같이 있으면 웃게 되고 가슴이 뛴다. 헤어지는 순간이 아쉽고, 뒤돌아서면 금세 보고 싶어진다. 이렇게 누군가를 좋아해본 적은 없었다.

'그래도 동거는…….'

220

엉겁결에 같이 살겠다고 했지만, 이번에는 아무래도 그가 예민한 것 같았다. 굳이 주변에서 범인을 찾는다면 제일 가능성이 높은 인물은 남주요 대리였다. 세아와 만난 적도 없는 그의 할아버지보다는.

"재하 씨."

망설인 끝에 세아가 운을 뗐다.

"같이 사는 건 조금 더 생각해봐야겠어요."

한숨을 터트린 그가 앞머리를 쓸어 올렸다.

"너무 갑작스러운 제안이었다는 거, 인정합니다."

신호가 바뀌었다. 그가 다시 운전대를 잡았다.

"하루 시간을 주겠습니다. 내일까지 고민해보고 결정하십시오."

집에 도착한 세아는 곧장 방에 틀어박혔다. 알레르기 때문에 쓰려져 병원에 실려 갔다는 얘기는 부모님에게 하지 않았다. 다 해결되었는데 쓸데없이 걱정시키고 싶지 않았다.

세아는 베개를 끌어안고 곰곰이 상념에 잠겼다. 한재하 이사가 괜히 할아버지를 의심하지는 않을 것이다. 그러나 그는 유독 할아버지에 한해서는 이성적이지 않은 것 같기도 하다. 부모님에게 있었던 일 때문인지 그는 할아버지에게 적대적이었다. 설립 자금이 할아버지에게서 나왔다고 SA 소프트를 버리겠다니.

"어? 잠깐만."

SA 소프트 설립 자금은 구석진 사장이 댔다고 하지 않았나? 그러면 구석진 사장은 뭐지? 한재하 이사의 할아버지와 무슨 연관이 있는 거야? 세아의 머릿속이 복잡하게 얽혀들었다.

"재하 씨는 내일부터 회사에 나가지 않는 건가?"

당장에라도 그만둘 기세이긴 했다. 그러면 나도 사표를 써야 하나? 어차피 그가 새로 차릴 회사로 직장을 옮겨야 할 테니까.

세아는 베개에 얼굴을 묻었다. 짙은 근심이 드리운 밤이 천천히 흘러갔다.

침대에서 일어난 재하가 물을 들이켰다. 밤새 잠들지 못했다. 잠이라도 들려 하면 병원 침대에 의식을 잃고 누워 있던 세아의 모습이 재하의 뇌를 갉아먹었다. 뜬눈으로 밤을 새울 수밖에 없었다.

재하는 벽에 걸린 시계를 건너다보았다. 5시 반. 이른 시각이었다. 그렇지만 간밤에 그녀에게 무슨 일이 생겼을지도 모른다는 생각이 들자 가만히 있을 수가 없었다. 초조함이 재하를 휘감았다.

그는 한주희 회장을 너무나 잘 알고 있었다. 목적을 이루기 위해 한주희 회장이 얼마나 냉정해질 수 있는지, 또 잔인해질 수 있는지.

'지금 전화하는 건 민폐야, 한재하.'

휴대전화를 만지작거리는 재하의 미간이 괴롭게 일그러졌다. 그녀가 무사하다는 것을 확인하고 싶었다. 그러지 않으면 미쳐버

릴 것 같았다.

재하는 눈을 감았다가 떴다. 침착하자, 한재하. 밤새 그녀에게 무슨 일이 생겼을 확률은 0에 수렴한다. 걱정이 지나친 거다.

머리로는 안다. 백 번이고 천 번이고 알고 있는데! 재하는 거칠게 탁자를 내리쳤다. 쾅 소리가 고요한 집 안에 벼락처럼 꽂혔다. 이성으로 제어되지 않는다. 미쳐 날뛰는 마음이, 걱정으로 조각조각 나는 심장이!

그녀가 내 집에서 살지 않겠다고 하면, 앞으로 계속 이런 끔찍한 기분으로 살아야 하는 건가? 이 지옥 속에서?

재하의 눈이 불안하게 흔들리고 있을 무렵이었다. 초인종 소리가 정적을 갈랐다.

이 시각에 누구지?

검은 눈이 어둠 속에서 번뜩였다. 그는 인터폰 쪽으로 걸음을 옮겼다. 복도가 어두워서 그런지 누구인지 식별이 되지 않았다. 그는 현관으로 가서 문을 열었다.

"안녕하세요."

재하의 눈이 커졌다. 그의 시선이 여행용 캐리어에 꽂혔다.

"앞으로 잘 부탁해요."

세아가 쑥스러워하며 인사했다.

- 나는 지금 이 순간부터 SA 소프트에서 손을 뗄 거다.

음성 사서함에서 재생되는 목소리가 사장실의 적막을 깨뜨렸

다.

　- 이유는 너도 잘 알겠지, 구석진.

　차분한 중저음. 그러나 석진은 그 안에 자리 잡은 냉랭함을 어렵지 않게 읽어냈다. 이러니저러니 해도 10년을 알고 지낸 사이였으니까.

　- 조만간 인수인계 자료는 정리해서 메일로 보낼 테니 참고하든지, 폐기하든지 알아서 해.

　사방에 다시 정적이 내려앉았다.

　"큭."

　의자에 앉은 석진에게서 실소가 흘러나왔다. 용건만 담긴 간결한 내용. 분노도, 배신감도 표출하지 않는다. 왜 배신을 했느냐고 묻지도 않는다. 완전한 무관심이 너는 신경 쓸 가치조차 없는 존재라고 말하는 듯했다. 지극히 한재다웠다.

　"도련님이 다 알아버린 모양이네."

　등을 한껏 젖혀 의자에 완전히 몸을 묻은 석진이 중얼거렸다. 만감이 교차하는 표정으로 우두커니 어느 한 지점만 보던 그가 자리에서 일어났다.

　장식장으로 가서 술을 고른 그는 소형 냉장고에서 얼음이 담긴 잔을 꺼냈다. 투명한 유리잔에 술이 차올랐다.

　"우리의 우정도 이렇게 끝이군."

　옛날 일이 떠올랐다. 지겹게 달라붙던 가난. 도와주지는 못할망정 그의 발목을 붙잡고 늘어지던 환경. 시궁창에서 벗어나고 싶었다. 그래서 지독히 노력했다.

다행스럽게도, 하늘은 그에게 불우한 배경을 안배한 대신 선물을 하나 안겨주었다. 그 모든 것을 극복할 수 있는 비상한 두뇌였다.

1등 구석진.

수석은 늘 그의 차지였다. 게시판에 등수 순으로 쭉 적힌 이름들. 그중에서 가장 위에 있는 자신의 이름 석 자를 볼 때면 그는 희열을 느꼈다. 그 순간만은 변호사의 아들도, 교수의 아들도, 정치인의 아들도, 부잣집 아들도 그의 아래였다.

잘난 부모를 뒀다는 이유만으로 태어날 때부터 그의 머리 위에 있던 녀석들이 그의 발아래에서 열등감에 떨었다. 일과를 학원으로 도배하고, 방학 때 유학을 다녀오고, 고액 과외를 밥 먹듯이 하며 그를 이기려고 발악했다. 그런 다음 어김없이 맨 위에 있는 그의 이름을 발견하고서 절망했다.

좌절하는 그들을 보며 그는 속으로 생각했다. 세상은 공평한 거라고. 너희는 내가 가지지 못한 걸 가졌으니, 나도 너희가 가지지 못한 걸 하나쯤은 가지고 있어야 균형이 맞지 않느냐고.

전부 다 가질 수는 없는 거라고.

수능이 끝나고, 그는 대한민국에서 최고의 명문대로 꼽히는 한국대에 유유히 장학생으로 합격했다. 경영대학 수석이었다.

한재하를 처음 알게 된 건 3월 말이었다.

「석진아, 너 수학 과외 자리 구한다고 하지 않았어?」

「어. 왜? 혹시 좋은 자리 났어?」

「아는 녀석이 개인적인 사정 때문에 양도한대. 할 만한 애 있는지 알아봐달라고 하더라. 수, 토 7시라는데 시간만 맞으면 내가 너 한다고 말할게. 듣기로는 완전 꿀이래. 돈도 많이 주고.」

「누군데? 고맙다고 밥 한번 사야겠다.」

「그래라. 내가 연락처 알려줄게. 우리 과는 아니고 공돌이야. 이름은 한재하.」

그렇게 만나게 된 한재하는 그의 기억 속에 있는 얼굴이었다. 입학식 때 신입생 대표로 단상에 올라갔던 녀석이었으니까.

한재하는 밤낮으로 일만 하는 녀석이었다. 어릴 때부터 안 한 아르바이트가 없던 그마저 혀를 내두를 정도였다.

「야, 너 장학생 아니야? 등록금 벌어야 하는 것도 아니면서 왜 이렇게 뼈 빠지게 일하는 거야?」

「생활비를 벌어야 하니까.」

「생활비는 이미 벌고도 남은 것 같은데?」

「뭐, 취미생활을 하는 데에도 돈이 필요해서. 나중에 벤처를 차리려면 자금도 있어야 하고.」

한재하는 쿨했다. 그러면서도 치열한 구석이 있었다. 석진은 난생처음 타인에게 강한 동질감을 느꼈다. 너도 나와 같구나.

한국대에는 '가진 녀석'이 많았다. 골품제로 치면 진골쯤 되는 녀석들. 생활비가 없어서 아르바이트를 한다는 걸 머리로만 이해하는 종자들.

당연한 일이었다. 이제 개천에서는 용이 나오지 못하는 세상이 었으니까. 돈의 도움 없이 자력만으로 학벌의 최상위층으로 올라가기가 거의 불가능해진 시대였기에. 그런데 한국대에서 동지를 만나게 될 줄이야.

전에 없었던 충동이 석진을 사로잡았다. 친해지고 싶다. 친구가 되고 싶다.

한재하는 까다로울지언정 공략 불가는 아니었다. 한재하가 경영학을 복수 전공하게 되면서부터는 더욱 수월하게 친해질 수 있었다.

석진이 한재하의 비밀을 알게 된 것은 우연이었다.

「재하 학생은 요즘 어떻습니까?」

「성적도 좋고 교우 관계도 원만한 것 같습니다. 그런데 제가 듣기로는 재하 학생 할아버지가 그, 무한그룹의…….」

「네. 한주희 회장님 손자입니다. 공공연한 비밀이지만.」

우연히 듣게 된 총장과 경영대학 학장의 대화. 동시에 석진은 머릿속에서 무언가가 연약하게 부서지는 소리를 들었다. 그를 여태껏 버티게 해준 원동력, 세상은 공평하다는 대전제가 무너져 내리고 있었다.

그의 인생에 최초로 등장한, 모든 것을 다 가진 존재.

한재하는 그가 아무리 발버둥을 쳐도 넘을 수 없는 벽이었다.

"우리의 마지막 우정을 위하여."

잔을 들어 허공에 건배하는 시늉을 한 석진이 그대로 술을 들이

켰다.

　한재하 이사는 넋이라도 나간 사람처럼 멍하니 있었다. 세아는 기어들어가는 목소리로 물었다.
　"저 계속 서 있어요?"
　그제야 그가 문을 활짝 열었다.
　"들어오십시오."
　세아는 조심스럽게 현관 안쪽으로 들어갔다. 신발을 벗는 사이, 그가 거실의 불을 켜고 그녀의 짐을 건네받았다.
　고요한 집 안. 세아는 민망함을 견딜 수 없었다. 너무 이른 시각에 왔나? 아무리 짐 싸서 오라고 했다지만, 너무 냉큼 와버렸나? 오란다고 오다니. 쉬운 여자처럼 보이지 않을까?
　세아가 오만 생각을 하고 있을 때였다. 그가 뒤에서 세아를 와락 끌어안았다.
　"세아 씨."
　평정을 잃은 듯 미세하게 흔들리는 목소리. 그의 숨결이 그녀의 머리카락을 간질였다.
　"고마워요. 와줘서 고맙습니다."
　두근, 두근. 세아는 빨라지는 심장 박동을 느꼈다. 새벽에 백 허그라니. 심장에 좋지 않았다.
　가슴 위를 안은 단단한 팔을 세아가 슬며시 잡았다. 등 뒤에서 온기가 전해져왔다.

"뭐가 고마워요."

"쉽지 않은 결정이었다는 거, 압니다."

한재하 이사가 낮게 한숨을 쉬었다.

"세아 씨가 어떤 각오로 내 집에 들어왔는지 모를 것 같습니까?"

세아는 움찔했다. 물론 결정을 내리기까지 많은 각오가 필요했다. 부모님을 속여야 하고, 편하고 익숙한 집을 떠나야 하고, 남녀 둘이 살면서 벌어질 수 있는 모든 일도 염두에 둬야 하니까. 분명히 쉽지 않은 결단이었다. 하지만…….

"나에게 믿음을 준 건 재하 씨인걸요."

그가 숨을 멈추는 게 느껴졌다.

"그러니까 고마워하지 않아도 돼요."

말하고 나니 세아는 낯이 뜨거웠다. 꼭두새벽에 딱 달라붙어서 닭살 돋는 말을 하고 있다니. 기분이 이상야릇했다.

이 상황에서 벗어나야겠다. 세아는 서둘러서 화제를 전환했다.

"배고프지 않아요?"

"안 고픕니다."

한재하 이사가 즉답했다. 세아는 또 다른 화젯거리를 찾아 눈을 굴렸다.

"회사, 오늘부터 출근 안 하실 거예요?"

"안 합니다. 세아 씨도 할 필요 없습니다."

단호한 답변이었다. 적당히 대화를 유도하며 그에게서 떨어질 속셈이었던 세아는 당황했다. 이게 아닌데?

세아가 어떻게 해야 그의 품에서 벗어나 자연스럽게 자세를 바꿀 수 있을까 고민하는 중이었다. 웃음기를 머금은 음성이 그녀의 머리 위로 떨어졌다.

"애쓰지 마십시오. 어차피 안 놓습니다."

세아는 얼굴을 홱 붉혔다. 다 알고 있었구나! 혹시라도 그가 오해할까 봐 세아는 황급히 변명했다.

"싫어서 벗어나려고 했던 건 아니에요."

"다 압니다."

한재하 이사가 이해한다는 듯이 굴었다. 마치 어린 조카의 재롱을 지켜보는 삼촌 같은 태도였다. 더도 말고 덜도 말고 딱 귀여워 죽겠다는 느낌. 세아는 가슴이 간질간질해졌다.

"너무 능글맞아요, 재하 씨는."

"음? 내가 말입니까?"

자신의 행동을 돌이켜보듯이 잠자코 있던 그가 입을 열었다.

"나도 내가 이렇게 될 줄은 몰랐습니다. 사랑에 빠져도 어느 정도의 이성과 냉정은 유지할 줄 알았죠."

세아의 머리 위에 턱을 올린 그가 부연했다.

"실제로 세아 씨를 좋아할 때까지만 해도 그게 가능했었고."

듣기 좋은 중저음이 그녀의 귓바퀴를 타고 흘렀다.

"하지만 사랑이 되니까 불가능해지더군요."

세아는 몸을 굳혔다. 사랑이라는 두 글자에 전신의 세포가 곤두

230

서는 듯했다.

"세아 씨를 사랑하게 되면서 여러 가지가 달라졌습니다. 좋아할 때는 할 수 있었던 것들을 할 수 없게 되었고, 반대로 좋아할 때는 할 수 없었던 것들을 할 수 있게 되기도 하고."

"그렇게 말하면 제가 그만하라고 할 수 없잖아요."

체념한 듯이 세아가 어깨를 늘어뜨렸다. 그가 픽 웃으며 그녀의 머리 위에 입을 맞췄다.

"그냥 받아들이십시오."

회사에 있을 시간인데 회사가 아닌 곳에 있으니 기분이 이상했다. 한재하 이사의 어깨에 머리를 기댄 채로 세아는 거실 시계를 올려다보았다. 10시. 평소라면 사무실 책상 앞에 앉아 있을 시각이었다.

"뭐 하나 물어봐도 돼요?"

"물어보십시오."

"예전에 저에게 못생겼다는 말을 여, 덟, 번이나 하면서 볼을 꼬집은 거 말이에요, 왜 그랬어요?"

맞닿은 부분을 통해 한재하 이사가 흠칫하는 게 전해졌다.

"그걸 몇 번인지 세고 있었습니까?"

"당연하죠. 어서 말해줘요."

"그건……, 세아 씨가 너무 예뻐 보여서 그 사실을 부정하려고 그랬습니다. 내 뇌가 악성 코드에 감염된 줄 알았거든요. 세아 씨를 좋아하게 된 줄은 꿈에도 모르고."

"그랬구나."

세아는 기분이 좋아졌다. 예뻐 보였다는데 싫을 리 없었다.

"미리 고백하자면 일전에 「명탐정 코란」 극장판을 같이 봤을 때도, 중반부부터는 하나도 못 봤습니다. 세아 씨 보느라."

제 발 저린 그가 실토했다.

"생각보다 절 많이 좋아하나 봐요, 한재하 씨?"

뜻밖의 수확에 세아는 싱글벙글 웃으며 그를 채근했다.

"그런 거 또 있으면 말해봐요."

그가 잠시 생각에 잠겼다가 무언가를 떠올린 듯이 고개를 들었다.

"그날 영화 끝나고 세아 씨 집 앞에 바래다줬을 때 스트레칭 한다고 차에서 내린 거, 사실 세아 씨가 집에 들어가는 모습 확인하려고 그런 겁니다."

"그런 거였어요?"

세아의 눈이 휘둥그레졌다. 꿈에도 몰랐다. 난 또 왜 달밤에 느닷없이 스트레칭을 하겠다며 차에서 내리나 했더니.

"리조트에서 세아 씨에게 살찐 것 같으니 운동하라고 한 것도, 잠깐이라도 더 단둘이 있고 싶은데 세아 씨가 숙소로 들어가려고 하니까 못 들어가게 하려고 한 말입니다."

"아."

맞아, 그런 일도 있었다. 그래놓고는 숙소에 들어갈 때 즈음에

'다시 보니 살 안 찐 것 같습니다.'라고 했었지.

"혼자 고해성사를 하는 기분인데."

떨떠름하다는 듯이 혼잣말한 한재하 이사가 그녀의 머리카락을 손가락에 조심스럽게 감으며 재촉했다.

"세아 씨도 하나 말해보십시오."

"저요?"

세아는 잠시 머뭇거리다가 털어놓았다.

"저 사실 회사에 출근한 첫날, 재하 씨를 처음 보고는 그때부터 좋아했어요."

그가 동작을 멈췄다. 세아는 재빨리 덧붙였다.

"남자로는 아니고, 뭐라고 해야 하지? 3D라기보다는 2D에 가까운 존재였다고 해야 하나? 같은 사람 같지가 않고 드라마 속의 등장인물 같았어요. 그래서 연애 감정 같은 건 없고 그냥 막연한 동경심이 있었는데……."

"있었는데?"

"결과적으로 좋아하게 되었네요."

멋쩍은 세아의 대꾸에 그가 만족한 듯이 웃음을 흘렸다. 잠시 쉬었다가 세아가 말문을 열었다.

"새로운 회사를 만든다고 했잖아요. 이번에는 무슨 일을 할 거예요?"

"고민 중입니다. SA를 능가하는 제품을 만들까, 아니면 아예 다른 분야에 뛰어들어볼까."

"새로운 걸 하면 제가 도움이 안 될지도 몰라요."

"상관없습니다. 같이 공부하죠."

그 뒤로 많은 대화가 오갔다. 정신을 차리니 어느덧 밤 10시였다.

잘 때가 되어간다. 세아는 가슴이 울렁거렸다. 설렘과 기대, 긴장감 등 수많은 감정이 세아를 뒤흔들었다.

"몇 시쯤 잘 겁니까?"

"네? 어, 음, 곧이요?"

세아는 제풀에 놀라 말을 더듬었다.

"그러면 슬슬 잘 준비를 하죠. 난 안방 화장실을 사용할 테니 세아 씨는 저쪽 화장실을 쓰십시오."

고개를 끄덕인 그가 소파에서 일어나 안방으로 향했다. 혼자 남은 세아는 짐 안에서 세면도구를 찾았다. 그런 다음 곱게 접어놓은 브래지어와 팬티도 꺼냈다.

'드디어 때가 온 거야.'

홍콩 여행을 위해서 장만했지만, 정작 그때는 쓰지 못했던 속옷 세트가 빛을 발할 순간이었다. 세아는 비장한 얼굴로 속옷 세트와 세면도구를 챙겨서 욕실로 들어갔다.

샤워를 끝내고 완벽하게 준비를 마친 세아가 안방으로 걸음을 옮겼다. 한재하 이사는 옷을 갈아입은 채 스탠드만 켜놓고 침대 근처에 서 있었다. 다홍색 불빛이 그의 얼굴에 묘한 음영을 만들어냈다.

쭈뼛쭈뼛 제자리에 서 있는 세아를 그가 물끄러미 건너다보았다.

"내가 나가는 게 편하겠습니까? 그렇다면 나가서 잘 테니……."

"아니요."

중간에 그의 말을 자른 세아가 마른침을 삼켰다.

"재하 씨 침대 아닌 데에서 못 자잖아요."

세아는 주먹을 말아 쥐었다. 떨리지 않는다면 거짓말이었다. 그러나 이미 어젯밤에 결론을 내린 문제였다. 아마 수백 번, 아니, 수천 번을 더 생각해도 똑같은 결론이 나올 것이다.

이 남자를 좋아하니까.

사랑하니까.

후회하지 않을 자신이 있으니까.

"같이…… 자요."

발갛게 달아오른 뺨으로, 세아가 말했다.

28. 선택

 용감하게 침대로 걸어간 세아는 꼬물꼬물 이불 안으로 들어갔다. 그는 스탠드 근처에서 가만히 서서 그런 세아를 지켜보고 있었다.

 이불을 목까지 끌어올린 세아가 눈을 질끈 감았다. 심장이 하도 빠르게 뛰어서 정신이 혼미했다.

 문득 침대가 출렁이더니 위에 그림자가 드리웠다. 눈을 뜬 세아는 숨을 멈췄다. 한재하 이사가 그녀의 위를 점하고 있었다. 언제나 단정했던 결 좋은 머리카락이 흐트러지고, 조각 같은 눈매가 그녀를 내려다보았다.

 날카로운 콧대와 굳게 맞물린 입술. 누가 봐도 완연한 남자의 얼굴.

 '잘생겼다'는 말보다 '예쁘다'는 표현이 어울리는 유일한 부위인 긴 속눈썹이, 스탠드의 불빛을 머금은 채 미동도 하지 않았다.

 흔들림 없이 그녀만을 주시하는 검은 눈은 집요하기까지 했다. 숨도 쉬지 않고 온 신경을 그녀에게 집중하고 있다는 느낌이 들었다.

언뜻 먹잇감을 노리는 사자를 연상시켰다. 그러나 사냥을 앞둔 사자와 다른 점은, 눈에 어려 있는 그녀를 향한 애정이었다.

세아의 입이 살짝 벌어졌다. 그 틈을 놓치지 않고 그가 입술을 겹쳤다.

"읍……!"

침대에 누워서 하는 키스는 이전과는 전혀 다른 느낌이었다. 농밀하고, 여느 때보다 더 육신이 밀착되었다. 그리고 그는 거침이 없었다.

입술을 뗀 그가 그녀의 귓바퀴를 핥았다. 귀에서 느껴지는 생소한 감각에 세아가 움찔했다.

거의 감다시피 내리깐 그의 눈에서는 야릇한 기운이 물씬 풍겼다. 보고 있는 것만으로도 세아는 낯이 달아올랐다.

둥그스름한 귓바퀴를 따라 뜨거운 입술이 움직였다. 말랑한 귓불을 물고 부드럽게 가지고 논다.

"아……, 읏."

허리가 찌릿했다. 전기가 올라오는 것 같았다.

귀를 괴롭히던 그가 입술을 옮겼다. 목의 옆선을 따라 새털처럼 가볍게 도장을 찍고는 덧그리듯이 혀를 미끄러뜨린다. 세아의 눈에 물기가 어렸다. 처음으로 느끼는 감각이 당혹스러우면서도, 싫지 않았다.

"지금은 멈출 수 있습니다."

목 근처를 지분거리던 한재하 이사가 고개를 들어 그녀를 응시했다.

"그러니까 후회하는 마음이 조금이라도 들었다면, 당장 뿌리치고 밖으로 나가십시오."

곧은 시선. 그러나 아슬아슬하게 평정을 유지하고 있는 눈이었다.

"아직은 자제할 수 있을 것 같으니까."

욕망이 번지기 시작한 검은자위를 들여다보고 있으니, 마치 어둠에 잠식되고 있는 빛을 목격하는 기분이었다. 매혹적이었다.

세아는 홀린 듯이 그를 올려다보다가, 그의 뺨을 두 손으로 조심스럽게 쥐었다.

"안 가요."

그와 눈길을 마주한 채로 세아가 속삭였다.

"도망, 안 가요."

그의 눈동자에 파문이 번졌다. 그의 눈에 남아 있던 실낱같은 이성이 본능에 완전히 가려진 순간, 그가 덤벼들 듯이 거칠게 그녀에게 키스했다.

"으응."

세아는 몸을 뒤척였다. 팔다리가 뻐근하고 기운이 하나도 없었다. 따뜻하고 푹신한 것에 안겨 있어서 그나마 다행이지……, 잠에 취한 채로 생각을 이어가던 세아가 멈칫했다. 따뜻하고 푹신한

238

거라니?

간밤의 일들이 세아의 뇌리를 스쳤다. 전율이 머리부터 발끝까지 세아를 휩쓸었다. 뻣뻣하게 굳은 그녀가 폭발 직전의 머릿속을 정리하고 있을 때였다.

"깼습니까?"

듣기 좋은 중저음이 세아의 정수리 위로 내려앉았다. 세아는 등을 가늘게 떨었다. 목이 덜 트였는지 평상시보다 낮은 목소리. 묘한 색기가 감도는 음성을 듣자 반사적으로 지난밤이 떠올랐다. 두방망이질 치는 심장 때문에 꼼짝도 할 수 없었다.

"일어났으면 나 좀 보죠."

그가 그녀의 귓가에 대고 속삭였다. 그녀는 손으로 얼굴을 가렸다.

"못 하겠어요."

"왜 못 합니까?"

"세수도 안 했고, 저도 아직 제 얼굴이 어떤지 확인하지 못했는데."

"무슨 상관입니까. 어떻든 내 눈에는 예뻐 보일 텐데."

"그런 게 어디 있어요."

"있습니다. 내가 말 안 했습니까? 세아 씨가 시도 때도 없이 예뻐 보여서 악성 코드에 감염된 줄 알았다고."

세아를 끌어안은 팔에 힘을 주며 그가 말했다. 세아는 기어들어 가는 목소리로 고백했다.

"부끄러워서 못 들겠어요, 고개."

"뭐가 부끄러운 겁니까?"

"알잖아요!"

분명 일부러 모르는 척이다. 세아의 뾰족한 대꾸에 그가 픽 웃었다. 이내 그는 손가락으로 그녀의 머리를 빗겼다. 아주 소중한 것을 만지는 듯이 조심스러운 손길이었다.

"사람은 적응의 동물입니다."

뜬금없는 말이었다.

"비슷한 상황이 반복되다 보면 동일한 자극에 무뎌지게 되어 있죠."

이해하지 못하고 눈을 깜빡이던 세아는 이어지는 말에 사색이 되었다.

설마 이거?

"그런 의미에서 한 번 더……."

"아니에요! 저 안 부끄러워요."

세아가 부리나케 고개를 들었다. 웃음을 간신히 참고 있는 한재하 이사가 그녀의 시야에 들어왔다.

낚였구나! 울컥한 세아는 그의 팔을 꼬집었다. 꽤 아프게 비틀었는데도 그는 마냥 좋다는 듯이 미소 지었다. 전의를 상실한 세아는 말없이 그를 마주 보았다. 그의 눈초리가 부드럽게 접혔다.

"이런 기분이군요."

"뭐가요?"

"아침에 눈을 떴는데 세아 씨가 옆에 있는 기분."

흐트러진 그녀의 머리카락을 귀 뒤로 넘기며 그가 부연했다.

"수없이 상상해봤지만, 이렇게 가슴 벅찰 줄은 몰랐습니다."

세아는 온몸에 열이 올랐다. '수없이 상상해봤지만'이 야하게 느껴진다면 내가 이상한 건가?

물러가라, 음란마귀야! 잘게 도리질 치는 세아의 이마에 그가 입을 맞췄다.

하루의 시작이었다.

"아침은 내가 차리죠. 세아 씨는 쉬십시오."

씻고 나온 세아에게 한재하 이사가 제안했다.

세아는 그를 보고 웃음이 터졌다. 깔끔하게 다린 와이셔츠와 잘 손질된 바지. 넥타이만 안 했다 뿐이지 누가 봐도 회사로 출근할 것 같은 차림새였다. 집에서 저렇게 입는 사람은 없을 거라는 데에 세아는 만 원을 걸 수 있었다.

"평소에 집에서 그렇게 입고 있어요?"

아니나 다를까, 한재하 이사가 얼핏 뜨끔한 표정을 지었다. 그러나 금세 안색을 수습하고 발뺌했다.

"네, 늘 이러고 있습니다."

"이상하다? 제가 전에 피규어 청소하러 왔을 때는 안 그랬는데."

세아가 능청스럽게 고개를 갸웃했다. 앞치마를 두르던 한재하

241

이사가 흠칫하더니 변명했다.

"그때 말하지 않았습니까. 그날만 귀찮아서 대충 입고 있었던 거라고."

"흐응."

세아는 눈을 가느다랗게 뜨고서 팔짱을 끼고 그를 건너다보았다. 그녀의 시선을 느꼈는지 그가 딱딱한 몸놀림으로 냉장고 문을 열었다.

안 되겠다. 저러다가 로봇이 될 기세였다. 그만 괴롭혀야겠다. 세아는 그의 근처로 걸어갔다.

"뭘 할 거예요?"

"카레 리소토를 만들어볼 생각입니다."

그가 카레 가루와 생크림, 채소, 고기를 꺼냈다. 세아는 놀랐다.

"그런 것도 할 줄 아세요?"

"예전에 패밀리 레스토랑 주방에서 아르바이트한 적이 있습니다."

빈말이 아닌지 그는 그럭저럭 재료를 다듬어 밑 준비를 끝냈다. 알면 알수록 의외의 구석이 있는 남자였다.

"어쩌다가 패밀리 레스토랑에서 아르바이트했어요?"

"과외 자리가 구해지지 않을 때는 뭐든 해서 생활비를 벌어야 했으니까."

그가 팬에 올리브유를 두르며 응수했다.

"난 대학에 입학하자마자 집을 나왔습니다."

고생이 많았겠구나. 세아는 조용히 그를 뒤에서 껴안았다.

맛있게 아침을 먹고 그와 그녀는 배부른 고양이처럼 나른하게 소파에 앉아 이야기를 나누었다. 좋아하는 과일부터 어릴 적에 있었던 일까지, 전혀 두서없는 이야기였다.

"양궁을 배웠다고요?"

"네, 정신 집중에 좋다며 배우라고 해서."

"그러면 혹시 승마도 할 줄 알아요?"

"어느 정도는."

세아의 입이 떡 벌어졌다. 별별 것을 다 배웠구나. 비로소 그가 꽤 부유한 환경에서 자랐다는 사실이 실감 났다.

'그래서 할아버님이 기어이 재하 씨의 부모님을 떼어놓았구나.'

잘사는 집에서 마음에 들지 않는 며느릿감을 순순히 받아들일 리 없었다.

'그분에게 나는 마음에 드는 며느릿감…… 이려나?'

돌연 세아는 걱정이 되었다. 한재하 이사는 집안사람들과는 아예 의절했으니 신경 쓰지 말라고 했지만, 아무리 그래도 천륜이 그렇게 쉽게 끊어질까 싶었다.

「모르는구나?」

불현듯 남주요 대리가 단합 여행 때 했던 말이 뇌리를 관통했다.

「그 남자에 대해서 아무것도 몰라. 그 남자의 배경도, 그 남자의 아픔도, 그 남자의 과거도.」

세아의 눈동자가 흔들렸다. 돌이켜보니 남주요 대리는 한재하 이사의 집안에 대해 알고 있었던 것 같다.

「지금 남 대리 책상에 있는 가방 보이지? 저 브랜드에서 나오는 가방은 제일 저렴한 라인이 천만 원대야. 가방만 그런 게 아니라 머리부터 발끝까지 다 그래. 그러니 누가 남 대리한테 함부로 할 수 있겠어?」

한봄의 설명이 불쑥 기억에 떠오른 것은 공교로운 일이었다.

잘사는 집안끼리 서로 왕래가 있었을 수도 있다. 남주요 대리는 아마 그때 한재하 이사를 알게 된 게 아닐까. 세아는 처음으로, 그의 집안에서 하는 사업의 규모가 궁금해졌다.

'너무…… 다른 세상의 사람이 아니었으면 좋겠어.'

드라마에 나오는 재벌 2세와의 사랑은 잘 포장된 허구였다. 세아는 현실에서 그런 상황을 감당할 자신은 없었다. 손을 뻗어도 닿을 수 없는 곳에 있는 사람을 사랑하는 건 너무 슬프지 않은가.

그의 어깨에 머리를 기댄 채로 세아가 눈을 깜빡였다. 이틀 연속 제대로 못 자서 그런지 졸음이 쏟아졌다. 특히 어젯밤에는 여러모로 무리했고.

언제 눈을 감았는지도 모르게 세아는 잠들었다.

꼭 신혼 같았다.

아침에 눈을 뜨면 서로를 바라보며 웃고, 오늘 뭘 먹을지 상의하고, 같이 장을 보러 가서 이것저것 사고, 나란히 앉아서 커피 한 잔의 여유를 즐기고, 부엌에서 번갈아가며 요리하고.

이유는 알 수 없지만, 그는 도우미 아주머니를 그만 오게 한 것 같았다. 덕분에 정말로 단 둘만의 생활을 만끽할 수 있었다.

세아가 청소기로 바닥을 밀면 그가 밀걸레로 닦았다. 세아가 세탁기를 돌리면 그가 빨래를 널고, 세아가 요리를 하면 그가 설거지를 도맡아서 하고, 세아가 쓰레기를 버리러 가면 그가 음식물 쓰레기를 들고 따라왔다.

세아는 그의 무릎을 베고 누워서 TV를 보고, 그는 세아가 먹여 주는 간식을 받아먹었다. 밤이 되면 침대에서 서로를 끌어안고 잠들었다.

단조로운 일상인데도 둘이 함께 있다는 이유로 설레었다. 모든 것이 즐거웠다. 부모님에게 솔직하게 말하지 못하고 연수를 간다고 거짓말한 게 이따금 마음에 걸리긴 했지만.

"피규어 닦았어요?"

"피규어요?"

뜬금없이 튀어나온 피규어 이야기에 한재하 이사는 조금 당황한 듯했다.

"네, 우리 피규어 닦아요."

세아가 그의 손을 잡아끌었다. 피규어가 가득 있는 방으로 들어간 세아는 감탄해서 사방을 빙 둘러보았다.

"언제 봐도 대단하네요."

"피규어는 나 혼자 닦아도 됩니다."

"어차피 저도 백수 돼서 할 일 없는걸요."

본격적으로 피규어를 닦던 세아가 실소했다. 예전 생각이 나서 였다. 억지로 그의 집에 와서 피규어 청소를 했던 일.

"예전 생각이 나는군요."

그가 먼저 운을 뗐다. 서로 똑같은 생각을 하고 있었다는 사실에 세아는 괜히 기분이 좋아졌다. 그녀가 콧노래를 부르며 피규어를 마른 수건으로 훔치던 차였다.

"어? 이 캐릭터는."

눈에 익은 캐릭터가 그녀의 시야에 들어왔다. 검을 든 여자 피규어. 어찌 잊겠는가. 이 피규어의 검이 블라우스 안으로 쏙 들어왔었는데!

당시의 대형 참사를 떠올린 세아는 부르르 어깨를 떨었다가, 별안간 장난기가 솟아났다. 그녀는 들고 있던 피규어를 그가 청소 중이던 피규어에 접근시켰다.

"꼼짝 마."

그가 들고 있는 피규어의 등에 칼을 댄 세아가 짐짓 남자 목소리를 흉내 냈다.

"네 애인의 목숨이 내 손안에 있다."

"내 애인을 잡아가다니!"

그는 찰떡같이 세아에게 장단을 맞췄다.

"그래. 네 애인 아론 세라 앙골무아는 내 손안에 있다."

"아론 세라프 리그누시스 앙골무아 3세입니다. 그리고 나도 남자고 그 녀석도 남자인데."

"하여튼 아론이 인질로 잡혀 있어! 내 말을 순순히 듣지 않으면 아론의 목숨은 없다."

"내가 뭘 어떻게 해야 아론을 무사히 석방해줄 겁니까?"

한재하 이사가 피규어의 관절을 움직여가며 혼신의 연기를 선보였다. 세아는 웃음보가 터져서 연극을 중단했다.

"유치해요, 재하 씨!"

"먼저 유치하게 나온 사람이 누굽니까."

"전 아직 이십 대잖아요. 그런데 재하 씨는 서른 살이나 되어서는."

"나이로 그러기입니까?"

발끈한 한재하 이사가 피규어를 청소하던 에어건으로 세아에게 바람을 쏘았다. 세아의 머리카락이 사정없이 휘날렸다. 그가 한쪽 입꼬리만 올려서 비죽 웃었다.

"세아 씨, 지금 본인이 메두사 같은 모습이라는 거 알고 있습니까?"

아무리 그렇다고 여자친구에게 메두사라니. 분노한 세아는 육탄 공격을 감행했다. 두 사람의 몸이 자연스럽게 엉켰다.

그가 에어건을 높이 들며 세아의 약을 올렸다. 세아는 폴짝폴짝 뛰며 에어건을 잡으려고 용을 썼다. 어느 순간 그는 입가에 미소를 덧그리고 있었다. 그녀도 마찬가지였다.

결국 먼저 지친 건 세아였다. 바닥에 주저앉은 세아가 호흡을 고르며 구시렁거렸다.

"한 번은 잡혀주지."

"자."

옆자리에 앉은 그가 기다렸다는 듯이 그녀에게로 몸을 기울였다.

"잡혀줄 테니까 잡으십시오."

세아는 그의 손에서 에어건을 빼앗았다. 그런 다음 그의 안면에 정통으로 에어건을 쏘았다. 그가 오만상을 썼다.

"푸하하!"

"좋습니까?"

"네, 좋아 죽을 것 같아요."

그때였다. 그의 입술이 그녀에게 포개어졌다.

"세아 씨가 좋으면 나도 좋습니다."

기습 키스를 끝낸 그가 사르르 눈을 접었다. 녹을 듯한 눈웃음이었다. 세아는 가슴이 저렸다. 구름 위를 걷는 것 같았다. 행복의 절정이 이런 걸까 싶었다.

이대로 쭉 시간이 흘러갔으면 좋겠다. 언제까지나.

그의 볼을 두 손으로 감싸 쥔 세아의 입가에 환한 미소가 어렸을 무렵이었다. 초인종 소리가 울려 퍼졌다.

거의 그녀에게 달라붙어 있던 그가 자세를 바로 했다. 그녀도 덩달아서 일어났다.

"누구죠?"

"가보죠."

248

그도 짐작이 가지 않는다는 태도였다. 세아는 그를 따라서 인터폰으로 걸어갔다. 화면에는 뜻밖의 얼굴이 들어차 있었다.

"강 팀장님?"

세아는 믿어지지가 않아서 중얼거렸다. 강이원 팀장이 왜 여길 찾아온 거지?

한재하 이사가 현관으로 가서 문을 열었다. 인터폰 화면상으로는 몰랐는데, 실제로 보니 강이원 팀장은 수척해져 있었다. 트레이드마크라고 할 수 있는 장난기조차 사라진 얼굴이었다.

"이사님, 아니, 한재하 대표이사님."

강이원 팀장이 진지하게 한재하 이사를 불렀다. 불길한 예감이 세아를 휘감았다. 대체 무슨 일이 벌어지려는 거지?

"부탁합니다."

다음 순간, 강이원 팀장이 현관 바닥에 털썩 무릎을 꿇었다.

"제발 회사로 복귀해주십시오."

세아는 아연실색해서 한재하 이사를 돌아보았다. 그는 커진 눈으로 강이원 팀장을 내려다보고 있었다.

"무슨 일입니까."

"사장님이 혼자서는 회사를 운영하는 게 무리라며 SA 소프트를 접으시겠다고……."

강이원 팀장의 입에서 흘러나온 말에 세아는 기겁했다. 갑작스럽게 회사를 접겠다니? 그러면 다니고 있는 직원들은?

"일어나십시오, 강 팀장님."

강이원 팀장을 일으켜 세운 한재하 이사가 세아에게로 시선을 던졌다.

"잠시 회사에 다녀오겠습니다."

다녀오겠다니? 같이 가는 거 아니야?

"저는요?"

"세아 씨는 여기 있으십시오."

   한재하 이사는 차 열쇠를 챙겨 들고 강이원 팀장과 나갔다. 세아는 철컥 소리를 내며 닫히는 문을 멍하니 응시했다.

   대체 어떤 일이 벌어지고 있는 거야?

   운전석에 오른 재하는 거칠게 앞머리를 쓸어 넘겼다.

   가만히 있지는 않으리라 생각했다. 그냥 물러날 사람들은 아니었으니까. 한주희 회장이든, 구석진이든. 그러나 이따위로 나올 줄은 몰랐다. 목적을 달성하기 위해서라면 수단과 방법을 가리지 않는 한주희 회장이라면 몰라도, 적어도 석진은 이래선 안 되었다.

   석진은 SA 소프트의 창업주 중 한 명이었으니까. SA 소프트에 일말의 애정도 없는 한주희 회장과는 달리, 피와 땀을 흘려가며 SA 소프트를 일군 세 사람 중 한 명이었으니까. 이렇게 쉽게 SA 소프트를 인질로 잡아선 안 됐다.

"이사님."

"예, 강 팀장님."

"처음에 SA 소프트가 어땠는지 기억하고 계십니까?"

강이원 팀장이 혼잣말하듯이 중얼거렸다.

"지금이야 신의 직장이니 꿈의 회사이니 하지만, 그때만 해도 엉망진창이었죠. 늘 좌충우돌. 그도 그럴 게 다들 처음이어서 아는 게 하나도 없었으니까."

가볍게 실소를 흘린 강이원 팀장은 눈매를 곱게 접었다.

"입사할 때만 해도 이렇게 번듯하게 클 줄은 몰랐는데."

짧은 침묵 끝에 강이원 팀장이 나직이 말했다.

"이사님, 전 SA 소프트가 좋습니다. 창업은 한 이사님과 구 사장님과 이 고문님 세 분이 하셨지만, SA 소프트에는 제 인생의 일부도 녹아 있죠."

"……강 팀장님."

"버리지 말아주십시오."

담담한 부탁이었다. 그래서 도리어 절박하게 느껴지는.

"무슨 일이 벌어지고 있는 건지 전 잘 모르겠지만, 우리를, SA 소프트를 버리지 말아주십시오. 이사님."

재하는 말문이 막혔다.

무거운 적막 속에서 자동차가 내달렸다. 사옥에 도착한 재하는 거침없이 안으로 들어갔다. 사내에는 어수선한 분위기가 감돌고 있었다.

"이사님!"

재하를 발견한 직원들이 화색을 띠며 다가왔다. 기대에 찬 수십

쌍의 눈동자가 일제히 재하에게로 꽂혔다. 재하가 사태를 해결해 줄 것이라는 간절한 믿음이 엿보이는 얼굴들. 재하는 숨이 턱 막혔다.

규모가 크지 않은 회사다. 직원들끼리 모두 아는 사이였고, 서로 친밀했다. 재하도 예외는 아니었다. 오히려 창업주로서 누구보다 직원들에게 깊은 애정을 품고 있는 사람이 재하였다.

'가족 같은 직원들'이라는 표현은 너무나 진부하지만, 그렇게밖에 표현할 수 없었다. 함께 어려운 시기를 헤쳐 온 사람들이었다. 먼 친척보다 의지할 수 있고 믿을 수 있는 관계였다. 그런 직원들이 한마음 한뜻으로 그를 쳐다보고 있었다.

재하는 심장이 지끈거리는 것을 느꼈다.

"구 사장은 어디에 있습니까."

"사장실에……."

큰 보폭으로 빠르게 사장실로 간 재하가 문을 열어젖혔다. 책상에 걸터앉아서 서류를 보던 석진이 빙글빙글 웃었다.

"오, 한 대표이사. 아니지. 이제는 그냥 재하라고 불러야겠네. 무슨 일이야?"

"구석진."

재하는 싸늘하게 석진을 노려보았다. 분노가 불길처럼 치솟았다. 지난 10년간 알아온 구석진이라는 인간에 대한 실망감도!

"네가 이 정도로 밑바닥인 줄은 몰랐는데."

"벌써 밑바닥이라니. 나도 내 밑바닥이 어딘지 모르는데."

책상에서 일어난 석진이 나른한 눈으로 재하를 건너다보았다.

"넌 똑똑하니까 내가 할 말이 뭔지 이미 짐작하고 있겠지?"

석진의 입매가 매끄러운 곡선을 그렸다.

"회장님 뜻대로 신세아 씨를 버린다면 SA 소프트는 예전처럼 굴러갈 거야. 아무런 이상 없이. 우리와 처음부터 쭉 같이했던 강 팀장도, 김 팀장도, 그 밖에 다른 직원들 모두에게도 행복한 결말이지."

재하의 안색이 굳었다. 만년필을 돌리며 석진이 설명을 이어갔다.

"하지만 네가 신세아 씨를 선택하면 SA 소프트는 이대로 없어지는 거야. 명목상으로는 무한 그룹에 인수당하는 거고, 실제로는 공중 분해될 테니 직원들은 전부 실직자가 되겠지. 우리랑 창업부터 같이해온 원년 멤버들이 말이야."

석진의 손 위에서 빙그르르 돌아가던 만년필이 멈췄다. 청색 빛이 도는 눈동자가 재미있다는 듯이 반짝였다.

"선택해, 한재하. 신세아 씨인지, 지금까지 동고동락해온 SA 소프트 직원들인지."

눈을 감았다가 뜬 재하가 물었다.

"이렇게까지 해야겠냐?"

"멈추기엔 너무 많이 와버렸지."

석진이 건조하게 응대했다. 적막이 두 남자의 사이에 가로놓였다.

"직원들을 이용해서 인질극을 벌이는 상황이 나도 썩 유쾌하진 않아. SA 소프트는 나에게도 꽤…… 소중하거든."

먼저 대화를 재개한 사람은 석진이었다. 깊은 생각을 하는 양 아몬드 같은 눈매에는 그늘이 져 있었다.

"그러니까 신세아 씨를 버려. 네가 SA 소프트를 선택하면 만사형통인 거잖아."

재하는 주먹을 움켜쥐었다. 갖가지 기억이 파노라마처럼 그의 뇌리를 스쳐 지나갔다.

처음 채용 공고를 내고 직원을 뽑은 날 느꼈던 설렘.

퇴근하라고 해도 더 일하겠다며 꿋꿋이 남아 있던 직원들.

마침내 'SA'를 완성하고 함께 환호성을 지르며 기뻐하던 순간.

'SA'를 최초로 선보이는 날에 모여 앉아 조마조마한 심정으로 평가를 기다렸던 일.

회식 한번 잘못했다가 단체로 식중독으로 응급실 신세를 졌던 것.

단합 여행에서 쌓은 추억들.

그리고…… 신세아.

이사실의 피규어 수납장을 보고 당황스러워하던 얼굴.

고양이 흉내를 내며 기어들어가는 목소리로 '야옹' 하고 울던 행동.

당돌하게 그에게 붓털을 들고 덤벼들던 기세.

몸집보다 한참 큰 그의 니트를 입고 엉거주춤한 자세로 서 있던 모습.

그녀와 한 침대에 누워 있다는 것만으로 미친 듯이 뛰던 심장.

정신이 날아갈 것 같았던 첫 키스.

「도망, 안 가요.」

「우리를, SA 소프트를 버리지 말아주십시오, 이사님.」

세아와 강이원 팀장의 목소리가 차례대로 들려왔다. 재하의 얼굴이 고통으로 일그러졌다. 둘 다 가슴 저리게 소중했다. 가슴 저리게 소중하지만.

"구석진, 프로그래밍이란 건 참 좋지?"

우선순위는 분명했다. 쓰디쓴 기분으로 재하는 부연했다.

"한번 알고리즘을 만들어서 코딩(coding) 해놓으면 필요할 때 금방 결론을 도출할 수 있으니까 말이야."

"웬 뜬금없는……."

"내게 최우선순위는 세아 씨야."

석진의 만면에 파문이 번졌다.

"언제든, 어떤 상황이든."

단호하게 덧붙인 재하가 사장실을 벗어났다. 사장실 근처에 모여 있던 직원들이 그가 문을 열고 나오자 놀라서 한 발 뒤로 물러섰다.

"난 SA 소프트에 복귀하지 않을 겁니다."

직원들이 헛숨을 삼켰다. 쨍하니 얼어붙은 분위기 속에서 재하는 침착하게 선언했다.

255

"새로운 회사를 설립하려고 합니다. 자본도 없고 SA 소프트 초창기보다도 여러모로 열악한 환경일 겁니다. 월급을 체납할 수도 있습니다."

부풀리지도, 줄이지도 않고 솔직하게 있는 그대로를 밝혔다. 가식 없이 진심으로 부딪쳐야 할 순간이었다.

"그래도 괜찮다면, 난 여러분과 다시 일하고 싶습니다."

현재 재하가 제시할 수 있는 최선책이었다.

예상치 못한 제안에 직원들의 눈이 동그래졌다. 주변을 둘러보며 직원들이 아무 말도 못 하고 있을 때였다.

"전 따라가겠습니다."

강이원 팀장이 나섰다. 어깨를 으쓱한 강이원 팀장이 한숨을 쉬며 어쩔 수 없다는 듯이 투덜거렸다.

"이미 한번 맨땅에 헤딩해봤는데 두 번은 못 할 게 뭡니까."

그제야 직원들이 하나둘 웅성거렸다. 한봄이 제일 먼저 번쩍 손을 들었다.

"저도 이사님을 따라갈게요."

"우리도 가자. 어차피 SA 소프트가 없어지면……."

"난 이사님을 믿고 따라갈 거야."

"저도 데려가주세요, 이사님."

"저도 열차 탑승합니다. 어차피 다른 회사 들어가도 매일 철야니, 주말 근무니 개고생할 건데, 그럴 바에야 초반에 바짝 고생하고 제2의 SA 소프트에서 다시 편안한 직장생활을 보장받으렵니

다.”

재하는 울컥했다. 간신히 그는 입을 열어 대답했다.

“……고맙습니다.”

“저도 갈게요.”

“저도요.”

문 너머에서 들려오는 열띤 소리. 책상 앞에 앉아 있던 석진은 실소를 흘렸다. 결과는 명명백백해서 의심할 여지조차 없었다. 석진의 패배였다.

또다시 졌다, 한재하에게.

“두 선택지의 밸런스가 맞는다고 생각했는데 말이야.”

상반신을 뒤로 젖힌 석진이 혼잣말했다. 발목을 옭아맬 최고의 수라고 자부했다. 쉽게 선택하지 못하고 괴로워할 줄 알았다. 그러나 한재하는 둘 중 단칼에 신세아를 선택했다. 그것도 모자라 유유히 빠져나가서는 석진이 제시하지 않은 제3의 선택지까지 만들었다.

키득키득 웃은 석진이 주먹을 움켜쥐었다. 구릿빛 손등에서 핏줄이 도드라졌다. 어느덧 석진의 얼굴은 열패감으로 일그러져 있었다.

한재하, 너는 왜 이다지도…….

석진은 굴욕감에 휩싸인 채로 휴대전화를 집어 들었다.

“이번에도 실패했습니다.”

어디론가 전화를 건 석진이 특유의 느릿한 말투로 상대에게 보고했다.

"이대로는 안 됩니다. 재하는 지나치게 영리합니다. 게다가 신세아를 많이 좋아하죠."

권태가 묻어나는 눈동자가 어둠으로 물들었다.

"더 강경한 수단을 쓰셔야 할 것 같습니다."

"엄마, 아빠. 미안해요. 전 살고 싶었을 뿐이에요."

문득 양심의 가책이 밀려와 세아는 허공을 올려다보며 사과했다. 외간 남자와 동거할 테니 집을 나가게 허락해달라고 했으면 부모님에게 효자손으로 얻어맞았을 거다. 효자손으로 얻어맞아서 허락을 받을 수 있다면야 상관없는데, 실컷 맞고 허락도 못 받았겠지.

"대신 걱정할 만한 사고는 안 칠 테니까."

……아닌가? 이미 쳐버렸나? 매일 치는 중인가?

세아는 고개를 들 수 없었다. 뭉게뭉게 떠오르는 잔상을 떨치기 위해 그녀는 서둘러 사고를 전환했다. 근래에 주변에서 벌어지고 있는 심상치 않은 일들.

"뭘까? 정말."

어디가 이상하다고 딱 꼬집어서 말할 수는 없었지만, 하여튼 이상했다. 그리고 그 흐름이 자신과 무관하지 않은 듯해서 세아는 더욱 신경 쓰였다.

"난 가마니가 아니란 말이야."

아무것도 모르고 가마니처럼 가만히 있는 건 적성에 맞지 않았다. 세아는 쿠션을 끌어안고서 골똘히 생각에 잠겼다.

"일단 구 사장님이 재하 씨 할아버지랑 연관이 있다는 건 알겠어."

그런데 구석진 사장은 왜 SA 소프트의 설립 자금이 한재하 이사의 할아버지에게서 나왔다는 걸 숨겼지? 두 사람이 사이좋은 조손지간이 아니어서? 아니면 숨기지 않으면 안 될 다른 이유가 있나?

느닷없이 회사를 접겠다고 한 것도 납득이 안 된다. 혼자서 운영하는 게 벅차다면 전문경영인이라도 스카우트해서 이끌어 가면 될 텐데, 잘나가는 SA 소프트를 굳이 없앨 이유가…….

"재하 씨를 일선에 복귀시키려고?"

불현듯 떠오른 가설에 세아는 눈을 깜빡였다. 구석진 사장은 우회적으로 한재하 이사를 협박한 게 아닐까? SA 소프트로 돌아오지 않으면 직원들을 다 해고해버리겠다고.

"어째서?"

왜 그렇게까지 해야 하는데?

그러고 보니 유독 구석진 사장이 여기저기에 개입되어 있다는 느낌이 들었다. SA 소프트의 자본 출처도 그렇고, 일전에 다이어리 건이라는 명목으로 구석진 사장의 애인 역할을 했다가 봉변을 당한 일도 그렇고, 오늘 강이원 팀장이 찾아온 것도 전부 구석진 사장과 관련이 있었다.

쭈뼛 소름이 돋았다. 막연한 위기감이 세아를 휘감았다. 구석진 사장을 조심해야겠다 싶었다.

"재하 씨는 언제 오지?"

등골이 서늘해진 세아는 혼자 있기 싫어져서 휴대전화를 들여다보았다. 시각을 보니 나간 지 꽤 되었는데 아직 돌아오지 않았다.

연락해볼까? 세아가 메시지 창을 눌렀다가 나오기를 반복하던 찰나였다. 초인종 소리가 적막을 깨뜨렸다.

세아는 벌떡 일어났다. 한재하 이사는 카드키가 있으면서도 이따금 일부러 초인종을 누르기도 했다. 왜 그러느냐고 물어보니, 그녀가 문을 열어주며 마중 나오는 게 좋다고 했다. 은근히 귀여운 남자였다.

설레는 마음으로 인터폰 쪽으로 간 세아는 곧 실망했다. 화면에 비치는 형상은 한재하 이사가 아니었다.

"누구세요?"

"택배입니다."

"택배요?"

"한재하 님 댁 아닙니까?"

"맞는데요."

택배 올 게 있나? 고개를 갸웃하던 세아는 일전에 한재하 이사와 나눈 대화를 기억해냈다.

「며칠 내로 이삿짐센터에 연락해야겠습니다.」

「이삿짐센터요?」

「이사실에 있는 자료들을 집으로 옮겨야 할 것 같아서 말입니다.」

「자료들보다 피규어가 더 보고 싶은 건 아니고요?」

세아의 입가에 미소가 번졌다. 회사에 간 김에 이삿짐센터를 불러서 짐 정리를 한 모양이었다.

"잠깐만요. 열어드릴게요."

세아는 현관으로 걸어갔다. 잠금장치를 해제하고 문을 연 순간이었다. 젖은 손수건이 그녀의 코와 입을 틀어막았다.

톡 쏘는 듯한 휘발성 향기가 점막을 자극했다. 세아의 시야가 순식간에 어둠으로 물들었다.

29. 그가 생각하는 최선

육신이 물을 먹은 솜처럼 무거웠다.

누가 어깨를 힘껏 짓누르는 듯한 무기력함. 세아는 가느다란 신음을 내뱉으며 힘겹게 눈꺼풀을 밀어 올렸다. 시야가 캄캄했다.

밤? 밤인가? 깜짝 놀란 세아는 눈을 감았다가 떴다. 여전히 아무것도 보이지 않았다. 세아의 심장이 덜컥 내려앉았다. 시력을 잃었을지도 모른다는 공포가 세아를 사로잡았다.

내가 제대로 눈을 뜨고 있는 게 맞을까? 세아는 눈두덩을 만져 보려고 했다. 그런데 손을 마음대로 움직일 수가 없었다. 마치 무언가에 묶여 있기라도 한 것처럼.

섬뜩한 예감이 세아를 뒤흔들었다. 세아는 잔뜩 힘을 주고서 손을 흔들었다. 온몸이 딱딱한 바닥에 쓸려도 아랑곳하지 않았다. 정확히는 그런 사소한 데에 신경 쓸 여유가 없었다.

손목은 빈틈없이 묶여 있진 않았다. 다만 무언가가 손목을 울타리처럼 빙 둘러싸고 있었다. 벗어나려고 조금만 움직이면 어김없이 손목이 그것에 부딪혔다.

몇 번 더 버둥거린 끝에 세아는 그것이 작은 원 모양임을 알아냈다. 그것에 닿을 때마다 전해지는 차가움이 쇠붙이의 냉한 기운과 닮아 있다는 사실도.

'수갑?'

　일상생활에서 어지간해서는 접할 수 없는 물건인지라 설마 싶었지만, 아무래도 수갑 같았다. 그제야 정신을 차리기 전에 벌어졌던 일이 세아의 뇌리를 스쳤다.

「택배입니다.」

「택배요? 잠깐만요. 열어드릴게요.」

　피규어 택배인 줄 알고 순순히 현관으로 걸어가서 문을 열었고, 젖은 손수건이 코를 틀어막았다. 다음 기억이 없는 것으로 봐서 그대로 의식을 잃은 게 틀림없었다.

　명백한 납치였다. 세아는 전신의 피가 얼어붙는 것 같았다. 그녀가 혼자 있을 때를 절묘하게 노린 것으로 봐서는 충동적이거나 즉흥적인 범죄가 아니었다. 계획된 납치였다.

　무슨 목적으로?

'인신매매? 아니면 장기 적출?'

　TV에서 봤던 다큐멘터리와 뉴스, 그리고 도시 괴담이 머릿속에서 어지럽게 섞였다. 젊은 여자를 납치해서 할 수 있는 일은 무척이나 많았다. 세아의 심장 박동이 가파르게 치솟았다. 그녀는 이미 최악의 경우를 가정하고 있었다.

　만약 그런 상황이 되면 차라리 죽는 편이 덜 고통스러울지도 모른다. 세아는 눈을 질끈 감았다. 두려움으로 턱이 덜덜 떨리고 눈물이 핑 돌았다.

뒤늦게 눈 주위가 갑갑한 느낌이 들었다. 아무것도 안 보이는 건 안대로 눈이 가려져 있어서였나 보다. 게다가 팔을 휘저을 때마다 쩔그럭 소리가 나는데, 수갑에 사슬이 연결되어 있는 듯했다.

'어떻게 해야 하지?'

고민하던 세아는 우선 일어서보기로 했다. 그녀가 몸부림을 치며 시끄럽게 굴었는데도 사방이 조용한 걸 보면, 일단 주변에는 아무도 없는 것 같았다.

세아는 천천히 상반신을 일으켰다. 수갑에 붙어 있는 것으로 추정되는 사슬이 어김없이 소음을 냈다. 앉은 자세가 된 세아가 조심스럽게 무릎을 세운 순간이었다.

"읏!"

사슬이 세아를 홱 잡아당겼다. 신음을 내뱉은 세아가 바닥으로 곤두박질쳤다. 앞이 안 보여서인지 평상시보다 균형 감각이 확연하게 떨어졌다.

다시 쓰러진 자세가 된 세아는 손으로 더듬더듬 사슬의 길이를 가늠했다.

사슬은 바닥에 연결된 듯했고, 세아가 몸을 똑바로 세울 수 없을 만큼 짧았다. 딱 앉는 자세까지만 허용하는 길이였다. 앉은 채로 시험해보니 손도 가슴 위로는 들어 올릴 수 없었다.

'누가 오기 전에 탈출해야 해.'

아무도 없는 지금이 적기였다. 그렇지만 탈출할 방법이 보이지 않았다. 눈은 가려졌고 손에는 수갑이 채워졌다. 다리는 사슬 때문에 자유로워도 자유로운 게 아니었다.

세아는 손으로 사슬을 만지작거렸다. 쇠붙이 특유의 냉기가 손가락으로 전해졌다. 이걸 끊을 수 있을까?

두껍고 단단했다. 하지만 가능한지 불가능한지를 따질 때가 아니었다. 기회가 있을 때 도망치지 못하면 무슨 일을 당할지 알 수 없었다.

'빨리 안대부터 풀자.'

세아는 고개를 푹 숙이고 손끝으로 안대의 매듭을 찾았다. 복잡한 매듭을 손끝의 감각에만 의존해서 풀려니 쉽지 않았다.

마침내 눈앞을 가린 천을 푼 세아가 눈을 떴다. 곧 세아의 얼굴에 절망이 번졌다.

암흑. 빛 한 점 없는 캄캄한 공간이었다. 문명의 혜택이 닿지 않는 산골의 깊은 밤처럼, 한 치 앞도 보이지 않는 어둠이 세아를 반기고 있었다.

승재의 안색은 어두웠다.

「세아? 연수 갔는데. 다음 주에나 돌아온다고 하더라. 어머니께 버섯 감사히 잘 먹겠다고 전해주렴.」

어젯밤 어머니의 심부름으로 세아네 집에 갔다가 아주머니에게 들은 말이었다. 승재가 알기로 SA 소프트에 연수 일정은 없었다.

'세아야, 대체 어디 있는 거야.'

SA 소프트 로비를 승재가 굳은 얼굴로 가로질렀다. 세아가 부모님마저 속이고 어디에서 무엇을 하고 있을지 걱정돼서 내내 일이 손에 잡히지 않았다. 그러다 석진이 상의할 사안이 있다며 불러내서 SA 소프트로 오는 길이었다.

"아직 스물여섯 살밖에 안 된 녀석이."

승재는 손바닥으로 관자놀이를 눌렀다. 세아를 생각하면 두통이 밀려왔다. 속이 갑갑해서 참을 수 없었다.

'당연하지. 동생이나 마찬가지인 녀석이 어디에서 뭘 하고 있는지도 모르는…….'

승재는 이어가던 사고를 멈췄다. 정말 동생이나 마찬가지인가?

물론 동생 같긴 했다. 어릴 적부터 쭉 돌봐오고 지켜봐왔으니까. 그러나 단지 동생인가? 동생일 뿐인가?

"……아니."

승재는 낮게 한숨을 쉬었다. 더는 부정할 수 없었다. 세아가 재하와 사귄다는 사실을 알았을 때 느꼈던 거슬림, 재하가 인수인계하라고 했을 때 세아를 내놓기 싫었던 것, 세아가 재하와 1박2일로 홍콩 여행을 간다고 했을 때 내려앉던 심장.

장승재는 신세아를 좋아하고 있었다. 여자로.

왜 이제야 깨달은 걸까. 승재의 입가에 쓸쓸한 미소가 어렸다. 미리 알았다면 좋았을 것을. 재하가 세아를 좋아하기 전에, 세아가 재하를 좋아하기 전에. 그랬더라면…….

승재는 이내 고개를 저었다. 이루어질 수 없는 가정은 무의미했다. 이제 그가 할 수 있는 일은 좋아하는 여자가 그의 친한 친구와 행복하길 바라는 것밖에 없었다.

"구 사장님은 어디에 계시죠?"

"사장실이요."

직원이 유독 차가운 어조로 대답했다. 승재는 당혹스러웠다. 내가 뭘 잘못했나?

무심결에 승재는 사무실을 둘러보았다. 그러자 하나같이 경직된 표정인 직원들이 눈에 들어왔다. 평소와 너무나 다른 분위기였다. 활기가 넘치고 웃음이 감돌던 SA 소프트가 아니었다.

승재는 본능적으로 심상치 않은 사태가 벌어졌음을 직감했다. 두말하지 않고 그는 사장실로 들어갔다.

석진은 등을 돌리고서 통화 중이었다. 어찌나 통화에 집중하고 있는지 누가 들어왔다는 사실도 알아차리지 못했다.

"네, 이쪽은 잘되고 있습니다."

방해하지 않기 위해서 승재는 조용히 기다리기로 마음먹었다.

"어쩔 수 없는 선택입니다. 재하를 고분고분하게 만들려면 재하의 아킬레스건인 신세아 씨를 납치할 수밖에. 아마도 지금쯤 청평으로……."

석진의 입에서 익숙한 이름이 흘러나오기 전까지는.

승재의 표정에 금이 갔다.

"그게 무슨 말이야."

승재를 발견한 석진이 흠칫하더니 통화를 종료했다.

"방금 한 그 말, 무슨 뜻이냐고."

안경을 벗어서 탁자에 내려놓은 승재가 재차 싸늘하게 물었다. 석진은 짐짓 너스레를 떨었다.

"무슨 말? 들어왔으면 인기척을 내지."

"세아를 납치했다는 게 무슨 뜻이냐고!"

승재가 석진의 멱살을 잡아서 그대로 책장으로 밀쳤다. 석진이 물끄러미 승재를 건너다보더니 고개를 절레절레 저었다.

"말 못 해."

"구석진, 너!"

"말하면 나도 무사하지 못해."

석진이 진지하게 승재를 마주 보았다. 승재는 뚫어지게 석진을 보다가 입을 열었다.

"그러면 어디에 있는지만 말해."

윽박지르는 투로 승재가 부연했다.

"세아, 어디에 있는지 말하라고."

"……경기 가평군 청평면 고성리에 있는 컨테이너. 자세한 주소는 문자로 보내줄 테니까 좀 놔주면 좋겠는데."

죽일 듯이 석진을 노려보던 승재가 내팽개치다시피 멱살을 놓았다. 석진이 콜록거리며 자세한 주소를 승재에게 문자로 보냈다. 주소가 똑바로 온 것을 확인한 승재가 안경을 챙겨 들고 미련 없이 사장실을 빠져나갔다.

혼자가 된 석진은 가만히 있다가 돌연 배를 잡고 박장대소했다.

"납치된 공주 역할에는 신세아, 공주를 구하는 기사 역할에는 승재."

숨넘어갈 기세로 웃던 석진이 허리를 펴며 낮게 혼잣말했다. 다부진 구릿빛 손이 구겨진 목덜미의 와이셔츠 자락을 깨끗하게 정리했다.

"어릴 적부터 알고 지낸 오빠가 극적으로 나타나서 구해준다, 라."

책상 위에 걸터앉은 석진의 입가에 만족스러운 미소가 번졌다.

"완벽한 캐스팅이야."

눈이 암순응을 끝내자 칠흑 같은 어둠 속에서도 어렴풋하게 사방을 식별할 수 있었다.

물건 하나, 창문 하나 없는 완벽한 밀실이었다. 존재하는 것은 세아와 쇠사슬이 달린 수갑, 풀어헤친 안대뿐이었다. 벌레 한 마리, 하다못해 쥐조차도 돌아다니지 않았다.

세아는 힘껏 쇠사슬을 잡아당겼다. 사슬은 여전히 바닥과 혼연일체처럼 떨어질 줄 몰랐다. 애초에 설계 단계부터 바닥과 쇠사슬을 연결한 게 분명했다.

세아는 모골이 송연해졌다. 왜 바닥에 쇠사슬이 연결되어 있단 말인가. 사람을 바닥에 묶어두려는 용도로 만든 공간처럼.

재차 세아가 사력을 다해서 발버둥 쳤다. 수갑에서 벗어나기 위해. 사슬을 끊기 위해.

진득한 두려움이 세아의 등줄기를 훑어 내렸다. 그녀를 납치한 사람들이 돌아와도 끔찍했지만, 만약 오지 않는다 해도 끔찍했다. 여기에 날 놔둔 채 이대로 방치하면? 아무도 발견할 수 없을 것 같은 이런 곳에 날 버려두고서 돌아오지 않으면?

"재하 씨."

세아의 목소리가 잘게 떨렸다. 한재하 이사밖에 떠오르지 않았다. 그때 문고리를 거칠게 잡아 돌리는 소리가 났다. 세아는 긴장한 얼굴로 소리의 근원지를 주시했다.

납치범들이 돌아온 건가? 조마조마한 심정으로 세아가 문밖의 사람이 누구인지 추측하고 있을 무렵이었다. 문이 벌컥 열리더니 밖에서 빛이 들어왔다. 익숙한 목소리가 세아의 귀를 관통했다.

"세아야!"

"승재…… 오빠?"

뜻밖의 등장인물에 세아는 숨을 들이켰다.

"어디 다친 데 없어?"

눈에 익은 얼굴. 승재가 맞았다.

'살았어.'

급격히 안도감이 밀려왔다. 세아는 배시시 웃었다. 그러고는 그대로 의식의 끈을 놓았다.

승재는 정신을 잃고 쓰러지는 세아를 부축했다. 세아의 모습을

확인한 그는 경악하지 않을 수 없었다.

수갑이 채워진 손과 여기저기 찢어진 옷. 수갑 주변에는 피가 흥건했다. 수갑에 긁힌 손목에서 흘러나온 피였다. 세아가 얼마나 필사적으로 수갑을 벗으려고 애썼는지, 단숨에 알 수밖에 없었다.

승재는 근처를 두리번거렸다. 혹시라도 수갑을 풀 열쇠가 있을까 싶어서였다. 다행히도 세아와 조금 떨어진 곳에 검은색 열쇠가 있었다.

순간 승재는 오싹해졌다. 깜깜한 컨테이너 안에 놓인 검은색 열쇠라니. 지척에 열쇠를 두고도 알아보지 못하고 괴로워했을 세아를 상상하니 소름이 끼쳤다.

애써 불길한 상념을 떨쳐낸 승재가 세아를 안고 차에 탔다. 목적지는 병원이었다.

치료를 마친 의사가 타박상과 찰과상 외에 특별한 이상은 없으니 걱정하지 말라고 설명하던 차였다. 재하가 나타났다. 승재는 기다렸다는 듯이 바로 재하의 멱살을 잡았다.

"한재하, 너 뭐 하는 놈이야."

석진이 의문의 상대와 통화하면서 세아가 재하의 아킬레스건이니 납치해야 한다고 했던 것을, 승재는 똑똑히 기억하고 있었다.

"면목이 없다."

재하가 시선을 떨어뜨렸다. 순순히 자신의 과실을 인정하는 그 태도에 승재는 더 울화가 치밀었다.

"넌 내가 어떤 마음으로!"

세아를 포기했는지 알아? 입 밖으로 내뱉지 못한 말이 모래처럼 흩어졌다. 승재는 이를 악물고 눈을 감았다.

"자세한 이야기는 다음에 하자. 치료 끝났으니까 데려가, 세아."

"……고맙다."

재하가 세아를 안아 들고 사라졌다. 눈으로 두 사람의 뒷모습을 좇던 승재가 안경을 벗고 마른세수를 했다.

재하는 참담한 기분에 휩싸여 집으로 돌아왔다. 석진 외에도 한주희 회장의 끄나풀이 있을지 모르는 SA 소프트에 세아와 동행하는 건 위험하다고 생각했다. 그래서 일부러 집에서 기다리라고 했건만.

- 신세아 씨, 지금 어디에 있을까?

석진에게 그런 문자를 받은 순간 재하의 심장이 덜컥 내려앉았다. 아무리 전화를 걸어도 그녀는 받지 않았고, 정신없이 돌아가 보니 집은 비어 있었다.

미친 사람처럼 세아를 찾아 헤맸다. 연락을 피해 잠적한 석진을 찾으려고 돌아다니고, 인맥을 이용해 비공식적으로 경찰까지 동원해서 세아의 행방을 좇았다. 그러던 중에 승재에게 연락이 온 것이었다. 세아와 있다고.

"재하 씨?"

"더 자요."

재하는 세아의 머리를 부드럽게 쓰다듬으며 제안했다. 그녀는

느릿하게 눈을 깜빡이다가 다시금 수마에 몸을 맡겼다. 피곤한 하루일 것이다.

세아의 손목에 감긴 붕대를 확인한 재하의 눈이 깊게 가라앉았다. 피가 많이 배어 나와서 갈아주다가 봤다. 너덜너덜해진 연약한 손목을.

얼마나 힘들었을까. 얼마나 무서웠을까. 왈칵 치미는 감정에 재하는 이를 사리물었다. 눈가가 시리고 가슴이 찢어지는 것 같았다. 재하는 한주희 회장이, 구석진이, 무엇보다도 자신이 용서가 안 되었다.

상반신을 숙인 재하가 세아를 끌어안았다. 앞으로는 이런 일은 절대 없게 하겠다고, 꼭 온몸을 바쳐서 지켜주겠다고 몇 번이고 그가 되뇌고 있을 때였다.

"……주세요."

세아가 바르르 떨며 작게 잠꼬대를 했다. 뭐라고 하는 거지? 재하는 그녀의 입술에 얼굴을 대고 귀를 기울였다.

"살려…… 주세요. 제발……."

물기 어린 음성으로 금방이라도 꺼질 듯이 가냘프게, 세아가 중얼거렸다. 그녀는 여전히 악몽 속에 있었다.

동시에 재하는 무너져 내렸다. 누가 칼로 가슴을 난도질하는 것처럼 고통스러워, 도저히 견딜 수가 없었다.

"나 여기 있습니다, 세아 씨."

세아의 손에 뺨을 비비며 그가 속삭였다. 그의 눈에서는 어느새

눈물이 떨어지고 있었다.

"제…… 발. 무서워……."

"세아 씨. 내가 곁에 있습니다. 나 여기에 있다고요."

"부모님이, 걱정……."

"세아 씨."

"도와…… 줘요. 재하 씨……, 제발 도와줘요."

간절한 부탁. 그녀가 그를 가장 필요로 했던 그때 그 시각, 그는 어디에서 무엇을 하고 있었던가.

재하는 심장이 천 갈래 만 갈래로 조각나는 것 같았다.

그가 끌어안고서 한참을 토닥이자 그녀는 안정을 찾는 듯했다. 그러나 피할 수 없는 가위에 눌리듯, 금세 또다시 악몽 속으로 빠져들었다. 꿈속에서조차 두려움에 떨고, 애원하고, 끝내 눈물을 흘리기도 하는 그녀를 지켜보며 재하는 결심했다.

다시는 이런 일이 벌어지지 않도록 해야 한다. 다시는.

세아는 슬며시 눈을 떴다. 딱딱한 바닥이 아닌 부드러운 침대가 그녀를 반겼다. 그녀는 안도의 한숨을 흘렸다.

승재에게 구출된 뒤의 기억은 드문드문했다. 차에 탔다가 병원으로 옮겨진 듯하고, 또 차 안으로 들어갔던 것 같다.

'그런 다음 꿈결에 재하 씨 얼굴을 본 것 같았는데…….'

"일어났습니까?"

익숙한 중저음이 들려왔다. 세아는 화들짝 놀랐다. 언제부터인지 한재하 이사가 머리맡에 서서 그녀를 내려다보고 있었다.

"재하 씨."

"세아 씨, 할 말이 있습니다."

어째선지 무표정한 얼굴과 평소보다 온도가 낮은 눈. 세아는 별안간 불안해졌다.

"우리, 헤어집시다."

세아가 한참 늦게 대꾸했다.

"네?"

"헤어지자고 했습니다."

한재하 이사는 전에 없이 딱딱한 말투였다.

"농담이죠?"

세아는 그저 멍했다. 이 상황이 현실로 느껴지지 않았다. 내가 아직 꿈을 꾸고 있는 건가? 만약 그렇다면 지독한 악몽이었다. 절대로 이루어지지 않았으면 하는 끔찍한 악몽.

한재하 이사는 아무 말도 없었다. 무생물을 바라보는 양 무감정한 시선으로 그녀를 주시하고 있을 뿐이었다.

"재하 씨, 장난치지 마요. 오늘은 나 조금 힘들어서."

어색한 미소를 띠고서 세아가 부탁했다. 어제 벌어진 일을 감당하기에도 버거운 세아였다. 그런데 아침에 눈을 뜨자마자 이런 말을 들으니, 정말이지 쓰러질 것 같았다.

"하지 마요, 제발."

세아는 간절하게 사정했다. 버틸 힘이 없었다. 누가 살짝 툭 밀

어도 픽 고꾸라져서 못 일어날 것 같았다.

"재하 씨."

어서 농담이라고 말해요. 웃으면서 평소처럼 다정하게 날 봐요.

세아는 기도하는 심정으로 조마조마해하며 한재하 이사를 건너다보았다. 그러나 한재하 이사의 차가운 표정은, 타인을 보듯이 냉정한 눈빛은 바뀌지 않았다. 굳게 다물어진 입술도 벌어질 줄 몰랐다.

스산한 바람이 세아의 가슴을 관통했다.

'농담이 아니야.'

심장이 지끈거리며 통증을 호소했다.

'장난이…… 아니야.'

믿을 수 없었지만, 믿고 싶지 않았지만 현실이었다. 그는 진심으로 헤어지자고 말하고 있었다. 세아는 가까스로 입을 열었다.

"왜요?"

어제까지만 해도 아무 문제도 없었다. 함께 장을 보고 와서 맛있는 요리를 해 먹었고, 머리를 맞대고서 새로운 사업 구상을 했고, 즐겁게 피규어를 가지고 놀았는데. 애정 가득한 눈으로 서로를 보며 행복해했었는데. 어떻게 이렇게 갑자기?

세아의 눈동자가 잘게 흔들렸다. 누가 갈비뼈 안쪽으로 손을 집어넣고 심장을 쥐어짜는 것 같았다.

그 어떤 징조도 내보이지 않고 하루아침에 이별 통보라니. 마음을 준비할 시간조차 주지 않고, 칼로 무 자르듯이 이렇게 한순간

276

에.

"어째서?"

이유를 알고 싶었다. 사실 이유를 알아도 무엇 하나 바뀌지 않겠지만, 그래도 최소한 그가 왜 이런 결정을 내렸는지 듣고 싶었다. 그녀에게는 알 권리가 있었다.

"남자와 여자가 헤어지는 이유는 하나뿐입니다."

한재하 이사가 무심하게 덧붙였다.

"더는 사랑하지 않으니까."

세아의 심장이 멈췄다. 사랑하지 않아? 날?

침대에서 벗어나던 세아는 순간 균형을 잃고 휘청거렸다. 다리에 힘이 들어가지 않았다. 발밑이 푹 꺼지는 것 같았다. 한없는 나락으로 떨어지는 기분이었다.

날, 더는 사랑하지 않는다고?

온몸의 피가 꽁꽁 얼어붙었다. 숨을 쉴 수 없었다. 머리가 띵하고 시야가 흐려졌다. 그의 얼굴이 잘 보이지 않았다.

세상이 무너져 내리면 이런 느낌일까? 수많은 감정이 세아의 안에서 휘몰아쳤다. 하지만 제일 큰 감정은 역시 슬픔이었다.

내가 사랑하는 남자가 날 사랑하지 않는다.

탈력감이 세아를 휘감았다. 잘못했다면 용서를 빌면 된다. 실망시켰다면 평판을 회복하기 위해 노력하면 된다. 믿음을 저버렸다면 다시 신뢰를 쌓으면 된다. 그런데 날 더는 사랑하지 않는다는 사람에게는 어떻게 해야 하지?

"알았…… 어요."

이 순간, 세아가 그를 위해 할 수 있는 일은 순순히 이별을 받아들이는 것밖에 없었다.

세아는 힘없이 걸음을 옮겼다. 짐을 싸기 위해서였다. 하지만 거실에 덩그러니 나와 있는 캐리어를 발견하자 정신이 아찔해지면서 돌연 이유를 알 수 없는 오기에 휩싸였다.

'내가 왜 순순히 헤어져줘야 하는데?'

허락도 안 받고 남의 짐을 미리 내놓은 이 남자를 위해서?

어째서?

자기가 헤어지자고 하면 난 뭐 묻지도, 따지지도 말고 '네.' 하고 따라야 해?

쌍방 동의로 시작했으면 끝내는 것도 쌍방 동의가 있어야 하지 않나?

실로 오래간만에 세아는 욱하는 성질이 솟구치는 것을 느꼈다. 하늘 같은 대표이사에게 붓을 들고 돌격했던 기개가, 모두가 오타쿠를 흉볼 때 혼자 '아니요.'라고 말했던 불같은 성미가, 선수 필승이라는 신념 아래 사장을 대걸레로 공격했던 공격 본능이 세아의 안에서 꿈틀거렸다.

"누구 마음대로."

"……네?"

"누구 마음대로 헤어져요?"

캐리어 손잡이를 홱 내팽개친 세아는 성큼성큼 피규어 진열장

이 있는 방으로 들어갔다. 그런 다음 진열장에서 피규어 하나를 낚아챘다. 아론 세라프 리그누시스 앙골무아 3세. 모든 일의 시작인 피규어였다.

보란 듯이 아론을 들어 올린 그녀가 뒤따라온 한재하 이사에게 선언했다.

"돌려받고 싶으면 정말 나랑 헤어질지 진지하게 생각해보고 찾아와요. 안 오면 부숴버릴 테니까. 아주 산산조각을 내서 밥에 비벼 먹을 거예요!"

"세아 씨."

"이만 갈게요."

그의 말을 끊고서 세아는 곧장 캐리어를 챙겨 집을 나왔다.

엘리베이터를 타고 내려와 집으로 가는 길. 큰 보폭으로 걷던 세아의 걸음이 점점 느려졌다. 이윽고 완전히 멈춰 선 세아가 무너지듯이 그대로 길 한가운데에 웅크려 앉았다. 눈물이, 눈물이 끊임없이 흘러나와서 앞을 볼 수 없었다.

힘겹게 마음을 추스른 세아는 근처 카페에서 옷을 갈아입고 최대한 아무렇지 않은 척 집으로 들어갔다. 거실에 앉아 빨래를 개던 어머니가 놀란 얼굴로 세아를 보았다.

"왜 벌써 와? 연수 끝나려면 아직 멀었잖아."

"어, 일찍 끝났어."

"안색이 안 좋다. 무슨 일 있었니?"

하여튼 귀신이 따로 없었다. 세아는 애써 미소 지으며 부정했다.

"피곤해서 그런가 봐."

"공부를 빡빡하게 시켜? 그리고 한여름에 웬 긴소매?"

"감기에 걸렸는지 좀 춥네."

사실은 추워서가 아니었다. 양쪽 손목에 감긴 붕대를 가리려고 일부러 소매가 긴 옷을 입은 거였다. 어머니가 보면 걱정하며 이것저것 물어볼 게 뻔하니까.

"그럼 난 방에 들어가서 쉴게."

"오냐. 엄마는 TV 보고 있을 테니까 배고프면 말해. 밥해줄게."

"알았어요."

방문을 닫은 세아는 힘없이 침대로 쓰러졌다. 머릿속이 복잡했다. 수많은 난제가 세아를 짓누르고 있었다. 멀쩡하게 다니던 회사를 그만뒀다는 말을 부모님께 어떻게 할 것이며, 일주일 넘게 집을 비운 게 사내 연수 때문이 아니었음은 무슨 용기로 밝힐 것이며, 이 취업난에 직장은 어떻게 구할 것이며…….

「우리, 헤어집시다.」

「남자와 여자가 헤어지는 이유는 하나뿐입니다. 더는 사랑하지 않으니까.」

눈물이 툭, 침대로 떨어졌다.

"아."

누가 수천 개의 바늘로 심장을 찌르는 것 같았다. 침대에서 일어

난 세아가 캐리어에서 아론을 꺼냈다.

길고 섬세한 눈매와 해안가의 가장 고운 모래를 연상시키는 금발, 잘 뻗은 콧대, 자신만만한 미소를 짓고 있는 입매.

"넌 여전히 잘생겼구나."

처음 한재하 이사의 택배 상자에서 아론을 발견하고 감탄했던 일이 떠올랐다. 불과 3월인가, 4월에 벌어진 사건인데 아득한 옛날 같았다.

'잘 몰랐는데, 이렇게 하나하나 뜯어보니 그와 닮은 것 같아.'

사실 언제부터인가 세아는 어디에서든지 한재하 이사를 볼 수 있었다. TV 속 연예인에게서도, 길을 지나가는 사람에게서도, 피규어에게서도. 조금이라도 그와 비슷한 면이 있으면 그것부터 눈에 들어와 '닮았다'는 생각이 들고 말았다.

아론을 마주 보며 세아가 나직이 중얼거렸다.

"아론, 내 부탁 좀 들어주면 안 돼?"

너 세라프의 18왕자인가 뭔가 하는 대단한 존재라며.

"네가 나랑 이사님을 이어줬잖아. 그러니까 이번에도 도와주면 안 될까?"

가늘게 떨리는 손끝이 아론의 실루엣을 덧그렸다.

"우리가 헤어지지 않도록 도와줘. 제발."

물기 어린 목소리가 차츰 잦아들었다.

"처음부터 네가 이길 수 없는 게임이었단다, 재하야."

한주희 회장의 손길은 경쾌하기까지 했다. 묵직한 소리를 내며 체스판에 내려앉는 퀸을 재하는 무감각한 눈으로 내려다보았다.

"저는 아무 말도 안 했는데, 제가 왜 왔는지 아시는 것처럼 말씀하시는군요."

"넌 항복을 하러 왔지."

흑색 폰을 잡아먹은 한주희 회장이 나지막하게 부연했다.

"어제 일로 겁을 먹었거든."

"순순히 인정하시는군요. 배후가 본인이라는 걸."

재하가 차게 웃었다. 한주희 회장은 긍정도, 부정도 하지 않았다.

"이번 일로 너의 무력함을 뼈저리게 깨달았을 거다. 아무리 발버둥 쳐도 네 여자를 지킬 수 없다는 것도."

흑색 나이트가 백색 퀸에게 제압당했다. 체스판 위의 기물이 움직일 때마다 근처에 놓인 샴페인 잔이 가볍게 흔들렸다. 샴페인 잔을 반쯤 채운 금색 액체가 요요하게 출렁였다.

"그래도 너는 네 아비보다 영특해. 네 아비와 달리 이성적이고 상황 판단이 빨라서 좋구나."

"하하."

재하는 헛웃음을 흘렸다. 웃지 않으면 미쳐버릴 것 같았다.

다행히 이번에는 납치만 했을 뿐, 손끝 하나 건드리지 않았다. 그렇지만 다음에는? 다음에도 그저 가둬놓기만 할까?

이건 분명한 경고였다. 한주희 회장은 재하가 계속 말을 듣지 않으면 세아에게 어떤 일이 벌어질 건지 똑똑히 보여준 거였다.

그 사실을 깨달은 어젯밤, 재하는 전신에서 피가 빠져나가는 것 같았다. 더는 이대로 붙잡아둘 수 없었다. 그의 욕심 때문에 더는 세아를 위험에 처하게 할 수 없었다.

"아버지와 어머니에게도 이러셨습니까?"

재하는 부모님이 헤어지게 된 자세한 경위를 알지 못했다. 그러나 이제는 알 것 같았다.

"아버지도 이런 길을 걸었던 겁니까?"

"아니, 네 아비는 너보다 더 처절하고 격렬하게 저항했었지."

한주희 회장의 눈이 가늘어졌다.

"네 아비는 꽤 대단한 사랑을 했었다. 모든 것을 다 버리는 한이 있어도 네 어미만큼은 놓을 수 없다고 했었던가. 진정한 사랑이라는 게 있다면 그런 감정이 아닐까 싶었다."

술을 마신 탓인지 한주희 회장은 평상시와 비교하면 감성적이었다. 회상에 잠긴 듯 내리깐 눈이 특히 그랬다.

한주희 회장이 잡아먹힌 나이트를 만지작거렸다. 오십 대처럼 보이는 얼굴과 달리, 주름진 손은 주인이 겪은 세월을 고스란히 드러내고 있었다.

"그런 네 부모를 찢어놓은 사람이 나란다."

한주희 회장의 분위기가 순식간에 바뀌었다. 아련한 눈빛은 온데간데없이 사라지고 그 자리에 맹수의 시선이 남았다. 길고 뼈마디가 굵은 손가락은 어느새 슬며시 나이트의 목을 옥죄고 있었다.

"체스에서 반드시 이기는 방법을 알려줄까?"

체스판 위의 하얀색 퀸을 빙글빙글 돌리며 한주희 회장이 짐짓 상냥하게 물었다.

"그건 체스판 위에 킹을 두지 않는 거야."

재하의 눈매가 굳었다. 그제야 재하는 체스판에서 풍기는 위화감의 정체를 알아차렸다. 흑색 진영에는 있는 킹이, 백색 진영에는 없었다.

"내가 이길 수밖에 없는 게임이었다. 너와 네 아비에게는 반드시 지켜야 할 킹이 있었지만, 난 기를 쓰고 지켜야 할 약점이 없었거든."

여유롭게 퀸을 옮기며 한주희 회장이 마저 설명했다.

"절대 잃어서는 안 될 무언가가 있는 사람은, 잃을 것이 없는 사람을 이길 수 없단다. 그게 네 아비와 네가 날 이길 수 없는 이유야."

백색 퀸이 흑색 킹의 앞을 막아섰다. 이제 킹은 더는 빠져나갈 구멍이 없었다. 어느 방향으로 움직여도 체크메이트 상태. 한주희 회장은 마치 그것이 재하의 처지라고 말하는 듯했다.

재하는 천천히 눈을 감았다가 뜨고는 한주희 회장을 응시했다.

"만족하십니까, 할아버지?"

아무것도 남아 있지 않은 재하의 눈을 들여다보며, 한주희 회장이 매끄러운 미소를 지었다.

"재하야, 난 네가 마음에 든다."

여느 자상한 할아버지 같은 말이었다.

"넌 네 아비처럼 무르지 않아. 오히려 나를 닮았지. 우리는 좋은 파트너가 될 거야."

"파트너? 꼭두각시겠지요. 당신의 뜻대로 움직이는."

"지금은 그렇게 느껴질 수도 있겠지. 그렇지만 시간이 흐르면 모두 널 위한 결정이었다는 걸 알게 될 거다. 사람의 감정만큼이나 부질없고 변하기 쉬운 건 없으니까."

"그래서 아버지의 사랑은 변했습니까?"

재하가 질문을 던졌다. 담담한 듯 칼날 같은 어조였다. 한주희 회장의 포커페이스에 찰나 금이 갔다.

"어머니는 사고로 죽던 날까지 아버지만 바라보셨습니다. 아버지는 어머니의 사망 소식을 듣고는 점점 여위더니 끝내 어머니를 뒤따라가셨고요. 두 분 다 보기 드문 지독한 외골수였죠."

재하의 입매가 호선을 그렸다. 묘하게 어둡고 사늘한 웃음이었다.

"전 그런 아버지와 어머니 사이에서 태어난 자식이고요."

한주희 회장은 감정이 드러나지 않은 얼굴로 재하를 주시하다가 축객령을 내렸다.

"이만 가보려무나. 앞으로 네가 머물 곳은 박 실장이 안내해줄 거다."

재하는 두말없이 서재를 빠져나왔다. 밖에서 기다리고 있던 박 실장이 그에게 고개를 숙였다.

"이쪽으로 오십시오, 도련님."

걸음을 옮기는 내내 지독한 적막이 흘렀다.

"여깁니다. 편히 쉬십시오."

별채로 안내를 끝낸 박 실장이 공손하게 인사하고는 사라졌다. 혼자가 된 재하는 주변을 휙 둘러보았다. 혼자서 쓸 곳이라고는 믿을 수 없을 만큼 어마어마한 넓이였다. 기억 속에 없는 구조인 걸로 봐서는 그가 집을 나간 뒤에 새로 만든 공간이 틀림없었다.

"여전히 돈이 남아도는 모양이군."

냉소적인 눈길로 별채를 살펴본 재하가 침대에 누웠다. 전신을 휩싸고 도는 무기력감을 견딜 수 없었다.

10년. 짧은 자유 끝에 결국, 지옥으로 다시 돌아오고 말았다.

불현듯 뇌리를 스쳐 지나가는 잔상에 재하의 심장이 지끈거렸다.

상처받은 기색이 여실했던 표정. 눈물로 젖어 들어가던 얼굴. 세아에게 했던 모진 말과 행동이 고스란히, 더 커다란 크기가 되어 부메랑처럼 재하에게로 돌아왔다. 재하의 미간이 괴로움으로 일그러졌다.

'어쩔 수 없었어.'

누가 심장을 쥐어뜯는 것 같았다. 예리한 날붙이에 베인 양 가슴이 끊임없이 울컥울컥 피를 토해냈다.

'어쩔 수 없는 일이었다고, 한재하.'

수없이 그렇게 합리화를 해봐도, 참담하고 괴로워서 재하는 숨

조차 제대로 쉴 수 없었다. 하지만 정말로 이 방법밖에 없었다. 이것이 그가 생각하는 최선이었다.

재하는 두 손으로 얼굴을 가렸다. 뜨거운 한숨이 터져 나왔다.

30. 궁금하지 않아?

"저, 회사 그만뒀어요."

세아의 폭탄선언에 집안이 발칵 뒤집혔다. 아버지가 채널을 돌리다가 리모컨을 떨어뜨렸다. 어머니도 과일을 깎다가 멈칫했다.

"회사를 그만뒀다고?"

어머니가 재차 물었다. 두 쌍의 시선이 세아에게 꽂혔다. 세아는 기어들어가는 목소리로 긍정했다.

"네."

"대체 왜……."

이해할 수 없다는 듯이 중얼거리던 어머니가 돌연 표정을 바꾸더니 과도를 내려놓았다.

"잠깐 나 따라와봐."

어머니는 앞장서서 세아의 방으로 들어갔다. 방문을 닫은 어머니가 낮은 목소리로 물었다.

"너 혹시 이사님이랑 헤어졌니?"

"어?"

288

세아는 깜짝 놀랐다. 우리 어머니에게 알고 보니 신기가 있었던 가? 세아의 반응을 유심히 지켜보던 어머니가 혀를 찼다.

"헤어진 거 맞네."

"그걸 어떻게……."

"멀쩡하게 다니던 회사를 하루아침에 그만둘 이유가 그것밖에 더 있겠니? 너, 이사님이랑 헤어지니까 회사 다니기 민망해서 그만둔 거지?"

모로 가도 서울만 가면 된다고, 추론 과정은 틀렸으나 결론은 맞았다.

"내가 너 이사님하고 사귄다고 할 때 내심 이걸 걱정했었는데. 사귀다가 헤어지면 서로 껄끄러워서 어떻게 같이 회사에 다니나. 그렇다고 이사 양반이 회사를 그만둘 리는 없고."

어머니의 말을 들으며 세아는 가슴이 저릿했다. 딸이 연애한다고 마냥 좋아하시는 줄로만 알았는데 그런 걱정을 하고 계셨구나. 몰랐다.

"그래도 좀 버텨보지 그랬어. 요즘 취업하기가 하늘의 별 따기인데. 하다못해 이직할 곳 결정 날 때까지는 힘들어도 좀 참아보지."

안타까움이 섞인 타박. 세아는 아무 말도 하지 못했다. 입이 열 개여도 할 말이 없었다. 땅이 꺼지게 한숨을 쉰 어머니가 손바닥으로 세아의 뺨을 감싸 쥐었다.

"어이구. 얼굴이 이게 뭐니. 퉁퉁 부어서."

걱정하는 눈. 따뜻한 손. 세아는 괜히 눈물이 핑 도는 것을 느꼈다.

"그깟 일이 뭔 일이라고 이렇게 죽상을 쓰고 있어. 살다 보면 만나기도 하고 헤어지기도 하고 그러는 거지."

"엄마."

"알아, 이것아."

"뭘 알아."

"다 알아. 엄마라고 그런 경험 한번 없겠니."

"아빠가 첫사랑이라며."

"쉿! 조용히 해. 엄마가 사기 친 거 너희 아빠가 알면 큰일 난다."

어머니가 세아의 입을 틀어막았다. 그 능청스러운 행동에 세아는 살짝 웃음이 났다. 기다렸다는 듯이 어머니가 세아의 머리를 끌어안았다. 세아는 순순히 어머니의 가슴에 얼굴을 기대었다.

"우리 딸이 다 컸네."

세아의 머리카락을 쓸어내리며 어머니가 혼잣말했다.

"언제나 아기일 줄 알았는데. 어느새 다 커서 이렇게 사랑도 하고, 이별도 하고."

울컥 치밀어 오르는 감정을 견디지 못하고 세아는 눈을 감았다.

"괜찮아. 다 괜찮아질 거야."

"정말…… 그럴까?"

이렇게 힘든데. 심장이 뜯겨나가는 것 같은데. 힘들어서 숨도

제대로 쉴 수 없는데. 가만히 있으면 눈물밖에 안 나는데.

세아는 자신이 없었다. 아무렇지 않게 될 자신이. 그를 지워낼 자신이.

「이제부터 나는 전속력으로 달릴 겁니다. 신세아 씨에게로.」

「내가 본격적으로 신세아 씨 덕질을 시작하겠다는 뜻입니다. 오늘 이 시각부터.」

「신세아 씨. 나와 사귀어주십시오. 결혼을 전제로.」

「인연이 아니어도 상관없습니다. 내가 안 놓을 거니까.」

「후회하지 않게 해줄게요. 세아 씨가 나중에 이 선택을 후회하지 않게 할 겁니다. 내 모든 것을 바쳐서, 내 온몸이 부서지는 한이 있더라도.」

「쉽지 않은 결정이었다는 거, 압니다. 세아 씨가 어떤 각오로 내 집에 들어왔는지 모를 것 같습니까?」

「후회하는 마음이 조금이라도 들었다면, 당장 뿌리치고 밖으로 나가십시오. 아직은 자제할 수 있을 것 같으니까.」

그 달콤한 순간들. 다정한 음성. 부드러운 손길. 사랑 가득한 눈길. 그런 것들을 어떻게 전부 도려낼 수 있을까? 없었던 일처럼 깨끗이 잊을 수 있을까?

"정말 괜찮아져, 엄마?"

"그럼. 다 괜찮아진단다. 시간이 지나면."

"진짜? 진짜로?"

"그렇대도. 엄마를 믿어봐."

어머니의 손이 세아의 등을 쓰다듬었다. 세아는 속에서 올라오는 쓴 물을 삼켰다. 죽을 것처럼 괴로웠다.

그의 생각이 바뀌었으면 좋겠다. 거짓말처럼 그가 웃으며 돌아온다면 좋겠다.

살아도 사는 게 아니었다. 세아는 사흘 동안 밤과 낮도 몰랐다. 그저 슬픔과 무기력함, 일말의 기대를 안고서 시간을 죽여나갔다. 그러다 나흘째 되는 날, 처음으로 '더는 이러면 안 되겠다.'고 생각했다. 이대로 있어봤자 아무것도 바뀌지 않는다.

세아는 억지로 침대에서 일어났다. 부모님에게도 못할 짓이었다. 컴퓨터 앞에 앉아서 그녀는 새로운 직장을 알아봤다. 밥도 제때 챙겨 먹고 거실에서 TV도 봤다.

승재가 방문한 건 그날 저녁이었다.

"웬일이니, 승재야? 며칠 전에도 오더니."

어머니가 반갑게 승재를 맞이했다. 예의 바르게 인사한 승재가 두 손으로 쇼핑백을 건넸다.

"어머니께서 이걸 가져다 드리라고 하셔서요."

"어머, 꿀이네. 어머니께 고맙다고 전해드리렴."

내용물을 확인한 어머니의 안색이 화사해졌다. 부엌에 꿀을 가져다 놓은 어머니가 거실로 돌아와서 승재에게 말을 걸었다.

"저녁은 먹었니?"

"네."

"그럼 과일이라도 먹고 가렴. 바쁘지 않으면 우리 세아랑도 좀 놀아주고."

"엄마. 내가 무슨……."

"애 맞아, 너."

귀신같이 세아가 할 말을 가로챈 어머니는 승재를 향해 고상하게 웃었다.

"앉아 있으렴. 과일 깎아올게."

"네, 감사합니다."

승재가 소파에 앉았다. 그러자 원래 소파에 있던 세아와 나란히 앉은 자세가 되었다.

"나, 방으로 들어갈게."

불편함을 느낀 세아가 일어나려는 차였다. 승재가 세아의 팔을 붙잡았다.

"잠깐만."

"오빠."

"할 이야기가 있어."

안경 너머의 시선이 진지했다. 세아는 힘없이 도로 소파에 앉았다.

"고민하고 또 했어. 말할지 말지. 하지만 세아 너도 관련된 일이니 아는 게 맞는 것 같아."

세아는 승재를 돌아보았다. 승재는 가라앉은 시선으로 TV 쪽을 응시하고 있었다.

"며칠 전에 너 납치당한 거, 재하 때문이야."

"……어?"

무슨 말인지 이해가 되지 않았다. 우두커니 있는 세아에게 승재가 설명했다.

"내가 널 구하러 간 그날, 석진이가 누군가와 통화를 하고 있었어. 네가 재하의 아킬레스건이어서 널 납치해야 한다고."

세아의 눈동자에 파문이 번졌다.

"석진이를 조심해. 그리고 재하와도 당분간 거리를 뒀으면 좋겠어."

"과일 먹으렴."

어머니가 과일을 담은 쟁반을 들고 나타났다. 굳어 있던 세아의 머리가 돌아가기 시작했다.

구석진 사장의 석연치 않은 행동들. 알레르기 때문에 병원에 실려 갔던 일. 납치 사건이 있었던 다음 날 갑작스럽게 헤어지자고 한 그.

꼭꼭 숨겨져 있던 수수께끼가 베일을 벗기 시작했다.

세아는 소파에서 벌떡 일어났다. 방에 들어가 옷을 챙겨 입고 나온 세아가 어머니에게 통보했다.

"나 잠깐 나갔다 올게."

"이 시간에 어딜."

"금방 올게."

어쩌면 금방 못 올지도 모르지만, 세아는 일단 그렇게 말하고 현

관문을 박찼다. 택시를 잡은 세아가 다급하게 부탁했다.

"잠실로 가주세요."

한달음에 한재하 이사의 집에 도착한 세아는 초인종을 눌렀다. 한참을 기다려도 아무런 반응이 없었다. 세아는 카드키로 문을 열었다.

집은 비어 있었다. 가구나 물건들은 그대로 놓여 있었지만, 사람이 사는 집 특유의 온기가 없었다.

세아는 심장이 터져버릴 것 같았다. 어서 알아야 하는데. 어서 그의 진심을 확인해보고 싶은데.

전화하면 받을까? 아니, 받지 않을 것 같다. 내가 만약 그라면 일부러라도 받지 않을 것이다.

휴대전화에 저장된 그의 이름을 보며 막막해하던 세아의 눈에 어떤 이름이 들어왔다.

구석진.

갈등하던 세아는 떨리는 손으로 통화 버튼을 눌렀다. 신호가 가고 곧 컬러링이 흘러나왔다.

- 여보세요.

나른한 듯 섹시한 목소리가 수화기를 통해 들려왔다. 세아는 태연한 척 응대했다.

"안녕하세요. 저 신세아입니다."

- 아, 신세아 씨가 이 시간에 무슨 일로?

"시간 있으시면 언제 잠깐 뵐 수 있을까 해서요."

- 날?

구석진 사장이 재미있다는 양 웃었다.

- 난 당장도 괜찮은데, 신세아 씨는 어때?

"저도 괜찮습니다."

- 그럼 주소 불러줄 테니까 내 집으로 와.

세아는 멈칫했다. 수많은 장소 중에 자기 집으로 오라니. 이루 말할 수 없는 꺼림칙함이 세아를 휘감았다. 그러나 당장 그를 만나지 못하면 아쉬운 쪽은 세아였다.

"알겠습니다."

주소를 받아 적은 세아는 전화를 끊었다. 땀 때문에 미끈거리는 손을 씻고 세아는 거울 속의 자신을 노려보았다.

"정신 차려, 신세아."

지금부터 호랑이 굴로 들어가야 한다. 호랑이를 잡기 위해.

"오랜만이네, 신세아 씨."

현관문을 열고 나온 구석진 사장은 묘하게 흐트러진 차림새였다. 옷을 벗고 있는 건 아니었지만, 셔츠 단추를 몇 개 풀어헤친 상태에 걷어 올린 소매는 약간 젖어 있었다. 머리 위에 얹은 수건과 목선, 팔뚝에 감도는 물기는 그가 막 샤워를 마치고 나왔다는 걸 짐작하게 했다. 민망해진 세아가 슬쩍 시선을 피했다.

"안녕하세요, 사장님."

"들어와."

구석진 사장이 먼저 안으로 들어갔다. 물에 젖은 얇은 셔츠 너머로 그의 등이 비쳤다. 홱 눈길을 돌린 세아는 신발을 벗고 뒤따랐다.

"뭐 마실래? 커피? 아니면 오렌지 주스?"

"아니요. 괜찮아요."

뭘 믿고 마시겠는가. 음료수에 어떤 수작을 부릴지 알고. 단호하게 거절한 세아는 정자세로 소파에 앉았다.

"뭐야, 경계하는 거야?"

자기가 마실 커피를 타 온 구석진 사장이 픽 웃으며 자연스럽게 세아의 옆자리에 앉았다. 세아는 움찔했다.

"내가 신세아 씨 마실 거에 약이라도 탈까 봐 그래?"

향긋한 커피 냄새가 코끝을 찔렀다. 세아는 입안의 여린 살을 깨물었다. 적진의 한가운데였다. 잠시라도 긴장을 풀거나 한눈팔면 안 된다.

"목이 안 말라서요."

"흐음."

의미 모를 비음을 흘린 구석진 사장이 커피를 한 모금 마셨다.

"어지간히 급한 용무인가 봐? 집으로 오라는데도 찾아온 걸 보면."

심호흡한 세아는 곧장 본론으로 들어갔다.

"어째서 사장님은 이사님을 싫어하세요?"

구석진 사장은 허를 찔린 표정이었다. 머그잔을 거실 탁자에 내려놓은 그가 반문했다.

"왜 그렇게 생각하는데? 재하와 난 친구야. 그것도 같이 사업할 정도로 친한."

"사장님의 그간 행적들을 돌이켜보니 그런 느낌이 들었어요."

세아는 침착하게 응수했다.

"SA 소프트 창업 자금을 이사님의 할아버지가 대주셨다는 사실을 숨긴 거, 수많은 여사원 중에서 굳이 이사님과 사귀는 사이인 제게 애인 역할을 부탁한 거, 그런 다음 그때 찍은 사진을 게시판에 붙여둔 거, 제 납치에 개입한 것까지. 하나같이 이사님을 도발하지 못해서 안달이 난 사람 같아요."

"다른 건 다 둘째치더라도, 왜 사진을 붙인 범인이 나일 거로 생각해?"

"이사님의 할아버님에게 지시를 받으셨잖아요. 이사님과 절 헤어지게 하라고."

주어진 사실들을 짜 맞추니 그런 결론에 도달하게 되었다. 구석진 사장은 한재하 이사의 할아버지 쪽 사람이고, 일련의 사건은 하나의 목적을 가지고 의도된 것이었다는.

"이건 예상외인데."

구석진 사장이 짧게 휘파람을 불었다. 운동 경기를 관람하다가 남자들이 환호할 때 으레 내는 소리였다. 비스듬히 고개를 튼 그가 덧붙였다.

"신세아 씨가 이렇게까지 영리할 줄은. 아니지. 감이 좋은 건가?"

세아는 구석진 사장을 똑바로 마주 보았다. 장난스러운 어조와 달리 그의 만면에는 조금의 웃음기도 없었다. 위기감이 세아를 휘감았다. 겁먹은 티를 내지 않으려고 애쓰며 세아는 그를 추궁했다.

"이제 이유를 말해주세요."

"일단, 난 재하를 싫어하지 않아. 싫어하면 어떻게 10년이라는 세월 동안 친구로 지낼 수 있겠어? 난 그렇게 인내심이 대단한 편은 아니라고."

어깨를 으쓱한 구석진 사장이 나지막이 부연했다.

"재하는 좋은 녀석이야."

다음 순간 그의 입매가 눈에 띄게 일그러졌다.

"그 사실이 날 더 못 견디게 해."

"그게 무슨."

"난 궁금해, 신세아 씨."

세아의 말을 탁 끊은 구석진 사장이 새뜻하게 웃었다.

"다 가진 한재하가 무언가를 잃게 되면 어떻게 될까?"

그가 세아에게로 상반신을 기울였다.

"하물며 그 잃어버린 무언가가 본인이 가장 간절하게 원했던 거라면 어떨까."

가까워지는 얼굴. 세아는 거부감을 느끼며 몸을 뒤로 뺐다. 동시에 그가 세아를 홱 밀쳤다. 강한 힘에 세아의 몸이 기우뚱 뒤로 기울었다.

　정신을 차렸을 때, 세아는 소파에 누운 자세가 되어 구석진 사장을 올려다보고 있었다. 구석진 사장은 어느새 그녀의 위에 올라타 있었다.

　"그리고 그 간절히 원했으나 가질 수 없었던 걸 내가 가지게 된다면…… 한재하는 어떤 표정을 지을까."

　세아를 내려다보며 그가 은밀한 비밀을 털어놓듯이 낮게 속삭였다. 살이 떨릴 만큼 퇴폐적인 저음이었다.

　그의 눈에서는 어떤 종류의 희열이 꿈틀거리고 있었다. 보기 좋은 모양을 한 입술은 유려한 곡선을 그려냈다.

　"난 그게 무척이나 궁금해."

　나른한 숨을 토해낸 그가 세아의 뺨을 느릿하게 쓰다듬었다. 단순한 동작이지만, 명백하게 성적인 의도가 밴 몸짓.

　세아는 굳었다. 너무 당황하면 아무 대처도 못 하고 얼어버린다더니, 지금 그녀가 딱 그랬다.

　그가 허리를 숙여 그녀에게 상반신을 밀착했다. 금방이라도 입술이 닿을 것 같은 거리에서, 그가 미소를 띠고서 질문했다.

　"신세아 씨도 궁금하지 않아?"

　석진은 가만히 세아를 내려다보았다.

　동그란 얼굴과 부드럽게 흘러내리는 연갈색 머리카락. 단정한 이마. 높지도, 낮지도 않은 코. 끝이 내려가 있어서 순해 보이는

눈매. 특별히 거슬리는 구석은 없으나 눈이 번쩍 뜨이는 미인도 아니었다. 그런데 어째서 이 여자일까. 이 여자의 어떤 점이 한재하를 끌어당긴 걸까. 석진은 그것이 늘 궁금했었다.

'그 답을 오늘 알 수 있을지도 모르지.'

석진의 눈이 기대와 흥분으로 일렁였다.

한재하의 여자를 가진다. 한재하가 가장 소중하게 여기는 것을 빼앗는다. 뭐라고 표현할 수 없는 고양감이 그를 휘감았다. 상상만으로 아랫배가 뻐근하고 등줄기에 전율이 일었다. 세상에 이보다 짜릿한 일이 있을까 싶을 정도였다.

'거기에 신세아가 날 좋아하게 된다면?'

이 여자가 그에게 푹 빠진다면 재하는 어떤 반응을 보일까. 이 여자가 그의 바짓가랑이를 잡고 매달리는 모습을 본다면, 재하는 어떤 표정을 지을까.

석진은 한 번도 여자를 유혹하는 데에 실패해본 적이 없었다. 수려한 외모와 섹시한 목소리, 조각 같은 몸, 나른하고 퇴폐적인 분위기. 여자들은 늘 그에게 안달했고 그를 가지고 싶어 했다.

그는 그 이점을 활용할 수밖에 없었다. 고등학교 학비를 내기 위해서, 생활비를 마련하기 위해서, 할머니의 병시중 비용을 대기 위해서. 돈이 없다는 건 사람을 시궁창에서 기게 했다. 덕분에 신세아 같은 평범한 여자를 가지고 노는 것은 석진에게 일도 아니었다.

일단 한번 안은 다음 끊임없이 달콤한 말을 주입하면 된다. 너를

301

좋아하는 마음을 주체할 수 없어서 그랬다고. 세뇌를 반복해 의심하지 못하도록.

죄책감에 시달리는 모습도 보여줘야 한다. 사랑하는 여자를 강제로 안았다는 사실을 처절하게 후회하는 양 굴며 헌신적으로 행동해야 한다. 간이라도 빼줄 듯이, 대신 죽어줄 듯이.

그녀는 서서히 마음과 몸을 열게 될 것이다. 그러면 그는 그녀에게 쾌락을 가르쳐줄 것이다. 그에게서 벗어날 수 없도록.

'꽤 구미가 당겨.'

석진은 입술을 핥았다.

"그거 알아? 내가 재하와 신세아 씨를 찢어놓으려고 하는 거, 반드시 회장님 명령 때문만은 아니야."

그는 빠르게 충동을 실천에 옮겼다.

"좋아해."

동그래진 눈을 마주 보며 그가 진지하게 속삭였다.

"인정하지 않으려고 했어. 단순히 재하와의 라이벌 의식 때문에 신세아 씨를 빼앗고 싶은 거라 생각했지. 그렇지만 이젠 내 마음을 주체할 수 없어. 난 신세아 씨를……."

뜸을 들인 그는 괴로워하는 표정을 지으며 덧붙였다.

"신세아 씨를 좋아해."

적막이 흘렀다. 석진이 그녀의 반응을 주시하고 있을 때였다.

"아니에요."

세아가 입을 열었다.

"사장님은 절 좋아하지 않아요."

"믿기 어렵다는 거 알아. 하지만 난 진심이야."

애초에 호락호락하게 받아들여줄 거라고 낙관하지는 않았다. 석진은 그럴듯한 가면을 쓰고서 힘겹게 호소했다.

"아니요. 진심이 아니잖아요."

물끄러미 그를 들여다보던 세아가 재차 부정했다. 떠보거나 반신반의하는 기색이 아니었다. 확신에 찬 어조였다.

싸한 기류가 석진의 가슴을 관통했다. 이 여자는 그에게 넘어오지 않으리라는 예감이 들었다. 그는 조금 가라앉은 음성으로 물었다.

"왜 그렇게 생각해?"

"다르니까요."

세아는 담담하게 응수했다.

"제가 아는 '사랑에 빠진 남자의 눈빛'과 사장님의 눈빛은 달라요."

석진은 순간 머릿속이 멍해졌다. 저도 모르게 그는 세아가 한 말을 되뇌었다.

"사랑에 빠진 남자의 눈빛?"

"네."

"그게 뭔데?"

그가 살면서 들어본 소리 중 제일 뜬구름 잡는 소리였다.

"그냥…… 느낌이 달라요. 더 애틋하고, 부드럽고, 행복한 게 느

껴지는데."

"재하가 신세아 씨를 그렇게 봐?"

"그래요."

한 치의 망설임도 없는 답. 동시에 석진은 전신에서 의욕이 빠져 나가는 것을 느꼈다. 김이 팍 새면서 이게 뭐 하는 짓인가 싶었다.

"맥 빠지는군."

세아에게서 떨어진 석진이 심드렁한 얼굴로 소파에 앉았다. 재빨리 몸을 일으켜 그에게서 떨어지는 세아를 보며 그가 실소했다.

"걱정하지 말지? 안 건드릴 거니까. 신세아 씨는 전혀 내 취향이 아니거든."

그는 소파 끄트머리까지 물러난 세아에게 못을 박았다. 그럼에도 불구하고 세아는 경계를 풀지 않았다. 아메바가 아닌 이상 당연한 일이었다.

식은 커피를 들이켠 석진이 빙글거렸다.

"그래, 내가 왜 재하를 싫어하는지 알고 싶다고?"

"아니요. 다시 생각해보니 그건 당사자들끼리 풀어야 할 문제 같아요."

세아는 고개를 저었다. 턱을 괸 석진이 세아를 건너다보았다.

"그러면 뭘 알고 싶은데? 기분 내키면 대답해줄 수도 있어."

"제가 알고 싶은 건……."

"약혼하는 게 어떻겠니."

재하는 흘긋 한주희 회장을 건너다보았다. 일말의 감정도 배어 있지 않은, 무정물을 연상시키는 시선이었다.

한주희 회장은 안색 하나 변하지 않고 재하의 눈길을 받아넘겼다.

"여자는 여자로 잊는 거다."

"마음대로 하십시오."

재하의 입가에 냉소가 걸렸다.

"언제부터 제 의견이 중요했습니까?"

"그래도 평생을 같이 살 사람인데 마음에 들었으면 싶구나."

한주희 회장의 말에 재하는 기가 찼다. 목 끝까지 치밀어 오르는 반박을 꾹 참아 넘긴 재하가 화제를 돌렸다.

"그래서, 언제쯤 할 계획입니까, 약혼."

"상대가 궁금하지도 않은가 보지?"

"누구든 상관없으니까요."

그가 원하는 단 한 명의 여자가 아니라면, 어떤 여자와 결혼해도 똑같았다.

무심한 재하의 대응에 한주희 회장의 눈이 가늘어졌다.

"남현제 의원 딸이 네 상대로 어떨까 싶구나."

"남현제 의원이라면."

"그래. 야권의 차기 대선주자다."

범여권의 유력한 후보였던 류선 총리가 불출마 선언을 한 이 시점에서, 남현제 의원은 청와대와 가장 가까이 있는 인물이었다.

재하는 놀랍지도 않았다. 정경유착이야 새삼스러운 일도 아니었으니까.

"마침 그 아이가 이 근처에 있다고 해서 오라고 했다."

한주희 회장이 지나가듯이 말했다. 재하의 눈가가 미세하게 일그러졌다. 속이 뻔히 보이는 수작이었다. 유동 인구가 많은 명동이나 강남도 아니고 외진 곳에 있는 한정식집이었다. 젊은 여자가 이 근처에 다른 볼일이 있어서 왔을 것 같지는 않았다. 처음부터 계획된 만남인 셈이었다.

'왜 이 먼 곳까지 오라고 하나 싶더니.'

그러고 보니 이곳이 상견례 장소로도 꽤 유명하다는 소문을 들은 적이 있었다. 재하는 저도 모르게 실소했다. 벌써 안면을 익히게 해두려는 걸로 보건대 한주희 회장은 가능한 한 빠르게 약혼을 성사시키려는 게 틀림없었다.

누구 마음대로? 재하의 눈동자가 건조해졌다. 할 수 없이 꼭두각시 노릇을 자처하고 있지만, 자연스럽게 솟구치는 반발심은 어쩔 수 없었다. 사전 예고도 없이 이루어진 약혼녀의 일방적인 난입이 재하에게는 전혀 달갑지 않았다.

"남현제 의원님 따님께서 오셨습니다."

창호지 문 너머로 그림자가 어렸다. 박 실장으로 추정되는 실루엣과 여자치고는 큰 실루엣이 나란히 서 있었다.

"들여보내게."

한주희 회장이 식기를 내려놓으며 명령했다. 닫혀 있던 문이 좌

우로 열리고 약혼녀라는 여자가 들어왔다.

큰 키와 늘씬한 몸매를 가진 화려한 미인. 자신만만한 인상. 허리까지 오는 물결치는 긴 머리. 치켜뜬 것처럼 아래쪽에 흰자가 조금 보이는 눈.

여자의 정체를 확인한 재하는 찰나 평정을 잃었다.

"안녕하세요, 회장님."

"그래. 오래간만에 보는구나."

"그간 건강하셨는지요."

"덕분에. 너도 많이 컸구나."

사이좋게 여자와 담소를 나눈 한주희 회장이 자리에서 일어났다.

"젊은 사람들끼리 편히 이야기할 수 있게 내가 이만 빠져줘야겠군."

"그러지 않으셔도 되는데."

"이럴 때는 사양하는 게 아니다. 냉큼 알겠다고 해야지."

여자와 대화를 끝낸 한주희 회장이 재하를 돌아보았다.

"재하 네가 남자니 아무쪼록 이 아이가 불편하지 않도록 분위기를 잘 이끌어봐라."

당부를 마친 한주희 회장은 문을 열고 밖으로 나갔다. 격리된 공간에 재하와 여자, 단 둘만이 남겨졌다.

"오랜만이에요."

여자가 먼저 말을 걸었다.

"이사님, 아니, 이제는 재하 씨라고 불러도 되죠?"

남주요 대리가 고양이 같은 눈초리를 매끄럽게 접었다.

"언제부터 알고 있었습니까?"

침묵하던 재하가 질문했다. 남주요 대리는 생글생글 웃는 낯으로 반문했다.

"뭘 물어보는 거예요?"

"언제부터 내 조부가 한주희 회장이라는 사실을 알고 있었느냐는 뜻입니다."

"아."

그거였느냐는 듯이 감탄사를 내뱉은 남주요 대리가 순순히 답변했다.

"처음부터예요."

"애초에 이럴 목적으로 SA 소프트에 입사했던 겁니까?"

재하의 말투가 딱딱해졌다. 남주요 대리는 새뜻하게 긍정했다.

"당연하죠. 나도 미래에 내 남편이 될지도 모르는 사람이 어떤 남자인지 궁금했거든요. 그래서 재하 씨를 지켜보려고 SA 소프트에 들어간 거고."

립스틱을 바른 입술이 부챗살처럼 휘어졌다.

"다행스럽게도 재하 씨는 멋지고, 능력 있고, 사생활도 깨끗했죠."

재하는 헛웃음을 터트렸다. 이 여자는 자기가 얼마나 소름 끼치는 존재인지 자각하고 있을까?

남주요 대리는 아랑곳하지 않고 마저 이야기했다.

"재하 씨는 완벽하게 내 이상형에 부합하는 남자예요. 정략결혼의 상대라고는 믿을 수 없을 만큼 마음에 드는. 비록 중간에 다른 여자와 잠시 외도를 하기는 했지만, 신경 쓰지 않을게요. 나와 약혼하기 전의 일이니까."

"남주요 대리. 아니, 남주요 씨."

잠자코 있던 재하가 운을 뗐다. 온기라고는 찾을 수 없는 목소리였다.

"당신과 얼마든지 약혼할 수 있습니다. 하지만 내가 당신을 사랑할 거라는 헛된 기대는 하지 마십시오."

"……예?"

"남편에게 사랑받는 행복한 결혼생활을 꿈꾼다면 이 약혼을 물리는 게 나을 겁니다."

경고를 남긴 재하가 미련 없이 의자에서 일어났다.

"이만 가보겠습니다."

한정식집을 나와 자동차에 오른 재하의 머릿속이 어지럽게 얽혀들어갔다. 밀려드는 갑갑함에 신경질적으로 차를 몰던 재하는 문득 시야에 들어오는 정경에 놀랐다.

익숙한 아파트의 숲. 세아의 집 근처였다. 무의식이 그가 간절히 가고 싶어 하는 장소로 그를 인도한 것이었다.

그녀가 사는 아파트를 보고 있는 것만으로도 재하는 가슴이 욱신거렸다. 저 안에 그녀가 있을 거라는 생각이 들자 한달음에 달

려가고 싶었다. 찾아가서 끌어안고, 입 맞추고, 마음껏 보고…….

재하의 표정이 아프게 일그러졌다. 그럴 수 없다. 그에게 가까워질수록 세아는 위험해지고 마니까.

'그래도 한 번쯤은 보고 가도 괜찮지 않을까.'

직접 찾아가지 않고 차 안에서 몰래 보기만 한다면. 그렇게 재하는 기약 없는 기다림을 시작했다.

시간이 때로는 태엽을 감은 것처럼 빠르게, 때로는 늘어진 엿가락처럼 느리게 흘렀다. 재하는 그녀가 집 밖으로 나오기를, 또는 밖에서 집으로 돌아오기를 기다렸다.

어느덧 해가 지고 어둠이 내려앉았다. 하염없이 차 안에서 시간을 흘려보내던 재하는 아파트 출입구에서 나오는 익숙한 형상을 발견했다.

커다란 상자를 겹겹이 쌓은 채로 든 여자. 세아였다.

재하의 눈동자가 자석에 이끌리듯이 그녀를 좇았다. 분리수거 구역으로 가서 상자를 내려놓은 그녀는 상자에 담긴 병들과 신문지 뭉텅이를 버렸다.

깨진 유리병을 분리수거함에 버리던 그녀가 날카로운 끝에 손을 베였다. 그의 심장이 철렁 내려앉았다. 당장에라도 뛰쳐나가서 괜찮으냐고 묻고 싶었다. 얼마나 다쳤는지 상태를 확인하고 싶었다.

경비원이 그녀에게로 다가갔다. 그녀는 난처하게 웃더니 베인 손가락을 입안으로 넣었다. 나머지는 경비원이 분리수거하기로 했는지 그녀가 집 안으로 들어갔다.

세아의 뒷모습이 아파트 안으로 삼켜질 때까지 재하는 눈조차 깜빡이지 않고 지켜보았다. 일분일초라도 그녀를 놓치는 게 안타까웠다.

마침내 그녀의 흔적이 온데간데없이 사라지자 재하는 눈을 감았다. 운전대를 쥔 그의 손에서 힘줄이 도드라졌다.

누가 그의 숨통을 꽉 조이는 것 같았다. 지옥이 다른 곳이 아니라 바로 여기인 것 같았다. 가슴이 아파서 숨을 쉴 수가 없었다.

아파트 안으로 들어온 세아는 미끄러지다시피 바닥에 주저앉았다.

'재하 씨야.'

처음에는 그냥 지나칠 뻔했다. 라이트가 켜져 있지 않은 채 후미진 곳에 세워져 있기에 그냥 주차된 차 중 하나인 줄 알았다. 그러나 눈에 익은 자동차 모양. 심장이 곤두박질쳤다.

어찌 모를 수 있을까. 번호판을 확인하지 않았는데도 그라는 것을 알았다. 그대로 그에게 달려가고 싶었다. 그렇지만 그러지 않은 이유는, 그가 도망칠까 봐.

조금이라도 더 오래 그와 같은 공간에 있고 싶었다. 그녀를 보러 몰래 온 그가, 그녀를 조금이라도 더 지켜볼 수 있게 도와주고 싶었다.

그의 존재를 눈치 채지 못한 척하며 일부러 느릿느릿하게 분리수거를 했다. 하지만 미친 듯이 내달리는 가슴만은 어쩔 수 없었다. 결국, 칠칠치 못하게 손을 베였다.

"읏……."

유리조각에 베인 손가락에서 피가 뚝뚝 떨어졌다. 그러나 손가락보다 심장이 몇 배는 더 아팠다. 유리조각이 마치 심장을 베고 지나간 것 같았다.

말 한마디 나누지 못했다. 눈빛 한번 마주치지 못했다. 이렇게 가까이 있었는데 모르는 척이 최선이라니. 가슴이 조각조각 찢어지는 듯했다.

눈시울이 뜨거워졌다. 온 세상이 등을 돌린 것만 같은 절망감이 세아를 짓눌렀다. 방금 봤는데도 뒤돌아서니 그리움이 쌓였다. 세아의 눈에서 쉼 없이 눈물이 흘러내렸다.

휴대전화가 울린 건 그때였다. 세아는 급히 숨을 들이켰다. 혹시? 가슴이 두방망이질 쳤다. 세아는 허겁지겁 눈가를 훔치고 전화를 받았다.

"여보세요?"

목소리가 형편없이 떨렸다. 눈앞이 흐려서 발신자는 확인하지 못했다.

제발 그였으면. 휴대전화를 꼭 쥔 그녀는 간절히 기도했다.

- 세아야.

아. 세아의 맥이 탁 풀렸다. 승재였다. 머리가 핑 돌고 손에서 힘이 빠졌다.

- 목소리가 왜 그래? 울었어?

"어? 아니, 오빠. 아니야. 그런 게 아니고……."

마땅한 변명거리가 떠오르지 않아서 세아가 같은 말만 반복하고 있을 무렵이었다. 말없이 듣고 있던 승재가 제안했다.

- 지금 시간 있으면 만날래?

"지금?"

눈물을 닦던 세아는 고개를 끄덕였다. 혼자 있고 싶지 않았다.

"응. 만나자."

- 그럼 내가 너희 집 앞으로 갈게.

전화를 끊은 세아는 집으로 들어가지 않고 아파트 1층 복도에 쪼그려 앉은 채 승재를 기다렸다.

시간이 얼마나 흘렀을까. 자동문이 열리더니 그녀의 머리 위로 그림자가 졌다.

"왜 이러고 있어."

익숙한 음성이 적막한 복도에 내려앉았다.

"재하 때문이야?"

세아는 고개를 들었다. 승재는 화를 간신히 참는 표정이었다. 그녀는 놀랐다. 승재를 안 지 20년이었지만, 이제껏 이렇게까지 분노를 드러내는 걸 본 적이 없었다.

"승재 오빠?"

그 순간이었다. 승재가 세아를 일으켜 세우더니 강하게 끌어당겼다. 대응할 겨를도 없이 세아는 그에게 안기고 말았다.

"하나만 물을게. 진지하게 생각해보고 대답해줘."

힘들어하는 기색을 감추지 못하며, 승재가 물었다.

"나는 안 돼?"

31. All or nothing

세아는 그대로 굳었다. 환청을 들었다는 생각밖에 들지 않았다.

"방금 뭐라고?"

"들었어. 재하와 헤어졌다고."

"누가 그런 말을."

"너희 어머니께서 알려주셨어."

승재의 대답에 세아는 화가 왈칵 치밀었다. 엄마는 왜 그런 말을!

"널 많이 걱정하고 계셔. 나한테도 너 힘들지 않게 챙겨주라고 말씀하셨어."

어쨌든 어머니의 행동은 세아에게 오지랖으로밖에 느껴지지 않았다. 그녀도 다 큰 성인이었다. 그녀에 대한 것을 어머니가 밖에 이리저리 부탁하고 다닐 필요는 없었다. 그녀의 사생활과 관련된 일이라면 더욱.

'그리고…… 헤어지지 않았어.'

그는 이별을 고했지만 세아는 받아들이지 않았다. 그러니 아직 끝난 게 아니었다.

"나에게 넌 늘 가까운 동생이었어. 그래서 너무 늦게 깨달았어."

승재가 옅은 한숨이 배어든 목소리로 속삭였다.

"널 좋아하고 있다는 사실을. 단순히 동생으로 예뻐하는 게 아니라, 여자로 널 좋아하고 있다는 걸."

"오빠."

안 돼. 더는 듣고 싶지 않아. 일부러 말을 끊은 세아가 애타는 눈으로 승재를 올려다보았다. 그러나 승재의 얼굴에는 이미 무언가를 단단히 결심한 사람 특유의 분위기가 서려 있었다.

"나는 안 되겠어?"

세아는 절망했다. 발밑이 무너지는 것 같았다. 억장이 무너지고 눈이 시렸다. 그녀가 줄 수 있는 답은 한 가지뿐이었기에 더더욱 그랬다.

"미안해."

놀람으로 잠시 멎었던 눈물이 다시금 터져 나왔다.

"미안해……, 미안해."

승재는 말이 없었다.

"그래."

한참 뒤에야 승재가 입을 열었다. 거절하는 이유를 묻지도, 다시 생각해보라고 채근하지도 않았다. 그냥 담담하게 받아들일 뿐이었다.

세아를 안은 팔에서 힘을 푼 승재가 서서히 떨어져 나갔다. 세아는 입술을 깨물었다. 승재는 한재하 이사와는 다른 의미로 소중한 존재였다. 세아에게 승재는 자상한 오빠였고, 친구였으며, 유년기의 일부였다. 그런 승재를 떠나보내야 한다.

세아는 이것이 승재와의 마지막임을 직감했다. 그녀가 아는 승재는 맺고 끊는 것이 확실한 사람이었기에. 그리고 세아는 떠나는 승재를 잡을 수 없었다. 승재를 밀어낸 건 다름 아닌 세아였으니까.

하염없이 눈물이 흘렀다. 세아가 고개를 푹 숙이고 눈물을 흘리고 있을 때였다.

"울지 마."

따뜻한 손이 그녀의 뺨을 감싸 쥐었다. 부드럽게 눈물을 닦아주며 승재가 덧붙였다.

"고개 숙이지도 마. 죄지은 것도 아닌데 왜 고개를 숙이고 그래."

"오빠."

"어쩔 수 없는 일이야."

승재는 몇 번이고 어쩔 수 없는 일이라고 되뇌었다. 세아의 눈물이 멎을 즈음에 그가 손을 거두어들였다.

"가볼게."

세아는 흔들리는 시선으로 승재를 건너다보았다. 어슴푸레한 조명 아래 승재는 속을 알 수 없는 눈으로 그녀를 지켜보고 있었다. 또 울음이 터질 것 같았다.

"오빠."

간신히 눈물을 참은 세아가 나직이 말했다.

"고마워."

고마웠어.

승재의 입가에 보일 듯 말 듯한 미소가 번졌다.

"나도."

인사를 남긴 승재가 아파트 밖으로, 어둠 속으로 사라졌다. 우두커니 서 있던 세아는 힘없이 벽에 기댔다. 또다시 혼자가 되었다.

한참 동안 감정을 삭인 세아가 터덜터덜 집으로 돌아가 침대에 누웠다. 달력을 보니 7월이 얼마 남지 않은 시점이었다.

7월. 세아는 그 두 글자를 몇 번 굴려보다가 이불을 그러쥐었다. 그녀의 눈동자에 묘한 빛이 감돌았다.

"어려운 점은 없느냐."

"네."

"일은 손에 잘 익고?"

"네."

"하긴. 네 전공인 분야이니 큰 어려움은 없겠지."

한주희 회장이 서류를 넘기며 혼잣말했다. 재하는 같은 소프트웨어 분야여도 지금 회사에서 맡은 일과 자신이 원래 SA 소프트에서 하던 일은 전혀 다르다고 반박하려다가 말았다. 무슨 소용이 있나 싶어서였다.

"안색이 좋지 않구나."

기계적으로 답하는 재하를 흘긋 본 한주희 회장이 지나가듯이 중얼거렸다.

그 말대로였다. 반듯이 서 있는 재하는 살아 있는 사람이라기보다는 잘 만든 조각상 내지는 등신대 같았다. 눈에 생기가 하나도 없었다.

"업무를 보는 데에는 지장 없도록 하겠습니다."

재하가 무감각하게 답변했다. 한주희 회장은 재하를 물끄러미 보다가 눈길을 거두어들였다.

"면접에 가본다고."

"네."

7월. 무한전자의 대대적인 상반기 공채가 시작되는 달이었다. 얼마 전부터 SW 업무를 총괄하게 된 재하는 빠질 수 없는 자리였다.

"쉬엄쉬엄해라. 컨디션이 별로 안 좋아 보이니."

"쉬어서 해결될 일이 아니라는 거, 아시잖습니까."

재하가 조금 날카롭게 반박했다. 그렇지만 곧 예의 무표정으로 돌아와 한주희 회장에게 인사했다.

"이만 가보겠습니다."

한주희 회장은 반 박자 늦게 반응했다.

"그래. 가봐라."

회장실을 나온 재하는 성큼성큼 고요한 복도를 가로질렀다. 곧바로 남자 화장실로 들어간 그가 세면대 앞에 섰다. 죽은 생선을 연상시키는 눈을 가진 남자가 그를 마주 보고 있었다. 그는 마른 웃음을 흘렸다.

"정말로 산송장 같은 몰골이군."

어지간해서는 남을 걱정하지 않는 한주희 회장이 한소리 하기에 한번 구경이나 해보자는 마음으로 왔는데, 살아 있는 사람의 꼴이 아니었다.

재하는 헛웃음밖에 나오지 않았다. 사람이 이렇게까지 망가질 수 있다는 게 신기했다. 인내에는 자신 있는 그였다. 소중한 것을 지키기 위해 감정을 죽인 채 조금만 참아보자고 결심했다. 그런데 왜 이렇게 숨이 막히지?

시시각각 턱 끝까지 답답함이 차오른다. 그럴 때면 죽어버리거나 돌아버릴 것 같았다. 재하는 큰 손으로 얼굴을 덮었다.

"아직은 아니야."

더 버텨야 한다. 더 버틸 수 있어. 최면을 걸듯이 뇌까린 재하는 손을 치우고는 거울을 보았다. 재하의 눈에 문득 거울에 비친 손목시계가 들어왔다. 재하의 안면에 찰나 고통이 스치고 지나갔다.

시계를 푼 재하가 이내 소중하게 품에 안았다.

한참을 그렇게 있던 재하는 다시 손목시계를 차고 사무실로 돌아갔다. 공허하리만치 넓은 공간이었다.

[한재하 전무이사]

책상을 가로지르는 명패를 무심한 시선으로 내려다본 그가 자리에 앉아 호출 버튼을 눌렀다. 전무실에 귀속된 비서실에서 대기하고 있던 박 실장이 필기도구를 들고 나타났다.

"부르셨습니까."

"오늘 남은 일정을 보고해주십시오."

"예. 우선 상반기 경력자 채용 면접을 위해 30분 뒤인 11시 10분에 서초 사옥 제2회의실로 출발하셔야 합니다. 그런 다음 17시에는……."

일정표를 펼친 박 실장이 할 일을 브리핑했다. 가만히 듣던 재하가 불현듯 질문을 던졌다.

"내가 한 제안, 생각해봤습니까?"

박 실장의 표정이 굳었다.

"전무이사님."

"선택은 박 실장님의 몫입니다. 그에 따른 책임도."

곤혹스러워하는 박 실장에게 재하는 덤덤하게 쐐기를 박았다.

"이만 나가보십시오."

"예."

박 실장이 비서실로 돌아갔다. 서류를 보던 재하는 글자가 읽히지 않아 멍하니 있다가 눈을 감았다. 어느덧 7월의 끝자락이었다. 그가 세아와 헤어진 지 한 달이 되었다는 뜻이기도 했다.

아주 얇은 살얼음판 위를 걷는다 해도 이보다는 안정적일 것이다.

재하는 자신이 위태롭다는 것을 느끼고 있었다. 밤낮없이 생활해서 육체적으로도 막바지에 몰려 있었지만, 특히 정신적으로 한계에 도달해 있었다. 여러모로 아슬아슬한 상황이었다. 이대로라면 그가 먼저 지쳐버린다.

"보고 싶다."

재하는 저도 모르게 내뱉고는 흠칫했다. 일단 소리 내어 입 밖으로 내버리니 더욱 주체가 안 되었다. 마음의 고삐를 단단히 틀어쥐고 있는데도 드문드문 제어가 되지 않았다. 잠시라도 틈을 보이면 그의 뇌리를 갉아먹는 존재.

'신세아.'

이성이 차츰차츰 무너져 내렸다. 하루에도 몇 번씩 다 때려치우고 그녀를 만나러 가고 싶은 충동이 재하를 사로잡았다.

'이것밖에 안 되는 녀석이었어, 너?'

실소한 재하가 흐트러진 정신을 다잡으려고 애썼다. 하지만 도저히 포기가 되지 않았다. 결국, 극렬하게 부딪치던 욕망과 냉정이 어느 쪽도 만족하지 못할 타협안을 내놓았다.

'한 번만 더 다녀오자.'

차 안에서 몰래 세아를 보고 온 뒤로, 재하는 몇 번 더 그녀의 집 앞에 갔었다. 늘 그녀를 볼 수 있는 건 아니었다. 허탕을 치는 때가 더 많았고, 본다 해도 아주 짧은 시간에 불과했다. 그럼에도 불구하고 재하는 포기할 수 없었다. 잠시라도 볼 수 있다면.

차 키를 챙겨 든 재하가 의자에서 일어난 순간이었다. 휴대전화

가 진동했다. 발신인을 확인한 재하의 눈초리가 올라갔다.

– 구석진.

액정을 노려보던 재하는 통화 연결 버튼을 눌렀다.

"무슨 일이야."

– 최소한 '여보세요'는 해줘야 되는 거 아니야?

능청스러운 투로 석진이 물었다. 재하는 딱딱하게 맞받아쳤다.

"용건만 말해."

– 오랜만에 하는 연락인데 섭섭하네.

"말장난하려는 거면 집어치워."

– 이런, 화가 단단히 났나 봐?

응대할 가치조차 못 느낀 재하가 전화를 끊으려고 했다.

– 잠깐만.

돌연 석진이 목소리를 깔았다.

– 끊으면 후회할걸?

"너 뭐야."

재하의 얼굴이 무섭도록 싸늘해졌다. 심장 박동이 급속도로 빨라졌다.

"또 무슨 짓을 벌이려는 거야."

– 음, 재미있는 짓?

석진의 대꾸에 재하의 심장이 나락으로 떨어졌다.

"구석진."

– 내가 너한테 선물을 하나 보냈거든. 아마도 오늘쯤 도착하지 싶

은데.

석진은 시종일관 여유로웠다. 반대로 재하는 한없이 초조했다. 대체 무슨 짓을 벌이려는 건지, 그 일에 세아가 관계되어 있는지 불안해서 재하는 미칠 것 같았다.

- 아마도 받아보면 고마워서 절을 하고 싶을 거야. 그러면 내 집이 있는 방향으로 절이라도 하든지.

"무슨 속셈이야."

재하가 낮게 으르렁거렸다.

- 변덕이라고 할까? 아니면 네가 더 괴로워하는 꼴을 보고 싶은 것 같기도 해.

뜬구름 잡는 소리를 한 석진이 바람 빠진 풍선 같은 웃음을 흘렸다.

- 어쨌든 너도 알다시피, 기본적으로 난 재미있는 거에 환장하잖아?

확실히 석진에게는 쾌락주의자적인 성향이 있었다. 손익에 크게 구애받지 않고 흥미 본위로 여러 사안을 처리하곤 해서, SA 소프트를 운영하던 시절에 그 뒷수습은 늘 재하의 몫이었다.

"너도 알 텐데. 난 말장난은 질색이야. 본론만 말해."

- 오늘 아주 재미있는 일이 벌어질 것 같다니까? 그게 본론이야.

"세아 씨와 관련된 일이야?"

- 아니라고는 못 하겠는데?

재하는 온몸의 피가 빠져나가는 것 같았다. 휴대전화를 쥔 그의 손이 하얗게 질렸다. 일전의 악몽이 재하의 머릿속에서 재생되었다.

「살려…… 주세요. 제발…….」

「제…… 발. 무서워…….」

「도와…… 줘요. 재하 씨……, 제발 도와줘요.」

덜덜 떨리던 가냘픈 몸. 금방이라도 꺼질 듯했던 목소리. 밤새 울며 악몽에 시달리던 그녀. 일분일초가 지옥 같았던 밤.

재하는 최후의 이성이 증발하는 것을 느꼈다.

"만약 세아 씨 손끝 하나라도 다치게 하면 넌 죽어. 아니, 차라리 죽는 게 낫다는 생각이 들게 해주지."

씹어 내뱉듯이 재하가 말했다. 누가 들어도 간담이 서늘해질 만한 경고였다.

- 그거 무서운데? 그런데 다치지는 않을 거야, 아마.

"똑바로 말하지 못해?"

- 넌 온실 속 도련님이 왜 이렇게 살벌하냐.

석진이 발연기라고 일컬어도 좋을 만큼 거짓인 티가 팍팍 나는 어조로 너스레를 떨었다.

- 무서워서 이만 도망쳐야겠다. 안녕.

"구석……!"

재하가 말을 채 끝내기도 전에 전화가 끊겼다. 재하는 즉시 통화 버튼을 눌렀다. 그러나 수신 차단을 해놓았는지 음성 사서함으로 연결될 뿐이었다.

책상을 내려친 재하는 안절부절 어쩔 줄 몰라 하다가 빠르게 결정을 내렸다. 그녀에게로 간다. 재하는 사무실을 박차고 나갔다. 하지만 뜻밖의 난관이 그를 기다리고 있었다.

"회장님."

"나도 같이 가지. 면접."

경호원과 비서진을 대동한 한주희 회장이 문밖에 서 있었다.

"그런데 어딜 그리 급하게 가려는 게야? 곧 서초 사옥으로 출발해야 할 텐데."

재하는 신음을 삼켰다. 여기서 의심을 사면 모든 것이 물거품이 된다. 그렇지만 세아가 안전하지 않다면, 세아가 다친다면 다 무슨 소용이란 말인가.

"자동차 열쇠를 들고 있는 걸 보니 일찍 출발하려는 모양이구나."

"잠시 다른 곳에 들렀다가 가야 합니다."

재하가 최대한 침착하게 둘러댔다. 한주희 회장의 눈빛에 이채가 어렸다.

"너와 같이 가려고 온 이 할아비를 매정하게 혼자 가게 할 셈이냐."

"그건."

재하는 말문이 막혔다. 한주희 회장이 그에게서 무언가 이상한 낌새를 느낀 게 틀림없었다. 여기서 동행하지 않는다고 하면, 노련한 한주희 회장은 그의 행선지가 서초 사옥이 아니라는 사실을 알고 경호원들을 동원해서라도 막을 것이다.

빠져나갈 구멍이 없었다. 절망이 재하를 휘감았다.

「그거 무서운데? 그런데 다치지는 않을 거야, 아마.」

석진의 말이 빛살처럼 재하의 뇌리를 관통했다. 그 말을 믿을 수밖에 없었다. 재하는 느리게 눈을 감았다가 떴다.

"아닙니다. 회장님과 함께 가겠습니다."

면접관들은 때 아닌 비상사태에 돌입했다. 로열패밀리가 나란히 면접장에 나타났다.

응시자들보다 면접관들이 더 긴장하는 초유의 상황이 벌어졌다. 그래서인지 면접장에는 유난히 날카로운 기운이 감돌았다.

재하는 무료하게 응시자들에게 점수를 매겼다.

"76번부터 80번까지 들여보내십시오."

맨 왼쪽에 앉은 면접관의 지시에 따라 다섯 명의 응시자가 들어왔다. 재하는 서류를 먼저 보다가 멈칫했다. 그는 곧장 고개를 들었다. 76번 응시자가 의자에 앉고 77번 응시자가 일어서고 있었다.

긴장한 기색이 역력한 여자가 자기소개를 시작했다.

"안녕하십니까. 면접 번호 77번 신세아입니다."

재하의 눈이 찢어질 듯이 커졌다.

전화를 끊은 석진은 와인 잔을 빙글빙글 돌렸다. 몇 주 전 세아

가 했던 말이 그의 뇌리에서 맴돌고 있었다.

「호랑이를 잡아야 하는데, 어떻게 해야 호랑이굴에 들어갈 수 있죠?」

"확실히 재미있는 여자라니까."

석진의 입가에 미소가 어렸다.

공기의 흐름마저 멈춘 듯했다.

재하는 이 상황을 어떻게 받아들여야 할지 알 수 없었다. 아니, 이 상황을 받아들이고 말고는 나중의 문제였다. 세아가 지금 그의 눈앞에 있었다.

다른 것들은 다 표백되었다. 그의 세상에서 오로지 세아만이 또렷했다.

조금 더 길어진 연갈색 머리카락과 하얀 얼굴. 유순한 눈매. 높지도, 낮지도 않은 코. 전체적으로 조금 여윈 듯한 인상. 어느덧 재하는 모든 것을 잊고 정신없이 그녀를 살피고 있었다.

"SA 소프트에서 근무한 경력이 있군요. 좋은 직장이라고 소문이 자자한 곳인데, 그만둔 이유가 뭔지 말해줄 수 있겠습니까?"

면접관의 질문이 재하를 현실로 끌어냈다.

"제가 SA 소프트를 그만두고 무한전자에 지원한 이유는……."

세아의 눈길이 정확히 재하에게로 향했다. 그녀와 눈이 마주친 순간, 재하는 머릿속이 하얗게 비었다. 발밑에서부터 전율이 올라왔다. 너무나 오랫동안 잊고 있었던 감각이었다.

“중요한 것을 찾기 위해서입니다.”

“아.”

저도 모르게 신음을 흘린 재하가 들고 있던 펜을 놓쳤다. 반사적으로 펜을 다시 쥔 재하는 불현듯 시선을 느꼈다. 면접장의 이목이 그에게 몰려 있었다.

한주희 회장도 예외는 아니었다. 그의 명백한 동요를, 한주희 회장은 가장 예리한 눈빛으로 주시하고 있었다. 재하는 애써 표정을 가다듬었다.

질의응답이 이어졌다. 가면 같은 얼굴로 재하는 76번부터 80번까지의 면접이 끝나기를 기다렸다. 마침내 면접관이 말했다.

“이만 나가보셔도 됩니다.”

지원자들이 일제히 의자에서 일어났다. 동시에 재하는 지극히 자연스럽게, 실수인 척 음료를 엎질렀다. 음료수가 그의 정장 소매를 적셨다.

“전무님!”

“이런, 괜찮으십니까?”

“괜찮습니다. 갈아입고 올 테니 마저 면접 진행하고 계십시오.”

의자에서 일어난 재하가 면접장을 빠져나왔다. 막 면접을 보고 나온 응시자 다섯 명이 일렬로 복도를 걷고 있었다.

재하는 성큼성큼 걸어가 익숙한 뒷모습의 여자를 붙잡았다.

“77번 지원자, 잠깐 이야기 좀 하죠.”

세아가 토끼 같은 눈으로 그를 올려다보았다. 그녀의 손목을 쥔 그는 질질 끌다시피 해서 인적이 드문 복도 쪽으로 걸어갔다. 주변에 아무도 없는 것을 확인한 그가 그녀의 손을 놓았다.

"무슨 속셈입니까."

"재하 씨."

"여길 왜 온 겁니까! 여기가 어딘 줄 알고."

"저는……."

"생각이라는 게 없습니까? 일전에 그런 일을 당해놓고 아무 데나 겁도 없이 돌아다니고 싶습니까?"

재하는 차갑게 쏘아붙였다. 그녀가 여기를 찾아왔다는 건 그의 배경을 알았다는 뜻이고, 납치 사건의 배후도 어느 정도 짐작하고 있다는 뜻이기도 했다. 그런데 회사에 제 발로 찾아오다니!

그는 딱 기쁜 만큼 화가 났다. 그녀를 볼 수 있어서 행복했지만, 한편으로는 조심성 없는 그녀를 질책하고 싶었다.

무한은 한주희 회장의 왕국이었다. 무한에서 한주희 회장은 전지전능한 황제이자 빅 브라더이자 팬옵티콘의 감독관이었다. 그녀는 그런 곳에 혈혈단신으로 뛰어든 것이었다.

재하는 울화가 치밀었다. 무모한 것에도 정도가 있었다. 이건 안전장치 없이 번지점프대에서 뛰어내리기와 다를 바 없는 행동이었다. 재하는 그 꼴을 두 눈 뜨고 가만히 지켜볼 생각은 추호도 없었다.

"나가십시오. 다시는 이 근처에 올 생각도 마십시오."

"싫어요."

그녀가 단호하게 거절했다. 재하는 속에서 치밀어 오르는 감정을 억누르지 못하고 그녀를 벽으로 밀쳤다.

"지금 내가 장난하는 걸로 보입니까?"

재하는 답답해서 미칠 것 같았다. 안 그래도 내내 첨예하게 곤두서 있던 신경이 물 만난 고기처럼 요동쳤다. 당신만은 안전한 곳에 두고 싶어 하는 내 마음을 왜 몰라주지?

"경호원에게 끌려 나가고 싶지 않으면 알아서 나가는 게 좋을 겁니다. 왜 왔는지는 모르겠지만, 다시는……."

"보고 싶었어요!"

욱한 얼굴로 세아가 버럭 대답했다.

"재하 씨를 보려고 용기 내서 왔어요. 사실 많이 무서웠는데, 그래도 이것 말고는 재하 씨를 만날 다른 방법이 없으니까! 그냥 보고 싶으니까 왔다고요!"

그녀는 물기 어린 눈으로 재하를 올려다보며 따졌다.

"무슨 자격으로 절 쫓아내실 건데요? 전 SW 연구 개발직 면접을 보러 온 면접자예요. 재하 씨가 무슨 권리로 내 구직 활동을 막아요? 말이야 바른말이지, 저 재하 씨 때문에 잘 다니던 직장 그만두고 하루아침에 실직자 됐거든요?"

재하는 찰나 말문이 막혔다. 사납게 그를 노려보며 조목조목 따진 그녀가 그의 손을 홱 뿌리치며 날카롭게 외쳤다.

"재하 씨가 뭔데!"

그녀의 눈에 아슬아슬하게 맺혀 있던 물기가 툭, 뺨으로 떨어졌

다. 재하의 가슴이 철렁 내려앉았다.

당황한 재하가 어쩔 줄 모르고 있을 때였다. 문득 시선이 느껴졌다. 재하는 반사적으로 오른쪽으로 고개를 돌렸다. 모퉁이에서 짧은 순간 넥타이가 펄럭이는 것을, 그는 놓치지 않았다. 이를 악문 재하가 냉정하게 선언했다.

"세아 씨가 합격할 일은 없습니다. 반드시 불합격 처리할 테니까."

"마음대로 하세요!"

세아는 눈물을 글썽이며 그에게서 벗어났다. 상처받은 기색이 역력했다.

구두 특유의 또각또각 소리가 멀어졌다. 복도에 덩그러니 남겨진 재하는 잔뜩 미간을 일그러뜨린 채로 가슴 부근을 움켜쥐었다.

세아는 손등으로 눈을 닦으며 무작정 앞으로 걸어갔다. 앞이 잘 보이지 않았다.

"바보……, 멍청이……."

정말로 멍청한 남자였다.

"똥개……, 말미잘, 해삼……, 이 천하의 멍텅구리."

그렇게 힘들어하는 눈빛으로 모진 말을 내뱉어봤자 역효과라는 걸 모르는 걸까?

그의 걱정을 알고는 있다. 그렇지만 아직 닥치지도 않은 불행 때문에 미리 밀어내는 것을 택하다니.

"겁쟁이."

훌쩍이던 세아는 휴대전화를 꺼내 합격자 발표일을 확인했다.

"붙어야 하는데."

무조건 불합격 처리한다는 그의 으름장에도 불구하고 세아는 희망을 품고서 집으로 갔다. 그리고 두 사람을 은밀히 지켜보고 있던 그림자, 박 실장은 회장실로 들어가 제 주인에게 대략적인 상황을 보고했다.

"……그렇게 신세아 양을 밀어내고는 괴로워하는 표정을 지으셨습니다."

"그렇군."

한주희 회장이 무심하게 응대했다.

"저, 회장님."

망설이던 박 실장이 조심스럽게 입을 열었다. 한주희 회장은 서류를 넘기며 고저 없는 어조로 답했다.

"말해."

"한 전무님의 행동이 무섭도록 예전의 도련님을 닮았습니다. 이 대로라면……."

박 실장이 말하는 도련님은 재하의 아버지였다. 한주희 회장의 포커페이스가 미세하게 흔들렸다. 생략된 말이 무엇인지는 한주희 회장도, 오랫동안 수족으로서 그 곁을 지킨 박 실장도 잘 알고 있었다.

"나가보게."

한주희 회장이 축객령을 내렸다. 박 실장은 조용히 회장실을 빠져나갔다. 혼자가 된 한주희 회장은 읽던 서류를 덮었다.

그는 도저히 이해가 되지 않았다. 아들도, 손자인 재하도. 사랑은 지나가는 바람과도 같은 것이다. 당시에는 심각해도 훗날 막상 돌이켜보면 흩어져 흔적조차 남지 않는 무의미한 감정. 그런 것보다 가치 있는 일이 세상에는 수없이 많았다.

"사내로 태어났으면 세계 제패까지는 아니어도, 자기가 태어난 나라는 손에 넣고 흔들겠다는 야심이 있어야지."

한주희 회장은 아들을 통해 그 꿈을 완성할 수 있다고 믿었다. 그러나 아들은 그의 기대를 무참히 배신했다. 잘나지도 않은 여자에게 빠져 정신을 못 차리고 그를 실망케 했다.

그는 인내했다. 아들이 안 된다면 손자에게 그의 꿈을 잇게 하면 된다고 생각했다.

소파에서 일어난 한주희 회장이 수납장으로 걸어갔다. 와인을 꺼낸 그가 코르크 마개를 열고 잔에 내용물을 따랐다.

"약혼을 앞당겨야겠군."

재하가 제 아비의 전철을 밟기 전에, 더 흔들리기 전에.

유리잔 안에서 출렁이는 붉은 액체를 주시하는 노회한 눈동자가 기이하게 일렁였다.

한편 회장실을 빠져나온 박 실장이 향한 곳은 재하의 사무실이었다. 언제 감정을 수습했는지 재하는 표정 없는 얼굴로 보고서를 결재하고 있었다.

"한 전무님."

"말씀하십시오."

"일전에 제게 하신 제안 말입니다."

서류에 사인하던 재하가 휙 고개를 들었다. 죽어 있던 검은 눈이 격동했다.

"결과 발표는 언제 나니?"

"음, 내일."

세아는 콧노래를 흥얼거리며 응수했다. 세아가 무한전자 SW 연구 개발직에 응시했다는 사실을 안 뒤로 어머니는 은근히 결과를 신경 쓰는 눈치였다.

"잘되면 좋겠다."

"그래?"

"당연하지. 무한전자라면 우리나라에서 이거 아니니."

어머니가 엄지를 척 치켜들었다. 세아는 머쓱하게 웃었다. 새삼 그런 대단한 곳에 합격할 수 있으려나 의구심이 들었다.

"근데 아까부터 너 뭐 하고 있니? 이상한 걸 들고."

세아의 부담감을 읽었는지 어머니가 화제를 전환했다. 세아는 안색을 바꿨다.

"이거? 봐, 감쪽같지?"

"뭐가?"

"여기 부분 봐봐. 뭐 매끄럽지 않은 부분이 있다든지, 색이 다르다든지 해?"

"아니? 그냥 똑같은데?"

"그럼 됐어. 성공이야."

붓을 내려놓은 세아는 완성품을 흐뭇한 눈길로 바라보았다. 그녀가 보기에도 자연스럽게 잘되었다.

아론을 통풍이 잘되는 선반에 올려놓은 세아가 싱글벙글 미소 지었다. 자세히 보면 떨어진 티가 났던 목 부분이 매끄러워지자 훨씬 보기 좋았다. 드디어 목을 부러뜨렸다는 죄책감에서 해방되었다.

"계속 내버려둬서 미안해, 아론. 그동안 주인이 허락하지 않아서 손을 댈 수 없었어."

아론의 코끝을 손가락으로 밀며 사과한 세아는 돌연 움찔했다. 그러고 보니 아직도 허락을 받지 못한 건 마찬가지인데 손을 댔다.

마음대로 만졌다고 화내려나? 불안에 떨던 세아가 피식 웃었다.

"좋아할 거야."

멀쩡해진 아론을 보면 기뻐할 것이다. 그는 아론을 좋아하니까.

세아는 창밖을 내다보았다. 해는 쨍쨍하고 하늘은 맑았다. 여름인데 웬일로 선선한 바람마저 불었다.

"오늘 뭔가 좋은 일이 있을 것 같아."

336

세아가 잔잔한 미소를 짓고 있을 무렵이었다. 휴대전화가 울렸다. 누구지?

발신인을 확인한 세아의 눈이 커졌다.

"멋지세요."

연신 머리카락을 만지며 여자가 찬사를 늘어놓았다. 재하는 무덤덤하게 거울에 비치는 자신의 모습을 응시했다.

검은색 정장에 보타이(bow tie), 하얀 와이셔츠. 앞머리를 단정하게 뒤로 넘겨 왁스로 고정한 헤어스타일.

"워낙 피부가 좋으셔서 특별히 더 화장하실 필요는 없을 것 같고, 이 정도만 살짝 바르고 말게요."

붓을 든 여자는 그의 얼굴에 무언가를 칠했다. 난생처음으로 하는 치장은 그에게 이질감과 거부감을 불러일으켰다.

"엄청나게 잘생기셨어요. 제가 이 일을 20년 정도 했는데 전무님처럼 미남이신 분은 처음이에요. 움직이는 조각 같으세요."

"맞아요. 약혼하시는 여자분께서 좋으시겠어요."

"아니야. 아까 김 실장에게 연락 왔는데, 약혼 상대이신 여자분도 미인이시래. 몸매도 완벽하시고."

"진짜요? 어쩜 좋아. 이런 선남선녀 커플은 처음 봐요."

여자들이 탄성을 터뜨렸다. 재하는 아무 말도 하지 않았다. 닫혀 있던 문이 열린 건 그때였다.

"아직 안 끝났어요?"

붉은색 머메이드라인 드레스를 입은 늘씬한 여자가 안으로 들어왔다. 큰 키와 잘록한 허리, 가느다란 팔다리, 화려한 이목구비는 그녀를 모델처럼 보이게 했다.

　"어머머머."

　"세상에."

　여자들이 과장된 감탄사를 흘렸다.

　"딱 보니까 알겠어요. 저분이 약혼녀시구나."

　"너무 잘 어울리세요. 천생연분이에요."

　쏟아지는 호들갑을 들으며 재하는 실소를 흘렸다. 남주요 대리와 천생연분이라니! 그렇게 끔찍한 소리는 다시 없을 것이다.

　"웃으시니까 더 잘생기셨어요."

　"계속 활짝 웃으세요. 좋은 날이잖아요."

　"그렇죠."

　재하는 순순히 긍정했다. 남주요 대리가 그의 어깨에 손을 올리며 질문했다.

　"아직 안 끝났어요?"

　"다 끝났습니다, 약혼녀님."

　헤어 아티스트가 그의 머리카락에서 손을 떼며 답했다. 남주요 대리는 기다렸다는 듯이 그에게 달라붙었다.

　"곧 우리가 약혼하다니, 꿈만 같아요."

　재하가 별다른 반응을 보이지 않아도 그녀는 아랑곳하지 않고 이어 말했다.

"할아버님과 우리 아버지를 뵈러 가요."

"그러죠."

무뚝뚝한 재하의 대구에 남주요 대리가 활짝 웃었다.

두 사람은 나란히 밀실로 걸어갔다. 안에서 차를 마시고 있던 한주희 회장과 남현제 의원이 두 사람을 발견하고는 흐뭇한 표정을 지었다.

"잘 어울리는 한 쌍이로군."

남현제 의원이 자리에서 일어나 재하의 손을 붙잡으며 당부했다.

"부족한 점이 많은 딸이지만 앞으로 잘 부탁하네, 한 전무."

"그전에 회장님과 의원님, 두 분께 잠시 드릴 말씀이 있습니다."

재하가 남현제 의원에게 잡힌 손을 빼내며 말했다. 남현제 의원의 만면에 한순간 불쾌감이 어렸다가 사라졌다. 금세 사람 좋은 미소를 띤 남현제 의원이 물었다.

"뭔가?"

대답 대신 재하는 정장 안주머니에 손을 넣어 무언가를 꺼내 들었다. 뜻밖의 물건이 등장하자 남현제 의원은 눈을 동그랗게 떴다.

"그건?"

"USB입니다."

재하는 건조하게 부연했다.

"비자금, 불법 로비, 탈세, 담합, 언론 플레이 등 무한그룹의 모든 치부가 들어 있는.”

공기가 순식간에 얼어붙었다.

“남 의원님이 연루된 사안도 꽤 있더군요.”

남현제 의원을 흘긋 보며 재하가 웃었다. 선홍색 입술이 악마를
연상시키는 곡선을 그렸다. 남현제 의원의 얼굴이 새파래졌다. 한
주희 회장의 표정에서도 여유가 사라졌다.

“선택하십시오, 남현제 의원님.”

웃음기를 지운 재하가 싸늘하게 덧붙였다.

“이 약혼을 백지화시킬 건지, 다 같이 사이좋게 나락으로 떨어
질 건지!”

32. 가장 특별한 여자

"이게 무슨."

남현제 의원이 황망한 기색으로 중얼거렸다.

"어떻게 갑자기 이런."

"동요할 것 없소, 남 의원."

잠자코 있던 한주희 회장이 입을 열었다.

"거짓말이니까."

"거짓말이라니요?"

"재하에게는 그런 정보에 접근할 수 있는 권한이 없소."

한주희 회장이 담담하게 응수했다. 남현제 의원의 안색이 눈에 띄게 밝아졌다.

"그럼……."

"확실히 번거롭긴 했죠."

순순히 긍정한 재하가 눈을 부드럽게 접었다.

"하지만 박 실장님은 많은 것을 알고 있더군요."

한주희 회장의 안면이 굳었다. 조손을 번갈아가며 지켜보던 남현제 의원의 표정도 덩달아 딱딱해졌다.

"그럴 리 없다. 박 실장이 날 배신할 리 없어."

"글쎄요. 뭐 짚이는 구석 없으십니까?"

재하가 싱글거리며 질문했다. 동시에 얼마 전 박 실장이 했던 말이 한주희 회장의 뇌리를 스쳐 지나갔다.

「회장님, 한 전무님 행동이 무섭도록 예전의 도련님을 닮았습니다. 이대로라면……」

'설마?'

재하가 아들 녀석처럼 될까 봐 박 실장이?

한주희 회장의 눈동자가 순간 흔들렸다. 그리고 남현제 의원은 그 짧은 동요를 놓치지 않았다. 남현제 의원도 칼과 총을 든 전쟁터만큼이나 살벌한 정계에서 구를 대로 구른 몸이었다.

"아, 경호원을 동원해서 이 USB를 빼앗으려는 생각은 버리시는 게 좋을 겁니다. 애초에 복사본이 널린 데다가, 정해진 시각에 제가 발송 취소 버튼을 누르지 않으면 USB 안에 있는 내용이 일제히 모든 언론사에 보내지게 되어 있으니까. 국내 언론은 물론이고 외신에도."

재하는 USB를 높이 던졌다가 받았다. 한주희 회장과 남현제 의원의 눈길이 자연스럽게 USB의 행방을 좇아 움직였다.

"물론 회장님에게는 진실도 거짓으로 몰아 무마시켜버릴 힘이 있죠. 그렇지만 이 안에 있는 정보의 진위가 어떻게 판가름 날지를 떠나서, 의혹이 제기되는 것만으로 커다란 타격일 겁니다. 특히 대선 후보로서 높은 도덕성이 요구되는 남 의원님에게는."

USB를 도로 품 안에 넣은 재하가 손목시계를 확인하고는 입매를 틀었다.

"약혼 발표까지 5분 남았습니다. 결정하시죠, 남현제 의원님."

남현제 의원은 입을 굳게 다물었다. 시기가 좋지 않았다. 대선이 얼마 남지 않은 시점이었기에 가장 유력한 당선 후보로 거론되는 그는 언론의 집중포화를 받고 있었다. 여당도 그의 흠을 잡으려고 혈안이 되어 있는 상황이었다. 먼지 하나라도 나오면 개떼처럼 달려들어 그를 물어뜯을 것이다. 몸을 사려야 했다.

"한 전무의 뜻대로 이 약혼은 없었던 일로 하겠네."

"아버지!"

남주요 대리가 째진 목소리로 외쳤다. 자리에서 일어난 남현제 의원은 무서운 얼굴로 남주요 대리의 팔을 잡아끌었다.

"가자."

"아버지! 어떻게……."

남현제 의원이 버둥거리는 남주요 대리를 억지로 끌고 나가던 차였다.

"여기서 나가면 모든 지원을 일절 끊겠네."

한주희 회장의 경고가 밀실에 무겁게 내려앉았다. 남현제 의원은 멈칫했다. 잠시 갈등하던 남 의원이 결단을 내린 듯 비장한 눈빛으로 한주희 회장을 돌아보았다.

"죄송합니다, 어르신. 이해해주십시오."

"아버지, 다시 한 번 생각해보세요! 재하 씨! 재하 씨가 나한테 어떻게……!"

밀실의 문이 거칠게 열렸다가 쾅 소리를 내며 닫혔다.

밀실에 적막이 흘렀다. 먼저 입을 연 인물은 한주희 회장이었다.

"처음부터 이럴 작정이었느냐."

"이러려고 무한에 들어온 겁니다."

눈을 내리깐 재하가 그림처럼 미소 지었다.

"할아버지가 체스판 위에 두지 않은 킹, 무한그룹을 잡기 위해서."

한주희 회장이 눈을 부릅떴다.

"예전엔 이렇게 말씀하셨죠. 저는 제 아버지처럼 무르지 않다고. 오히려 당신을 닮았다고."

재하의 목소리에 사늘한 기운이 번졌다.

"그런데 어째서 제가 아버지와 똑같이 굴 거라고 믿으셨습니까?"

한주희 회장은 둔탁한 물건에 뒷머리를 가격당한 것 같았다. 재하가 짐짓 이해가 가지 않는다는 듯이 천진하게 덧붙였다.

"당신의 말대로 난 오히려 당신을 닮았는데."

섬광 같은 깨달음이 한주희 회장에게 날아들었다.

「어머니는 사고로 죽던 날까지 아버지만 바라보셨습니다. 아버지는 어머니의 사망 소식을 듣고는 점점 여위더니 끝내 어머니를 뒤따

라가셨고요. 두 분 다 보기 드문 지독한 외골수였죠. 전 그런 아버지
와 어머니 사이에서 태어난 자식이고요.」

「……그렇게 신세아 양을 밀어내고는 괴로워하는 표정을 지으셨
습니다. 한 전무님의 행동이 무섭도록 예전의 도련님을 닮았습니
다.」

"연기였구나."

한주희 회장의 미간이 노여움으로 일그러졌다.

"모두 연기였어. 날 착각하게 하기 위한."

일부러 제 아버지처럼 행동한 것이었다. 그에게 선입관을 심어
주기 위해.

처음부터 제 아버지 이야기를 꺼낸 것도 자신이 아버지와 비슷
하다는 사실을 강조하기 위해서였다. 무기력한 태도와 고통스러
워하던 표정, 그 모든 것이 다 그에게 과거의 아들을 떠올리게 하
려는 수작이었다.

그는 저도 모르게 암시에 걸린 것이었다. 재하는 아들을 닮았으
니 당연히 아들의 전철을 밟을 것이라고.

"아니요. 연기가 아니라 전부 진심이었습니다. 연기였다면 진작
회장님에게 거짓이라는 걸 간파당했을 테죠."

재하는 무감각하게 한주희 회장을 건너다보았다.

"전 그저 진심을 일부러 질질 흘렸을 뿐입니다. 아버지를 닮은
면은 부각하고, 회장님을 닮은 면은 은폐해야 했으니까."

다시금 짙은 정적이 밀폐된 공간을 가로질렀다.

"밖에 기자들이 와 있다. 어떡할 테냐."

"제가 일을 벌였으니 알아서 해결하겠습니다."

이마를 짚은 한주희 회장이 낮게 으르렁거렸다.

"너 원하는 대로 되었으니 USB는 내놓아라. 이 이상은 못 참는다."

단순히 USB만을 달라는 뜻이 아니었다. 그 안에 들어 있는 모든 자료를 폐기하라는 명령이었다.

"그러죠."

재하는 안주머니에서 USB를 꺼내 탁자에 내려놓았다. 한주희 회장의 매서운 눈길이 손가락 한 마디 크기의 USB에 꽂혔다.

"전 이만 수습하러 나가보겠습니다."

미련 없이 재하가 밀실을 나갔다.

"신세아 씨는?"

"여기 계십니다."

한재하 이사는 어딘지 모르게 다급해 보였다. 여직원 뒤에 서 있던 세아는 슬쩍 앞으로 나섰다.

"저 여기 있어요."

세아를 발견한 그가 부드럽게 미소 지었다.

"역시 예쁘군요."

세아는 그저 어리둥절했다. 갑자기 그에게서 문자가 왔기에 정말로 그가 보낸 게 맞을까 반신반의하며 나왔는데, 이제는 그녀를 보며 예쁘다고 웃기까지.

시종일관 자신을 밀어내기만 하던 한재하 이사의 태도가 갑작스럽게 바뀌자 세아는 당황스러웠다. 범상치 않은 그의 차림새도 그녀를 얼떨떨하게 만드는 요인 중 하나였다.

"갑시다."

그가 손을 덥석 잡으며 재촉했다. 세아는 얼떨결에 따라가며 물었다.

"어디를요?"

"시간이 없습니다. 설명은 나중에 할 테니까 따라오십시오."

빈말이 아닌지 그는 정말로 무언가에 쫓기는 양 급박해 보였다. 세아는 일단 그가 하자는 대로 따르기로 마음먹었다.

커다란 문 앞으로 세아를 데리고 간 그가 문을 열며 당부했다.

"어떤 일이 벌어져도 놀라지 마십시오."

"예? 무슨······."

세아의 물음이 채 끝나기도 전이었다. 커다란 문이 열리고 갑자기 날카로운 빛이 쏟아졌다. 세아는 반사적으로 눈을 감았다. 눈을 뜰 수 없을 정도로 환한 빛이 연쇄적으로 터졌다. 그리고 쉴 없이 사방에서 들려오는 찰칵찰칵 소리. 묘하게 귀에 익은 소음이었다.

설마? 힘겹게 실눈을 뜬 세아는 깜짝 놀랐다. 사방에서 플래시가 터지고 있었다. 세아는 그대로 패닉 상태가 되었다.

'이게 뭐야?'

얼음이 된 세아를 그가 이끌었다. 세아는 거의 눈을 감다시피 한 채로 그에게 의지해서 앞으로 걸어갔다.

단상에 올라선 그가 마이크에 대고 말했다.

"우선 제 약혼 발표 기자 회견에 참석해주신 분들께 감사하다는 말씀을 드립니다."

"약혼…… 기자 회견?"

나란히 옆에 서 있던 세아는 동그래진 눈으로 그를 쳐다보았다. 약혼이라니?

정중하게 허리를 숙여 인사한 그가 그녀의 손을 잡았다. 그러고는 기자들을 향해 말했다.

"소개하겠습니다. 제 약혼녀, 신세아입니다."

"네에에에?"

반사적으로 세아가 경악성을 터트렸다. 다행스럽게도 그녀의 외침은 주변의 소음에 묻혀 다른 사람들에게까지는 들리지 않았다.

"목소리 낮추십시오."

한재하 이사가 작게 주의를 환기했다. 세아가 개미 기어가는 음성으로 그에게 따졌다.

"약혼이라니요? 내가 재하 씨 약혼녀라니요?"

세아는 '이게 무슨 말이오, 이사 양반!'이라고 따지며 그의 어깨를 짤짤 흔들고 싶은 심정이었다. 면접 보러 왔다가 싸우다시피 헤어진 뒤로 얼굴 한번 안 봤는데, 느닷없이 약혼이라니!

"어차피 우리, 결혼 전제로 사귄 거 아니었습니까?"

"아무리 그래도!"

당사자도 모르는 약혼 발표가 세상천지에 어디 있단 말인가!

'대체 뭐가 어떻게 된 일이야!'

세아는 뇌가 터져버릴 것 같았다. 밑도 끝도 없이 최대한 예쁘게 하고 오라고 문자를 보냈기에 뭔가 일이 터졌구나 싶긴 했었다. 그러나 이건 '일'이라는 온건한 단어로 표현될 사건이 아니었다. 대형 사고였다.

"당혹스럽고 화가 날 상황이라는 거, 충분히 이해합니다. 하지만 이것 말고는 방법이 없었습니다."

그의 눈동자가 조금 가라앉았다. 그 깊이를 헤아릴 수 없는 눈에서 그가 지쳐 있다는 게 느껴져서 세아는 순간 심장이 아릿했다. 그는 그녀가 모르는 전장에서 치열하게 싸웠을 테고, 아마도 많이 힘들었을 것이다.

"그런 얼굴 하지 말고 표정 관리하십시오. 카메라에 초 단위로 찍히고 있을 테니까."

다정하게 세아의 뺨을 만지며 그가 속삭였다. 세아는 얼음이 되었다.

"어디어디 나가는데요?"

"음, 인터넷 여기저기에 도배될 거고 방송이나 종이신문으로도 나갈 겁니다."

"히익."

숨을 들이켠 세아는 급하게 방긋 웃었다. 굴욕 사진을 제조할 수는 없었다.

기자 한 명이 번쩍 손을 들고서 질문을 던졌다.

"남현제 의원님 따님과 약혼하신다고 들었는데……."

"헛소문입니다."

단칼에 기자의 말을 자른 한재하 이사가 세아의 손등에 입을 맞췄다.

"제가 이렇게 사랑스러운 약혼녀를 두고 다른 여자와 약혼할 리 없잖습니까."

USB를 열어서 내용물을 확인한 한주희 회장은 헛웃음을 터트렸다. 몇 번을 다시 노트북에 연결해도 마찬가지였다.

USB는 텅 비어 있었다.

"그 영악한 놈이."

하얀 화면을 가만히 보고 있자니 한주희 회장은 기가 막혔다.

"박 실장이 날 배신할 리 없지."

이런 것에 지레 겁을 먹고 도망친 남현제 의원을 생각하자 가엾고 딱했다.

허탈함을 감추지 못하고 한주희 회장이 빈 웃음을 흘리고 있을 때였다. 밀실의 문이 열리고 익숙한 인물이 나타났다.

"회장님!"

박 실장이었다. 안절부절 어쩔 줄 몰라 하는 기색으로 보건대 심상치 않은 일이 터진 게 분명했다. 한주희 회장은 침착하게 하문했다.

"무슨 일인가."

"지금 한 전무님이⋯⋯."

박 실장은 더 말하는 대신 두 손으로 휴대전화를 내밀었다. 액정에는 포털 사이트의 실시간 검색어가 주르륵 펼쳐져 있었다.

1. 한재하 전무 약혼
2. 신세아
3. 한재하 신세아⋯⋯

한주희 회장의 포커페이스에 금이 갔다. 박 실장이 부연 설명하듯 이어 보고했다.

"전무님이 기자들을 물리지 않고 신세아 양의 손을 잡고 그대로 기자회견장으로⋯⋯."

그제야 한주희 회장의 머릿속에 모든 그림이 그려졌다. 왜 재하가 굳이 약혼을 코앞에 둔 시점에서 USB를 꺼내 들었는지, 더 많은 것을 얻을 수도 있었을 텐데 어째서 딜을 포기하고 선뜻 USB를 내놓고 밖으로 나갔는지.

처음부터 녀석은 제 사랑의 손을 잡고 약혼 발표 기자 회견장에 들어갈 생각이었다. 언론의 앞에서 제 약혼녀가 누군지 분명히 알리기 위해.

완벽하게 녀석의 손아귀에서 놀아났다.

마른 웃음이 밀실에 울려 퍼졌다.

"안색이 아주 좋구나."

한주희 회장은 재하를 돌아보지도 않고서 마치 직접 본 양 이야기했다.

"내가 이대로 있을 것 같으냐."

노을에 물들기 시작한 창밖 세상을 내려다보며 한주희 회장이 물었다. 약혼 발표를 끝내고 편한 의상으로 갈아입은 재하가 반문했다.

"아까 제가 드린 USB가 진짜일 것 같습니까?"

바지 주머니에서 재하가 무언가를 꺼냈다. 아까와는 다른 디자인의 USB였다.

"이게 진짜입니다."

"그게 아까처럼 속 빈 강정이 아니라는 걸 어떻게 믿지?"

한주희 회장이 차갑게 응수했다. 재하는 빙그레 웃었다.

"한번 도박을 해보시겠습니까?"

끊어지기 직전까지 당겨진 고무줄을 지켜보는 듯한 긴장감이 감돌았다.

돌연 한주희 회장이 픽 웃었다.

"아니, 난 도박은 하지 않는다. 예전에 사업 자금을 마련한답시고 도박을 했다가 전 재산을 탕진한 적이 있거든."

대기업의 총수답지 않은 발언이었다.

"모든 것을 포기하고 얻은 네 행복이 오래가길 비마."

재하는 뒷짐을 진 한주희 회장의 뒷모습을 물끄러미 보다가 허리를 숙여 인사했다. 그런 다음 조용한 발걸음으로 서재를 빠져나갔다.

한주희 회장은 눈을 감았다. 문이 닫히는 소리보다 더욱 크게 그의 귓전을 때리는 소음이 있었다. 평생, 모든 것을 다 바쳐 쌓아온 야망이 무너져 내리는 소리였다.

서재 밖에는 세아가 서 있었다. 그녀가 닫힌 서재 문을 향해 눈짓했다.

"저, 인사는……."

"괜찮습니다. 그냥 갑시다."

재하는 그녀의 손을 잡고 저택을 빠져나왔다. 운전석에 오른 그는 시동을 거는 대신 옆에 앉은 세아를 빤히 바라보았다. 그녀도 그에게 눈을 맞추었다.

그 사소한 행동이 못 견디게 좋았다. 재하의 입가에 웃음이 번졌다.

"왜 웃어요?"

"좋아서 그렇습니다, 약혼녀 씨."

"마음대로 사고를 쳐놓고서는 뭘 잘했다고. 내 혼삿길을 전국적으로 막아놓고는."

세아가 투덜거렸다. 그러나 재하는 그 투덜거림이 썩 진심은 아니라는 것을 알았다.

"나 말고 다른 남자와 결혼하려고 그랬습니까?"

재하가 눈웃음을 치며 묻자 세아는 다소 누그러진 투로 대답했다.

"그건 아니지만……, 부모님도 많이 놀라셨을 텐데."

"말 나온 김에 인사드리러 갑시다."

"지금요?"

"네, 그전에 한번 안아보고."

재하는 세아를 꼭 끌어안았다. 세아가 조심스럽게 그의 등에 팔을 둘렀다. 그녀에게서 풍기는 달콤한 향기를 만끽하며, 재하는 옅은 한숨을 흘렸다. 안도감과 함께 묘한 탈력감이 재하의 전신을 휘감았다.

드디어 돌아왔다. 제자리로.

자동차는 죽죽 잘도 앞으로 나갔다. 평소라면 몇 번은 걸렸을 신호등도 안 걸리고, 꼭 막히곤 하는 구간도 매끄럽게 빠져나왔다.

집에 가까워질수록 세아는 심장이 울렁거렸다. 부모님에게 그를 소개한다고 생각하니 기분이 이상했다.

"괜찮겠어요?"

"뭐가 말입니까?"

"우리 부모님 만나는 거요."

"너무 갑작스럽게 찾아뵙는 게 아닐까 싶긴 한데, 아무래도 직접 만나 뵙고 오늘 있었던 일을 말씀드리는 편이 나을 것 같습니다."

그는 담담했다. 세아는 전혀 떨지 않는 그의 태도에 놀랐다.

"긴장되지 않아요?"

"긴장하지 않은 것처럼 보입니까? 꽤 긴장했는데."

그가 슬쩍 웃으며 응수했다. 그러고 보니 운전대를 잡은 손에 아까보다 힘이 더 들어간 듯도 했다.

"그런 것치고는 너무 차분해서요."

"세아 씨와 사귀고 나서 수십 번, 수백 번은 생각해본 상황이니까."

대수롭지 않다는 듯이 말하는 그의 태도에 세아는 가슴이 뛰었다. 그가 그녀와의 관계를 장난스럽게 생각하지는 않을 것이라고 믿었지만, 막상 진심을 확인하니 입가에 미소가 번졌다.

"잠시 백화점에 들렀다가 가죠."

"백화점이요?"

"빈손으로 갈 수는 없잖습니까."

거의 폐점 시각이 다 된 평일의 백화점은 한산했다.

"이건 어떻습니까."

"너무 비싸요. 부담스러워하실 것 같아요. 한 층 내려가서……."

"그러면……."

논의 끝에 선물은 홍삼 세트로 결정되었다. 세아의 집 앞에 선 그가 비장한 표정을 지었다. 세아는 말없이 그의 손을 잡았다. 세아를 보며 미소를 지은 그가 긴 손가락을 뻗어 초인종을 눌렀다.

- 누구세요?

"안녕하십니까. 세아 씨와 교제 중인 한재하입니다."

- 아, 잠시만 기다리세요.

금방 현관문이 열렸다. 광이 날 것처럼 깨끗한 집을 보며 세아는 흠칫했다. 오기 전에 미리 연락했더니 어머니가 청소에 심혈을 기울인 모양이었다.

"누추하지만 들어오세요."

어머니가 허리를 숙여 인사하는 그에게 말했다. 그가 가지런히 신발을 벗고 조심스럽게 안으로 들어갔다. 아버지는 거실에 양반다리를 하고 앉아 있었다. 평소의 인자함은 어디로 갔는지 다소 딱딱한 얼굴이었다.

"이리 와서 앉아요."

"편하게 말씀하십시오."

한재하 이사가 바닥에 무릎을 꿇고 앉았다.

"남의 댁 귀한 아들 벌서게 할 생각은 없으니까 편하게 앉지요?"

"괜찮습니다. 이 자세도 편합니다."

아버지는 더는 자세를 바꾸라고 권하지 않고 본론으로 들어갔다.

"몇 가지 물어보고 싶은 게 있어요. 방금 뉴스에서도 그렇고, 인

터넷 신문에서도 그렇고, 우리 세아가 한재하 군 약혼녀라고 하고 있는데 이게 어떻게 된 일인지 설명을 해줘야겠습니다."

"아빠, 그건."

"난 세아 너한테 물은 게 아니다."

그녀의 말을 딱 잘라낸 아버지가 한재하 이사를 바라보았다.

"말씀드리겠습니다."

한재하 이사가 눈을 내리깔고는 정중하게 대답했다.

"두 분께서 방송에서 보신 대로 세아 씨와 저, 약혼하기로 했습니다."

"두 사람이 헤어진 줄 알았는데 아니었나요?"

어머니가 곤혹스럽다는 투로 물었다. 그가 그림 같은 미소를 띤 채로 응대했다.

"할아버지께 허락을 구하느라 그동안 세아 씨에게 소홀했습니다. 하지만 이제 다 해결되었으니 걱정하지 않으셔도 됩니다."

"할아버지라면…… 한주희 회장님?"

얼떨떨한 표정으로 어머니가 혼잣말했다. 아버지가 가만히 한재하 이사를 살피다가 말했다.

"우리 세아는 평범한 가정에서 자란 평범한 아이입니다."

"제게는 이 세상에서 가장 특별한 여자입니다."

어머니가 옆에서 "어머" 하고 탄성을 흘렸다.

세아는 무언가에 홀린 것처럼 그를 응시했다. 깎아지른 듯이 반듯한 코와 굳게 맞물린 입술, 무언가를 굳게 결심한 듯 흔들림 없는 눈빛. 그의 옆얼굴에서 눈을 뗄 수 없었다.

"아버님, 어머님."

결연한 그의 목소리. 무언가를 예감한 세아의 심장이 쿵쾅거렸다.

결 좋은 그의 검은색 머리카락이 아래로 흘러내리고, 반듯했던 등이 완만한 곡선을 그렸다.

"제가 따님의 남자가 되도록 허락해주십시오."

세아는 떨리는 손으로 입을 틀어막았다. 무어라 표현할 수 없는 감정이 왈칵 치밀었다. 눈가가 절로 뜨거워졌다.

어머니와 아버지가 눈빛을 교환했다. 먼저 입을 연 사람은 아버지였다.

"술 좀 가져와줘요, 여보."

"알았어요."

스르륵 자리에서 일어난 어머니가 부엌으로 향했다. 세아는 당황해서 아버지와 어머니를 번갈아가며 보았다.

"엄마, 아빠?"

"허리 펴요. 그리고 이제부터 편하게 말하겠네. 술 마실 줄 아는가?"

"즐기지는 않지만 마실 줄은 압니다."

고개를 든 한재하 이사가 답변했다. 금세 어머니가 쟁반에 소주병과 마른안주, 소주잔 두 개를 들고 나타났다.

"잔 들게."

"제가 먼저 따라드리겠습니다."

"괜찮아. 먼저 받아."

술병을 든 아버지가 한재하 이사를 재촉했다. 한재하 이사가 두 손으로 잔을 들었다. 아버지는 그 잔에 소주를 가득 채웠다. 표면 장력이 발생할 만큼.

"한 번에 마시게."

아버지의 권유에 한재하 이사가 술을 단숨에 들이켰다. 곧 두 사람은 사이좋게 주거니 받거니 술을 마시기 시작했다.

세아는 갑작스럽게 벌어진 술판을 멍하니 지켜보았다. 상황이 어떻게 돌아가는 거야? 아버지가 말을 놓겠다고 하신 걸 보니 잘 된 건가?

긴가민가하고 있는 세아의 옆으로 마침 어머니가 와서 앉았다. 세아는 궁금증을 참지 못하고 캐물었다.

"아빠 대체 뭐 하시는 거야?"

"뭐긴 뭐야. 술버릇 보려는 거지. 사람은 술이 들어가야 본성이 나온다는 게 네 아버지 지론 아니니."

어머니가 낮게 속살거렸다. 세아는 감탄했다. 그런 깊은 뜻이 있었구나.

평소에 술을 가까이하지 않는 한재하 이사였다. 술을 마실 돈으로 피규어를 하나 더 사겠다는 명언도 남겼었지, 아마? 덕분에 세아는 단 한 번도 술에 취해 흐트러진 그의 모습을 본 적이 없었다.

'재하 씨의 술버릇, 궁금해.'

세아의 두 눈이 반짝였다. 머리에 넥타이를 맨 채 불분명한 발음으로 웅얼거리는 그를 상상하자 웃음이 터져 나올 것 같았다. 보고 싶다. 술 취한 저 남자를 엄청나게 보고 싶어.

"그나저나 넌 어떻게 엄마 아빠랑 한마디 상의도 없이 이런 대형 사고를 칠 수 있니? 엄마하고 아빠가 오늘 얼마나 놀란 줄 알아, 너?"

어머니의 타박에 세아는 할 말이 없었다. 그녀도 자신이 오늘 약혼 발표를 하게 될 줄은 몰랐다. 더군다나 기자들 앞에 서게 될 줄은 상상도 못 했다.

세아는 한재하 이사를 홱 쏘아보았다. 갈수록 괘씸했다. 상의할 상황이 못 됐으면 언질이라도 주든지 했어야지. 이렇게 된 이상 그의 취태를 두고두고 놀려먹는 걸로 앙갚음하리라.

술병이 점점 비워졌다. 세아는 흥미진진하게 두 남자의 대작을 지켜보았다. 알코올이 들어가자 기분이 들뜨는지 아버지의 언성은 점점 높아졌다. 반면 한재하 이사는 전혀 달라진 점이 없었다.

"아직 안 취한 것 같지?"

어머니가 팔꿈치로 세아의 옆구리를 쿡 찔렀다. 세아는 한재하 이사를 주시하며 고개를 끄덕였다.

"응. 안 취한 것 같아."

"술 되게 세네."

"그러게."

아버지가 몸을 제대로 가누지 못할 지경이 되었을 무렵에도 한

재하 이사는 그대로였다. 어머니가 혀를 찼다.

"틀렸다. 네 아버지가 먼저 뻗겠다."

"그런 것 같아."

반듯한 등과 곧은 어깨, 침착한 얼굴. 흐트러진 구석이라고는 하나 없는 그를 보며 세아도 동의했다.

"무슨 술이 저렇게 강해?"

어머니가 학을 뗀 듯이 중얼거렸다. 세아도 동감이었다. 술에 취하면 어떻게 변하는지 꼭 보고 싶었는데. 세아가 아쉬움을 삼키고 있던 차였다.

"한 서바앙, 기분도 좋은데 우리 노래 한 곡 부르는 게 어떤가?"

아버지가 뜬금없는 제안을 했다. 알코올 때문에 이성이 안드로메다 밖으로 날아간 게 틀림없었다. 리모컨을 꾹꾹 눌러 노래방 섹터로 들어간 아버지가 한재하 이사에게 권했다.

"자, 한 서방부터 먼저 부르게!"

"알겠습니다."

한재하 이사가 리모컨을 건네받았다. 세아는 마음이 짠해졌다. 맨 정신으로 술 취한 우리 아빠 장단 맞춰주느라 고생이 많구나. 세아가 하염없이 그를 쳐다보고 있을 때였다.

"저게 뭐니?"

어머니가 의아하다는 듯이 말끝을 올렸다.

"뭐가?"

"재하 군이 부르려는 노래 말이야. 안경이 없어서 멀리 있는 글자가 잘 안 보이는데, 상냥한…… 천사의……?"

안 좋은 눈으로 더듬더듬 자막을 읽는 어머니가 안쓰러워진 세아는 대신 보고서 알려줄 요량으로 TV에 눈길을 던졌다. 그리고 헛숨을 들이켰다.

[상냥한 천사의 테제(구세기 에반젤리온 OST)]

일본어가 병기된 제목. 세아는 등줄기가 오싹해졌다.

'멀쩡한 게 아니었어!'

저 남자, 취했다! 그냥 취한 것도 아니고 천지 분간을 못 할 지경으로 취했어!

저게 뭔지 정확히는 몰라도 무조건 말려야겠다는 생각이 들었다. 간주가 끝나고 일본어로 된 노래 자막이 나왔을 때, 세아의 다짐은 더욱 견고해졌다.

세아는 리모컨을 마이크인 양 쥐고 노래를 부르려고 준비하는 한재하 이사에게로 다가갔다.

무하마드 알리는 말했다.

'나비처럼 날아…….'

벌처럼 쏜다! 세아는 그대로 그의 명치에 주먹을 꽂아 넣었다.

"잔—코쿠나……, 커헉!"

한재하 이사가 그대로 푹 고꾸라졌다. 재빨리 그에게서 리모컨을 빼앗아 노래를 끈 세아는 쏟아지는 무게에 휘청거렸다. 성인 남자를 그녀 혼자 지탱하기는 무리였다.

"엄마, 도와줘!"

362

"뭐야. 재하 군 왜 그래?"

"멀쩡한 줄 알았는데 만취 상태였나 봐. 필름이 끊긴 것 같아."

"저런, 아버지가 주니까 거절도 못 하고 다 마신 모양이구나."

세아는 어머니의 도움을 받아 그를 부축했다.

"어디로 데려가지, 엄마?"

"일단 주인이 출타 중인 네 동생 방에 재우자."

"오케이."

모녀는 끙끙거리며 건장한 남자를 빈방의 침대로 옮겼다. 내팽개치다시피 침대에 그를 눕힌 뒤, 어머니가 주먹으로 어깨를 두드렸다.

"아이고. 삭신이 다 쑤신다."

"고생했어."

"힘들어서 네 아빠는 도저히 안방으로 못 옮기겠다. 그냥 이불 던져주고 알아서 거실에서 자게 내버려두든가 해야지. 너도 어서 씻고 자라."

"네에. 엄마도 안녕히 주무세요."

"오냐."

앓는 소리를 내며 어머니가 방을 나갔다. 세아는 조용히 한재하 이사를 내려다보았다. 이 남자는 자기가 무슨 짓을 하려고 했는지 기억할까?

"술에 취했으면 취한 티를 내든지."

하도 멀쩡해 보여서 안심하고 있다가 하마터면 그가 돌아올 수

없는 강을 건너도록 내버려둘 뻔했다.

"내가 재하 씨 인권을 지켜줬으니 평생 고마워해요."

세아는 키득키득 웃으며 그의 볼을 찔렀다. 그가 불편함을 느꼈는지 미간을 찡그렸다. 그것마저도 사랑스러웠다.

"좋다."

보고 싶을 때 언제든지 볼 수 있다는 게. 만지고 싶을 때 손을 뻗으면 그가 닿는다는 게. 같은 공간에서 함께 있을 수 있다는 게.

한참 동안 세아는 그의 곁에 있었다.

아침은 싫다. 세아는 이불 속에서 꾸무럭거렸다. 백수가 된 뒤로 제일 좋은 점은 뭐니 뭐니 해도 아침 일찍 일어나지 않아도 된다는 것이었다. 전형적인 올빼미족인 세아에게 아침 일찍 기상하기는 무척이나 힘든 일이었다.

그때였다. 누가 세아의 뺨을 쓸었다. 세아는 눈가를 찌푸렸다.

"엄마, 나 더 잘래."

그러자 낮은 웃음소리와 함께 뺨에 말랑한 것이 닿았다. 익숙한 촉감이었다.

'입술?'

정신이 든 세아가 눈을 번쩍 떴다. 한재하 이사가 침대 머리맡에 앉아서 그녀를 관찰하고 있었다.

"재하 씨?"

"좋은 아침입니다."

그가 부드럽게 웃었다. 세아는 눈을 동그랗게 뜨고서 그를 올려다보다가 상반신을 바로 세웠다.

"일어났어요?"

"네, 그런데 자고 일어나니 명치 쪽이 아픈데, 어떻게 된 영문인지 압니까?"

"어? 글쎄요."

세아는 짐짓 모르는 척했다. 한재하 이사가 그녀의 머리카락을 만지며 속삭였다.

"아침에 어머님과 대화를 나눴는데, 세아 씨가 요즘 특공 무술을 배우고 있다고 말씀하시더군요."

"하하하. 어젯밤 일 기억나요?"

"대충은."

"그럼 내가 재하 씨를 왜 때렸는지도 기억해요?"

"그건 기억이 안 납니다."

"명정자가 된 재하 씨가 우리 부모님 앞에서 만화 주제가를 부르려고 했거든요."

"예?"

한재하 이사가 반 박자 늦게 되물었다. 얼이 빠진 그를 보며 세아는 최후의 일격을 날렸다.

"하마터면 장인 장모 앞에서 장렬하게 덕밍아웃을 할 뻔했다고요, 덕후 이사님."

"……때려줘서 고맙습니다."

핏기가 싹 가신 안색으로 그가 덧붙였다.

"앞으로 그런 일이 또 있으면 수단과 방법을 가리지 말고, 꼭 막아주십시오."

"네."

검은 눈이 물끄러미 그녀를 바라보았다.

"특공 무술은 왜 배우게 된 겁니까?"

"음, 그냥 실직자가 되니까 시간도 많아지고 심심하기도 해서요. 워낙 험한 세상이기도 하니까 호신술 하나쯤 익혀둬도 나쁘지 않을 것 같고."

대충 얼버무린 세아가 화제를 돌렸다.

"낙법 보여줄까요? 저 낙법 잘한다고 칭찬 많이 들었는데."

"세아 씨."

낙법 시범을 보이려고 하는 세아를 그가 불러 멈추게 했다. 고개를 든 세아는 그의 수려한 얼굴에 어려 있는 죄책감을 발견하고는 한숨을 쉬었다.

"재하 씨 탓이 아니에요. 재하 씨 탓이 아니라는 거, 재하 씨도……."

'알고 있잖아요.'라고 세아가 덧붙이려는 순간이었다. 그가 세아를 끌어안았다.

거센 그의 심장 박동이 온몸으로 느껴졌다. 왠지 안온한 기분이 되어 세아는 슬며시 눈을 감았다.

"앞으로는 행복할 일만 남았습니다."

그의 말에 세아는 빙그레 웃었다.

"그래요."

서로를 마주 본 두 사람은 누가 먼저랄 것도 없이 키스했다. 오랫동안 떨어져 있었기에 더욱 감미로운 입맞춤이었다.

33. 내 모든 것을 걸고서

"식사하러 나가죠. 어머님께서 아침을 준비 중이십니다."

입술을 뗀 그가 세아에게 손을 내밀었다. 그와 함께 식탁으로 간 세아의 입이 쩍 벌어졌다. 뭐지, 이 진수성찬은?

굴비에 잡채, 불고기, 낙지볶음, 갖가지 나물과 해장국. 수프와 채 썬 양배추, 달걀부침으로 대충 끼니를 연명하던 평소의 아침과는 천지 차이였다.

"차린 건 없지만, 많이 먹어요."

장갑을 낀 손으로 달걀찜을 식탁에 내려놓은 어머니가 인자한 얼굴로 권했다. 목소리는 마치 교양 방송의 내레이션을 하는 성우 같았다.

세아는 어머니에게 눈빛을 보냈다. 엄마, 너무 갔어. 그렇게까지 꾸밀 필요는 없다고.

세아의 눈빛을 알아차린 어머니가 손으로 입을 가리고 샐쭉하게 웃었다. 세아는 쭈그러들었다. 저 표정은 분명 맞기 싫으면 조용히 있으라는 의미였다.

"감사합니다. 잘 먹겠습니다."

한재하 이사는 특유의 단정한 자세로 식사를 시작했다. 반찬을 하나 입에 넣은 그가 감탄했다.

"맛있습니다."

"호호. 다행이네요. 많이 먹어요."

그 뒤로 식탁에 적막이 감돌았다. 아버지는 시종일관 조용했고, 어머니는 이따금 이것도 먹어보라고 권하는 정도였다. 세아는 밥 한 젓가락 먹을 때마다 이리저리 눈치를 살폈다. 그녀를 제외한 세 사람은 그럭저럭 평온해 보였다.

뭐지? 왜 이렇게 평화롭지? 고민하던 세아가 실수로 그의 손에 반찬을 떨어뜨렸다.

"아, 미안해요."

"괜찮습니다. 씻고 오겠습니다."

한재하 이사가 자리를 비웠다. 그 틈을 타 세아는 낮은 음성으로 어머니를 채근했다.

"어떻게 된 일이야?"

"뭐가?"

"왜 이렇게 담담하냐고."

드라마에 흔히 나오는 '이 결혼, 허락 못 해!'나 '자네에게 우리 딸을 줄 수 없네!'를 바란 건 아니었지만, 난리가 날 줄 알았다. 어제 일어난 일이 보통 일이 아니었으니까. 그런데 평지풍파가 일어나기는커녕 이렇게 강 같은 평화라니. 세아는 어안이 벙벙했다.

"엄마 아빠는 아무렇지도 않아?"

"어제 뉴스 보다가 기절할 뻔했다."

잠자코 있던 아버지가 처음으로 입을 열었다. 어머니도 거들었다.

"난 휴대전화에 불나는 줄 알았다. 하도 여기저기에서 연락이 와서."

"근데 왜……."

"그때 놀랄 걸 다 놀라버려서 그런지, 아니면 이 상황이 도통 현실 같지 않아서 그런지는 모르겠는데 하여튼 별생각이 안 들어."

"아빠도 마찬가지다."

비로소 세아는 어머니와 아버지가 왜 기이할 정도로 침착한지 깨달았다. 침착한 게 아니라 이 상황을 실감하지 못하고 있는 거였다.

세아는 그런 부모님의 심정이 격하게 이해되었다. 왜냐하면 그녀도 얼떨떨했으니까. 어제부터 벌어진 일련의 사건이 아직도 꿈인지 현실인지 모르겠다.

분주하게 터지던 셔터와 현란하게 번쩍거리던 빛, 그리고 당당했던 그의 모습.

「소개하겠습니다. 제 약혼녀 신세아입니다.」

세아는 손으로 뺨을 감쌌다. 자신만만한 태도와 유려한 곡선을 그리던 입매, 매력적인 억양이 머릿속에서 생생하게 재현되었다. 심장이 빠르게 뛰고 온몸이 간질거렸다.

"왜 바보처럼 헤벌쭉 웃고 있어? 저기 네 남자친구 온다. 표정 관리해."

어머니의 타박에 세아는 퍼뜩 상념에서 깨어났다. 몇 번 더 젓가락을 놀리고 나서 아버지가 몸을 일으켰다.

"이만 출근해야 하니 먼저 가보겠네. 천천히 쉬다 가게."

"아, 안녕히 다녀오십시오."

"따라올 것 없네. 앉아서 마저 아침 들게."

아버지의 만류에도 불구하고 그는 현관까지 가서 꾸벅 허리를 숙이고 돌아왔다. 그 모습을 지켜보던 세아는 묘한 기분이 되었다.

그가 그녀의 집에 있고, 그녀의 부모님과 인사를 나누고, 그녀의 옆에 앉아서 아침을 먹는다. 늘 반복되던 풍경이 그로 인해 달라진다.

식사가 끝나자 어머니가 쟁반에 과일을 내 왔다. 그가 벌떡 일어나서 받으며 말했다.

"제가 깎겠습니다."

"어머, 과일 깎을 줄 알아요?"

"예."

"그래도 손님인데. 그냥 앉아 있어요. 내가 깎아줄 테니까."

어머니가 과도를 들었다. 한재하 이사는 애꿎은 과일만 뚫어지게 보았다. 묘하게 빠릿빠릿한 행동과 살짝 굳은 표정. 찬찬히 뜯어보니 영락없이 직장 상사를 앞에 둔 말단 부하의 태도였다.

'내가 살다가 이런 광경을 보게 될 줄이야.'

갑이 아니라 을인 한재하 이사라니. 이게 바로 예비 장모의 위엄인가? 세아는 갑자기 어머니가 대단해 보였다.

"오늘은 바깥양반도 나갔으니 다음에 다시 만나도록 해요."

"그러면 조만간 정식으로 인사드리러 오겠습니다."

어머니의 제안을 한재하 이사가 예의 바르게 받아들였다. 세아는 당황해서 두 사람을 번갈아가며 보았다. 간다고? 벌써? 어제하도 많은 일이 있어서 제대로 회포도 풀지 못했는데.

"간밤에 재워주셔서 감사합니다. 폐를 끼쳤습니다."

"아니에요. 그 양반이 억지로 술을 먹여서 그런 거니 신경 쓸 것 없어요. 가서 편히 쉬어요."

어느덧 이별 직전의 분위기였다.

"맞아요. 아빠가 술을 마시라고 해서 생긴 일이잖아요. 미안해하지 않아도 돼요."

퍼뜩 정신을 차린 세아가 중간에 끼어들었다. 어머니가 눈을 가늘게 떴다.

"지 남자친구라고 편들긴."

"어?"

"됐다. 너도 같이 가. 오래간만에 만났으니 데이트라도 해야 할 거 아니야."

어머니가 세아의 등을 떠밀었다. 세아는 졸지에 그의 가슴에 코를 박게 되었다.

"윽."

"괜찮습니까?"

한재하 이사가 세아의 어깨를 잡고 상태를 살폈다.

"어머. 생각보다 세게 밀렸네."

어머니가 예의 교양 있는 목소리로 혼잣말했다. 마치 부자연스러운 더빙처럼 어색하기 그지없는 대사 처리였다.

"여하튼 재미있게 놀다가 늦지 않은 시각에 안전하게 들여보내줘요, 우리 세아."

"알겠습니다."

어머니에게 허리 숙여 인사한 그가 세아의 손을 잡았다.

"같이 가주시죠, 아가씨."

세아는 활짝 웃으며 그를 올려다보았다.

"네. 아, 잠깐만요!"

주섬주섬 지갑과 무언가를 가방에 집어넣은 세아가 다시 거실로 돌아왔다. 현관을 나서기 직전 세아는 어머니가 서 있는 방향으로 엄지를 치켜들었다. 비록 코는 얼얼하지만, 데이트하라고 챙겨주는 어머니의 센스는 최고였다.

"어땠어요?"

세아는 차에 타자마자 바로 물었다. 그의 눈에 부모님의 첫인상은 어떨지, 그녀의 가정환경은 어떻게 비쳤을지 못내 궁금했다.

"좋았습니다."

한재하 이사는 안전벨트를 매며 심플하게 응수했다.

"조금 더 구체적으로 말해줘요."

"음, 신기하고 감사했습니다."

뜻 모를 말이었다. 감사한 건 둘째치고 '신기하다'는 무슨 맥락에서 나왔는지 감조차 잡히지 않았다. 세아의 머릿속에 물음표가 차오르고 있을 때였다.

"두 분 덕분에 세아 씨가 이 세상에 있을 수 있었구나, 라는 생각이 들자 이상한 기분이었습니다. 사람의 인연이라는 것이 신기하기도 하고, 감사한 마음도 들고."

그는 가만히 세아를 응시했다. 호수처럼 차분하고 깊은 눈빛이었다.

"우주의 수없이 많은 별 중에서 지구에, 지구상의 수많은 나라 중에서 한국이라는 곳에, 무수한 시간의 흐름 중 같은 시대에 세아 씨와 내가 존재한다는 게 얼마나 대단한 일인지 새삼스럽게 깨달았습니다."

그의 잔잔한 입가에 미소가 번졌다.

"고마워요, 세아 씨."

세아는 숨을 멈췄다. 원래도 잘난 외모를 가진 남자였지만, 이 순간만큼은 눈이 부셨다. 똑바로 보지도 못할 만큼.

"특별히 가고 싶은 곳 있습니까?"

그가 운전대를 잡으며 자연스럽게 화제를 전환했다. 세아는 쿵쿵 뛰는 심장을 진정시키려고 애쓰며 대꾸했다.

"재하 씨 집이요."

지금 세아에게는 세상 어느 곳보다 가고 싶은 장소였다.

"관리를 안 해서 먼지가 쌓여 있을 텐데."

걱정된다는 듯이 중얼거리는 그에게 세아가 제안했다.

"그러면 같이 청소해요."

뜻하지 않은 대청소의 시작이었다.

"하아, 드디어 끝났다."

환기를 하기 위해 창문을 연 세아가 풀썩 바닥에 드러누웠다. 힘 겨운 사투였다. 마스크를 벗은 한재하 이사가 그녀의 옆에 앉았 다.

"고생 많았습니다."

"무슨 먼지가 이렇게 끝도 없죠?"

"한 달 동안 비어 있던 집이니 당연하지 않습니까. 그러니 업체 를 불러서 해결하는 게 낫다고 했건만."

"아니에요. 그래도 하고 나니까 보람차고 좋아요."

한재하 이사가 앉은 방향으로 몸을 돌린 세아가 반박했다. 그녀 를 빤히 보던 그가 손을 뻗어 볼을 만졌다. 그러더니 흠칫하며 금 세 손을 뗐다.

"왜요?"

"청소하느라 더러워져 있을 겁니다. 내 손."

"괜찮아요."

세아는 그의 손을 붙잡아 다시 자신의 얼굴을 감싸게 했다. 크고 단단한 손바닥에서 전해지는 온기가 좋았다. 어쩌면 다시는 이 온기를 느끼지 못했을지도 모른다고 생각하니 더더욱.

"재하 씨."

"네, 세아 씨."

"그동안 무슨 일이 있었는지 말해줄래요?"

세아의 이목구비를 만지던 손길이 멈췄다. 검은 눈이 세아를 응시했다. 세아는 말없이 그를 마주 보았다.

"나는……."

그가 입술을 뗐다. 긴 이야기만큼 그의 자세는 여러 번 바뀌었다. 베개 역할을 자처하려는 양 세아의 머리를 자신의 무릎 위에 얹었다가 세아의 다리를 베고 눕기도 했고, 엎드려 누운 자세로 턱을 괴고 세아를 내려다보기도 했다.

이윽고 모든 설명이 끝났을 무렵, 그는 팔을 베개 삼아 누워서 세아를 마주 보고 있었다.

세아는 눈을 깜빡였다. 현실감 없는 이야기였으나 믿지 않을 수 없었다.

"그러면 이제 회장님은 재하 씨를 포기하신 거예요?"

"잘 모르겠습니다."

회의적인 대답에 세아의 심장이 내려앉았다.

"지금 당장은 포기했지만, 어느 날 갑자기 또 달라질지도 모릅니다. 사람의 욕심은 끝이 없으니까."

길고 섬세한 손가락이 그녀의 눈가를 쓸었다.

"내가 확신할 수 있는 사실은 하나뿐입니다. 어떤 상황이 되어도 내가 세아 씨를 지켜내리라는 것."

물끄러미 그녀를 건너다보며 그가 덧붙였다.

"내 모든 것을 걸고서."

세아는 말문이 막혔다. 정신없는 사건의 연쇄에 미처 느낄 새가 없었던 감정이 이제야 휘몰아쳤다.

정말 그다. 나를 사랑하는, 내가 사랑하는 그 남자다.

괜히 눈물이 날 것 같아서 세아는 화제를 돌렸다.

"저 궁금한 거 있어요."

"뭡니까."

"그 USB에 말이에요. 정말 자료가 들어 있어요?"

"어떨 것 같습니까?"

한재하 이사가 맞혀보라는 듯이 굴었다. 세아가 정답이 무엇일까 한참 갈등하던 차였다. 그가 피식 웃더니 말했다.

"비밀입니다."

"에이. 뭐예요."

"알아서 좋을 거 없는 일이니까. 그보다 이제 세아 씨 차례입니다. 떨어져 있는 동안 무슨 일이 있었는지 쭉 말해보십시오."

"저요? 전……."

바통을 넘겨받은 세아는 전부 털어놓았다. 잠자코 듣던 그는 석진의 집에 찾아갔다는 대목에서 와락 얼굴을 구겼다.

"무슨 생각으로 거길 찾아간 겁니까?"

"음, 나름대로 최소한의 안전장치는 하고 갔어요. 결과적으로 별일 없었고."

"그래서 그 안전장치라는 게 뭡니까?"

세아의 눈동자에 장난기가 어렸다. 눈에는 눈, 이에는 이였다.

"저도 비밀이에요."

"이런 식으로 나오기입니까?"

"궁금하면 재하 씨도 밝혀요, USB의 정체."

"그거랑 이게 같습니까?"

"다를 건 뭐예요? 재하 씨가 안 알려주면 나도 안 알려줄 거예요."

"관두죠."

설레설레 고개를 저은 한재하 이사가 한발 물러섰다.

어라? 이게 아닌데? 다급해진 세아는 그의 옷깃을 잡았다.

"나 궁금한 거 못 참는단 말이에요. 알려주면 안 돼요?"

"안 됩니다."

그는 단호했다. 세아는 이쯤 되니 궁금증보다도 오기가 일었다.

"나 못 믿어요?"

"그런 게 아닙니다."

그의 낯에 난감한 기색이 어렸다. 세아는 덥석 그에게 매달렸다.

"알려줘요, 네?"

378

탄탄한 가슴에 뺨을 비비며 생떼를 쓰던 세아가 그의 옆구리를 간질였다.

"이래도 안 알려줄 거예요? 이래도?"

그가 움찔거리며 몸을 뒤틀었다. 세아는 신이 나서 더 열성적으로 간지럼을 태웠다. 이리저리 피하던 그가 안 되겠는지 세아의 양손을 붙들었다.

세아는 기다렸다는 듯이 발을 들어서 그의 옆구리를 간질였다. 작전이 통했는지 그가 이를 악문 채로 파들파들 떨더니 세아의 위에 올라탔다.

"이제 내가 똑같이 돌려줄 차례입니다."

음험한 미소를 지은 한재하 이사가 세아의 양쪽 옆구리를 무자비하게 간질이기 시작했다.

"사, 살려줘요!"

유독 간지럼을 잘 타는 체질인 세아는 자지러지는 소리를 내며 헐떡였다. 엎치락뒤치락하며 번갈아가며 서로를 간질이던 두 사람이 어느 순간 손을 멈췄다.

그와 그녀가 은은한 미소를 짓고서 서로를 바라보았다. 그가 허리를 숙여 그녀에게 입을 맞췄다.

"나중에. 나중에 알려주겠습니다. 모든 것이 다 정리되었을 때."

입술을 뗀 그가 이마를 맞댄 상태로 속삭였다. 결국, 세아는 한 발 뒤로 물러서기로 마음먹었다.

"알았어요."

세아에게 중요한 것은 USB의 내용물보다 그의 따뜻한 눈빛, 맞닿아 있는 그의 온기, 그와 함께하는 이 순간이었으니까.

세아는 숨죽여 그를 쳐다보았다. 그도 미동도 없이 세아를 내려다보았다.

서로를 들여다보다가 얼마의 시간이 흘렀을까. 어디선가 진동 소리가 들렸다. 두 사람의 시선이 동시에 소리의 근원으로 향했다. 세아의 휴대전화가 가늘게 떨리고 있었다.

"잠깐만요."

양해를 구하고 휴대전화를 확인한 세아의 안색이 변했다. 옆에서 슬쩍 액정을 확인한 그의 표정도 덩달아 굳었다.

- 구석진.

"잘 지냈는지 모르겠네."

동창에게 건네는 인사 같았다. 세아는 당황했다. 커다란 캐리어를 끌고 나타난 구석진 사장은, 어디를 봐도 먼 곳으로 떠나려는 사람의 행색이었다.

세아의 손을 잡은 한재하 이사가 앞으로 나섰다.

"무슨 속셈이야?"

"마지막으로 얼굴은 봐야겠다 싶어서."

어깨를 으쓱한 구석진 사장이 부연했다.

"이래저래 인연이잖아? 우리."

"미안하지 않아요?"

세아는 이해할 수 없었다. 어떻게 구석진 사장이 그와 그녀에게 당당할 수 있는지. 그렇게 괴롭게 했으면서, 그렇게 가슴 찢어지게 했으면서 아무 일 없었다는 듯이 굴 수 있는지.

"사과는 진심에서 우러나와야 하는 거 아닌가?"

구석진 사장이 반문했다.

"그리고 용서하기 싫은 상대가 잘못했다며 용서를 비는 거, 상상 이상으로 빌어먹을 기분이거든. 막판에 그런 기분을 맛보지 않게 해주는 걸 오히려 고마워하라고."

세아의 말문이 막혔다. 물론 구석진 사장이 갑자기 자신의 잘못을 깨닫고는 눈물을 흘리며 용서를 빌어도 유쾌하지는 않을 것 같았다. 하지만 그렇다고 아예 사과를 안 하겠다니. 상식선을 넘어선 뻔뻔함이었다.

"중학생 때쯤이었나, 어떤 여자를 따라 우연히 백화점이라는 곳을 가게 되었는데."

구석진 사장이 뜬금없는 말을 꺼냈다.

"별세계였지. 상상도 할 수 없는 가격의 물건들이 진열되어 있었고, 사람들은 아무렇지도 않게 그 비싼 물건들을 집어 들고는 계산하더군. 내가 아무리 발버둥 쳐도 벌 수 없는 금액을 순식간에 써버리는 거야. 아무렇지도 않게."

품 안에서 담배를 꺼내 든 구석진 사장은 손가락 사이에 담배 한 개비를 끼우더니 빙글빙글 돌렸다.

"그날 집에 돌아와서 잠자리에 누웠는데 계속 그 광경이 뇌리에

서 떠나질 않더라고. 마치 각인이 된 것처럼."

구릿빛 얼굴에 묘한 음영이 드리웠다.

"난 백화점에서 자유롭게 물건을 살 수 있는 사람이 되고 싶었던 걸까, 백화점을 눈앞에서 없애버리고 싶었던 걸까, 아니면 백화점을 가지고 싶었던 걸까. 아직도 그걸 모르겠어."

"무슨 이유가 있든 사장님이 한 행동은 정당화될 수 없어요."

세아는 단호하게 못 박았다. 구석진 사장은 순순히 동의했다.

"알아."

침묵이 내려앉았다. 세아는 한재하 이사를 보았다. 한재하 이사는 입을 굳게 다물고 구석진 사장을 주시하고 있었다. 구석진 사장도 마찬가지였다.

먼저 눈길을 거두어들인 건 구석진 사장이었다.

"비행기 시간이 다 되어가서 가봐야 할 것 같네."

"어디로 가시게요?"

"토사구팽 당했으니 미국에 돌아가서 공부나 마저 해야지."

담배에 불을 붙인 구석진 사장이 한재하 이사를 흘긋 보며 말했다.

"SA 소프트 때문에 회장님에게 빌린 돈, 반 정도 갚았어. 나머지 반은 네가 운영하면서 갚든지."

세아의 눈이 커졌다. 구석진 사장이 돌아섰다. 흔한 작별 인사 한마디 하지 않은 채로 그의 뒷모습이 점점 멀어졌다.

세아는 한재하 이사를 돌아보며 조심스럽게 운을 뗐다.

"방금 사장님이 한 말."

"돌아가고 싶습니까?"

한재하 이사가 빤히 그녀를 바라보더니 질문했다. 그녀는 솔직하게 답했다.

"……네."

여타의 기업과 달리 자유로운 문화를 지향하는, 다른 회사에서는 상상할 수 없는 일들이 아무렇지도 않게 벌어지는 회사. 창의적이고, 엉뚱하고, 비범한 사람들의 모임. 그녀가 처음으로 사회생활을 시작한 직장이자 한재하 이사를 만나게 된 장소.

그곳에는 그녀를 덕후 동지라고 굳게 믿는 한봄도 있고, 매일 그녀를 사모님이라고 부르며 줄기차게 놀려대는 강이원 팀장도 있었다. 그 밖의 다른 사원들도 한 명 한 명 떠올랐다.

생각할수록 더욱 SA 소프트가 그리워졌다. 채 1년도 다니지 않았으나 SA 소프트는 그 자체로 이미 세아에게 각별한 의미였다.

"그러면 돌아갑시다."

한재하 이사가 씩 웃으며 제안했다. 세아의 만면에 화색이 번졌다.

"괜찮아요? 그래도."

"안 될 이유가 뭐 있겠습니까. 나머지 돈이야 갚으면 되는 거고, 더는 세아 씨를 곤경에 빠뜨릴 사람도 없을 텐데. 말 나온 김에 가보도록 하죠."

뭐가 이렇게 쉽지? 세아는 얼떨떨하기까지 했다.

"이사님!"

"세아 씨!"

회사에 도착하자 직원들이 알은체하며 한달음에 달려왔다. 반가워하는 기색이 역력했다. 한봄이 세아를 와락 끌어안으며 울먹였다.

"느닷없이 회사를 그만둬서 내가 얼마나 놀랐는지 알아? 게다가 이사님도 갑자기 새로운 회사를 차리겠다고 하시고."

"선배."

"어떻게 한마디 말도 없이 그렇게."

"미안해요."

입이 열 개라도 미안하다는 말밖에 할 수 없었다. 한봄이 걱정 어린 문자를 몇 번이나 보냈었지만, 세아는 그때마다 대충 얼버무리고 말았기 때문이었다.

"오래간만입니다."

한재하 이사가 말문을 열자 좌중이 조용해졌다.

"여러 가지 문제가 있었으나 일단락되었습니다. 그래서……."

직원 일동이 숨을 죽이고 이어질 내용을 기다렸다.

"내일부터 일선에 복귀하도록 하겠습니다. 신세아 씨도 같이."

환성이 터져 나왔다. 그러나 그의 말은 거기서 끝이 아니었다.

"그런 의미에서 오늘 근무는 여기까지. 지금부터 회식하러 갑니다."

누군가 손뼉을 쳤다. 다른 직원들도 하나둘씩 따라서 치기 시작했다. 전염처럼 갈채가 옮았다. 한봄도 눈가를 연신 닦으며 박수를 보내고 있었다.

세아의 가슴 안쪽에서 온기가 물감처럼 번져나갔다.

모든 것이 원래대로 돌아왔다.

"강 팀장님은 아메리카노 반샷, 서 팀장님은 캐러멜 마키아토, 여 대리님은 녹차 라테, 선배님은 에스프레소 맞죠?"

세아는 쟁반에 담아 온 음료를 각자의 책상에 내려놓았다.

"고마워용, 사모님."

강이원 팀장이 대표로 대답했다. 세아는 생긋 웃었다. 예전에는 그렇게 듣기 싫었는데, 이제는 그리 기분 나쁘지 않았다. 아메리카노를 한 모금 마신 강이원 팀장이 나지막이 혼잣말했다.

"사모님이 정말로 사모님이 될 줄이야."

"그러게 말이에요. 전 TV 보고 기절하는 줄 알았네요."

서 팀장이 맞장구쳤다. 직원들도 거들었다.

"놀랄 노자였죠. 이사님의 정체도 정체거니와 약혼이라니."

"어머니한테 우리 회사 이사님이랑 직원이라고 하니까 안 믿으시더라고."

"나도 아는 사람들이라고 하니까 친구들이 안 믿었어요."

여기저기서 경험담이 나왔다.

"역시 남 대리님이 회사를 그만둔 건 이사님과 세아 씨 소식을 듣고 충격을 받아서겠죠?"

"그렇겠지."

누가 작은 목소리로 속닥거렸다. 사건의 자세한 내막을 알고 있는 세아는 어색한 웃음을 흘렸다. 원래대로라면 아마 남주요 대리가 한재하 이사와 약혼했을 터였다.

남주요 대리가 남현제 의원의 딸이었다니. 한봄에게 사실을 털어놓고 싶어서 입이 근질거렸지만 꾹 참았다.

"세아 씨, 이사님이 찾아요."

직원 한 명이 세아의 어깨를 톡 두드렸다.

"알겠습니다."

쟁반을 제자리에 둔 세아가 후다닥 이사실로 향했다. 한재하 이사는 책상에 앉아 서류를 결재하고 있었다. 정장을 입고 반듯하게 종이를 내려다보고 있는 그의 모습이 한 폭의 그림 같았다. 그 정경을 깨뜨리기 싫어서 세아는 가만히 서서 그를 건너다보았다.

그가 무심결에 고개를 들었다가 세아를 발견하고는 놀란 표정을 지었다.

"왔으면 말을 하지 왜 그러고 있습니까."

"그냥, 멋있어서 보다 보니."

세아가 볼을 붉적이며 응대했다. 그가 펜을 내려놓고 의자에서 일어섰다. 긴 다리로 한순간에 거리를 좁힌 그가 그녀를 품에 안았다.

"회사에서 이렇게 사랑스럽게 굴면 어쩌자는 겁니까?"

중저음이 귓가에 부드럽게 밀려들었다.

"날 말려 죽이려고 작정한 겁니까?"

그에게서 풍기는 스킨로션의 향기가 좋았다. 그의 따뜻한 품이 좋았다. 머리 위로 떨어지는 나직한 한숨이, 등을 감싸 안은 큰 손이 좋았다.

"절 찾으셨다고 들었어요."

"보고 싶어서 불렀습니다."

세아는 몸을 굳혔다. 이 남자는 지나치게 솔직하다. 직설적이다 못해 저돌적이어서 당황스러울 정도였다.

"아까도 봤잖아요."

"떨어져 있으면 다시 보고 싶단 말입니다."

"여름인데 덥지도 않아요?"

"우리에게는 에어컨이라는 좋은 문명의 이기가 있죠."

그가 주머니에서 리모컨을 꺼내 에어컨 온도를 2도 낮췄다. 세아는 기가 막혔다. 이게 여름에 에어컨 틀어놓고 이불 덮고 자는 것과 무슨 차이가 있단 말인가.

"돈 낭비예요."

"괜찮습니다. 피규어 하나 안 사면 됩니다."

단호한 대답에 세아는 반박할 말이 없었다. 당사자가 괜찮다는데 그녀가 이 이상 뭐라고 하겠는가.

에라, 모르겠다. 세아는 그에게 찰싹 달라붙었다. 그가 앓는 소리를 내더니 낮게 중얼거렸다.

"회사만 아니었다면 확."

"확?"

"순진한 세아 어린이는 몰라도 됩니다."

"어린이라니. 저도 알 거 다 알거든요?"

"정말 다 아는 거 맞습니까?"

한재하 이사가 확인하려는 듯이 재차 물었다. 세아는 부루퉁하게 응수했다. 누굴 미취학 아동 취급인가.

"당연하죠."

"그러면 조만간 실천에 옮겨봅시다."

"예?"

세아는 망설이다가 입술을 뗐다.

"저, 혹시."

"말해보십시오."

"보편적인 관점에서 상당히 벗어나 있는 걸 하려는 건 아니죠?"

"보편적인 관점에서 상당히 벗어나 있는 게 뭡니까?"

뭐긴 뭔가. 이 남자의 성향을 보건대 강력하게 의심되는 취향이 있었다.

"S로 시작하고 M으로 끝나는……."

"아닙니다. 왜 멀쩡한 사람을 변태로 만드는 겁니까."

그가 황당하다는 반응을 보였다. 세아는 안도했다. 설마 했는데 아니라니 천만다행이었다.

"평소에 세아 씨의 머릿속에 난 어떤 사람으로 인식된 겁니까."

세아의 어깨를 잡은 그가 심각한 표정을 짓고서 추궁했다. 세아는 시선을 피했다. '지금은 다정하지만 본성은 천하의 S일 것 같은 남자'라고 고백할 수는 없었다.

"세아 씨. 신세아 씨."

그가 자신을 외면하는 세아를 열심히 불렀다. 세아가 못 들은 척 딴청을 피우고 있을 무렵이었다.

"이사님, 저 강이원 팀장입니다."

누가 밖에서 이사실 문을 두드렸다. 구세주의 등장이었다. 세아는 냉큼 답했다.

"들어오세요, 강 팀장님!"

"누구 맘대로 도망을! 잠시 기다리십시오, 강 팀장님."

"아니에요. 어서 들어오세요."

세아는 그의 품에서 쏙 벗어나 문을 열었다.

강이원 팀장이 문밖에서 눈만 데굴데굴 굴리고 있었다. 들어가도 되는 건지, 말아야 하는 건지 치열하게 갈등하고 있었던 게 틀림없었다. 세아는 상냥하게 웃으며 강이원 팀장을 이사실 안으로 밀어 넣었다.

"볼일 보세요. 저 나갈게요."

"어? 어, 알았습니다."

강이원 팀장이 얼떨결에 휩쓸려서 안으로 들어갔다. 세아는 문을 닫고 주먹을 불끈 쥐었다. 제물을 바치고 위기에서 탈출했다.

"세아 씨, 마침 잘 나왔어. 같이 간식 먹자."

한봄이 과자를 들어 보이며 손짓했다. 세아는 방실방실 웃으며 한봄에게로 갔다. 금세 이야기꽃이 피었다.

"……그래서 냉큼 신청했어! 완전 대박이지?"

"성우와 1박2일 MT 이벤트라고요?"

세상에 별별 이벤트가 다 있구나. 세아는 적잖게 놀랐다.

"응! 나도 형 성우님과 1박2일 동안 함께 있을 수 있다니! 당첨된다면 나, 죽어도 좋아."

한봄의 눈동자가 몽롱해졌다. 꿈길을 걷는 듯한 눈빛이었다.

"몇 명이나 뽑아요?"

"마흔 명이래. 무작위 추첨이고. 근데 경쟁이 워낙 치열해서 아마 안 될 거야."

한봄의 목소리가 점점 낮아졌다. 축 늘어진 한봄을 지켜보던 세아가 기운을 북돋워주기 위해 아이디어를 냈다.

"저도 한번 신청해볼까요? 그래서 만약 당첨되면 한봄 선배가 저인 척하고 가면 되는 거니까요."

"어, 진짜? 고마워! 정말 고마워! 사실 친구들한테도 덕밍아웃을 안 한 처지라서 아무한테도 부탁하지 못했거든."

세아의 손을 덥석 잡은 한봄이 방방 뛰었다.

"내가 이벤트 신청하는 메일 주소하고 신청 양식 보내줄게. 그대로 써서 메일 보내기만 하면 돼. 모르는 거 있으면 질문하고."

"알았어요. 동생 이름으로도 하나 신청해볼게요."

한봄은 감동한 얼굴로 세아를 바라보았다.

"세아 씨는 내 은인이야!"

한봄에게 꽉 안긴 세아는 난처했다. 별로 대단한 일을 하는 것도 아닌데 이렇게까지 기뻐해주니 도리어 미안했다. 아직 된 것도 아닌데.

세아가 어머니 이름으로도 하나 응모해볼까 고민하던 중이었다. 이사실 문이 열리더니 강이원 팀장이 나왔다.

사무실에서 얼싸안고 있는 한봄과 세아를 오묘한 시선으로 지켜보던 강이원 팀장이 돌연 다가왔다.

"사모님, 잠깐 이야기 좀 하죠."

뭐지? 한재하 이사와 관련된 일인가?

"한봄 선배, 다녀올게요."

"응응. 이따 봐."

강이원 팀장이 복도로 나갔다. 세아가 뒤따랐다. 인적이 드문 곳에 멈춰 선 강이원 팀장은 몇 번 말을 꺼내려다 말고 한숨을 내뱉기를 반복했다.

무슨 말을 하려고 저러는 걸까. 세아는 불안해졌다.

"하실 말씀이란 게……."

"사모님. 아니, 신세아 씨."

세아는 흠칫했다. 강이원 팀장에게 오래간만에 이름으로 불리니 적응이 되지 않았다. 일견 무섭기도 했다. 장난기를 빼면 시체인 소악마 강이원 팀장이 무거운 얼굴을 하고 있으니까.

낮에 올린 보고서가 잘못되었나? 통계 프로그램을 잘못 돌렸나? 아니면 아까 사온 아메리카노에 벌레라도 들어 있었나?

지레 겁을 먹은 세아가 온갖 생각을 하고 있을 때였다. 강이원 팀장이 무섭게 굳은 안색으로 성큼 다가왔다. 칼을 주면 적장의 목을 치고 돌아올 기세였다.

"부탁합니다."

"예?"

기겁하며 벽에 달라붙은 세아가 눈을 깜빡였다. 부탁이라니?

"뭘요?"

"오늘 회사 끝나고 잠시 시간 좀 내주십시오."

강이원 팀장이 비장하게 요청했다.

34. 문제적 관계

"시간이요?"

예상치 못한 전개에 세아는 얼떨떨했다.

"예. 시간 좀 내주세요."

강이원 팀장이 비장하게 긍정했다. 세아는 확인차 다시 물었다.

"저와 팀장님 둘이서요?"

"예."

세아의 머릿속이 복잡해졌다. 회사 끝나고 만나자는 걸 보니 업무와 관련된 사안은 아니겠고, 그렇다고 데이트 신청일 리는 없고. 대체 뭐지?

"시간이 얼마나 걸릴까요?"

"한 시간, 아니, 30분이면 됩니다."

그 정도면 괜찮을 것 같다. 세아는 고개를 끄덕였다.

"알겠습니다."

"고마워요. 사모, 아니, 신세아 씨."

강이원 팀장이 화색이 도는 얼굴로 세아의 손을 덥석 잡았다. 특별한 사심을 가지고 하는 행동이 아니라는 걸 알았기에 세아는 가만히 있었다.

　그때였다. 강이원 팀장의 옆에서 검은 아우라가 넘실거렸다. 세아의 눈이 커졌다.

　"티, 팀장님."

　"예?"

　강이원 팀장이 생글 웃으며 대답했다. 코앞에 닥친 위기를 전혀 직감하지 못한 태도였다.

　세아는 마른침을 삼켰다. 사람이 어떻게 이렇게 둔할 수 있지? 생존 본능이 있다면 못 알아챌 수가 없을 텐데.

　세아가 반복적으로 한쪽을 향해 눈짓했다. 그제야 세아의 신호를 알아차린 강이원 팀장이 그녀가 가리키는 방향으로 고개를 돌렸다.

　대마왕이 썩은 미소를 짓고 있었다.

　"이, 이사님."

　"그 손, 놓으십시오."

　한재하 이사가 무시무시한 얼굴로 말했다. 강이원 팀장이 재빨리 세아의 손을 놓았다.

　"저, 그게 말입니다, 이건."

　한재하 이사는 변명하려는 강이원 팀장을 무시했다. 세아의 손을 잡은 그가 싸늘하게 강이원 팀장을 응시했다. 강이원 팀장이 식은땀을 흘리며 어색하게 웃었다. 누가 봐도 억지로 미소 짓는 티가 역력했다.

"이만 가보겠습니다."

결국 강이원 팀장이 선택한 건 회피였다. 꾸벅 인사하고 빛의 속도로 사라지는 강이원 팀장을 세아는 멍하니 바라보았다. 예전에도 느꼈지만, 하여튼 자기 살길 하나는 기막히게 잘 찾는다. 세아가 넋을 놓고 감탄하고 있을 무렵이었다.

"신세아 씨?"

서늘한 목소리가 귓가를 간질였다. 세아는 천천히 시선을 들었다. 한재하 이사가 빙글거리고 있었다. 입꼬리는 올라가 있는데 어째선지 하나도 즐거워 보이지 않는 표정이었다.

위기감이 세아를 휘감았다. 세아는 슬금슬금 뒤로 물러났다. 한재하 이사는 세아가 물러나는 만큼 다가갔다. 마침내 세아의 등이 벽에 닿았다. 그가 독 안에 든 쥐를 내려다보는 눈빛으로 그녀를 응시했다.

"우리 아까 못 다 한 이야기가 있는 것 같은데."

"아하하하."

세아의 귀에 바짝 입술을 가져다 댄 그가 나직이 속삭였다.

"강 팀장님 때문에 못 했던 대화, 마저 해보도록 하죠."

세아는 죽상을 썼다. 망했다.

결과적으로 세아는 '재하 씨는 S가 아닙니다.'를 억지로 열 번 완창하고 나서야 간신히 풀려날 수 있었다.

"그런 걸 시키니까 S인 거라고."

치를 떨며 사무실로 복귀한 세아는 남은 일을 마저 했다. 퇴근 시각이 되자 강이원 팀장이 슬쩍 세아에게 고갯짓을 했다. 세아는 슬그머니 가방을 챙겨서 강이원 팀장을 따라나섰다.

"어디로 가실 거예요?"

"회사 뒤편에 있는 카페로 가죠. 우리 회사 사람들이 잘 안 가는 곳 있잖아요."

"아, 거기요?"

가격은 비싸고 맛은 형편없어서 SA 소프트 직원들은 쳐다보지도 않는 가게가 하나 있긴 했다.

비밀 요원 뺨치는 몸놀림으로 목적지에 도착한 두 사람은 음료를 시키고 의자에 앉았다.

"무슨 일로 보자고 하신 거예요?"

주변을 둘러본 세아가 낯익은 사람이 없는 것을 확인하고서 입을 열었다.

"그게."

늘 장난스러운 태도로 대화를 주도하던 강이원 팀장이었다. 그러나 이 순간만큼은 쉽게 말을 꺼내지 못했다. 입술을 떼었다가 붙이기를 반복하던 강이원 팀장이 뒷머리를 긁적이다가 한숨을 푹 쉬었다.

"강한봄 씨와 화해를 하고 싶은데 방법을 몰라서."

"한봄 선배랑요?"

혹시나 했는데 역시나였다. 아까 일하다 말고 퍼뜩 '한봄과 관련된 일이 아닐까.' 하는 생각이 들었던 것이다. 아니면 강이원 팀장이 그녀를 따로 보자고 할 이유가 없어서였다.

"같은 대학 출신이시라고 들었어요."

언젠가 한봄이 스쳐 지나가듯이 말했었다. 강이원 팀장이 두 학번 선배라고.

"그렇습니다."

"팀장님이 한봄 선배에게 실수하신 거…… 맞죠?"

세아가 조심스럽게 질문했다. 한봄이 강이원 팀장의 얘기만 나오면 학을 떼는 걸로 보건대, 강이원 팀장이 한봄에게 뭔가 단단히 잘못한 게 틀림없었다.

세아의 예상대로 강이원 팀장의 고개가 위아래로 움직였다.

"어떤 실수였는지 말씀해주실 수 있어요?"

강이원 팀장은 맛도 없는 커피를 홀짝였다. 마음의 준비를 끝냈는지 강이원 팀장이 운을 뗐다.

"세아 씨도 알다시피 난 다른 사람을 놀리는 걸 좋아하는 편입니다."

"그렇죠."

오죽하면 사내에서 강이원 팀장을 소악마라고 부르겠는가.

'나도 매일 사모님이라고 놀려대고.'

물론 S끼가 차고 흘러넘치는 피규어 대마왕에 비하면 양반이었다. 한 손에 피규어를 들고 음습하게 웃는 한재하 이사를 떠올린

세아가 가늘게 어깨를 떨었다.

"대학시절에도 마찬가지였죠. 한봄 씨도 예외는 아니었습니다. 아니, 한봄 씨를 유독 많이 놀렸던 것 같아요. 반응이 재미있기도 했고, 사실 난 한봄 씨를……."

강이원 팀장은 끝까지 말하지 않았지만, 뒤이어질 내용은 분명했다. 세아는 손을 들어 입을 가렸다.

한봄에 대한 강이원 팀장의 마음을 짐작하고 있긴 했지만, 당사자에게 직접 듣게 되니 놀라운 감정이 생기는 것은 어쩔 수 없었다. 학부시절부터 지금까지 좋아하고 있다면 대체 몇 년째인가. 요즘 같은 시대에 보기 드문 순정파였다. 가벼움의 화신인 강이원 팀장에게 이런 의외의 면모가 있었을 줄이야. 세아는 심장이 떨렸다.

"내가 선을 넘어버렸습니다. 한봄 씨가 다른 사람에게 밝히고 싶어 하지 않았던 비밀을, 남들이 다 보는 곳에서 공개해버렸어요. 별생각 없이 한 행동이었죠."

강이원 팀장이 눈을 내리깔았다.

"평소처럼 파르르 화를 낼 줄 알았죠. 그런데 가방을 싸 들고 도망치듯이 나가더군요. 금방이라도 울 것 같은 얼굴로."

"설마."

세아는 아니길 빌며 덧붙였다.

"한봄 선배를 덕밍아웃시키셨어요?"

"세아 씨도 알고 있었어요?"

깜짝 놀라며 강이원 팀장이 반문했다. 세아는 가슴을 쳤다. 어째서 슬픈 예감은 틀리지를 않을까. 왜 한봄이 강이원 팀장만 보면 이를 드르륵 득득 가는지 납득이 되었다.

"그런 장난을 치시면 어떡해요."

"뼈저리게 후회하고 있습니다. 그리고 변명 같지만, 그 당시 난 오타쿠에 대해서 잘 몰랐습니다. 사람들에게 어떤 취급을 받는지도 몰랐고요. 그냥 남자 둘이 벗고 있는 CD 케이스가 눈에 띄기에."

갈수록 태산이었다. 그냥 드라마 CD도 아니고 남남 커플이 나오는 드라마 CD를 만천하에 공개해버린 모양이었다.

"강 팀장님, 다음 생을 기약하시는 건……."

"난 이번 생에 해결해야 합니다."

강이원 팀장이 비장하게 응대했다. 세아는 머리가 아파졌다.

"그래서, 제가 뭘 하면 되는 건가요?"

"곧 한봄 씨 생일이에요. 그러니 선물을 주면서 정식으로 사과하고 싶은데, 한봄 씨가 요즘 가지고 싶어 하는 게 뭔지 사모……, 세아 씨가 알아봐줄 수 있을까요?"

세아는 물끄러미 강이원 팀장을 쳐다보았다. 뼈저리게 후회하고 있다는 말이 빈말은 아닌지, 강이원 팀장은 정말로 자책과 후회가 섞인 낯으로 그녀를 건너다보고 있었다.

세아의 입에서 한숨이 터져 나왔다.

"한봄 선배가 되게 갖고 싶어 하는 게 있어요. 있긴 한데……."

"뭔데요, 그게?"

"그게 돈을 주고 구한다고 해도 구해질지 장담할 수 없는 거여서."

"그러니까 그게……, 헉."

갑작스럽게 강이원 팀장이 경기를 일으켰다.

"팀장님?"

"저, 저."

말을 잇지 못하고 강이원 팀장이 손가락으로 어딘가를 가리켰다. 카페 유리창 바깥쪽이었다. 세아는 무심결에 강이원 팀장의 떨리는 손끝을 따라 눈길을 돌렸다가 기겁했다.

한재하 이사가 유리창 밖에 팔짱을 낀 채 서서 시커먼 아우라를 줄기줄기 내뿜고 있었다.

"히익."

세아는 하마터면 들고 있던 커피를 쏟을 뻔했다. 삐뚤어진 미소를 지은 한재하 이사가 긴 다리로 성큼성큼 카페로 들어왔다.

"여긴 어떻게……."

"덕후에게는 덕후 레이더라는 게 있습니다. 덕질 대상을 단숨에 찾을 수 있는 스킬이죠."

한재하 이사가 차게 웃으며 답변했다. 세아는 강이원 팀장과 한재하 이사를 번갈아가며 보았다. 강이원 팀장도 있는데 그런 단어를 써도 되느냐는 뜻이었다. 그러나 정작 한재하 이사는 아무렇지도 않아 보였다.

"그래서, 아까부터 무슨 역적 모의를 하는 겁니까?"

세아의 옆에 앉은 한재하 이사가 느긋하게 추궁했다. 세아는 강이원 팀장과 눈빛을 교환한 끝에 사실대로 털어놓았다. 나도형 성우와의 1박2일 MT 이벤트까지.

잠자코 들은 한재하 이사는 정장 안주머니에서 휴대전화를 꺼내더니 어디론가 전화를 걸었다.

"오래간만입니다, 선배. 저 한재하입니다. 네. 잘 지냈죠. 부탁하고 싶은 게 있어서요."

세아와 강이원 팀장은 영문을 모르겠다는 시선을 주고받았다.

"이걸 어떻게 구했어?"

세아가 건네준 초대권을 든 한봄의 눈이 휘둥그레졌다.

"강이원 팀장님이 구해다 주셨어요."

"강 팀장님이?"

한봄이 찰나 멈칫했다. 웃는 것도 아니고 우는 것도 아닌 모호한 표정을 짓고 있던 한봄은, 복잡한 문제는 나중에 생각하기로 했는지 본능에 충실한 반응을 보였다.

"꺄아아아! 이게 꿈이야, 생시야? 나 심장 멈출 것 같아!"

괴성을 지른 한봄이 복도를 종횡무진 배회하고 돌아왔다.

"어쩜 좋아. 나 어떡해?"

숨넘어갈 듯이 좋아하는 한봄을 보는 세아의 안색이 일순 어두워졌다. 한봄은 어떤 충격적인 사건이 자신을 기다리고 있을지 꿈에도 모르는 눈치였다.

　말을 해야 하나, 말아야 하나. 갈등하던 세아는 굳이 기뻐하는 한봄에게 찬물을 끼얹을 필요는 없다고 판단했다. 어차피 때가 되면 자연스럽게 알게 될 테니까.

　한봄은 세상을 다 가진 얼굴로 초대권에 뽀뽀하고 있었다. 세아는 문제의 날을 회상했다.

「다행스럽게 구할 수 있을 것 같군요, 초대권.」

　전화를 끊은 한재하 이사가 태연하게 말했다.

「예? 어떻게요?」

「그 이벤트를 기획했다는 프로그램 PD, 내가 아는 선배입니다.」

　세아는 어안이 벙벙했다. 이렇게 쉽게 문제가 해결되다니.

「그럼 강 팀장님이 이걸 한봄 선배한테 주시면 되겠네요!」

　이 정도 선물이면 한봄도 화가 풀릴 것 같았다. 그렇게 가고 싶어 했던 1박2일 MT 이벤트니까.

　세아가 싱글벙글 웃고 있을 때였다. 강이원 팀장이 말문을 열었다.

「1박2일 MT라는 건, 거기서 하룻밤 자고 온다는 뜻이겠죠?」

「아마 그렇겠죠?」

　세아의 긍정에 강이원 팀장은 오묘한 표정이 되었다. 무언가를 고민하던 강이원 팀장이 한재하 이사를 보며 조심스럽게 부탁했다.

「저, 이사님. 죄송하지만 그 이벤트 초대권 한 장만 더 구해주실 수 있으십니까?」

그리고 뒤이어진 말은…….

세아는 머리를 휘휘 내저었다. 상상조차 하고 싶지 않았다. 아무리 SA 소프트의 4대 미남이라고 불릴 만큼 잘생긴 강이원 팀장이라 해도, 그건 무리수였다.

'강 팀장님, 정말 하실까?'

아니겠지? 그냥 해본 말이겠지?

세아는 부디 농담이었으면 좋겠다고 기도했다.

한봄은 설레는 마음으로 집합 장소로 향했다. 이제 곧 나도형 성우님을 실제로 뵐 수 있다. 보는 것뿐이랴. 1박2일 동안 한 공간에서 함께 먹고, 자고, 대화도 하고. 상상만으로 정신이 혼미했다. 심장이 펄떡펄떡 빠르게 뛰었다. 언제 죽어도 이상하지 않을 만큼. 이대로 승천해도 좋았다.

'아니지. 아직 죽을 수 없어. 나도형 성우님은 보고 승천할 거야!'

주먹을 불끈 쥔 한봄은 솟구치는 감격을 간신히 삭였다. 계는 머글이 탄다는데, 어떻게 나에게 이런 기적 같은 일이 벌어졌을까.

「강이원 팀장님이 구해다 주셨어요.」

세아의 목소리가 한봄의 뇌리를 관통했다. 한봄은 의식적으로 코웃음을 쳤다.

"하나도 안 고맙다, 뭐."

사실 고맙기는 했다. 인정하고 싶지 않을 뿐이었다.

「약한봄 후배! 이런 거 좋아해? 변태가 따로 없네.」

불현듯 떠오른 과거의 잔상에 한봄은 인상을 썼다. 가슴에 아릿한 통증이 번졌다. 벌써 몇 년도 더 된 일인데, 그때를 상상하면 아직도 심장이 난도질을 당하는 것 같았다. 그냥 아는 선배가 그랬다면 이렇게까지 괴롭지는 않았을 것이다.

"개새끼."

한봄은 입술을 깨물었다. 이런 경사스러운 날에 눈물을 보일 수는 없었다. 심기를 추스른 한봄이 씩씩하게 스태프들에게 다가갔다.

"강한봄입니다."

"휴대전화 번호 알려주세요."

한봄이 본인 확인 절차를 밟던 중이었다. 스태프들이 들썩였다.

무슨 일이지? 한봄은 소란의 근원지로 눈길을 돌렸다. 그리고 경악했다.

"저, 이 이벤트는 숙소 사정상 여성분만 참여가 가능하신데요."

"보면 모르세용? 저 치마 입고 있는데. 저 여자예용."

"무슨 여자가 이런……."

스태프가 충격과 공포에 질린 얼굴로 중얼거렸다. 치마를 입고 머리카락에 리본을 단 괴생명체는 돌연 서글픈 표정을 짓더니 진지하게 말했다.

"저, 사실 트랜스젠더예요. 수술한 지 얼마 안 돼서……, 아직 주민등록번호 앞자리도 1이지만 곧 2로 바뀔 거고……, 이제 여자인데."

"아니, 그래도 이건."

스태프가 진땀을 흘렸다. 한봄의 입이 쩍 벌어졌다. 여자? 트랜스젠더?

'이게 무슨 개소리야?'

저건 그냥 여장한 강이원 팀장이잖아!

세아는 데이트를 하다 말고 문득 궁금해졌다.

"정말 하셨을까요, 강 팀장님?"

"하고도 남을 사람입니다."

한재하 이사가 분홍색 솜사탕을 뜯으며 답했다.

"자, 한입 먹어요."

한재하 이사가 솜사탕을 세아의 입안에 쏙 넣었다. 세아는 받아먹으며 상념에 잠겼다.

좋아하는 여자가 다른 남자와 1박2일 동안 한 공간에 있게 생겼으니 강이원 팀장이 썩 유쾌한 기분일 리는 없었다. 하지만 아무리 그래도 본인이 여장하고서 따라가겠다고 결심하다니. 지나치게 비범한 사고방식이어서 어디서부터 손을 대야 할지 감이 잡히지 않았다.

"분명 쫓겨날 거예요."

스태프들도 눈이 있는데 강이원 팀장을 내버려둘 리 없었다. 경찰이나 안 부르면 다행이었다.

"그럼 난 강 팀장의 임기응변 능력과 위기관리 능력을 믿고 '쫓겨나지 않는다.'에 걸죠."

한재하 이사가 피식 웃으며 응수했다.

제작진들 사이에서는 때 아닌 긴급회의가 열렸다.

"저 남……, 아니, 저분 어떻게 해요?"

"두고 가야지. 저런 이상한 사람을 데려갈 거야?"

"트랜스젠더라잖아요."

"정말 트랜스젠더가 맞긴 한 거야? 여장한 남자 아니고?"

"만약 저쪽에서 트랜스젠더는 여자로 취급하지 않느냐고 걸고 넘어지면 일이 귀찮아져요. 공론화라도 되면 소수자 협회 쪽에서 분명 트랜스젠더들의 인권이 어쩌고 하면서 들고일어날 거예요. 그러면 우리 프로그램이 도마 위에 오른 생선처럼 난도질당하는 건 시간문제고요."

"하지만 데려갔다가 무슨 사달이라도 나면 어쩌려고? 저 사람이 머리에 이상이 있는 사람이어서 문제라도 일으켜봐. 더 치명적이야. 난 반대야."

"이를 어찌해야 할지. 미치겠네요."

스태프들 사이에서 갑론을박과 한숨이 오갔다. 침묵을 지키고 있던 PD가 입을 열었다.

"데리고 간다."

"네?"

"혹시 문제 생길지 모르니까 숙소는 다른 참가자들과 따로 마련하고, 헛짓거리 못 하도록 우리가 돌아가면서 감시하는 수밖에."

"강…… 이원 씨?"

스태프가 쭈뼛쭈뼛 강이원 팀장에게로 다가갔다. 강이원 팀장이 교태 어린 웃음을 지으며 코맹맹이 목소리로 대답했다.

"네엥."

"저, 본인 확인 되셨고요. 참여는 가능하시지만 몇 가지 안내와 당부가 필요할 것 같은데요."

"말씀하세용."

지켜보던 한봄은 경악했다. 강이원 팀장을 합류시키겠다고?

'미친 거 아니야?'

방송국 직원들이 단체로 쥐약을 먹은 건가? 한봄은 공황 상태에 빠졌다. 그러는 사이 강이원 팀장은 유유히 버스에 올랐다. 한봄도 따라서 버스에 탑승했다.

버스 내 모든 사람의 시선이 본인에게 꽂혀 있는데도, 강이원 팀장은 놀라우리만치 태연했다. 철면피가 따로 없었다.

한봄은 새삼 얼이 빠져서 강이원 팀장을 바라보다가 시선을 돌렸다. 내가 알 게 뭐란 말인가. 저런 남자 따위, 여장하든 말든.

창가에 앉은 한봄은 턱을 괴고 창밖을 내다보았다. 나도형 성우를 만날 생각을 하니 가슴이 부풀어 올랐다.

'저 흉물스러운 걸 보고 우리 성우님이 놀라면 안 되는데.'

다시 강이원 팀장에 대한 상념이 한봄을 지배했다. 대학시절부터 똘끼가 충만한 줄은 알고 있었지만, 이 사태는 상상 초월이었다. 대체 왜 저런 몰골로 여기에 온 거지? 알고 보면 강이원 팀장도 나도형 성우의 열렬한 팬? 여장하는 한이 있어도 나도형 성우와 1박2일 동안 함께 있고 싶었던 건가?

'설마 날 따라온 건 아니겠지?'

퍼뜩 떠오른 가설에 한봄이 이맛살을 찡그렸다. 자의식 과잉이다. 강이원 팀장이 뭐하러 여장까지 하고 1박2일 MT 이벤트를 따라오겠는가. 막말로 사귀는 사이도 아니고 상사와 부하직원, 그 이상도 그 이하도 아닌데.

저 인간 생각은 그만하자. 한봄은 강이원 팀장을 뇌리에서 밀어내기 위해 절레절레 고개를 저었다. 대신 1박2일 동안 벌어질 해프닝을 머릿속에 그려보았다. 그러는 사이 버스가 펜션에 도착했고, 한봄은 두근거리는 마음을 안고 사방을 둘러보았다. 얼마 있지 않아 나도형 성우가 스태프들과 함께 모습을 드러냈다.

"꺄아악! 나도형 성우님!"

"골드리 보이스!"

"사! 랑! 해! 요! 나! 도! 형!"

스태프가 과열되는 분위기를 정리하기 위해서 나섰다.

"자, 그럼 다시 한 번 1박2일 동안의 일정에 관해서 설명하겠습니다. 우선 숙소에 짐을 푸시고…….."

한봄은 한 귀로 설명을 흘려들으며 나도형 성우만 바라보았다. 파랑색 반소매 티를 입은 나도형 성우의 얼굴에서 빛이 번쩍번쩍 나는 것 같았다. 하지만 나도형 성우의 진가는 역시 목소리였다.

오매불망 한봄은 나도형 성우의 입이 열리기만을 기다렸다. 마침내 스태프의 길고 지루한 설명이 끝나고, 나도형 성우가 팬들에게 인사를 건넸다.

"안녕하세요, 성우 나도형입니다."

한봄은 재빨리 손으로 입을 틀어막았다. 왠지 나도형 성우와 살짝 눈이 마주친 것 같았다. 심장 박동이 수직으로 상승했다.

'아, 저 눈웃음.'

특별한 의미 없는 팬 서비스라는 걸 잘 알고 있었지만, 한봄은 마냥 좋았다. 하늘을 나는 기분이었다. 세상의 중심에서 외치고 싶었다. 내가 바로 성공한 덕후다!

뺨을 감싸 쥐고서 좋아하던 한봄이 문득 불순한 눈길을 느꼈다. 돌아보니 강이원 팀장이 벌레 씹은 표정으로 그녀를 건너다보고 있었다.

한봄은 민망해졌다. 내가 그렇게 추한 몰골을 하고 있나? 하긴, 덕질하는 모습이 보기에 썩 좋지는 않겠지. 자제해야겠다.

승천하려는 광대를 억지로 누른 한봄이 꿈같은 한때를 즐겼다. 이따금 강이원 팀장의 충격적인 비주얼이 한봄의 시선을 강탈하긴 했으나 전반적으로 행복한 시간이었다. 한봄의 입가에서 미소가 떠날 줄 몰랐다.

"아쉽지만 오늘 일정은 여기서 끝입니다."

스태프가 마무리 작업에 들어갔다. 여자들이 아쉬워하며 야유를 내뱉었다.

"그리고 퀴즈 게임에서 우승하신 강한봄 씨?"

"네?"

"약속대로 나도형 성우님의 찐한 포옹을 상품으로 드리겠습니다. 앞으로 나오세요."

한봄의 눈이 번쩍 뜨였다. 농담이 아니라 진짜였어? 떨리는 마음으로 한봄은 일어섰다. 참가자들의 시기와 질투가 섞인 눈빛이 한봄에게로 쏟아졌다.

"일전에 파란색 옷 선물해주신 분 맞죠?"

나도형 성우가 다정하게 물었다. 한봄은 심장이 멈추는 것 같았다.

"기억하고 계셨어요?"

"당연하죠."

나도형 성우가 한봄을 안으려는 듯이 팔을 벌렸다. 한봄의 눈동자가 감격으로 출렁였다. 지금 난 세상에서 가장 행복한 사람일 거야.

한봄이 조심스럽게 나도형 성우에게 안기려는 순간이었다. 누가 뒤에서 홱 한봄을 잡아당겼다.

"어?"

한봄은 멍하니 위를 올려다보았다. 강이원 팀장이 뭐라고 설명할 수 없을 만큼 굳은 얼굴로 그녀를 내려다보고 있었다.

뭐지? 비현실적인 상황에 한봄이 정신을 못 차리고 있을 때였다. 강이원 팀장이 갑자기 방긋 웃더니 코맹맹이 소리로 나도형 성우에게로 다가갔다.

"아잉, 성우니임. 이 여자 말고 절 안아주세용."

"네? 이건 게임에서 우승한 분께…….."

나도형 성우의 말이 채 끝나기도 전이었다. 강이원 팀장이 덥석 나도형 성우를 끌어안았다. 나도형 성우의 허리가 으스러질 만큼 격하게.

180센티가 넘는 장신의 남자가, 머리에 리본을 달고 원피스를 입은 채 같은 남자를 끌어안는 광경에 그 자리에 있던 일동은 쨍하니 얼어붙었다.

충격과 공포의 포옹 사건이 끝나고 취침 겸 자유 시간이 왔다. 한봄은 펜션 밖으로 강이원 팀장을 끌고 나와서 따졌다.

"대체 무슨 생각으로 그런 거야?"

곱씹을수록 억울하고 분했다. 어떻게 잡은 일생일대의 기회인데!

강이원 팀장은 귀를 후비며 못 들은 척했다. 한봄은 더욱 열이 뻗쳤다.

"날 방해하러 온 거야?"

"정 나도형 성우님의 품을 느끼고 싶으면, 자."

강이원 팀장이 팔을 벌리며 덧붙였다.

"나한테 안기든지, 약한봄 후배."

"무, 뭐?"

"아직 나도형 성우님의 온기가 남아 있을걸? 꽉 끌어안았으니까."

빙글거리며 강이원 팀장이 유혹하듯이 팔을 더 벌렸다. 한봄은 입술을 깨물었다. 그녀를 놀리려는 수작이 분명했다.

'싫다.'

더 싫은 건, 저 말도 안 되는 제안에 흔들리고 있는 한봄 자신이었다. 한봄은 눈시울이 뜨거워졌다. 이 상황이 이루 말할 수 없이 비참했다.

"선배, 나한테 왜 이래?"

주먹을 쥔 한봄은 가까스로 물었다.

"5년 전에도 그렇고, 오늘도 왜!"

입 밖으로 내니 감정이 북받쳤다. 한봄이 강이원 팀장을 용서할 수 없는 이유는 강이원 팀장이 한봄에게 단순한 선배가 아니었기 때문이었다. 그 당시 한봄은 강이원 팀장을…….

"내가 했던 실수는 반성하고 있어."

"그런데 왜 또!"

"그야 좋아하는 여자가 다른 남자에게 안겨서 헤실거리는 걸 두 눈 뜨고 지켜보기가 끔찍했으니까!"

강이원 팀장이 버럭 소리 질렀다. 한봄의 눈이 커졌다.

"참아보려고 했어. 그런데 머리보다 몸이 먼저 움직였어. 방해해서 미안해."

그가 사과했다. 자괴감으로 한껏 일그러진 얼굴이었다.

한봄은 숨이 턱 막혔다. 밤인데도 눈앞이 새하얬다. 세상이 멈춘 것 같았다. 한봄은 아무런 대답도 못 하고 등을 돌려 도망치듯이 숙소로 갔다. '좋아하는 여자'라는 구절이 끊임없이 한봄의 머릿속에서 빙빙 맴돌았다.

"아, 정말 보람찬 시간이었어."

한봄이 두 손을 맞잡은 채 혼잣말했다. 연신 나도형 성우를 찬양하기 바쁜 한봄을 지켜보던 세아가 슬그머니 질문했다.

"혹시 기상천외한 일 같은 건 없었어요?"

찰나 멈칫했던 한봄이 고개를 갸웃했다.

"기상천외한 일? 없었는데."

세아는 안도했다. 다행히도 강이원 팀장이 여장하고 한봄을 따라가겠다는 무시무시한 계획을 실천에 옮기지 않은 모양이었다.

"하여튼 이게 그 한정판 CD야. 이벤트 참가자에게만 준 나도형 성우님의 특별 멘트가 녹음된 CD!"

덕의 세계에 대해서 잘 모르는 세아였으나 서당 개 3년이면 풍월을 읊는다고, '특별'과 '한정판'이라는 표현이 들어갔으니 가격이 어마어마하리라는 것은 짐작할 수 있었다. 물론 한봄이 CD를 팔지는 않겠지만.

"가보로 물려주고 말 거야."

CD를 내려다보며 한봄이 흐뭇하게 웃었다. 손때가 타는 것도 아까운지 잘 만지지도 않았다. 만약 누가 저 CD에 흠집만 내도 사달이 일어날 게 틀림없었다.

한봄에게서 눈길을 거두어들인 세아는 강이원 팀장을 보았다. 강이원 팀장은 평소와 크게 다를 것 없는 표정이었다. 은근한 아쉬움이 세아를 감쌌다. 정말 아무 일도 없었나 보다.

'잘됐으면 좋겠는데, 두 사람.'

한봄의 심정은 정확히 알 수 없지만, 강이원 팀장은 진심이었다. 장난기가 심해서 그렇지 다른 부분은 나무랄 데 없는 남자였다. 외모도 출중하고, 능력도 있고, 사교성도 좋고, 건실하고. 무엇보다도 두 사람, 꽤 잘 어울린다.

불현듯 세아는 한재하 이사가 보고 싶어졌다. 충동을 실행으로 옮긴 세아가 이사실 문을 두드렸다.

"들어오십시오."

한재하 이사는 한창 피규어를 닦고 있었다. 세아는 놀라서 황급히 그에게로 다가갔다.

"저 말고 다른 사람이 들어오면 어쩌려고 그랬어요."

"뭐 어떻습니까. 범법 행위를 하는 것도 아닌데."

한재하 이사가 쿨하게 응수했다. 세아는 빤히 그를 보았다. 요새 그가 묘하게 달라졌다는 걸 느낀다. 예전에는 기를 쓰고 숨기려 했던 자신의 취향을 요즘은 굳이 감추려고 하지 않는 것 같다고 해야 할까?

반듯한 얼굴을 살펴보던 세아는 불쑥 그의 뺨을 양쪽으로 쭉 잡아 늘였다. 그가 피규어를 놓고 세아를 올려다보았다.

"왜 이러는 겁니까."

"얄미워서요."

그의 낯에 당황한 기색이 어렸다. 세아는 그의 볼을 잡은 손에 더욱 힘을 줬다. 말이야 바른말이지, 이 남자에게 얄미운 구석이 한두 개가 아니었다. 아론의 목을 부러뜨려서 당했던 괴롭힘들, 사귀기 전에 헷갈리게 했던 행동들, 느닷없이 헤어지자고 해서 그녀의 가슴을 철렁하게 만들었던 일까지. 그러고 보니 그녀의 뺨이 팅팅 붓게 볼을 잡아당긴 적도 있었다.

'캐면 캘수록 이유가 나오는구나.'

이 정도면 광산이었다. 곡괭이만 가져다 대면 알아서 금맥이 줄줄 나오는.

"세아 씨?"

"가만히 있어요."

이 남자는 더 당해도 싸다. 세아는 응징의 결의를 담아 힘껏 그의 뺨을 늘였다. 그는 오만상을 쓴 채 얌전히 있었다. 설마 하나도 안 아픈 건가?

"안 아파요?"

"아홉니다."

"근데 왜 저항 안 해요?"

"가마히 이스라며서요."

이건 무슨 외계어지? 고민하던 세아는 얼마 있지 않아 한재하 이사가 한 말이 '가만히 있으라면서요.'라는 걸 깨달았다. 그의 뺨을 놓은 세아가 책상에 팔을 올리고 그를 응시했다.

"그렇다고 정말 가만히 있어요?"

"말을 잘 들어야 세아 씨가 날 예뻐해줄 거 아닙니까."

세아는 가슴이 간질간질했다.

"무슨 남자가 이렇게 귀여워요? 나이도 서른 살이나 먹은 주제에."

"세아 씨 앞에서만 귀여운 겁니다."

한재하 이사가 피식 웃으며 응대했다.

"알았어요. 예뻐해줄게요."

세아는 그의 눈가에 입술을 가져다 댔다. 그의 양쪽 눈 아래에 입을 맞춘 세아가 콧등, 볼에 차례대로 입술을 대고는 손으로 앞머리를 넘겨 반듯한 이마에도 입을 맞췄다.

그가 그림처럼 웃으며 속삭였다.

"상이 부족합니다만."

"그러면요?"

"내가 알아서 받아 가도록 하죠."

세아의 얼굴을 감싸 쥔 그가 그대로 입술을 겹쳤다. 세아의 눈이 크게 뜨였다가 스르르 감겼다. 전신의 세포를 곤두서게 하고 심장을 조이는 짜릿함과 함께, 무어라 딱 꼬집어 설명할 길이 없는 충만함이 세아를 휘감았다.

마치 줄기가 얽힌 나무처럼 하나가 된 듯한 느낌. 이게 바로 교감일까? 떨어지고 싶지 않았다. 계속 이렇게 붙어 있고 싶었다.

황홀함에 취한 세아가 가늘게 신음을 흘리자, 그가 움찔하더니 의자에서 벌떡 일어났다. 책상을 돌아 나온 그가 한순간에 세아에게로 다가왔다. 세아를 벽으로 몰아붙인 그가 다시 입을 맞췄다.

조금 전에는 연유처럼 달콤하고 부드러웠다면, 이번에는 거칠고 격정적인 키스였다. 혀와 혀가 얽히고 숨결이 오갔다. 점점 몽롱해지는 정신과 감미로운 열이 오르는 육신. 세아가 거부할 수 없는 쾌락에 빠져들고 있을 무렵이었다.

"이사님, 이사님."

처음에는 인지하지 못했다. 그러나 어느 순간 강이원 팀장의 목소리가 들렸다.

세아는 한재하 이사를 가볍게 밀었다. 떨어지기 싫다는 양 버티던 한재하 이사는, 세아가 자꾸 밀어내자 불만족스러운 표정으로 입술을 뗐다.

기분 나쁜 티를 풀풀 풍기며 한재하 이사가 이사실 문을 열었다.

"무슨 일입니까."

"이사님, 손님이……."

강이원 팀장이 난감해하며 말끝을 흐렸다. 호기심에 세아는 밖을 내다보았다가 사나운 눈동자와 정면으로 마주쳤다.

물결치는 긴 머리칼과 도도한 생김새, 화려한 옷차림. 남주요 대리였다.

35. 이사님의 취미생활

세아를 발견한 남주요 대리가 꼬고 있던 다리를 풀었다. 하이힐을 신은 긴 다리가 매력적인 곡선을 그렸다. 의자에서 일어난 남주요 대리가 먹잇감을 발견한 맹수처럼 세아를 노려보았다.

세아는 이사실에서 나와 남주요 대리의 앞에 섰다. 죄지은 것도 없는데 움츠러들 이유가 없었다. 침착하게 세아가 물었다.

"무슨 일이세요?"

남주요 대리의 눈썹이 꿈틀거렸다. 세아의 태도가 마음에 들지 않은 게 틀림없었다.

"무슨 일이냐고?"

겨드랑이 사이에 끼고 있던 클러치 백을 손에 쥔 남주요 대리가 피식 웃었다.

"아주 좋아 보이네, 세아 씨."

다음 순간 남주요 대리의 클러치 백이 세아의 배를 쿡쿡 찔렀다.

"아주, 좋아 보여."

세아는 인상을 찡그렸다. 클러치 백이니까 아프지는 않았지만,

기분은 나빴다. 그녀가 참지 못하고 화를 내려던 순간이었다.

"뭐 하는 겁니까."

커다란 손이 클러치 백을 확 잡았다. 세아는 손의 주인을 올려다보았다. 한재하 이사가 무섭도록 굳은 얼굴로 남주요 대리를 내려다보고 있었다.

남주요 대리는 잠깐 놀란 듯 눈을 크게 떴다가 이내 싸늘하게 대꾸했다.

"재하 씨가 나에게 이렇게 당당할 입장은 아니잖아요? 약혼 발표 당일에 진짜 약혼녀인 날 버리고 다른 여자와 약혼을 발표한 잘난 한재하 씨."

"애초에 내 의사와는 상관없이 진행된 약혼이었습니다."

"그러면 그렇게 쓰레기처럼 버려도 되나 보죠?"

남주요 대리의 안색이 점점 붉어졌다. 격앙된 목소리가 이어졌다.

"물론 재하 씨가 약혼의 주체는 아니었죠. 하지만 반대하지도 않았죠. 재하 씨의 계획에 이용하려고."

얼마나 힘을 줬는지, 클러치 백을 쥔 남주요 대리의 손가락이 새하얘졌다. 잔뜩 일그러진 표정으로 남주요 대리가 쏘아붙였다.

"처음부터 나와 약혼할 생각 같은 건 조금도 없었으면서, 단지 날 이용하기 위해 묵인했어! 당신들의 그 잘난 사랑을 지키겠다고 날 바보 병신으로 만들었다고!"

악에 받친 어조였다. 남주요 대리의 눈가에 마스카라가 번지기

시작했다. 눈물보다도, 상처받은 기색이 역력한 눈이 세아의 심장을 철렁하게 했다. 적어도 한재하 이사를 향한 남주요 대리의 감정은 진심이었다.

생각해보니 잔인한 일이긴 했다. 좋아하는 남자와의 약혼을 앞두고 얼마나 설레었겠는가. 그런데 당일에 약혼 발표가 무산된 것도 모자라, 알고 보니 그 남자는 자기를 이용했을 뿐이라니. 비참하고 억장이 무너질 상황이었다. 그럼에도 세아는 남주요 대리에게 크게 미안하지 않았다.

"자업자득이에요. 남 대리님도 제게 잘못하신 거 있잖아요."

세아는 단호하게 남주요 대리를 건너다보았다. 찰나 말문이 막혔는지 남주요 대리가 멈칫했다. 그러나 곧 표독스러운 눈매로 세아를 겨누어 봤다.

"여기서 그 얘기가 왜 나와? 난 지금 재하 씨와 얘기하고 있는데?"

그때였다.

"약혼이 무산된 걸 다행으로 생각하십시오."

한재하 이사가 삐딱하게 웃으며 덧붙였다.

"난 오타쿠니까. 남주요 씨가 치를 떨며 싫어하는."

사내에 정적이 내려앉았다.

"……예?"

남주요 대리가 한참 뒤에 되물었다. 한재하 이사는 깨끗하게, 맑게, 자신 있게 선언했다.

"나는 오타쿠입니다. 그냥 오타쿠도 아니고 진성 오타쿠. 지금까지 덕질하며 모은 피규어가 2천 개에 다다를 정도로 열렬한 오덕, 십덕후."

마치 '오늘 날씨가 좋죠?'라고 묻는 것처럼 태연자약한 음성이었다. 빙긋 웃으며 한재하 이사가 부연했다.

"이사실 책장 뒤에 피규어 수납장도 숨겨놓았습니다. 보겠습니까?"

SA 소프트의 전 직원은 석상이 되었다. 세아도 마찬가지였다. 비명이 터져 나올 것 같아서 세아는 입을 틀어막았다. 이 남자가 뭘 잘못 먹었기에 이러는 거지?

"거짓말."

남주요 대리가 새파래진 입술로 부정했다.

"거짓말하지 마요."

"거짓말이 아닙니다. 원한다면 내 사랑스러운 컬렉션을 보여주죠."

한재하 이사는 당장에라도 남주요 대리를 이사실로 끌고 갈 기세였다. 남주요 대리는 경악한 얼굴로 한재하 이사를 올려다보았다. 눈가에 그렁그렁했던 눈물은 어느새 쏙 들어가 있었다.

"하! 어쩐지."

남주요 대리가 비틀린 미소를 지었다.

"상식적으로 나 같은 여자를 마다하고 저런 여자를 선택한 게 말이 안 된다 싶었는데, 오타쿠여서 현실 여자를 보는 눈이 바닥이

었던 거군요."

독설을 내뱉은 남주요 대리는 홱 등을 돌리고서 뚜벅뚜벅 사무실을 나갔다. 모델처럼 시원하고 당당하기 그지없는 발걸음이었지만, 세아에게는 왠지 남주요 대리가 금방이라도 쓰러질 듯이 위태롭게 보였다.

"행복하게 잘 사시죠, 오타쿠 씨."

잠시 멈춰 선 남주요 대리는 들릴 듯 말 듯한 소리로 중얼거렸다. 그러고는 이곳에 더는 볼일이 없다는 듯 사라졌다.

"무슨 생각으로 그러신 거예요!"

세아가 두 손으로 책상을 짚고서 물었다. 한재하 이사는 태연하게 대답했다.

"그게 남주요 씨를 납득시킬 수 있는 가장 빠른 방법이라고 생각했습니다."

"그렇지만 직원들도 다 들었는데……."

"상관없습니다."

쿨하게 응대한 한재하 이사가 만년필을 놓고 세아를 바라보았다.

"이제 굳이 숨기고 싶지 않으니까."

세아는 말문이 막혔다. 불과 몇 개월 전까지만 해도 필사적으로 본인의 취미생활을 비밀에 부치려고 했던 그였다. 그런데 어떻게 이렇게 변할 수 있단 말인가.

"어째서요?"

궁금해진 세아는 솔직하게 질문했다.

"죄를 지은 것도 아니잖습니까."

"그렇긴 하지만."

"용기가 생겼습니다."

한재하 이사가 새뜻한 눈으로 그녀를 응시했다.

"용기…… 요?"

"예. 나를 있는 그대로 이해해주고, 사랑해주는 사람이 있어서."

세아의 안에서 오묘한 감정이 치밀어 올랐다. 그가 담담하게 설명했다.

"나는 두려웠던 것 같습니다. 다른 사람들이 색안경을 끼고 날 보지 않을까. 날 이상한 사람 취급하지 않을까. 내 취미를 알면 편견이 생기지 않을까."

세아는 숨을 죽였다. 처음으로 그가 내보이는 두려움의 자락을, 그의 심연을 조용히 마주했다.

"그러다가 세아 씨를 만나고, 내 취미를 그저 취미로 받아들여주는 사람이 있다는 걸 알게 되었습니다. 영화 감상이나 운동, 수영 같은 취미처럼 평범하게."

그녀와 눈을 맞춘 그가 속삭이듯이 말했다.

"물론 세상의 모든 사람이 세아 씨 같지는 않을 겁니다. 오히려 부정적으로 보는 사람이 더 많겠죠. 그래도 상관없다는 생각이 들었습니다."

그의 입매가 매끄러운 호선을 그렸다.

"나에게 제일 소중한 사람이, 나를 오롯이 한재하로 봐주니까."

눈이 부시도록 찬란한 미소였다.

한봄은 사무실을 나서자마자 귀에 이어폰을 꽂았다.

'은혜로운 나도형 성우님의 목소리와 퇴근길을 함께해야지.'

지하철 좌석에 앉은 한봄이 휴대전화에 저장된 녹음 파일을 뒤적이고 있을 무렵이었다. 누가 한봄의 왼쪽 귀에서 이어폰을 쏙 빼 갔다. 깜짝 놀란 한봄이 고개를 돌렸다. 강이원 팀장이 옆자리에서 빙글거리고 있었다.

한봄은 식겁했다. 대체 언제? 언제 내 옆자리에 앉은 거지? 언제부터 날 따라온 거야?

"뭐예요?"

눈초리를 사납게 하고서 한봄이 따졌다.

"안녕, 약한봄 후배."

"그렇게 부르지 말랬지! 그리고 이어폰 내놔."

"좋은 건 혼자 듣지 말고 같이 듣지?"

그렇게 말한 강이원 팀장이 이어폰을 자기 귀에 꽂으려고 했다. 한봄은 재빨리 줄을 당겨서 이어폰을 낚아챘다.

"내가 왜 강 팀장님이랑 같이 들어요? 게다가 강 팀장님에게 좋을 리도 없는 내용이니까 이리 내요."

"한봄 씨."

진지한 표정으로 강이원 팀장이 한봄을 불렀다. 갑작스러운 강이원 팀장의 변화에 한봄은 가슴이 쿵 내려앉았다.

"내 고백에 당장 답해달라는 말은 안 할게. 대신 한봄 씨를 알게 해줘. 한봄 씨가 좋아하는 것도."

강이원 팀장이 착 가라앉은 눈동자로 한봄을 보았다. 인생의 반이 장난인 사람답지 않게 차분한 모습이었다.

"듣게 해주면 안 돼?"

애꿎은 입술만 뜯던 한봄은 바람이 일어날 만큼 세차게 고개를 돌렸다.

"……듣다가 놀라서 기절해도 책임 안 져요."

퉁명스러운 한봄의 대구에 강이원 팀장이 활짝 웃었다. 냉큼 이어폰을 귀에 꽂은 강이원 팀장이 눈을 감고서 내용을 경청했다. 한봄은 슬그머니 강이원 팀장을 봤다가 다시 고개를 반대편으로 돌렸다.

유난히도 지하철이 더디게 움직였다.

"한봄 씨."

잠자코 있던 강이원 팀장이 입을 열었다. 한봄은 뾰족하게 받아쳤다.

"왜요."

"하나 궁금한 게 있는데, 이 음성 파일, 왜 아까부터 남자밖에 안 나오는 거야?"

한봄의 볼이 새빨개졌다. 강이원 팀장에게서 홱 이어폰을 빼앗은 한봄이 자기 귀에 꽂고는 눈을 감았다. 강이원 팀장이 당황해서 그녀를 불렀다.

"한봄 씨? 한봄 씨?"

한봄은 못 들은 척 이어폰에서 나오는 소리에 집중했다.

"내가 뭘 잘못한 거야? 사과할 테니까 마음 풀어. 응?"

눈을 감고 있는데도 쩔쩔매는 강이원 팀장의 얼굴이 선명하게 그려졌다. 한봄은 저도 모르게 살며시 웃었다가 금세 새침하게 코웃음을 쳤다.

터널을 벗어나 지상으로 올라온 지하철의 창문 밖에서 붉게 물들기 시작한 나뭇잎이 살랑거리고 있었다.

여름이 끝나고, 어느덧 가을이 오고 있었다.

- 안녕하세요. 「리더의 자격」 정윤지입니다. 오늘도 전 여러분께 새롭고 신선한 리더를 소개해드리기 위해 이곳 경기도 파주시에 와 있는데요.

미녀 아나운서가 마이크를 든 채로 싱글벙글 웃으며 프로그램을 진행했다.

- 네! 오늘 제가 인터뷰를 할 분은 아는 사람은 이미 다 알고 있다는 신의 직장, SA 소프트의 젊은 경영자 한재하 대표이사입니다.

카메라 앵글이 SA 소프트의 사옥을 잡았다.

- SA 소프트는 현재 한국의 본사 외에도 일본 법인, 유럽 법인, 베트남 법인 등 세계 각국에 지사를 두고 있는 소프트웨어 회사로, SA

소프트의 주력 상품이라고 할 수 있는 애플리케이션 성능 관리 제품 'SA'는 국내 시장에서 90퍼센트 이상의 점유율을…….

아나운서의 멘트와 함께 화면이 바뀌어 SA 소프트 사내가 나오기 시작했다.

- 아시다시피 한재하 대표이사는 무한그룹의 오너인 한주희 회장의 손자이지만, 본인의 사업에 주력하고 싶다는 이유로 무한전자의 전무이사직에서 물러나 SA 소프트를 운영하고 있습니다. 한재하 대표이사님을 모시겠습니다.

- 안녕하십니까, 한재하입니다.

- 우선 SA 소프트가 어떤 회사인지 간단하게 설명 부탁합니다.

- 네. SA 소프트는 소프트웨어 개발 벤처 기업으로 APM, 애플리케이션 성능 관리 분야에서…….

한재하 이사의 얼굴이 카메라에 가까이 잡히자 여학생들이 탄성을 터트렸다.

"우와. 잘생겼다."

"완전 배우 같아. 아니, 배우보다 더 잘생겼어."

"조용."

교사가 출석부로 교탁을 두드렸다.

"수학 선생님이 결근해서 특별히 수업 대신 보는 거니까 조용히 시청합시다. 떠들면 끄고 자습시킬 거예요."

교사의 엄한 으름장에 여학생들은 입을 삐죽이고는 TV에 집중했다. 썩 재미있는 내용은 아니었지만 자습하는 것보다야 TV 시청이 백만 배 나았다. 머리 벗겨지고 배 나온 늙은 사장이 아니라 젊은 미남 대표이사가 나온다는 것도 여학생들의 호기심을 끄는 데 한몫했다.

- 과연 신의 직장이라고 불릴 만한 복지입니다. 그런데 한재하 대표이사님, 개인적인 질문 하나 드려도 될까요?

- 말씀하십시오.

- 취미가 무엇인지 말씀해주실 수 있을까요? 지금까지 출연하신 리더분들의 남다른 취미도 화제가 되었거든요. 지난번 출연하신 이승용 사장님의 취미는 자차에서 음악 듣기였는데, 한재하 대표이사님은······.

- 전 피규어를 모읍니다.

한재하 대표이사가 그림처럼 웃으며 답했다. 여학생들의 얼굴에 경악이 떠올랐다.

"피규어?"

"방금 피규어라고 그랬어?"

"오타쿠야?"

함께 TV를 시청하던 교사의 눈도 튀어나올 듯이 커졌다.

『석진. 너 SA 소프트라는 회사에서 일했다고 하지 않았어?』

『그랬지. 왜?』

『저기 로비에서 한국 애들이 TV 보고 있던데, 지나가면서 보니까 SA 소프트가 나오는 것 같아서.』

『고마워, 데이비드.』

의례적인 인사를 남긴 석진은 무언가에 이끌리듯이 로비로 걸어갔다. 데이비드의 말대로 한국 학생들이 TV 앞에 무리 지어 앉아 있는 게 보였다.

"오, 구석진. 이리 와. 너희 회사 나온다."

"저기 나오는 한재하 대표이사가 네 친구랬지?"

한국 유학생들이 살갑게 석진을 맞이하며 물었다. 석진은 쓴웃음을 지으며 응수했다.

"글쎄."

의자 한구석에 걸터앉은 석진은 TV를 보기 시작했다. 여자 아나운서가 재하에게 취미를 묻고 있었다.

석진은 문득 흥미가 돋았다. 한재하의 취미. 10년을 알고 지내면서 재하가 무언가를 특별히 즐긴다는 인상을 받은 적은 없었다.

'지나가듯이 돈이 많이 드는 취미가 있다고 말했던 것 같긴 한데…….'

대체 무엇일까. 재벌 3세답게 미술품이라도 모으는 건가? 석진이 이런저런 유추를 하고 있던 차였다.

— 전 피규어를 모읍니다.

석진은 쨍하니 얼어붙었다.

한주희 회장은 차 안에서 서류를 보고 있었다. 이동 중에 여러 가지 일을 처리하는 것은 그의 특기이자 오랜 습관이었다.

"회장님, 재하 도련님께서 출연하신 방송이 지금쯤······."

박 실장이 말끝을 흐렸다. 한주희 회장은 고저 없는 어조로 명령했다.

"틀어보게."

리무진 천장 모니터에 불이 들어왔다. 재하의 얼굴이 화면에 커다랗게 떠올랐다. 서류에서 시선을 뗀 한주희 회장이 가만히 재하를 바라보았다. 주름진 눈가에 만감이 교차했다.

- 취미가 무엇인지 말씀해주실 수 있을까요? 지금까지 출연하신 리더분들의······.

여자 아나운서의 말을 들으며 한주희 회장은 문득, 자신이 재하의 취미조차 모르고 있다는 사실을 깨달았다. 재현이도 마찬가지였다.

후회까지는 아니지만, 묘한 감정이 한주희 회장의 가슴을 스쳤다. 서류를 덮은 한주희 회장이 집중해서 TV를 응시했다.

- 전 피규어를 모읍니다.

"피규어?"

한주희 회장이 낮게 혼잣말했다. 처음 들어보는 단어였다.

피규어가 뭘까, 한주희 회장이 궁금해하고 있을 무렵이었다. 책장이 열리더니 자그마한 조각상 수백 개가 모습을 드러냈다.

사람을 닮은, 특이한 의상을 입은 인형들. 그중에서 세 번째 선반의 오른쪽 두 번째에 놓여 있는 것과 눈이 마주친 순간, 한주희 회장은 형용할 수 없는 감정에 휩싸였다. 심장이 쿵 내려앉고 등줄기가 짜릿했다. 그 이름 모를 것에서 시선을 뗄 수가 없었다.

"박 실장."

"네, 회장님."

"피규어라는 게 뭔지 사흘 안에 보고서 작성해서 올리도록 하게. 방금 지나간 화면 저장해서 내게 보내도록 하고."

향후 대한민국 피규어계의 판도를 뒤바꿀 위대한 덕후의 탄생이었다.

"아유, 누구네 사위인지 몰라도 참 잘생겼다."

"세아 엄마는 대체 무슨 복으로 저런 사윗감을 얻었는지 몰라."

"잘생겼지, 능력 있지, 돈 많지, 부러워 죽겠다. 우리 딸도 저런 남자에게 시집보내야 하는데."

계원들의 반응에 세아의 어머니는 어깨에 힘이 들어갔다. 마침 계 모임이 있는 날에 방송이 나와서 다 같이 세아의 집 TV 앞에 모여서 「리더의 자격」을 시청 중이었다.

계원들 사이에서 부러움의 탄성이 커질수록 세아 어머니의 콧대도 높아지는 건 당연한 일이었다.

"저기 우리 세아도 나온다."

세아를 발견한 세아 어머니가 재빨리 화면을 가리켰다.

"어? 정말 세아네."

"TV로 보니까 신기하다."

"TV에 처음 나오는 것도 아닌데 뭐가 신기해. 호호호."

세아 어머니가 손으로 입을 가리고 연신 웃음을 흘리고 있을 때였다.

- 전 피규어를 모읍니다.

"피…… 규어?"

"그게 뭐야?"

"자동차 종류 아닐까?"

계원들이 쑥덕거렸다. 세아 어머니도 얼떨떨한 기분이 되었다. 피규어라니? 그게 대체 뭐지? 어디서 들어본 적이 있는 것 같긴 한데.

바로 그 순간이었다. 가지런했던 책장이 좌우로 벌어지고, 온갖 캐릭터들이 칸칸이 놓여 있는 하얀 수납장이 모습을 드러냈다.

계원 중 한 명이 벌떡 일어나서 외쳤다.

"맞다! 피규어! 저, 저 장난감! 오덕들이 가지고 노는 거!"

"오덕? 그게 뭔데?"

"있잖아, 변태들!"

계원들이 주고받는 말에 세아 어머니의 안색이 해쓱해졌다. 언젠가 예능 프로그램에서 봤던 오타쿠의 모습이 세아 어머니의 뇌리를 스쳐 지나갔다.

"말도 안 돼. 우리 사위가 오덕이라니!"

넋이 빠진 얼굴로 세아의 어머니가 중얼거렸다.

승재는 물끄러미 하늘을 올려다보았다. 해가 떠 있을 때 자유롭게 돌아다니는 게 오랜만이었다.

변호사가 된 이래로 정신없이 일만 했다. 재충전이 필요한 때였다.

"잘한 거야, 장승재."

그렇게 중얼거렸지만, 묘한 허전함이 승재를 휘감았다. 갑자기 할 일이 없어지니 무기력했다.

"이래서 아버지가 은퇴하시고 다시 직장에 다니고 싶어 하시는 건가."

승재의 아버지는 요즘 새로운 일자리를 알아보고 있었다. 직장 생활을 안 하니 폐인이 될 것 같다나? 휴가를 내니 아버지의 기분을 다소 이해할 수 있을 것 같았다. 다닐 때는 지긋지긋해서 병이 날 것 같더니, 막상 내일 출근을 안 해도 된다고 하니 이렇게 맥이 빠질 수도 없었다.

집에 가면 사놓고 시간이 없어서 못 읽었던 책들을 읽어야겠다. 그러다가 졸리면 낮잠도 자고, TV도 보고.

머릿속으로 일과를 그리며 승재는 자동차에 올랐다. 휴대전화가 진동한 것은 그때였다.

- 승재야. 지금 세아 TV에 나오고 있어. 세아 남자친구도 나온다. 네가 고문 변호사로 있는 그 회사 같은데.

어머니에게서 온 메시지였다.

'오늘이구나.'

방송국에서 취재를 온 건 진작 알고 있었다. 승재는 답장하지 않았다. 딱히 그 프로그램을 챙겨 봐야겠다는 생각도 들지 않았다. 눈에 보이지 않아야 마음도 멀어지는 법이니까.

자연스럽게 한숨이 터져 나왔다. 운전대를 쥔 승재의 손에 힘이 들어갔다.

'드라이브나 할까.'

안경 너머의 눈이 차분하게 가라앉았다. 승재가 목적지도 정하지 않고 무작정 출발했을 무렵이었다. 휴대전화가 다시 진동했다. 승재는 발신인을 확인하지 않고 곧장 핸즈프리로 전화를 받았다.

"여보세요."

- 잘 지내고 있니?

뜻밖의 목소리가 승재의 귀에 꽂혔다.

"유리…… 선배?"

학창시절 법대 여신으로 통하던 김유리 선배였다. 미스코리아 출신 변호사로, 대형 법무법인에 잘 다니다가 어느 날 갑자기 한국대 후문 앞에 로(law) 카페를 차리는 기행을 저질러서 법대 출신 치고 그녀를 모르는 사람이 없었다. 재학 중에 생동차로 사시에 합격한 괴물 천재 김정호 선배와의 파란만장한 연애도 워낙 유명했고.

'유리 선배가 정호 선배와 결혼하는 날 피눈물을 흘린 남자 선배가 한둘이 아니었지.'

물론 승재에게는 여자라기보다는 하늘 같은 선배였다.

"선배는 잘 지내셨어요? 정호 선배는요?"

- 나야 토깽이 같은 서방과 잘 있지! 근데 승재 너, 애인 있니?

오랜만에 통화하면 이런저런 소소한 이야기를 주고받을 만도 한데, 유리 선배는 바로 본론을 꺼냈다. 여전히 시원시원한 성격이었다.

"저요? 없는데요."

애인. 퍼뜩 떠오른 잔상을 지운 승재가 쓴웃음을 지으며 응대했다.

- 잘됐다. 나 아는 후배 중에 좋은 애 한 명 있는데, 걔 한번 만나볼래? 곧 크리스마스인데 혼자 보내고 싶진 않을 거 아니야.

"이거, 다른 사람 땜질이죠?"

- 하하. 승재 넌 여전히 예리하구나.

어색하게 웃은 유리가 이내 특유의 단호한 어조로 물었다.

- 그래서 만날래, 안 만날래?

승재는 습관적으로 거절하려다가 멈칫하고 입을 다물었다. 다시 승재의 입술이 떨어졌을 때 나온 것은, 긍정의 말이었다.

"만나볼게요."

- 그래? 오늘 만나야 하는데 시간 돼?

"괜찮아요. 휴가 냈거든요."

- 일이 잘 풀리네. 너희 둘 인연인가 보다. 약속 장소랑 시간 문자로 보내줄게.

"네, 선배."

간단하게 유리와 몇 마디 더 주고받고 통화를 마친 승재는 엷게 웃었다.

"인연, 이라."

유리의 설레발 때문일까, 아니면 '인연'이라는 두 글자가 주는 달콤함 때문일까. 승재의 가슴이 이상야릇한 예감으로 설레기 시작했다.

"괜찮아요?"

세아가 물었다. TV에서는 얼마 전 촬영에 응한 「리더의 자격」 재방송이 나오고 있었고, 막 그의 취미생활을 밝힌 대목이 지나간 차였다. 정규 방송은 회사에서 일을 하느라 못 봐서 이제야 챙겨 보는 중이었다.

"괜찮습니다."

한재하 이사가 대답했다. 그는 세아의 무릎을 베고 누워 있었다.

"굳이 숨기고 싶지 않다고 했잖습니까."

그가 덧붙인 말에 세아는 모호한 표정을 지었다. 숨기고 싶지 않다는 건 이해했다. 하지만 그렇다고 전국적으로 덕밍아웃할 것까지야.

'이 남자는 참 중간이란 게 없단 말이지.'

한번 결단을 내리면 무서우리만치 일직선으로 나아간다. 좋게 말하자면 한눈을 팔 줄 모르는 남자였고, 나쁘게 말하자면 지독한 외골수였다.

"무슨 생각을 합니까."

그가 손을 들어 세아의 코를 쿡 눌렀다. 입가에는 장난스러운 미소가 어려 있었다.

"재하 씨가 외골수라는 생각이요."

세아의 솔직한 답변에 그는 빙그레 웃었다.

"원래 덕후라는 인종은 그런 겁니다. 애초에 무언가에 순수하게 미칠 수 있으니까 덕후가 된 거죠. 그 하나에 눈이 멀어서 무엇이든 하고, 대가가 돌아오지 않을지라도 얼마든지 기쁘게 애정을 쏟아 부을 수 있는."

손끝으로 세아의 이목구비를 덧그리며 그가 말했다.

"그게 덕후입니다."

잔잔한 눈동자가 그녀를 올려다보았다.

"그런 의미에서 난 성공한 덕후입니다. 평생 덕질하고 싶은 대상을 찾은 데다가, 짝사랑도 아니니까."

"네, 네."

세아는 아이 어르듯이 그의 반듯한 이마를 쓰다듬었다.

"덕후론 잘 들었어요."

오덕 협회 같은 게 있다면 이 남자에게 상을 줘야 하지 않나 싶다. 오덕의 이미지를 개선하는 데 커다란 이바지를 한 것 같으니까.

"나갑시다."

빤히 세아를 쳐다보던 그가 그녀의 무릎에서 일어났다.

"밖으로요? 차 많이 막힐 텐데."

"크리스마스이브인데 집에만 있을 순 없죠."

한재하 이사가 외투를 챙겨 입으며 대꾸했다. 세아는 솔깃했다. 끔찍한 교통 체증이 싫어서 집에 있는 것도 나쁘지 않겠다 싶었는데, 역시 크리스마스이브이니 방콕만 하기보다는 밖으로 나가는 편이 나을까 싶기도 했다.

"자, 입으십시오."

그가 세아의 외투를 들었다. 세아는 입혀주는 그의 손길을 익숙하게 받아들였다.

"텔레비전 꺼야죠."

리모컨을 든 세아가 전원을 눌렀다. 검은색으로 물든 화면 옆에서는 유리 케이스 안에 고이 포장된 아론이 말끔한 자태를 뽐내고 있었다.

"그런데 재하 씨, 생각해보니 그 방송, 우리 부모님도 보셨을 텐데……."

자동차 조수석에 앉은 세아가 말끝을 흐렸다. 어쩐지 부모님이 근래에 근심 어린 눈으로 그녀를 보는 시간이 늘어났다.

한재하 이사의 몸이 찰나 굳었다. 거기까지는 미처 염두에 두지 못한 게 분명했다.

"어쩔 수 없습니다."

한숨을 푹 쉰 그가 운전대를 잡았다. 말마따나 이미 엎질러진 물이었다. 세아는 분위기를 바꾸기 위해 화제를 전환했다.

"어디로 갈 거예요?"

"조용할 것 같은 곳으로 가야죠."

"크리스마스이브인데 그런 곳이 있을까요?"

"내가 아는 곳이 있습니다. 외진 곳에 있어서 그런가, 분위기도 좋고 음식 맛도 괜찮은데 이상하리만치 손님이 없는 곳이죠."

"그래요? 그럼 거기로 한번 가봐요."

세아는 살짝 서운하기까지 했다. 그런 데가 있으면 진작 공유해 주지, 왜 혼자만 알고 있었단 말인가.

자동차가 시내를 벗어났다. 크리스마스이브답게 차는 잔뜩 막혔고, 설상가상으로 하늘은 어둠침침했다.

"날씨가 안 좋아요. 너무 멀리는 가지 않는 게 좋을 것 같아요."

"걱정하지 마십시오. 다 왔으니까."

자동차가 멈춰 선 곳은 아담한 별장 같은 건물 앞이었다. 성탄절 전야답게 건물 외벽에 두른 꼬마전구는 여러 가지 색으로 반짝반짝 빛나고 있었다.

"예쁘다."

세아는 입김을 불어 손바닥을 녹이며 작게 혼잣말했다.

"이런 곳에 사람이 별로 안 온다고요?"

동화 속에 나올 법한 외관에 분위기도 좋아 보이는데?

"잘 알려지지 않은 모양입니다."

대수롭지 않다는 듯이 말한 그가 세아의 손을 잡아서 자신의 외투 주머니에 집어넣었다.

"들어갑시다."

세아는 묘한 눈으로 그를 올려다보았다. 특유의 절도 있는 말투. 이제 귀에 익을 때도 됐는데 세아는 아직도 그의 말투가 종종 낯설었다.

'보통 연인 사이에서는 쓰지 않을 화법이잖아.'

사귀다 보면 다른 연인들처럼 그도 슬슬 말을 놓고 편하게 행동할 줄 알았다. 하지만 여러 의미로 그는 일관성 있는 남자였다. 그조차도 그의 개성이니까 싫지 않았다. 아마 이 남자는 결혼해도 지금과 똑같지 않을까?

불현듯 든 생각에 세아는 화들짝 놀랐다. 결혼이라니. 상상만으로 얼굴이 확 뜨거워졌다.

'역시 아직은 아니지?'

아직 그녀는 스물여섯 살이었다. 며칠 뒤면 스물일곱이 되긴 하지만, 어쨌든 요즘 추세로 봤을 때 결혼하기에는 이른 나이였다.

한재하 이사도 급할 게 없기는 마찬가지였다. 남자가 서른 살이면 솔로인 게 당연한 시대였다.

레스토랑은 거짓말처럼 한산했다. 그와 그녀, 종업원을 제외하면 아무도 없었다.

가장 전망이 좋은 테이블에 앉은 세아는 들뜬 얼굴로 주변을 둘러보았다. 어딜 가도 시끄러운 성탄 전야에 이런 고요함이라니. 꿈만 같았다.

"우리 정말 운이 좋은 것 같아요."

그는 그저 웃기만 했다.

어디선가 잔잔한 팝송이 흘러나왔다. 창밖을 내다본 세아는 감탄했다. 레스토랑에 들어올 적만 해도 내리지 않았던 하얀 눈이 소복소복 자동차 위에 쌓이고 있었다.

"어? 재하 씨, 봐요. 눈이 내리고 있어요."

이러려고 날씨가 궂었나 보다.

"화이트 크리스마스예요."

"그렇군요."

그의 반응은 건조했다. 세아는 슬쩍 그를 흘겨보았다. 무드 없긴. 어린아이처럼 난리법석을 떨진 않아도 기뻐할 수는 있잖아. 그런데 저렇게 산은 산이요 물은 물이요 같은 태도라니. 아닌 것처럼 굴어도 이럴 때 보면 천상 공대 출신이었다.

심지어 그는 혼자 딴 세계로 가 있었다. 상념에 잠긴 듯한 그의 모습을 보며 세아는 절레절레 고개를 저었다. 무슨 생각을 저렇게 하는 걸까.

손님이 없어서인지 음식은 금방 나왔다. 그릇에 예쁘게 담긴 요리는 손을 대기 아까울 정도였지만, 어쨌든 음식은 먹으라고 존재하는 것이니 세아는 잘 먹었다.

"맛있어요."

"그렇습니까?"

반면 그는 평소보다 입맛이 없는 듯했다. 음식을 끝까지 다 먹지 못하고 남기고 있었다.

어디가 안 좋은 걸까? 세아는 걱정이 되었다. 은은하고 어두운 실내조명 때문에 그렇게 보이는 건지 몰라도, 자세히 살피니 그의 표정이 미세하게 굳어 있는 것 같기도 했다.

"재하 씨, 어디 아파요?"

"아닙니다."

"안색이 안 좋은 것 같은데."

"아픈 게 아니라 긴장한 겁니다."

긴장? 어리둥절해하는 세아에게 그가 부연했다.

"지금 난 일생일대의 순간을 눈앞에 두고 있으니까."

"네?"

설마……. 자잘한 전류가 세아의 등줄기를 관통했다.

크리스마스이브.

이상하리만치 사람이 없는 레스토랑.

긴장한 기색이 역력한 그.

일생일대의 순간.

무심하게 지나쳤던 사실들이 한데 모였다. 하나의 예감이 세아를 뒤흔들었다. 종업원이 마지막 접시를 가져갔다. 품 안으로 손을 넣은 그가 빈 테이블 위에 작은 상자를 내려놓았다.

세아는 숨을 멈췄다. 의자에서 일어난 그가 세아의 앞에 한쪽 무릎을 굽히고 앉았다. 문득 세아는 레스토랑의 배경 음악이 「When a man loves a woman」으로 바뀌었다는 것을 깨달았다.

"세아 씨."

그가 세아를 올려다보았다.

"나는 내가 누군가를 이렇게 좋아할 수 있는 사람이라는 걸 몰랐습니다."

어떤 상황에서도 굳건하던 그의 눈동자가 연약하게 흔들리고 있었다.

"누군가를 이렇게까지 좋아하게 될 줄은 꿈에도 몰랐죠. 그런데 신기하게도, 세아 씨는 하루하루가 지날수록 더욱 사랑스러워지더군요."

그의 떨림이, 그의 긴장이, 그의 진심이 고스란히 세아에게로 전해졌다. 세아는 가슴이 뜨거워졌다.

"매일매일, 나는 조금씩 더 세아 씨를 사랑하게 될 겁니다."

그가 케이스를 열었다. 세아의 예상대로 그 안에 들어 있는 것은 반지였다.

세아의 손을 조심스럽게 잡아끌어 커플링을 빼낸 그가, 간절한 눈으로 그녀를 응시했다.

"세아 씨, 나와 결혼해주십시오."

불빛 아래에서 반지가 찬란하게 반짝이고 있었다.

- '이사님의 취미생활', 完

444

에필로그

옛날 옛적에, 신의 직장이라고 불린 어느 벤처 기업에 잘생긴 대표이사님이 있었답니다.

「이사님, 오늘도 멋있지 않니?」

「정말 연예인 같아. 아니, 어지간한 연예인은 명함도 못 내밀 거야.」

완벽한 능력과 잘난 외모로 여사원들 사이에서 왕자님으로 군림하고 있던 그 대표이사님에게는, 다른 사람에게 말 못 할 한 가지 비밀이 있었어요.

그건 바로⋯⋯.

「그래, 사실 난 오덕이야.」

남다른 취미를 가지고 있다는 사실이었어요.

알고 보면 이사실의 책장 뒤에는 새하얀 수납장이 숨겨져 있었고, 그 안에는 수백 개의 피규어가 전시되어 있었답니다. 색색의 눈 돌아가게 화려한 피규어들이요.

우연히 이사님의 비밀을 알게 된 신입사원의 앞날에 먹구름이 끼게 된 것은 어찌 보면 당연한 결과였어요.

사회생활의 특성상 대표이사님은 확고한 갑이었고, 신입사원은 을일 수밖에 없었으니까요.

　설상가상으로 그 신입사원은 이사님의 컬렉션 중에서 다섯 손가락 안에 들 만큼 비싼 피규어의 목을 댕겅 부러뜨려버리기까지 한답니다.

　「아론! 내 아론이, 내 아론이!」

　그것도 하필이면 당일에 도착한, 다시는 구할 수 없는 한정판 피규어를요.

　「발닦개가 되십시오.」

　「네?」

　「내 발닦개가 되란 말입니다.」

　괘씸죄에 걸린 신입사원은 S 기질이 다분한 이사님에게 처절하게 굴려지게 되죠. 굴렁쇠 저리 가라 할 정도로 데굴데굴.

　하지만 신입사원도 가만히 당하고 있지만은 않았어요.

　「이게 몇 가닥인지 궁금하면 이사님이 세요. 저는 하나도 안 궁금하거든요? 근데 왜 제가 이걸 세야 하는 건데요?」

　이사님의 폭거를 참다못한 신입사원은 농민 봉기를 방불케 하는 기세로 들고일어났고, 이사님은 이 신입사원에게 흥미를 느꼈어요.

　「여러분께 한 가지 공지할 사실이 있습니다. 신세아 씨와 저, 정식으로 교제하고 있습니다.」

　그때부터 오덕 이사님과 엉뚱 발랄한 신입사원의 이야기가 시작되었답니다.

　때로는 웃기고, 때로는 황당하고, 때로는 설레고, 뜻밖의 난관에 가

슴이 내려앉기도 하는, 파란만장한 이야기가.

"오늘 간식도 햄버거야? 대체 왜?"

햄버거 포장지를 벗기며 김 팀장이 사무실이 떠내려가게 푸념했다.

"그걸 몰라서 물으십니까."

강이원 팀장이 감자튀김을 집어 먹으며 설명했다.

"이 햄버거 세트를 사면 따라오는 증정품에 이사님이 눈이 머셨으니까 그렇죠."

"이걸 사면 뭘 주는데?"

"슈퍼 마리아라고 들었어용."

"뭐? 그놈의 슈퍼 마리아는 저번에 다 모으신 거 아니었어?"

"그건 6차고, 이번에는 7차래요."

"대체 무슨 차이가 있는 건데?"

"자세도 조금 다르고, 결정적으로 6차는 유광이었는데 7차는 무광이라나 뭐라나."

강이원 팀장의 설명에 김 팀장이 질린 얼굴을 했다. 존경하는 이사님이지만 도저히 이사님의 취향만은 이해할 수 없었다.

느글느글한 속을 달래기 위해 커피를 마신 김 팀장이 투덜거렸다.

"그런 게 그렇게 좋으실까, 우리 이사님은?"

"뭐, 우리가 간섭할 일은 아니니까요."

강이원 팀장이 씩 웃으며 특유의 가벼운 말투로 덧붙였다.

"이사님의 취미생활이잖아용."

[이맘때가 되니 생각나는 썰_txt]

작년 여름에 있었던 나도형 성우와의 1박2일 MT 이벤트 다들 기억할지 모르겠다. 그 「달이 빛나는 낮에」라는 프로그램에서 개최한.
그 이벤트에 당첨자가 40명인가 그랬었거든?
극악한 확률을 뚫고 당첨된 사람 중 한 명이 바로 나님임ㅇㅇ
근데 거기서 잊지 못할 일을 겪었다.
이벤트 끝나고 한동안 그 사건과 관련된 리뷰들이 여러 개 올라와서
이미 알 만한 사람은 다 알겠지만…….
그래. 그 전설적인 사건.
여장남팬 난입 소동!

한봄은 차마 더 읽지 못하고 인터넷 창을 종료시켰다. 낯이 화끈화끈 달아오르고 손발이 오그라들었다.

어째서 부끄러움은 내 몫인가. 정작 당사자는 저렇게 멀쩡한 얼굴로 햄버거나 먹고 있는데!

한봄의 시선이 강이원 팀장에게로 향했다. 강이원 팀장은 김 팀장과 시답잖은 대화나 주고받고 있었다. 입에 감자튀김을 넣는 강이원 팀장을 보며 한봄은 혀를 끌끌 찼다.

'감자튀김이 넘어가느냐, 이 인간아.'

한편으로는 시간이 빠르다는 생각도 들었다. 그 기막힌 사건이 벌써 1년 전의 일이 되었다니.

한봄은 당시 상황을 회상했다.

강이원 팀장은 MT 이틀째 되는 날 남자라는 사실을 딱 들켰다. 무심결에 남자 화장실로 들어가버리는 바람에.

애초에 무리수였다. 평범한 남자가 이틀 동안 여자 행세라니. 가능할 리가 없지 않은가.

「달렸어! 다리 사이에 달린 걸 내가 두 눈으로 똑똑히 봤다고!」

「으아악! 역시 남자였던 거야?」

「그러게 여장남자 아니냐고 했었잖아요, 제가!」

「들었어? 저 사람, 여장남자래!」

「변태다! 저 변태 새끼 어서 잡아!」

치마를 입은 채로 꽁지 빠지게 도망치던 강이원 팀장과 이를 갈며 뒤를 쫓던 스태프들의 모습이 아직도 눈에 선했다. 세상에 그런 수라장이 없었지. 한봄은 픽 웃음을 터트렸다.

"어? 한봄 씨, 무슨 기분 좋은 일 있습니까?"

강이원 팀장이 말을 걸었다. 한봄은 정색하고서 무뚝뚝하게 답했다.

"기분 좋은 일은요. 늘 똑같죠."

"아닌데. 방금 웃었는데."

어느새 한봄의 지척으로 다가온 강이원 팀장이 가늘게 눈을 접었다. 여우를 연상시키는 눈초리였다.

"아니라니까요."

한봄이 서류를 정리하며 새침하게 반박했다. 멀리서 김 팀장이 강이원 팀장을 타박했다.

"강 팀장, 한봄 씨 그만 건드리고 이리 와."

"김 팀장님도 참. 내가 건드리긴 뭘 건드렸다고 그래용."

강이원 팀장이 반박하며 한봄에게서 등을 돌리고 제자리로 돌아갔다.

한봄은 강이원 팀장을 슬쩍 째려보았다. 그녀의 시선을 눈치 챘는지 강이원 팀장이 어색한 웃음을 흘리며 김 팀장에게 달라붙었다.

회사 근무가 끝난 뒤, 한봄은 강이원 팀장의 발을 꾹 밟았다.

"으윽!"

강이원 팀장의 안색이 창백해졌다. 한봄은 발을 떼며 날카롭게 쏘아붙였다.

"장마철이어서 하이힐이 아니라 운동화를 신고 있는 걸 다행으로 알아."

"그러게. 운동화여서 다행이야."

강이원 팀장은 뭐가 그리도 좋은지 금세 빙글거렸다. 방금 발을 밟혔다는 걸 아예 잊어버린 듯한 태도였다.

이 남자는 자존심도 없나? 한봄은 의아할 지경이었다. 그녀 같

450

으면 이런 취급을 받으면서까지 곁에 있을 것 같지는 않았다.

'물론 지은 죄가 있으니 이러는 거지만.'

강이원 팀장으로 인해 무참하게 덕밍아웃을 당한 과거를 떠올린 한봄은 나지막이 이를 갈았다. 한봄은 아직도 그때의 일로 자다가도 벌떡벌떡 일어나곤 했다.

"회사에서는 알은체하지 말랬잖아."

"언제까지 숨겨야 하는데?"

슬며시 한봄의 손을 잡은 강이원 팀장이 질문했다.

"우리가 사귄다는 거."

한봄은 펄쩍 뛰며 부정했다.

"사귄다니! 선배가 날 일방적으로 쫓아다니고 내가 마지못해 받아주는 거지."

"그래, 그래. 하여튼 언제까지 숨겨야 하는 거야? 응?"

강이원 팀장이 보챘다. 영락없이 떼를 쓰는 아이였다. 한봄은 쌀쌀맞게 반대편으로 고개를 돌렸다.

"몰라."

한봄의 얼굴이 얼핏 붉은색을 띠고 있었다. 강이원 팀장은 그 사실을 알면서도 짐짓 모르는 척했다.

"그나저나 돌아올 때까지 슈퍼 마리아 세트를 다 모아놓으라고 엄명을 내리고 떠나신 이사님은 잘 계시려나."

자연스럽게 화제를 돌린 강이원 팀장이 하늘을 올려다보았다. 한봄의 시선도 맑게 갠 하늘로 향했다.

"지금쯤 세아 씨랑 깨를 볶고 계시겠지."

우산을 가방에 넣은 한봄이 탄식했다.

"아아, 나도 가고 싶다, 허니문! 난 언제쯤 몰디브 같은 곳에 가 보나."

"나랑 가면 되지."

한봄은 강이원 팀장을 돌아보았다. 강이원 팀장이 물끄러미 그녀를 응시하고 있었다.

"나랑 가자."

"내, 내가 왜 선배랑 허니문을 가?"

한봄이 목까지 새빨개져서 따졌다. 강이원 팀장이 진지하게 말했다.

"난 너랑 가고 싶은데, 넌 아니야?"

강이원 팀장의 손을 뿌리친 한봄이 우산을 펼쳤다. 비 한 방울 안 내리고 있는데 뜬금없는 행동이었다.

"……나중에 정 갈 사람이 없으면, 뭐, 같이 가든지."

우산을 써서 완전히 얼굴을 가린 한봄이 작게 중얼거렸다. 강이원 팀장의 입가에 미소가 번졌다.

"우와."

세아의 입에서 탄성이 흘러나왔다. 열 시간가량의 비행을 감수하고 도착한 몰디브의 풍광은 무척이나 수려했다.

한없이 펼쳐진 백사장과 비단 같은 바다, 잘게 부서진 산호 조각

452

들. 하얀 파라솔 아래에 놓인 해변의 나무 의자. 몰디브는 비현실
적일 만큼 아름다운 곳이었다.

비행기에서 내려다볼 때부터 놀라움의 연속이었다. 신비로운
빛깔의 인도양에 진주처럼 떠올라 있는 섬들의 모습에 세아는 대
번에 눈길을 빼앗기고 말았다.

"이런 곳에서 열흘 동안 있을 거라니."

꿈결 같다는 표현은 이럴 때 쓰는 게 분명했다. 세아는 난생처음
으로 접한 천혜의 자연에서 눈을 뗄 수 없었다.

"그렇게 좋습니까?"

듣기 좋은 중저음이 세아의 귀를 간질였다. 등과 허리에서 느껴
지는 그의 존재감. 세아는 자신을 뒤에서 끌어안은 손을 맞잡으며
대답했다.

"당연히 좋죠."

좋지 않을 이유가 없었다. 지상 낙원 같은 절경이 눈앞에 있고,
사랑하는 사람이 곁에 있었다. 이보다 더 행복할 수는 없을 터였
다.

"여기로 오길 잘했군요."

그가 낮게 웃었다. 세아는 고개를 끄덕였다. 볼 수 있을 때 와서
봐야겠다는 생각으로 몰디브행을 결정했다. 50년 후에 이 아름다
운 섬들은 아마도 해수면 아래로 가라앉고 말 것이다. 이렇게 아
름다운 곳이 사라진다니, 안타까운 일이었다.

'즐겁고 긍정적인 생각만 하자.'

세아는 활짝 웃으며 그의 손을 잡아끌었다.

'One island, one resort'라는 모토에 따라 하나의 섬에 하나의 리조트만 있는 몰디브는, 마치 각기 독립된 나라 같기도 했다. 청록색 석호 위에 난 길을 따라 숙소를 향해 걸어가며 세아는 연신 감탄했다.

"물이 이렇게 맑다니."

얼마나 투명한지 속이 그대로 들여다보였다.

"신기해요."

"지나치게 좋아하는 거 아닙니까?"

그가 피식 웃으며 놀렸다.

"정말 좋은 걸 어떡해요."

"그러면 앞으로 같이 여행을 다닙시다. 모리셔스도 가고, 하와이도 가고, 칸쿤도 가고, 코사무이도 가고."

"회사는 언제 운영하게요?"

"틈틈이 시간 내보죠."

능청스럽게 어깨를 으쓱한 그가 세아를 끌어안았다.

스태프가 안내를 마치고 사라졌다. 세아는 숙소를 둘러보았다. 현대적인 듯 이국적인 실내 장식이 마음에 들었다.

테라스로 나가자 바로 바다가 훤히 보였다. 개인 풀장도 있고, 바다로 이어지는 계단도 있었다.

"아, 좋다."

세아는 바다로 이어지는 계단 옆에 마련된 간이침대에 누웠다.

따사로운 햇볕이 그녀에게로 내려앉았다. 둘이 쓰기에는 여러모로 넓고 사치스럽다 싶은 풀 빌라였다.

"재하 씨도 누워요."

옆자리를 가볍게 두드리며 세아가 권유했다. 그가 옆으로 와서 누웠다.

"우리, 뭘 할까요?"

"일단 조금 쉬죠. 한국에서 여기까지 오랫동안 날아왔으니까. 그런 다음 간단하게 짐을 정리하고 식사하러 갑시다."

"식사요?"

"로맨틱 디너라고, 백사장에서 바다를 보며 단둘이서 식사를 할 수 있는 프로그램이 있더군요."

"와, 멋있겠어요."

몰디브의 노을을 보며 바닷가에서 그와 저녁을 먹는다니. 세아는 상상만으로도 설레었다.

"아, 그전에 기념 촬영을 하죠. 전문 사진작가가 사진을 찍어주는 스튜디오가 있습니다. 원하는 곳에서 사진을 촬영하면 앨범을 만들어준다고 하더군요."

"사진이요? 좋아요!"

이 아름다운 경치를 앨범으로 만들 수 있다니. 대환영이었다. 세아는 눈을 빛내며 그를 바라보았다.

"그러면 일단 사진을 찍을 만한 멋진 장소를 물색하러 가요."

"알겠습니다."

"당장은 아니고 조금 쉬었다가요."

세아는 방긋 웃었다. 벌써 환상적인 9박10일이 될 것 같은 예감이 그녀를 휘감았다.

"다들 잘 있을까요?"

문득 세아는 SA 소프트 직원들과 부모님, 그 밖의 사람들이 어떻게 지내고 있을지 궁금해졌다.

"다른 사람 생각은 하지 마십시오."

그가 나직이 응수했다.

"세아 씨와 나, 이렇게 둘만 생각하도록 합시다. 여기에 있는 동안은."

엷은 미소를 지으며 그가 그녀를 마주 보았다. 그의 결 좋은 머리카락은 침대 위에 보기 좋게 흐트러져 있었고, 그림 같은 용모는 은은한 햇살 아래에서 반짝반짝 빛났다.

세아의 가슴 안으로 행복이 차올랐다.

몰디브의 몽환적인 정경이 좋았다.

간이침대에서 나는, 잘 마른 이불에 코를 댔을 때 느낄 수 있는 포근한 햇빛 내음이 좋았다.

전신을 부드럽게 감싸는 바람이 좋았다.

"피곤할 텐데 조금 자요, 세아 씨."

계속 듣고 싶어지는 감미로운 목소리가 좋았다.

애정이 가득한, 다정한 검은 눈이 좋았다.

머리칼을 조심스럽게 쓰다듬는 손길이 좋았다.

맞잡은 손에서 전해져오는 온기가 좋았다.
그가, 좋았다.

외전. 회장님의 취미생활

[KAI] 다들 소문 들으셨어요?

[세이밥더듬이] 무슨 소문이요?

[에르에르후] ?

[KAI] 왜, 그 있잖아요. 이번에 D사에서 작정하고 낸 700만 원이 넘는 한정판 초합금 풀세트.

[에르에르후] 아, 그 가산 탕진 세트요?

[KAI] 네. 그거 HAN 님이 인증샷 올리셨대요.

[쇄골미남] 헐;;; 그걸 정말 돈 주고 사는 사람이 있다니;

[세이밥더듬이] HAN 님이 또요? 그분 이번 달에 지르신 금액만 다 합하면 3천만 원이 훌쩍 넘을 텐데.... 지갑 사정 괜찮으시려나.

[에르에르후] 전 진심 HAN 님의 정체가 궁금함. 건물주?

[중2흑염소] 건물주에 저도 한 표.

[KAI] 어지간한 건물주도 그렇게는 못 쓸 듯. 그분이 올려놓은 컬렉션들 보면 하나같이 후덜덜해요. 다 합치면 억 소리 가볍게 남.

[세이밥더듬이] 그분은 피규어 팔면 강남에 오피스텔 장만하고 남으

실걸요.

[중2흑염소] 이쯤 되면 확실히 HAN 님한테 승기가 기운 듯.

[쇄골미남] 취미에 그렇게 돈을 쓰다니 ㄷㄷㄷ 무슨 재벌이라도 되시나....

요즘 피규어 덕후들 사이에서 화제가 되고 있는 인물은 단연코 HAN이었다. 혜성처럼 나타나 신들린 듯이 피규어를 사들인 그는, 불과 3개월도 안 되는 짧은 기간에 500칸짜리 수납장을 피규어로 채워 인증샷을 올리는 기염을 토해냈다.

[제 컬렉션입니다.]

하루에도 몇 건씩 올라올 법한 제목과 낯선 닉네임. 뉴비가 게시물을 올렸구나 하고 별생각 없이 글을 눌렀던 덕후들은 기절초풍했다. 눈으로 보고도 믿어지지 않을 초고가 피규어의 향연이 펼쳐져 있었던 것이다. 단숨에 HAN은 피규어 커뮤니티의 뜨거운 감자가 되었다.

그때까지만 해도 사람들은 오랫동안 은둔해 있던 덕력 높은 재야의 고수가 수면으로 얼굴을 내밀었구나 생각했다. 그러나 얼마 있지 않아 오산이라는 사실을 깨닫게 되었다.

한 달 뒤에 HAN이 올린 인증샷에는 피규어가 두 배로 불어 있었다.

[모으기 시작한 지 두 달이 좀 넘어서 아직 미흡합니다.]

어마어마한 사진 아래에 덧붙인 짤막한 문장. 그것은 모든 피규어 덕후를 경악시켰다.

두 달 만에 저걸 다 모았다고? 미친 거 아냐?

심지어 절판되어서 구하기가 하늘에 별 따기인 것도 있어!

강력한 신성의 등장에 피규어 커뮤니티가 술렁였다. 어느 피규어 판매 사이트를 가도 HAN의 상품평이 달려 있지 않은 물건을 찾기가 어려웠다.

그러자 사람들은 슬슬 HAN을 개발자J와 비교하기 시작했다. 한순간에 부상한 HAN과 달리 개발자J는 오랜 활동과 어마어마한 소장 목록으로 피규어에 웬만큼 관심이 있는 인물이라면 누구나 아는 네임드였다.

'피규어를 사기 전에 상세 정보가 궁금하거든 개발자J라는 닉네임을 검색하면 된다.'는 격언이 있을 만큼 개발자J가 가지고 있는 피규어의 양은 어마어마했다. HAN의 기세는 그런 개발자J의 아성을 넘볼 만큼 위협적이었다.

어느덧 두 사람은 어느 피규어 커뮤니티를 가도 공공연히 라이벌 비슷한 취급을 받고 있었다.

[개발자J 님과 HAN 님 중에서 누가 더 피규어를 많이 소장하고 계실까요?]

[개발자J 님이랑 HAN 님이 붙으면 누가 이길까요? ㅎㄷㄷㄷ]
[전통강호 개발자J 님 VS 신흥사대부 HAN 님 컬렉션 비교 스샷(3월
기준).]

이런 글들이 지속적으로 올라오자 당사자들도 은근히 서로를
의식하는 듯한 행동을 보였다.

[개발자J입니다. 오래간만에 컬렉션 사진 올립니다.]
[7개월차 소장 현황.]
[제가 10여 년 전에 피규어에 입덕하게 된 계기.]
[아무래도 전 피규어 수집을 한 지 얼마 안 돼서.]
[개발자J: 피규어 관리 깨알 팁.]
[잘 몰라서 그러는데 괜찮은 피규어 구매 사이트 추천 부탁드립니다.]

개발자J는 주로 경험에서 우러나는 관록을 내세웠고, HAN은
경력이 짧은 점을 강조해서 역설적으로 단기간에 많은 피규어를
모은 자신의 대단함을 과시했다. 사소한 삐걱거림이 자존심 싸움
으로 번지기까지는 그리 오랜 시간이 걸리지 않았다.
한 영역에 두 마리의 사자가 있을 순 없는 법이었다. 어찌 보면
두 사람의 충돌은 처음부터 예견되어 있던 수순이었다.

[나루터 사숙혜 리미티드 에디션 구매했습니다.]

[나루터 칵카시 리미티드 에디션 인증샷.]

[천공의 손 유리아노 300개 한정판 상세샷입니다.]

[우여곡절 끝에 유리아노 드레스 버전을 손에 넣었습니다.]

[드레스 버전 유리아노와 한정판 비교샷 올립니다.]

[제가 처음인가요? 구세계 세트 후기.]

[구세계 세트 넘버링 7 손에 넣었습니다.]

불꽃이 튈 정도로 치열한 혈투였다. 상대가 A를 사면 곧바로 B
로 반격하며 둘은 주거니 받거니 공방을 반복했다.

초반에는 개발자J가 유리한 듯했다. 개발자J에게는 HAN에게
는 없는 연륜이 있었다. 10여 년의 세월에 걸쳐 수집한 방대한 피
규어들 중에는 HAN이 아무리 용을 써도 손에 넣을 수 없는 것도
많았다. 그러나 HAN에게는 마를 줄 모르는 돈이 있었다. 집에 화
수분이라도 있는 게 아니냐는 의혹이 제기될 만큼 HAN의 재력은
압도적이었다.

비정한 자본주의의 논리에 따라 백중지세였던 승부는 서서히
막대한 자금을 보유한 HAN에게 유리한 양상으로 흘러갔다.

그리고 오늘, HAN이 누구도 살 엄두를 못 내고 있던 700만 원
상당의 피규어를 구매하면서 승기가 확실히 기운 것이었다.

[가오라이거 초합금 풀세트 구매 인증샷.]

NEW가 반짝거리고 있는 HAN의 게시물을 보며 재하는 이마를 짚었다.

"저걸 사다니."

두말할 것도 없이 승자와 패자가 결정되었다. 이제 왕좌를 물려줄 때가 된 것이었다. 쓸쓸함도 잠시, 시원섭섭함이 가슴 안에 들어찼다. 재하는 묘하게 후련한 얼굴로 타이핑을 시작했다.

[HAN님. 가오라이거 구매 축하합니다. 올리신 사진을 보니……]

빠른 속도로 재하가 글을 쓰고 있을 때였다.

"뭐 해요?"

재하의 어깨에 무언가가 쏙 올라왔다. 익숙한 향기가 풍겨서 안 봐도 누구인지 알 것 같았지만, 재하는 눈동자를 움직여 상대를 확인했다. 세아가 그의 어깨에 얼굴을 얹고 있었다.

"바빠요?"

"아닙니다. 별로 중요한 일도 아니고."

"그러면 와서 저녁 먹어요."

"알았습니다. 이것만 마저 쓰고."

재하의 손가락이 날개를 단 것처럼 빨라졌다. 먼저 부엌으로 걸어가며 세아가 당부했다.

"밥 금방 다 되니까 빨리 와요, 여보."

등록 버튼을 누른 재하가 환하게 웃으며 의자에서 일어났다.

"가고 있어요, 여보."

2D 덕질의 승패는 아무래도 좋았다. 그의 최애캐는 3D였고, 항상 그와 함께 있으니까.

[HAN님, 가오라이거 구매 축하합니다.]

개발자J가 올린 글을 읽으며 HAN은 만족스러운 미소를 지었다. 사실상 항복 선언이나 다름없었다. HAN은 검지로 가볍게 책상을 두드리며 콧노래를 흥얼거렸다.

"네가 나에게 이기려면 백 년은 이르지."

언젠가 세대교체가 이루어질 것을 알고 있었지만, 아직은 손자에게 져서 뒷방 늙은이로 전락하고 싶지 않았다. 승리감에 취한 그가 인증샷에 달린 댓글을 확인하고 있을 무렵이었다.

"회장님, 의전 행사에 참석하시려면 지금 출발하셔야 합니다."

박 실장의 재촉에 한주희 회장은 모니터에서 눈을 떼고 가붓하게 의자에서 일어났다.

"가지."

목적지로 향하는 한주희 회장의 발걸음이 새털처럼 가벼웠다.

- '회장님의 취미생활', 完

별첨. 이사님의 용어 해설

피규어 장식용 작은 조각상을 뜻하는 영어 단어 Figurine에서 유래된 용어. 외래어 표기법에 따르면 '피겨'가 올바른 표기지만, 동명의 스포츠와 헷갈리므로 피규어라고 쓰는 경우가 많다. 간단하게 정의하자면 애니메이션, 영화 등 창작물에 등장하는 캐릭터를 조형화한 물건. 관절이 있어서 움직일 수 있는 피규어(액션 피규어)와 만들어진 자세 그대로만 있는 피규어(스태츄), 사이즈에 따라서 1:1 등신대, 1/4, 1/6~논스케일 등 다양하게 분류된다.

아론 정경윤 작가의 웹소설 「히로인의 사정」의 남자주인공 '아론 세라프 리그누시스 앙골무아 3세'. 세라프의 제18왕자이자 훗날 세라프의 황제가 되는 남자.

최애캐 '최애'라는 단어+캐릭터. 즉, 가장 사랑하는 캐릭터.

모에: 일본어 동사인 萌える(싹트다)에서 유래된 말. 萌える와 燃え

르(불타다)가 발음이 같은 데에서 착안한 용어로, 어떤 사람이 각종 취미, 취향 등에 불타오를 때 사용한다.

어그로 온라인 게임 월드 오브 워크래프트(World of Warcraft)에서 유행하기 시작한 말. 몬스터에게 가장 많은 대미지를 준 캐릭터에게 몬스터의 위협 수준(어그로 수치)이 올라가는 시스템에서 유래되었다. 어원은 aggressive(공격적인, 적극적인)이다. 인터넷에서는 짜증이나 분노를 유발하는 행위를 뜻한다.

덕밍아웃 오덕+커밍아웃. 본인이 오타쿠라는 사실을 자의로 타인에게 밝히는 것 or 자의와 상관없이 타인에게 밝혀지는 것.

부녀자 일상적으로 쓰이는 부녀자가 아닌, 썩을 부(腐)자를 사용한 부녀자(腐女子). 한마디로 말해서 썩은 여자. BL(Boy's Love, 남성과 남성의 사랑) 문화를 향유하는 여자를 뜻하는 말.

마블 코믹스, DC 코믹스 미국의 만화책 출판사. 미국 만화계의 양대 산맥. 대체로 마블은 캐릭터, DC는 스토리와 사건에 더 중심을 두고 있다. 마블의 유명한 캐릭터는 캡틴 아메리카, 스파이더맨, 엑스맨, 판타스틱 포, 헐크, 토르, 아이언맨, 닉 퓨리, 닥터 스트레인지, 블레이드, 퍼니셔, 데어데블, 타노스, 블랙 펜서, 고스트 라이더, 앤트맨, 가디언즈 오브 갤럭시 등. DC의 유명한 캐릭터는 슈퍼맨, 배트맨, 원더우먼, 그린 랜턴, 브이, 렉스 루터, 조커 등. 각기 보유한 유명 슈퍼 히어로 팀은 어벤져스(마블 코믹스), 저스티스 리그(DC 코믹스)이다.

리부트, New 52 DC 코믹스에서 주기적으로 기존의 세계관을 폐기하고 새로운 세계관을 정립하는 것을 리부트라고 한다. New 52는 그중에서 2011년에 이루어진 리부트의 명칭. '플래시포인트'라는 이벤트를 통해 New 52가 야기되었다.

먼치킨 TRPG(Table talk Role Playing Game, 테이블에 앉아서 대화로 이끌어가는 게임)에서 게임의 밸런스를 무너뜨리는 캐릭터를 일컫는 용어. 한국에서는 압도적으로 강한 캐릭터를 가리키는 단어로 변질되었다.

하라구로 일본어 はらがくろい(뱃속이 검다)를 축약한 말. 의뭉스러운 캐릭터를 뜻한다.

APTX 4869(Apoptoxin 4869) 만화 「명탐정 코난」에 나오는 가상의 약물. 복용 시 사망하게 되는 독약이지만 간혹 부작용으로 복용자가 어려지는 현상이 나타난다.

작가 후기

어느덧 열두 번째 단행본입니다. 언제 이렇게 책을 냈나 싶기도 하고, 아직 이것밖에 못 냈나 싶기도 합니다.

'이사님의 취미생활'은 제게 새로운 독자님들을 만나게 해준 글입니다. 네이버 웹소설은 낯선 세상이었지만, 원래 도전을 좋아하는 편이어서 즐겁게 썼습니다. 아무쪼록 읽으시는 분들께도 재미있는 글이 되길 바랍니다.

여담이지만 몇 번 전개가 달라질 뻔했던 적이 있습니다.

첫 번째 분기점은 석진과 관련되어 있는데, 처음 예정은 석진을 서브 남자주인공으로 만드는 것이었습니다. 세아를 단순히 재하를 자극하려는 소재로 이용하려던 석진이, 어느 순간 세아에게 빠져들어서 정말로 재하에게서 세아를 빼앗고 싶어 하는 전개였지요.
두 번째 분기점은 세아가 납치를 당한 에피소드입니다. 이때 한주희 회장과 대면하고 세아는 어느 별장에 갇히게 되는데, 한주희 회장은 자신의 정체를 맞혀보라고 세아에게 말합니다. 세아는 별장 안에서야 자유롭게 돌아다닐 수 있지만 경비원들이 지키고 있어서 밖으로는 나갈 수 없는 상황이지요. 한주희 회장의 정체를 알아내기 위해 별장을 샅샅이 살피던 세아는 이내 별장 안의 가전제품이 하나같이 무한전자의 제품이라는 사실을 알아차리고, 한주희 회장의 정체도 알게 됩니다.

세 번째 분기점은 세아가 무한전자에 면접을 보러 갔을 때. 원래는 세아가 재하의 비서가 되어서 옆에 붙어 있는 스토리를 구상했습니다. 재하의 본심을 시험하려는 한주희 회장과 들키지 않으려고 세아를 밀어내는 재하, 그런 재하의 행동에 상처받으면서도 사랑을 포기하지 않는 세아의 아슬아슬한 삼파전이었어요.

빠진 에피소드도 몇 개 있습니다. 지금과는 사뭇 다른 모습인 재하와 세아의 고교시절이라든지, 재하가 덕후가 된 계기라든지, 재하 부모님의 절절한 사랑, 세아의 여동생이 가지고 있는 비밀 등. 하지만 현재의 재하와 세아에게 초점을 맞추기 위해 생략했습니다. 세아의 여동생은 아마 다른 글의 주인공으로 나오게 될 것 같습니다.

카메오로 출연해준 「히로인의 사정」의 아론 전하, 「법대로 사랑하라」의 정호-유리 커플, 「위험한 신입사원」의 승현-유림 커플에게 고마울 따름입니다. 무엇보다도, 부족한 글을 재미있게 읽어주신 독자님께 감사합니다.

언제나 행복하시고 건강하시길 바랍니다. 다음에 또 뵈어요.

2015년 7월 8일 '이사님의 취미생활'의 수정을 마치고,

이정운 드림

GUNDAM Tutton. 보고.
영광을 저희에게 놀려 아니
오직주님 So Hot her 17k
ove? OMG What DIS
crozy 비배드 JAPAN Red
아아세! So
이무로 불귀기